LISA SOPHIE
LAURENT

THE WAY *You* SEE *Me*

ROMAN

WILHELM HEYNE VERLAG
MÜNCHEN

Sollte diese Publikation Links auf Webseiten Dritter enthalten,
so übernehmen wir für deren Inhalte keine Haftung,
da wir uns diese nicht zu eigen machen, sondern lediglich
auf deren Stand zum Zeitpunkt der Erstveröffentlichung verweisen.

FSC
www.fsc.org
MIX
Papier | Fördert
gute Waldnutzung
FSC® C014496

Penguin Random House Verlagsgruppe FSC® N001967

Originalausgabe 08/2023

Redaktion: Silvana Schmidt
Umschlaggestaltung: zero-media.net unter Verwendung
von FinePic®, München
Satz: Leingärtner, Nabburg
Druck und Bindung: GGP Media GmbH, Pößneck
Printed in Germany
ISBN: 978-3-453-42738-9

www.heyne.de

Liebe Leser:innen,

dieses Buch enthält potenziell triggernde Inhalte.
Deshalb findet sich auf S. 366 eine Triggerwarnung.
Achtung: Diese enthält Spoiler für das gesamte Buch.
Wir wünschen allen das bestmögliche Leseerlebnis.

Lisa Sophie Laurent und der Heyne Verlag

Für Aron

KAPITEL 1

Auf einer Skala von eins bis zehn, wie wahrscheinlich war es, dass es auffiel, wenn ich gleich vor Langeweile vom Stuhl kippte? Würde mein Kopf mit einem satten »Klonk«-Geräusch auf dem Boden aufschlagen? Oder würde ich so elegant und leise zu Boden sinken wie eine feine Dame im achtzehnten Jahrhundert, deren Korsett zu eng geschnürt worden war? Ganz ehrlich? Szenario eins war leider deutlich wahrscheinlicher.

Ich unterdrückte ein gequältes Seufzen und rutschte auf dem quietschgelben Stuhl hin und her, auf den ich mich vor geschlagenen vier Stunden hatte fallen lassen. Da hatte ich noch gedacht, der Abend würde angenehm werden. Leider hatte ich meine Müdigkeit nicht mit einkalkuliert, die immer schnell aufkam, sobald ich es mir irgendwo gemütlich machte. Und die war gerade nun wirklich alles andere als hilfreich. Schließlich wollte ich auf keinen Fall, dass Lilly und Jasper mich am Ende des Abends wie ein Kleinkind nach einer langen Autofahrt zurück in unsere WG tragen mussten. Unwillkürlich musste ich grinsen, als ich mir dieses Szenario bildlich vorstellte. Schnell hob ich eine Hand vor den Mund.

Mit einem Blick vergewisserte ich mich, dass niemand meine Reaktion bemerkt hatte, die so gar nicht zum Vortrag über die dramatischen Folgen der Überfischung der Weltmeere passte, dem wir gerade lauschten. Doch von den etwa zwanzig anderen Studierenden, mit denen ich in einem Halbkreis saß, sah glücklicherweise niemand in meine Richtung.

Vor uns befand sich die kleine Bühne, auf der Lilly zu Beginn des Abends gestanden hatte, um über das Thema Upcycling zu sprechen. Das war auch der Grund, warum ich hier war, denn freiwillig hätte ich meinen Freitagabend garantiert nicht bei einer Veranstaltung zum Thema »Nachhaltigkeit und Umweltschutz« verbracht. Was nicht daran lag, dass mich die Zukunft unseres Planeten kalt ließ. Stillsitzen zählte nur einfach nicht zu meinen Stärken. Hätte ich ein Notizbuch dabeigehabt, in dem ich hätte herumkritzeln können, wäre es mir deutlich leichter gefallen, mich zu konzentrieren. Doch ich wusste, dass das nach außen hin oft so wirkte, als würde ich nicht zuhören. Diese Erfahrung hatte ich schon einige Male machen müssen, daher hatte ich es zu Hause gelassen und beschränkte mich stattdessen darauf, alle paar Minuten in meine Jackentasche zu greifen und mit dem Haargummi zu spielen, den ich stets bei mir trug. Es war eines dieser Modelle, die wie ein altes Telefonkabel aussahen. Mit meinem Daumen die einzelnen Ringe entlangzufahren, war zwar nicht dasselbe wie zu zeichnen, doch es half.

Im Laufe des Abends hatte ich bewundernd beobachtet, wie die anderen Teilnehmenden zwar immer mal wieder kurz auf ihre Smartphones gesehen hatten, abgesehen davon jedoch konzentriert den Vorträgen gefolgt waren. Nicht zum ersten Mal fragte ich mich, wie andere Menschen das schafften. Doch bevor ich mich weiter über mich und meine geringe Aufmerksamkeitsspanne ärgern konnte, fiel mein Blick auf Jasper.

Erleichtert stellte ich fest, dass zumindest er ebenfalls damit zu kämpfen hatte, seine Augen offen zu halten. Geistesabwesend starrte er in eine Ecke des Raumes. Doch meinen Blick schien er nach einer Weile zu spüren, denn er sah auf und lächelte mir zu. Das gab mir die nötige Motivation, um trotz des kribbelnden Bewegungsdrangs in meinen Beinen sitzen zu bleiben.

Das hier war keine langweilige Uni-Veranstaltung mit Anwesenheitspflicht. Es gab einen guten Grund, warum ich hier war. Lilly.

Auch wenn wir nie darüber gesprochen hatten, taten Jasper, Lilly und ich alles füreinander. Jasper und ich kannten uns schon seit über zwanzig Jahren. Unsere Mütter hatten sich beim Babyschwimmen kennengelernt, und da Jasper und ich damals durch Zufall die gleiche grüne Badehose mit Froschaufdruck getragen hatten, war eine Freundschaft fürs Leben quasi vorprogrammiert gewesen. Jasper bestand übrigens bis heute darauf, dass ihm die Badehose ganz klar besser gestanden hatte. Lilly hatte ich in der zehnten Klasse kennengelernt. Wir waren gemeinsam in der Theatergruppe unserer Schule gewesen, und ich hatte sie auf Anhieb ins Herz geschlossen. Von Lillys damaligem Lampenfieber war heute kaum noch etwas zu spüren. Ihr Vortrag war der erste des Abends gewesen, und sie hatte locker und souverän gesprochen, ohne sich auch nur ein einziges Mal zu verhaspeln. Während ich gemeinsam mit dem Rest des Publikums höflich geklatscht hatte, hatte ich Lilly innerlich lautstark zugejubelt. Ein Teil von mir hätte ihren Vortrag am liebsten gefilmt. Dann hätten wir Frau Fischer-Kurth beweisen können, dass Lilly eindeutig nicht der hoffnungslose Fall war, als den sie sie immer bezeichnet hatte. Obwohl es auch etwas

Gutes hatte, dass unsere Theaterlehrerin Lilly damals in die Kulissenbau-Gruppe gesteckt hatte. Die handwerkliche Arbeit hatte meiner besten Freundin auf Anhieb so viel Spaß gemacht, dass sie nun eine Ausbildung zur Schreinerin machte. Ihre selbst gebauten Möbel aus Holzresten hatten ihr den heutigen Platz auf der Bühne verschafft.

Während Lilly ihre Präsentation abwechslungsreich gestaltet und mit Fotos und Videos untermalt hatte, war alles, was danach kam, leider deutlich trockener gewesen.

Irgendwann hatte ich aufgehört mitzuzählen, aber gefühlt warf der Beamer gerade die hundertste Folie voller langer Textblöcke auf die Leinwand. Es tröstete mich ein wenig, dass der aktuelle Vortrag zumindest der letzte des Abends war. Dennoch vergingen die nächsten Minuten quälend langsam.

Als ich endlich die rettenden Worte »Und damit bedanke ich mich für eure Aufmerksamkeit« hörte, wäre ich am liebsten sofort aufgesprungen. Ich griff bereits nach meinem Rucksack, als mich eine warme Stimme aufhorchen ließ.

»Danke an Jan und an alle anderen, die heute Abend ihr Wissen mit uns geteilt haben. Ich denke, ich bin nicht der Einzige, der viel Neues dazulernen durfte«. Als ich aufsah, erkannte ich, dass die Stimme zu einem jungen Mann gehörte, der gerade die Bühne betrat. Ich schätzte ihn auf Mitte zwanzig, vielleicht zwei oder drei Jahre älter als ich.

Er war groß, hatte dunkelbraune Locken und trug eine ovale Brille mit braunem Rand. Im Gegensatz zu der Latzhose mit welligem Regenbogen-Print und den pinken Doc Martens, für die ich mich heute entschieden hatte, war sein Outfit eher schlicht: blaue Jeans, schwarzes T-Shirt und weiße Sneakers, die ihre besten Tage bereits hinter sich hatten. Er war so unscheinbar, dass er mir bis jetzt nicht aufgefallen war. Doch seine Stimme klang wie die eines Hörbuchsprechers, was ihn mir auf unerklärliche Weise sofort sympathisch machte.

»Für die unter euch, die mich noch nicht kennen, mein Name ist Oscar«, stellte er sich vor. »Ich leite die *Future Force.*«

In meinem Kopf machte es Klick. Er war derjenige, der Lillys Upcycling-Möbel an ihrem Flohmarktstand entdeckt und sie zur Veranstaltung eingeladen hatte.

»Eigentlich wollte ich heute Abend auch schon die Begrüßung übernehmen, aber leider hat mich eine kleine Rettungsmission zu Hause festgehalten.« Oscar machte eine Kunstpause und sah sich im Raum um. »Da hinten findet ihr unser Büfett, an dem ihr euch gern bedienen könnt. Ich habe den Nudelsalat mitgebracht – Probieren auf eigene Gefahr. Beim Kochen habe ich nebenbei eine Serie geschaut und war so gebannt, dass ich es mit dem Würzen etwas übertrieben habe. Geschmacklich ist es sehr … intensiv.«

Das Publikum reagierte mit einem Lacher auf seinen gespielt zerknirschten Gesichtsausdruck.

»Mit Annas Pizzaschnecken seid ihr also im Zweifelsfall besser beraten.«

Ich konnte nicht anders, als zu lächeln. Auch bei mir gingen im Alltag gern einmal Dinge schief, und ich fand, dass Humor und Selbstironie die beste Art waren, damit umzugehen.

Während Oscar noch ein paar Dinge zur *Future Force* und ihrem Engagement erzählte, ließ ich meinen Blick wieder durch das Publikum wandern. Ich erwartete, dass die ersten Leute langsam unruhig werden und erneut auf ihr Smartphone oder hungrig zum Büfett schauen würden. Was ich jedoch stattdessen sah, ließ mein Lächeln gefrieren.

Die gesamte Aufmerksamkeit des Raums war auf Oscar gerichtet. Alle nickten und lächelten und schienen beim Zuhören förmlich an seinen Lippen zu kleben. Sofort spürte ich, wie das meiner Sympathie für ihn einen herben Dämpfer verpasste. An die Stelle des amüsierten, gelösten Gefühls, das ich gerade noch empfunden hatte, trat nun plötzlich eine dumpfe Leere. Die Reaktionen auf Oscar kamen mir schmerzhaft bekannt vor.

Sie erinnerten mich an jemand anderen, der bei unserer ersten Begegnung ebenfalls so warm und herzlich gewesen war, dass ich mich in seiner Gegenwart direkt wohlgefühlt hatte. An jemanden, der auch immer wie der nette Typ von nebenan gewirkt hatte, der keiner Fliege etwas zuleide tun konnte. Auch er hatte es mit Leichtigkeit geschafft, andere zum Lachen zu bringen, und war stets das Zentrum der Aufmerksamkeit gewesen, sobald er einen Raum betreten hatte.

Ich merkte, wie Wut die Leere in meinem Körper zu füllen begann und sich ungebremst gegen Oscar richtete. *Ich kenne Typen wie dich*, schoss es mir durch den Kopf, und auch wenn ich mich ermahnte, rational zu bleiben, setzte sich die folgende Gedankenspirale dennoch erbarmungslos in Gang. Ich stellte mir vor, wie Oscar seine Freundin belog, wie er auf einer Party jemand anderen küsste, wie er das Ganze abstritt und behauptete, mit seiner Freundin würde nur die Fantasie durchgehen. Ich sah sein falsches, beschwichtigendes Lächeln, das bald darauf zu einem überheblichen und abschätzigen Grinsen wurde und die Hände zu Fäusten geballt, sah ich Oscar voller Wut und Enttäuschung an.

Ohne es zu wollen, stieß ich ein genervtes Stöhnen aus und riss mich damit selbst zurück in die Realität. Das Geräusch war nicht gerade leise gewesen, und einen Moment lang hoffte ich inständig, dass es dennoch niemand gehört hatte. Doch da drehte Oscar bereits seinen Kopf in meine Richtung. Ich sah die Frage in seinem Blick, der trotz meiner unhöflichen Unterbrechung offen und freundlich war.

Am liebsten wäre ich im Boden versunken. Aus meiner Theaterzeit wusste ich genau, wie verunsichernd eine solche Reaktion aus dem Publikum sein konnte. Egal wie intensiv meine Wut gerade auch noch gewesen war, ich hatte sie auf gar keinen Fall nach außen tragen wollen. Schnell bemühte ich mich um eine Unschuldsmiene, und zu meiner großen Erleichterung schien es zu funktionieren, denn Oscars Mund verzog sich zu einem verschmitzten Grinsen. Es überraschte mich, wie deutlich ich plötzlich meinen eigenen Herzschlag wahrnahm.

Eine Woge unterschiedlicher Gefühle schwappte über mich hinweg. Ich war immer noch wütend, gleichzeitig fühlte ich mich ertappt. Und dann war da noch etwas anderes, das ich nicht einordnen konnte.

Nach einem Moment, der sich wie eine Ewigkeit anfühlte, sprach Oscar weiter, als wäre nichts gewesen, und ich zwang mich, langsam und ruhig zu atmen. Ich kannte ihn nicht, und er kannte mich nicht. Wir sahen uns heute Abend zum ersten Mal. Er hatte diese Dinge nicht getan. Nicht er. Nacheinander konzentrierte ich mich auf meine verkrampften Finger, meinen angespannten Bauch und die hochgezogenen Schultern und zwang mich zu entspannen.

Es ist alles gut, sagte ich mir dabei in Gedanken und wiederholte den Satz so lange, bis die Worte auch wirklich bei mir ankamen. Auch wenn es nicht zum ersten Mal passierte, dass meine Gedanken mir derart entglitten, wurde das Gefühl dabei mit der ständigen Wiederholung nicht weniger intensiv. Es war aufwühlend und ermüdend zugleich, und auch dieses Mal ärgerte ich mich über mich selbst, weil ich noch immer keine Strategie gefunden hatte, um damit umzugehen.

Als Oscar kurz darauf den offiziellen Teil des Abends beendete und alle ihre Aufmerksamkeit dem Büfett zuwandten, hatte ich mich wieder im Griff. Betont locker stand ich auf, schüttelte meine Arme und Beine aus und schob mir eine Strähne hinters Ohr.

Meine Haare reichten mir inzwischen bis zum Schlüsselbein und erinnerten mich daran, dass ich einen Friseurtermin ausmachen wollte, um mal wieder die Spitzen schneiden zu lassen.

»Deine Haare wissen nicht, ob sie blond oder braun, lang oder kurz, glatt oder lockig sein wollen. Du musst da dringend eine Entscheidung treffen. Bei Castings wird ein bestimmter Typ gesucht, und dieses Zwischending ist da ganz eindeutig ein Nachteil für dich.«

Viel zu lange hatte ich auf *seine* vermeintlich guten Ratschläge gehört. Sie hatten mich dazu gebracht, meine Haare hellblond zu färben und sie wachsen zu lassen. Weil sie eigentlich zu fein dafür waren, hatte ich Tape Extensions getragen und sie alle paar Wochen wieder hochsetzen lassen müssen.

Der straßenköterblonde, leicht gewellte Long Bob, den ich nun trug, war der erste optisch sichtbare Befreiungsschlag von *ihm* gewesen, und meine Haare zu berühren half mir auch heute dabei, mich wieder auf die Realität zu konzentrieren. Genauso wie Lillys Hand, die ich in dem Moment auf meinem Arm spürte.

»Es tut mir echt leid, Mila«, raunte sie mir zu, und das schlechte Gewissen in ihrer Stimme war unüberhörbar. »Hätte ich gewusst, dass das alles hier so lange dauert, dann hätte ich dich garantiert nicht gezwungen mitzukommen.«

»Das hast du nicht, mach dir keine Sorgen.« Beruhigend lächelte ich ihr zu. Bestimmt hatte auch sie mein genervtes Stöhnen gehört, und ich wollte ihr auf gar keinen Fall ein schlechtes Gefühl geben. Das hier war ihr Abend.

»Dein Vortrag hat mir echt gut gefallen«, sagte ich daher. »Du hast sehr frei gesprochen und die PowerPoint fand ich auch gut.« Mein prototypisches Schulreferats-Feedback brachte Lilly zum Lachen. Diesen kurzen Moment nutzte ich, um mir ein paar passende Worte zurechtzulegen. »Nein, mal im Ernst. Du hast das richtig gut gemacht, und die anderen Themen heute Abend fand ich auch sehr interessant. Ich habe viel Neues über Nachhaltigkeit gelernt. Nur meine Konzentration … Du weißt ja, dass das bei mir immer so eine Sache ist. Aber ich arbeite daran.«

Lilly nickte verständnisvoll und wandte ihren Blick dann Jasper zu, der in diesem Moment mit einer Pizzaschnecke in der Hand neben mich trat. Er hatte sich seinen schwarzen Mantel lässig über die Schulter geworfen und hielt ihn mit dem Zeigefinger fest. Eine Pose, die bei jemand anderem vielleicht albern gewirkt hätte, bei Jasper jedoch absolut natürlich aussah.

»Am Ende ist die Konzentration vermutlich bei allen ein wenig flöten gegangen«, sprang er mir zur Seite. »Ich kann mir aber auch gut vorstellen, dass es schwierig ist, sich kurz zu fassen, wenn einem ein Thema wirklich wichtig ist.«

Ich nickte, weil ich wusste, dass er recht hatte. Doch der kleine Rest Wut, den ich noch immer verspürte, stachelte mich an, ihm dennoch zu widersprechen.

»Ich verstehe, was du meinst, Jasper«, hörte ich mich sagen, bevor ich es mir anders überlegen konnte. »Aber wer so viel Inhalt in einen Abend quetscht, dass einem beim Zuhören fast das Gehirn platzt, braucht sich auch nicht zu wundern, wenn beim nächsten Mal niemand mehr kommt.«

»Also ich persönlich fände es sehr schade, wenn ihr nicht noch mal herkommen würdet.« Es war die Hörbuchstimme, die plötzlich dicht hinter mir erklang, und ich spürte, wie sich die Härchen in meinem Nacken aufstellten. Ein zweites Mal an diesem Abend fühlte ich mich ertappt und verfluchte mich innerlich selbst.

Als wäre es nicht schon genug gewesen, dass ich Oscars Abschlussrede gestört hatte. Nein, er musste jetzt natürlich auch noch mitbekommen, wie ich seine Veranstaltung kritisierte. Es war wie in einem schlechten Film, in dem die Protagonistin alles dafür tat, auch ja kein Fettnäpfchen auszulassen.

Vermutlich hielt Oscar mich nun für unhöflich und taktlos. Auch wenn sein Tonfall eher amüsiert als gekränkt geklungen hatte, drehte ich mich zu ihm, um mich zu entschuldigen.

Doch er sprach bereits weiter. »Mir ist ehrliches Feedback wichtig. Vorne an der Bühne liegen Zettel und Stifte. Wenn du magst, kannst du gern Verbesserungsvorschläge aufschreiben. Dafür wäre ich sehr dankbar.«

Er schenkte mir dasselbe Grinsen wie kurz zuvor auf der

Bühne, und bevor ich noch irgendetwas erwidern konnte, wandte er sich bereits der nächsten Gruppe zu. Das leichte Kribbeln, das sich nun in meinem Bauch breitmachte, musste mit meinem schlechten Gewissen zusammenhängen. Und das hatte ich absolut zu Recht. Grundlos wütend auf Oscar zu sein, war eine Sache. Ihn das aber auch noch spüren zu lassen, obwohl er mir absolut nichts getan hatte, war nicht okay.

»Das ist dann wohl der Moment, in dem wir unauffällig das Weite suchen, oder?«, fragte Jasper trocken.

Ich nickte ihm und Lilly zu, doch als wir uns gerade auf den Weg zur Wendeltreppe machten, die hinunter ins Erdgeschoss führte, hielt uns ein Teilnehmer mit blau gefärbten Haaren auf. Er bestürmte Lilly geradezu mit Fragen zu ihren Möbeln, daher gab ich ihr ein Zeichen, dass wir vor der Tür auf sie warten würden.

Dann folgte ich Jasper nach unten ins Erdgeschoss. Dort befand sich das Café, zu dem der Veranstaltungsraum unter dem Dach gehörte.

»Hab ich dir schon gesagt, dass ich deinen Mantel mag?«, fragte ich meinen besten Freund, als wir an den kleinen Tischen und der Theke vorbei in Richtung Ausgang gingen.

Jasper hatte es auch heute Abend wieder einmal geschafft, so auszusehen, als wäre er einem Hochglanz-Modemagazin entsprungen – ein Talent, um das ich ihn wirklich beneidete. Während ich mich in unserer Schulzeit durch alle erdenklichen Fashion Blogs geklickt hatte, um herauszufinden, was mir wohl stehen könnte, hatte Jasper immer schon ein gutes Gespür für Stil gehabt. Im Gegensatz zu meinen Outfits, die oft laut und bunt waren, entschied er sich meist für klassische, zeitlose

Schnitte. Heute hatte er einen cremefarbenen Rollkragenpullover mit einer schwarzen Stoffhose und einem eleganten Gürtel mit runder silberner Schnalle kombiniert.

Am Morgen hatte ich ihn außerdem dabei beobachtet, wie er im Bad mit seiner Haarschneidemaschine hantiert hatte. Alle paar Monate war Jasper gelangweilt von seiner aktuellen Frisur. Diesmal hatten seine Braids dran glauben müssen, und er hatte seinen Afro stattdessen fein säuberlich in einen Fade Cut verwandelt.

»So oft, wie du mich auf diesen Mantel ansprichst, sollte ich die Zeichen wohl langsam mal richtig deuten und ihn dir ausleihen.« Jasper zog belustigt die Augenbrauen nach oben, doch als wir durch die Tür hinaus auf die große Holzplattform traten, auf der das Café stand, wurde sein Blick wieder ernst. »Mila, ist alles okay bei dir? Ich meine nicht die Situation gerade eben – die wäre uns, glaube ich, allen ein bisschen peinlich gewesen.«

»Na danke«, murmelte ich, doch Jasper ging nicht darauf ein.

»Ich habe deinen Gesichtsausdruck beobachtet, als dieser Oscar auf der Bühne stand. Du sahst richtig wütend aus. Ist es, weil er dich an Niklas erinnert?«

Als er den Namen aussprach, zuckte ich zusammen und ärgerte mich noch im selben Moment über meine heftige Reaktion. So schön es auch war, dass Jasper und ich uns nach all den Jahren unserer Freundschaft inzwischen in- und auswendig kannten, wünschte ich in diesem Moment doch, er wäre ein bisschen weniger aufmerksam. Und vielleicht auch ein bisschen weniger direkt, denn mit seiner Vermutung hatte er komplett ins Schwarze getroffen.

Ich zögerte einen Moment und betrachtete dabei das Café. Mit seiner Holzverkleidung, der hübschen Veranda, dem Satteldach mit den grauen Schindeln und den großen Giebelfenstern machte das Häuschen seinem Namen wirklich alle Ehre. In großen, geschwungenen Buchstaben stand er über der Eingangstür: *Baumhauscafé*.

Natürlich wusste ich es zu schätzen, dass Jasper sich um mich sorgte und für mich da sein wollte. Doch ich fühlte mich nicht bereit dazu, ein Gespräch über dieses Thema zu führen. Vor allem nicht hier, wo uns möglicherweise jemand belauschen konnte, und schon gar nicht nach der Gefühlsachterbahn, die der heutige Abend bereits gewesen war.

Ich versuchte mich an einem Lächeln und einem möglichst entspannten Tonfall. »Nein, ich war nur mit dem Kopf woanders. Das hatte nichts mit ihm zu tun.«

Jasper wirkte nicht sonderlich überzeugt. Doch er schien zu spüren, dass es nichts brachte, weiter nachzuhaken, und wechselte bereitwillig das Thema. »Dann freut es dich doch bestimmt, dass ab morgen ein so spannendes Programm auf dich wartet. Da wird garantiert keine Langeweile mehr aufkommen.«

Sein ironischer Tonfall brachte mich zum Lachen. Morgen begann das neue Semester. Es war mein fünftes, und mein Politikstudium näherte sich damit langsam dem Ende.

»Ich kann's kaum erwarten«, antwortete ich mit gespielter Begeisterung. Es war nicht so, dass ich mein Studium nicht mochte. Doch nach heute Abend war mir definitiv nicht nach noch mehr Stillsitzen und Zuhören zumute.

Weil allein der Gedanke daran plötzlich einen unbändigen Bewegungsdrang in mir auslöste, hakte ich mich bei Jasper unter und zog ihn den Holzsteg entlang, der vom Café aus in Richtung einer großen, zylinderförmigen Konstruktion aus Holz und Metall führte. Diese bildete den Start- und Endpunkt des Baumwipfelpfads – der örtlichen Touriattraktion, zu der auch das Baumhauscafé gehörte. Der Turm war kein solides Gebäude, sondern bestand aus Pfeilern, die einen Kreis mit etwa zwanzig Metern Durchmesser bildeten. Innen führte ein Weg spiralförmig nach oben. Zu Beginn des Abends hatten wir dort einige Runden drehen müssen, bis wir auf den fünfzehn Metern Höhe angekommen waren, auf denen wir uns nun befanden. Dort hatten wir uns dann für die Abzweigung entschieden, die zum Café führte. Die andere Option wäre ein Holzsteg gewesen, über den man den Baumwipfelpfad betreten konnte. Der führte, auf Pfähle gestützt, einmal kreuz und quer durch den Wald, und man hatte von dort einen tollen Blick über Elderstedt.

Inzwischen war es dunkel geworden, sodass von den rotbraunen Dächern der Fachwerkhäuser in der Altstadt leider nicht mehr viel zu erkennen war. Lediglich der See war zu erahnen. Wir machten uns in gemütlichem Tempo auf den Weg nach unten. Etwa auf der Hälfte der Strecke holte Lilly uns ein. Während Jasper und sie begannen, sich über einen der Vorträge zu unterhalten, wanderten meine Gedanken wieder zum morgigen Tag.

Ich bemühte mich, meinen Blick auf das Positive zu lenken. Die Uni würde auf jeden Fall wieder etwas mehr Routine in meinen Alltag bringen, und das war etwas Gutes. Außerdem würde ich dadurch keine Zeit haben, mir weiterhin den Kopf über die unangenehme Situation mit Oscar zu zerbrechen. Bis jetzt war er mir noch nie auf dem Campus begegnet. Die Chancen standen also gut, dass ich ihn nie wiedersehen würde, und damit konnte ich den heutigen Abend getrost vergessen.

Wie immer, wenn ich unsere Wohnung betrat, breitete sich ein vertrautes, warmes Gefühl in mir aus. Die WG, in der ich seit Studienbeginn zusammen mit Jasper, Lilly und Nour lebte, fühlte sich genauso an, wie es ein Zuhause tun sollte. Wie ein gemütlicher und sicherer Rückzugsort. Ich lächelte, als ich auf das Bild blickte, das Lillys vierjährige Tochter vor ein paar Tagen im Kindergarten gemalt und abends ganz stolz an die Pinnwand neben der Tür gehängt hatte. Ein roter Teddy war darauf zu sehen, mit zwei gelben, einer grünen und einer blauen Pfote. Er trug einen Schal, und Nour hatte Lilly diktiert, dass sie den Satz »Günther der Bär mag den Winter sehr« unten auf das Blatt schreiben sollte.

Von außen betrachtet war unsere Wohnung vielleicht nicht perfekt. Die Tür, die links in die Küche führte, klemmte und brauchte immer einen kleinen Tritt, um richtig zu schließen. Auf der anderen Seite des Flurs lag das Bad. Dort musste man mindestens zwei Minuten lang warten, bis das Wasser unter der Dusche eine halbwegs erträgliche Temperatur hatte, und daneben, in Lillys und Nours Zimmer, war der kleine Balkon unbenutzbar geworden, seitdem eine Gruppe Tauben ihn zu ihrem Zuhause auserwählt hatte.

Doch ich hätte nirgendwo anders leben wollen.

Ich seufzte kurz, zog meine pinken Docs aus und stellte sie neben Nours kleine gelbe Gummistiefel ins Schuhregal. Die

Garderobe an der gegenüberliegenden Flurwand war meiner Meinung nach eine von Lillys schönsten Arbeiten. Sie bestand aus einem großen weißen Holzrahmen, in dem Lilly eine Reihe von Birkenstämmen befestigt hatte. Ich hängte meine Jacke an eine der Astgabeln.

»Gute Nacht«, rief Jasper, der schon auf halbem Weg in sein Zimmer war. Lillys und meine Antwort bestand aus einem synchronen Gähnen.

»Magst du zuerst ins Bad?«, fragte sie mich, doch ich winkte ab. »Geh du ruhig.« Dankbar lächelte Lilly mir zu und gähnte noch einmal, bevor sie ins Badezimmer trat und nach ihrer Zahnbürste griff.

Ich nahm meinen Rucksack und ging damit zur Tür neben der Küche, die in mein Zimmer führte. Als ich es betrat, schaltete ich wie immer zuerst die Lampionkette an, die über meinem Bett hing und für gemütliches warmweißes Licht sorgte. Ich warf einen kurzen Blick zu meinen Pflanzen, die an jedem freien Platz im Zimmer standen. Einige hingen auch in selbst geknüpften Makramees von der Decke. Es schien ihnen gut zu gehen, nur die große Efeutute auf meinem Kleiderschrank würde ich morgen gießen müssen, denn sie rollte bereits ein wenig ihre Blätter ein.

Ich stellte meinen Rucksack beiseite und ließ mich dann erschöpft auf meinen Schreibtischstuhl fallen. Es war bereits kurz nach Mitternacht, und ich hörte förmlich, wie die vielen bunten Kissen auf meinem Bett nach mir riefen.

Doch es gab noch eine Sache, die ich erledigen musste, bevor ich schlafen gehen konnte. Mit einem Seufzen griff ich nach meinem Smartphone. Eigentlich war ich mir zu neunundneunzig

Prozent sicher, dass meine erste Uni-Veranstaltung morgen um acht Uhr begann. Doch weil ich mich selbst kannte und wusste, wie gern ich solche Details wie Uhrzeiten vergaß oder verwechselte, wollte ich lieber noch mal auf Nummer sicher gehen.

Es war mir wichtig, beim ersten Seminartreffen pünktlich zu erscheinen. Zum einen weil Professor Albrecht dafür bekannt war, einfach mit dem Sprechen aufzuhören, wenn jemand zu spät den Raum betrat, und erst dann wieder damit zu beginnen, wenn die Person unter den Blicken aller anderen zu ihrem Platz gelaufen war. Das würde ich mir wirklich gern ersparen. Zum anderen wollte ich auf keinen Fall das Referatsthema abbekommen, das am Ende übrig blieb.

Daher öffnete ich die App meiner Fakultät und rief meinen Stundenplan auf. Ich nickte zufrieden, als ich in der Spalte für den nächsten Tag ein kleines Rechteck erblickte, in dem »Politische Theorie, 8–10 Uhr c. t.« stand. Um pünktlich aufzuwachen, stellte ich mir gleich drei Wecker, die jeweils fünf Minuten zeitversetzt klingeln würden. Dabei entschied ich mich für den schrillsten Klingelton, den mein Smartphone zu bieten hatte.

Obwohl ich damit nun wirklich alle Sicherheitsmaßnahmen getroffen hatte, merkte ich, wie angespannt ich dennoch im Hinblick auf den Semesterstart war. Es war nicht so, dass ich an meiner Intelligenz zweifelte. Mir war klar, dass ich klug genug für das Studium war, und in meinen Prüfungen schrieb ich auch fast immer gute Noten.

Doch der Weg dorthin war harte Arbeit. Neben meinen Konzentrationsproblemen fiel es mir auch jedes Mal aufs Neue schwer, meinen Uni-Alltag zu organisieren. Ich hatte einfach kein Gefühl dafür, wie lange ich für das Erledigen einer Aufgabe brauchte, und begann deswegen meist reichlich spät damit. Wenn ich erst einmal in meinem Arbeitsfluss war, konnte ich so viel auf einmal schaffen, dass es mich oft selbst überraschte. Doch in diesen Zustand zu kommen war schwierig, vor allem wenn es so viel Ablenkung gab.

Lilly und Jasper fanden mich deswegen an den Vorabenden von Abgaben regelmäßig an meinem Schreibtisch vor, wo ich stundenlang saß, das Essen und Trinken vergaß und händeringend versuchte, schnell noch alles fertig zu bekommen.

»Du würdest wahrscheinlich selbst deinen Kopf vergessen, wenn er nicht angewachsen wäre.« Jasper hatte vorhin natürlich absolut richtig gelegen. Die Stimme in meinem Kopf gehörte zu Niklas, meinem Ex-Freund. Fast spürte ich die Faust, mit der er mir nach diesem Satz auf die Stirn geklopft hatte, nur um mir danach lachend durch die Haare zu wuscheln. Seine Bemerkungen hatten sich im Laufe der Zeit immer seltener nach einem harmlosen Spaß angefühlt, sondern vielmehr nach gezielten Demütigungen.

Auch zwei Jahre nach der Trennung fiel es mir noch schwer, mich nicht nur auf all die Schwächen zu konzentrieren, die er in mir gesehen hatte.

Ich schüttelte den Kopf, um die Erinnerungen an Niklas zu vertreiben, und wollte mein Smartphone schon zur Seite legen, als mir noch der Gedanke kam, kurz in meine Mails zu schauen. Vielleicht waren dort in den letzten Tagen ja noch Infos zum Seminar eingetrudelt. Als ich die App öffnete, leuchtete dort tatsächlich eine neue Mail auf. Allerdings drehte sie sich weder um »Politische Theorie«, noch kam sie von Professor Albrecht. Stattdessen lautete der Betreff »Ihre Stipendienvoraussetzungen«.

Das konnte nichts Gutes bedeuten. Ich verzog das Gesicht und öffnete die Nachricht äußerst widerwillig.

Sehr geehrte Frau Lešnik,

wie Sie bereits wissen, gehört neben einem sehr guten Notendurchschnitt und der regelmäßigen Teilnahme an Veranstaltungen unserer Stiftung auch ein ehrenamtliches Engagement zu den Voraussetzungen für den Erhalt Ihres Stipendiums. Die Arbeit in einem Verein, einer sozialen Einrichtung oder Organisation Ihrer Wahl hat dabei wöchentlich zu erfolgen. Im letzten Semester wurde Ihnen nach Beendigung Ihres bisherigen Engagements eine Frist von sechs Wochen bewilligt, um einen Ersatz zu finden. Da wir seither keine Rückmeldung von Ihnen erhalten haben, fordern wir Sie nun dazu auf, uns innerhalb von vierzehn Tagen einen Nachweis Ihres ehrenamtlichen Engagements zukommen zu lassen. Sonst sehen wir uns leider gezwungen, Ihren Stipendienplatz anderweitig zu vergeben.

Mein Atem stockte, und ich merkte, wie mein Magen sich schmerzhaft zusammenzog. Die Mail kam von der Stiftung, mit deren Hilfe ich mein Studium finanzierte. Das Nachhilfeprojekt, für das ich mich bisher engagiert hatte, war im letzten Semester eingestellt worden, und ich hatte mich eigentlich direkt um Ersatz kümmern wollen.

Doch die Prüfungsphase hatte mich so sehr gestresst, dass ich das Thema immer weiter vor mir hergeschoben hatte. Die

Erinnerung war in meinem digitalen Terminkalender von einem Tag auf den nächsten gewandert. Irgendwann musste ich dann aber wohl vergessen haben, sie zu verschieben. Vermutlich am Abgabetag meiner Hausarbeiten, an dem ich wieder einmal eine hochkonzentrierte Nachtschicht hatte einlegen müssen.

Ich schüttelte vehement den Kopf, genervt von mir selbst. Ich wusste doch ganz genau, wie viel daran hing. Mich in den Semesterferien um das Ehrenamt zu kümmern, wäre so viel entspannter gewesen, als jetzt innerhalb von vierzehn Tagen etwas finden zu müssen.

Mit einem Blick auf das Datum der Mail musste ich mich seufzend korrigieren. Die Frist, die mir die Sachbearbeiterin gegeben hatte, war bereits zur Hälfte verstrichen. Mir blieb also nur noch eine Woche, um das Ganze zu regeln. Ich fluchte und vergrub meinen Kopf in den Händen. Die Vorstellung, mein Stipendium und die damit verbundene Freiheit zu verlieren, schnürte mir die Kehle zu.

Ich merkte, dass mein Puls sich beschleunigt hatte und meine Hände schwitzig geworden waren. Mit einer ruckartigen Bewegung wischte ich sie an den Hosenbeinen ab. Panik brachte mich jetzt auch nicht weiter. Ich brauchte dieses Stipendium.

Zwar waren meine Eltern beide berufstätig und verdienten genug, um für meinen Lebensunterhalt und die Studiengebühren aufkommen zu können, doch auch wenn mir das Geld zugestanden hätte, wollte ich nicht länger von ihnen abhängig sein. Nicht nach dem, was vor zwei Jahren passiert war.

Das Vertrauen zwischen uns, das zuvor so selbstverständlich da gewesen war, hatte sich von einem Moment auf den anderen in Luft aufgelöst. Zu ihnen zurückzuziehen, um Geld zu sparen, war daher auch keine Option.

Meine Gedanken begannen zu kreisen, und ich zwang mich, tief durchzuatmen. Noch war die Frist ja nicht verstrichen. Ich hatte sieben Tage. Das würde ich schon irgendwie schaffen.

KAPITEL 2

»Der Politikbegriff bei Hannah Arendt«, las Professor Albrecht das nächste Referatsthema vor und sah fragend in die Runde. Schnell hob ich die Hand und beglückwünschte mich innerlich dazu, heute überpünktlich im Seminarraum erschienen zu sein. Statt wie sonst den Snooze-Button zu drücken, war ich direkt beim Klingeln des ersten Weckers aufgestanden. Wahrscheinlich, weil mir das Stipendien-Thema im Nacken saß und ich mir selbst beweisen wollte, dass ich mein Leben zumindest in anderen Bereichen im Griff hatte.

Auf dem Weg zum Seminarraum war ich wieder einmal sehr dankbar dafür gewesen, dass meine Uni sich nicht in irgendeinem verwinkelten, historischen Gebäude in der Innenstadt befand. Stattdessen hatte man sich vor ein paar Jahren dafür entschieden, einen Campus aus modernen, rechteckigen Gebäuden mit Glasfassade am Ufer des Eldersees zu bauen. In jedem der Gebäude war eine andere Fakultät untergebracht, und ich liebte das simple und logische System, nach dem die Hörsäle und Seminarräume nummeriert waren.

Sich zu verlaufen war dadurch eine Sache der Unmöglichkeit, und so hatte ich den Raum heute bereits um Punkt acht Uhr betreten. Das hatte sich eindeutig gelohnt, da unser Dozent das »c. t.« im Stundenplan geflissentlich ignoriert und direkt mit der Referatsverteilung begonnen hatte.

Aus dem Augenwinkel nahm ich wahr, wie schräg hinter mir ebenfalls jemand die Hand hob. Professor Albrecht nickte. »Mila Lešnik und Nhi Tran«, wiederholte er unsere Namen, während er sie aufschrieb. Als ich meinen Kopf drehte, blickte ich in das Gesicht einer Kommilitonin, die ich vom Sehen kannte. Nhi hatte lange, silbern gefärbte Haare und war mir schon häufiger wegen ihrer tollen Outfits aufgefallen.

Als ich sie nach dem Seminar darauf ansprach, wie sehr ich ihren Stil mochte, freute Nhi sich sichtlich darüber.

»Kannst du das mal meiner Mutter erzählen?«, fragte sie mich und warf dabei einen Blick nach unten zu ihrem karierten Rock, der Netzstrumpfhose und den schwarzen Doc Martens. »Sie hofft seit Jahren inständig, dass diese ›Phase‹ bald vorbei ist. Hauptsächlich, damit meine Tanten aus Vietnam endlich aufhören, sie zu fragen, warum ich keine anständige Kleidung trage.«

Sie schob eine Haarsträhne hinter ihr Ohr und gab damit den Blick auf einen schwarzen Tunnel-Ohrring mit silbernem Rand frei. »Die hier hasst sie ganz besonders, und sie fragt mich ständig, ob ich immer noch die Musik von ›diesem langhaarigen, zotteligen Typ‹ höre.«

»Kurt Cobain?«, mutmaßte ich, und Nhi seufzte theatralisch.

»Wie sagt man so schön? Eine Jugend ohne Nirvana-Phase ist zwar möglich, aber sinnlos. Inzwischen hab ich mein Musikrepertoire zwar schon längst erweitert, aber für meine Mutter ist Kurt immer noch die Quelle allen Übels.« Sie deutete auf die hellblaue Jeansjacke mit aufgestickten Sonnenblumen, die ich über dem Arm trug. »Hast du die von *Second Chance*? Die kommt mir irgendwie bekannt vor.«

Ich nickte. »Der ist quasi mein zweites Zuhause.«

»Geht mir genauso. Hey, damit leben wir wohl inoffiziell in einer WG.«

Diese Schlussfolgerung brachte mich zum Lachen, und ich stellte erleichtert fest, dass Nhi mir sehr sympathisch war. »Klingt gut! Ich glaube, unser Stil ist unterschiedlich genug, dass ich damit leben kann, den Laden zu teilen.« Dass wir ein gemeinsames Gesprächsthema hatten, beruhigte mich tatsächlich ungemein. Das würde unsere nächsten Treffen deutlich entspannter machen, denn Small Talk über das Wetter und die Qualität des Mensa-Essens war nicht unbedingt mein Ding.

So gern ich mich sonst auch mit anderen Menschen unterhielt, diese bemühten Gespräche strengten mich einfach nur an.

Nachdem Nhi und ich unsere Kalender abgeglichen und einen Termin für unser erstes Treffen gefunden hatten, fiel mir das Dilemma mit meinem Stipendium wieder ein.

»Sag mal, arbeitest du zufälligerweise irgendwo ehrenamtlich?«, fragte ich sie, während wir gemeinsam den Seminarraum verließen. »Ich bin gerade auf der Suche nach einer Organisation, für die ich mich engagieren kann.«

Nhi nickte. »Ich habe einen Patenhund, Sammy heißt er. Mit ihm gehe ich zweimal pro Woche spazieren. Wenn du magst, kann ich dir die Telefonnummer meiner Ansprechpartnerin im Tierheim geben.«

Mit einem Hund spazieren zu gehen, klang tatsächlich nach einem tollen Ehrenamt. Dennoch musste ich bedauernd den Kopf schütteln. »Das ist wirklich sehr nett von dir, danke.

Leider habe ich eine Tierhaarallergie.« Ich seufzte. »Dann werde ich wohl weitersuchen müssen.«

Nachdem ich mich von Nhi verabschiedet hatte, beschloss ich, dass ein wenig Ablenkung nicht schaden konnte. Noch war ich nicht bereit dazu, das warme Erfolgsgefühl gehen zu lassen, das sich seit dem pünktlichen Aufstehen am Morgen in mir breitgemacht hatte. Also ging ich die Treppe hinunter ins Erdgeschoss und betrat die Bibliothek, um dort nach Literatur für das Referat zu suchen. Tatsächlich fand ich gleich mehrere Bücher über Hannah Arendt sowie einige interessante Artikel in politischen Fachzeitschriften. Ich packte alles auf einen Stapel, setzte mich damit an einen der Tische und begann, mir die wichtigsten Informationen herauszuschreiben.

Ich kam gut voran, und als ich fertig war, teilten mir die Uhr und mein knurrender Magen mit, dass es Zeit fürs Mittagessen war.

Auf dem Weg zur Mensa traf ich auf Jasper, und weil der April beschlossen hatte, einen richtig guten Start mit Sonnenschein und angenehmen Temperaturen hinzulegen, beschlossen wir, uns etwas zum Mitnehmen zu holen. Mit je einem Falafel-Wrap in der Hand, machten wir uns wenig später auf den Weg zu dem kleinen Kiesstrand, der Teil des Uni-Campus war. Von dort aus führte ein Steg in den Eldersee, der zur Mittagszeit ganz klar der beliebteste Ort auf dem ganzen Gelände war.

Der See war an dieser Stelle nur etwa knietief, und im Sommer gab es nichts Schöneres, als die Beine ins Wasser baumeln zu lassen. Heute war es dafür leider noch ein wenig zu kühl, aber ich freute mich dennoch, als Jasper und ich noch ein freies

Plätzchen auf dem Steg fanden. Während wir unsere Wraps aßen, erzählte ich ihm von meiner Stipendien-Situation und beobachtete, wie sich seine Stirn in besorgte Falten legte.

»Du könntest es vielleicht mal im Seniorenheim versuchen«, schlug er vor. »Oder in der Uni-Bibliothek. Ich hab vorhin am schwarzen Brett gesehen, dass sie gerade Leute suchen.«

Dankbar sah ich ihn an. Das waren zwei wirklich gute Vorschläge, und es war nicht das erste Mal, dass Jasper es mit seiner ruhigen und pragmatischen Art schaffte, Ordnung in meine Gedanken zu bringen. Diese Eigenschaft schätzte ich sehr an ihm, und es erinnerte mich wieder einmal daran, dass ich die letzten Jahre ohne Jasper kaum überstanden hätte.

Als mein Körper sich nur noch wie eine leere Hülle angefühlt hatte, war er für mich da gewesen. Alles in mir hatte so geschmerzt, dass es sich unmöglich angefühlt hatte, Luft zu bekommen. Zu Beginn war Jasper mit dieser Situation komplett überfordert gewesen. Eine Weile lang hatte er nach beruhigenden Worten gesucht, doch als ihm nichts Passendes eingefallen war, hatte er sich einfach neben mich gesetzt und nichts gesagt. War einfach nur *da* gewesen.

Als ich dann irgendwann bereit gewesen war, zumindest über einen Teil dessen zu sprechen, was passiert war, hatte er mir zugehört und mich zuerst gefragt, ob ich seine Meinung hören wollte, bevor er mir Ratschläge erteilt hatte. Dafür liebte ich ihn noch immer.

Nicht nur deswegen war es mir wichtig, ihm regelmäßig zu sagen, wie dankbar ich für unsere Freundschaft war. Das tat ich auch jetzt, und Jasper, der noch nie gut mit Komplimenten hatte umgehen können, reagierte wie üblich. Mit Sarkasmus.

»Du weißt doch, wie das bei uns ist. Ich halte dich am Boden, und du lässt mich fliegen.«

Doch trotz des Kalenderspruchs wusste ich, dass Jasper es ernst meinte. Es war ihm immer schon schwergefallen, locker zu sein und neue Leute kennenzulernen. Daher hatte ich ihn bereits im Kindergarten an die Hand genommen und ihn mitgezogen, wann immer es etwas zu erleben gab.

Als ich Jasper nun dabei beobachtete, wie er seinen Blick über den See wandern ließ, fiel mir auf einmal auf, wie erschöpft er aussah. Seine Mundwinkel waren zwar nach oben gezogen, doch er wirkte plötzlich genauso müde und geistesabwesend wie beim Vortragsabend der *Future Force*.

»Geht es dir gut?«, fragte ich ihn vorsichtig und beobachtete, wie seine Schultern sich bei meinen Worten anspannten. Schnell sah er zu mir.

»Ja, alles okay. Ich hab gerade nur viel zu tun und hab es in den letzten Wochen vielleicht auch ein bisschen übertrieben. Ich wollte unbedingt schon so viel Lernstoff wie möglich durcharbeiten. Du weißt schon, die freien Tage sinnvoll nutzen, damit im Semester nicht so viel Zeug auf mich zukommt.«

Schön, dass zumindest einer von uns sein Zeitmanagement im Griff hat, dachte ich bitter, nickte aber verständnisvoll.

Jaspers Zielstrebigkeit war wirklich bewundernswert. Schon in der fünften Klasse hatte er genau gewusst, dass er später einmal Jura studieren und Anwalt werden wollte. Währenddessen war ich selbst in unserem Abschlussjahr noch so überfordert von der schieren Menge an Möglichkeiten gewesen, dass ich einfach auf gut Glück Politikwissenschaften gewählt hatte. Das hatte allgemein genug geklungen, um danach beruflich viele Möglichkeiten zu haben. Quasi mein persönliches BWL, nur ein klitzekleines bisschen weniger klischeehaft.

Ich sah Jasper eindringlich an. »Versprichst du mir, dass du Bescheid sagst, wenn du Unterstützung bei irgendetwas brauchst? Oder auch, wenn du einfach nur abgelenkt werden möchtest. Ich bin immer für dich da, das weißt du, oder?«

Jaspers Lächeln wirkte nun aufrichtiger, und er nickte.

Bevor ich den Campus für heute verließ, schaute ich noch mal kurz in der Bibliothek vorbei. Als ich dort nach der Ausschreibung fragte, wurde mir gesagt, dass tatsächlich Leute für eine ehrenamtliche Tätigkeit gesucht wurden. Allerdings ging es dabei nur um eine Inventur, die an zwei Wochenenden stattfinden sollte. Da ich für das Stipendium etwas Regelmäßiges brauchte, kam das also leider ebenfalls nicht infrage.

An der Uni gab es für mich danach nichts mehr zu tun, und ich hätte mich eigentlich auf den Nachhauseweg machen können. Doch neben der Suche nach dem Ehrenamt stand auch noch eine weitere ungeliebte Tätigkeit auf meiner To-do-Liste. Die Versuchung, sie einfach aufzuschieben, war groß. Aber ich wusste, wie dankbar Zukunfts-Mila sein würde, wenn ich sie heute erledigte. Also verließ ich den Campus und stieg in den Bus, um ans andere Ende von Elderstedt zu fahren.

Als ich mich einige Zeit später mit einem tiefen Seufzen über einen Stapel Briefe beugte, wünschte ich mich fast zurück in die Uni. Die erste Sitzung in »Politische Theorie« am Vormittag zwar ziemlich langweilig gewesen. Doch zumindest hatte es in dem Raum große Fenster gegeben. Und Tageslicht. Der Bürostuhl, auf dem ich jetzt saß, quietschte bei jeder kleinen Bewegung. Es war wirklich langsam an der Zeit, dass meine Eltern sich einen neuen zulegten.

Ich atmete tief durch und bereute es direkt. Das winzige, fensterlose Hinterzimmer ihres Bestattungsinstituts war stickig, und der Teppichboden hätte schon längst einmal ersetzt werden müssen. Doch meine Eltern waren schon genug ausgelastet, und dieser Raum, den niemand außer mir betrat, stand auf ihrer Prioritätenliste nicht sonderlich weit oben.

Der Beruf meiner Eltern war der Grund dafür, dass ich als Kind mehr Zeit auf Friedhöfen als auf Spielplätzen verbracht hatte. Die beiden hatten früher gern gescherzt, dass ich ja schon mal Ausschau nach einem schönen Platz für sie halten könnte. Jasper hatte das furchtbar makaber gefunden, doch für mich war dieser lockere Umgang mit dem Tod immer etwas ganz Normales gewesen.

Inzwischen war in meiner Familie leider niemandem mehr nach Scherzen zumute. Dennoch kam ich weiterhin einmal pro Monat für einen Nachmittag ins Bestattungsinstitut, um meine Eltern bei ihrem Papierkram zu unterstützen. Die beiden waren erst im Erwachsenenalter von Slowenien nach Deutschland ausgewandert, und Deutsch war nicht ihre Erstsprache. Im Alltag war das inzwischen kein Problem mehr, doch bei bürokratischen Dingen stand ihnen die Sprachbarriere manchmal noch im Weg. Trotz der angespannten Stimmung zwischen uns hatte ich es nicht über mich gebracht, sie in dieser Hinsicht hängen zu lassen.

Mit einem Augenrollen legte ich einen Brief vom Finanzamt auf den Stapel vor mir. Das war der letzte für heute gewesen.

Damit war ich fertig und hätte nun wirklich nach Hause gehen können, doch ich hörte meine Mutter draußen im Gang auf und ab laufen. Sie schien gerade mit jemandem zu telefonieren und die Details einer Trauerfeier zu besprechen. Da ich keine große Lust verspürte, ihr zu begegnen, griff ich nach meinem Smartphone und suchte online nach der Telefonnummer des nächstgelegenen Seniorenheims. Wenn ich sowieso wartete, dann konnte ich die Zeit auch sinnvoll nutzen und mich um mein Ehrenamt kümmern.

Es dauerte eine Weile, bis jemand den Hörer abhob. Die Mitarbeiterin am anderen Ende klang gestresst, und als ich ihr mein Anliegen vortrug, seufzte sie tief.

»Dass Sie sich gern bei uns engagieren wollen, freut mich natürlich. Wir sind fast immer unterbesetzt und könnten dringend Unterstützung gebrauchen. Das Problem ist nur, dass bei uns gerade niemand Zeit hat, Freiwillige einzuarbeiten. Deswegen käme nur jemand mit Erfahrung im Bereich Altenpflege infrage. Haben Sie die?«

Leider musste ich verneinen. Damit hatte sich dann wohl auch meine dritte Option erledigt.

Ich bedankte mich für ihre Zeit, legte auf und stöhnte frustriert. Vielleicht war dieser Gedanke naiv gewesen, doch ich hatte mir die Suche irgendwie leichter vorgestellt.

»Was ist denn los, Mila, Schatz?«

Meine Mutter war in den Raum getreten, ohne dass ich es bemerkt hatte. Wie jedes Mal, wenn wir uns in den letzten beiden Jahren gesehen hatten, sprach sie so vorsichtig mit mir, als wäre ich ein angefahrenes Reh. Zaghaft machte sie einen Schritt auf mich zu und legte mir die Hand auf die Schulter.

»Gibt es etwas, worüber du sprechen möchtest?« Die Hoffnung in ihrer Stimme zu hören, tat mir fast körperlich weh. Ein Teil von mir hätte meine Mutter am liebsten in eine Umarmung gezogen und ihr sofort alles erzählt. Doch ich wusste, dass es besser war, wenn ich auf Distanz blieb. »Nein, alles gut, Mama«, sagte ich daher nur und griff nach den Briefen vor mir, um meinen zitternden Händen etwas zu tun zu geben.

»Es gibt zu Semesterbeginn einfach viel zu organisieren.«

Ich sah in ihrem Blick, dass sie gern noch weiter nachgefragt hätte, doch ich stand schnell auf, und ihre Hand rutschte von meiner Schulter. Ich fühlte mich furchtbar dabei, doch ich konnte sie aktuell einfach nicht weiter in mein Leben lassen. Als ich sie am dringendsten gebraucht hatte, hatte sie mich im Stich gelassen. Ich hatte erwartet, dass sie klar auf meiner Seite stehen würde. Dass sie mich fragen würde, wie ich mit der Situation umgehen wollte, wie sie mir dabei helfen könnte.

Ich hatte den Schmerz und das Mitgefühl in ihren Augen gesehen, als sie mir zugehört hatte. Doch dann hatte sie darauf bestanden, dass wir keine rechtlichen Schritte unternahmen. Sie hatte es einfach über meinen Kopf hinweg entschieden, so sicher war sie sich gewesen, dass niemand mir glauben würde. Dass die Leute mich als Lügnerin hinstellen würden und ich mir selbst und meiner Familie mit einer Klage nur schaden würde.

Mein Vater war sogar noch einen Schritt weiter gegangen. Bis heute war er nicht bereit, die Situation als das anzuerkennen, was sie nun mal gewesen war.

»Da übertreibst du jetzt aber ein bisschen, oder Mila? Bist du dir sicher, dass das so passiert ist?«

Ein Elternteil, der alles unter den Teppich kehren wollte, und ein anderer, der meine Erfahrungen und Gefühle einfach leugnete. Das war das Letzte gewesen, was ich in diesem Moment gebraucht hatte. Nur der Gedanke, dass die beiden es sicherlich auf ihre Art gut gemeint hatten, hatte mich davon abgehalten, den Kontakt komplett abzubrechen.

»Die Unterlagen sind fertig.« Schnell drückte ich meiner Mutter den Papierstapel in die Hand. »Ich gehe jetzt. Wir kochen heute Abend gemeinsam in der WG.«

»Grüß Jasper und Lilly von mir.«

Ihre Stimme klang so traurig, dass ich am liebsten den Blick abgewandt hätte.

»Mach ich«, murmelte ich stattdessen, rang mir ein kleines Lächeln ab und ging an ihr vorbei durch die Tür. »Bis dann.«

Als ich mit zwei Jutebeuteln voller Lebensmittel die Küche betrat, war der Kochabend bereits in vollem Gange. Wir hatten beschlossen, heute alle ein typisches Gericht aus dem Heimatland unserer Familie zuzubereiten.

Lilly war noch in der Schreinerei, doch Jasper stand bereits vor einem Topf voll heißem Öl und ließ gerade vorsichtig ein kleines Teighäufchen hineingleiten. Er war für den Nachtisch zuständig und machte Maandazi, ein kenianisches Gebäck, das geschmacklich an Donuts erinnerte.

»Das Geheimnis ist, ein bisschen Kokosmilch und Kardamom hinzuzugeben. Dann wird der Teig besonders lecker«, erklärte er fachmännisch.

Said, der zusammen mit Nour am Küchentisch saß, nickte interessiert, während er seiner Tochter dabei half, Gemüse in eine Tajine-Form zu schichten.

»Hallo!«, rief ich in die Runde, und Nour winkte mir begeistert zu.

»Mila, Mila! Papa und ich machen das große Essen!«

»Wow!« Mit einem anerkennenden Nicken trat ich zu den beiden an den Tisch. »Ihr macht die Hauptspeise? Das ist ja super. Was kommt denn alles rein in eure Tajine?«

Bereitwillig zählte Nour die Zutaten an ihren Fingern auf. »Zucchini, Karotten, Paprika und Kichererbsen.«

»Bist du auch eine Kichererbse?«, fragte Said sie, und Nour ließ ein so glückliches Glucksen hören, dass die sprichwörtliche dunkle Wolke über mir plötzlich wie weggeblasen war.

»Magst du Mila noch sagen, was wir als Beilage machen?«

Nour nickte und machte zwei Küsschen in die Luft.

Ich nickte wissend. »Ah, Couscous also. Das klingt gut. Ich mache heute Rateški Krapi.« Ich wandte mich zur Arbeitsplatte, um die Zutaten aus meinem Jutebeutel zu räumen. »Das sind Dumplings aus Kartoffelteig, gefüllt mit Polenta und Quark. Eine slowenische Vorspeise.«

Ich hatte das Rezept online gefunden und fand, dass es lecker klang.

»Seid nett zu mir, falls ich es vermassle«, warnte ich die anderen direkt schon einmal vor. »Bei uns zu Hause gab es nie slowenisches Essen, es ist also eine Premiere.«

Verwundert sah Said mich an. »Warum habt ihr nie slowenisch gekocht? Mochtest du das Essen als Kind nicht?«

Ich zog eine Schüssel aus dem Küchenschrank. Darin würde ich den Teig zubereiten.

»Nein, das war es nicht. Meine Eltern haben es damals mit der Integration einfach nur besonders gut gemeint. Bei uns gab es ausschließlich deutsches Essen, und sie haben mich auch nicht zweisprachig erzogen, weil sie nicht wollten, dass ich in der Schule ›das Ausländerkind‹ bin.«

Ich blickte zu Jasper, der mit den Augen rollte. Er kannte diese Geschichte bereits.

»Du weißt ja, dass wir zusammen zur Grundschule gegangen sind«, erklärte er Said. »Bei uns wurde zu Hause viel kenianisch gekocht. Trotzdem weiß ich noch ganz genau, wie Milas und meine Mutter sich einen regelrechten Wettkampf geliefert haben, wer seinem Kind das deutscheste Pausenbrot mitgibt.« Er zog eine Augenbraue nach oben. »Nichts gegen deine Mutter, Mila, aber ich fürchte, mit den in Blümchenform geschnittenen Radieschen hat meine Mama ganz klar gewonnen.«

»Obwohl meine Mutter mit ihren Vollkorn-Käsebroten mit Gurkenscheiben durchaus mit der Konkurrenz mithalten konnte.« Ich ließ meine Stimme so klingen, als wäre ich Jury-Mitglied einer Castingshow. »Ihr Pausenbrot war mindestens eine Neun von Zehn – jedenfalls bis zu dem Moment, in dem sie begonnen hat, noch eine dicke Senfschicht hinzuzufügen.«

»Das war sehr deutsch, aber auch echt eklig«, sagte Jasper wenig diplomatisch und brachte Said damit zum Lachen.

»Bei Senf wäre ich auch raus«, gestand er, und während die beiden sich weiter unterhielten, blieb ich gedanklich bei den Pausenbroten. Auch wenn ich mich gerade noch darüber lustig gemacht hatte, wusste ich es sehr zu schätzen, dass meine Mutter sich in meiner Kindheit so viele Gedanken gemacht hatte.

Umso undankbarer fühlte ich mich, als mir nun deutlich bewusst wurde, wie sehr ich Jasper beneidete. Nicht um die Radieschen in Blumenform. Sondern darum, dass in seiner

Familie zu den anderen Mahlzeiten kenianisches Essen gekocht wurde.

Damit aufzuwachsen, dass die Kultur der eigenen Familie im Alltag gelebt wurde, stellte ich mir wunderschön vor.

Ich hatte mich immer nur mit ein paar dürftigen Erzählungen und Dokus im Fernsehen zufriedengeben müssen.

Reisen nach Slowenien hatte es in meiner Kindheit anfangs noch gegeben. Wir waren in Bled gewesen, dem Ort, in dem meine Großeltern lebten, doch ich konnte mich kaum noch daran erinnern. Irgendwann hatten meine Eltern lieber Urlaub in anderen Ländern gemacht, und so bestand mein einziger richtiger Kontakt zu meinen Verwandten in Slowenien darin, dass meine Großeltern uns jedes Jahr zu Weihnachten besuchen kamen. Ich mochte die beiden sehr, aber da ich kein Slowenisch sprach und sie nur ein paar Worte Deutsch konnten, waren unsere Unterhaltungen immer nur sehr kurz und oberflächlich. Eine richtig enge Bindung hatte ich zu ihnen nie aufbauen können. Noch so ein Bereich meines Lebens, der sich irgendwie chaotisch anfühlte.

Als könnte er meine Gedanken lesen, knuffte Jasper mir mit dem Ellenbogen in die Seite. »Wenn du in dem Tempo weiter kochst, können wir nie mit dem Essen anfangen.«

Dankbar für die Ablenkung griff ich nach dem Mehl und begann, es für den Teig abzuwiegen. Dabei versuchte ich, nicht auf meine Gedanken, sondern nur auf Jaspers Stimme zu hören. Der erzählte Said gerade, dass er zwar Suaheli sprechen könne, seine Cousins in Kenia ihn aber trotzdem immer als den Deutschen sahen und über seinen Akzent lachten.

»Ich arbeite immer noch daran, mich genug zu fühlen. Also

sowohl deutsch genug als auch kenianisch genug. Ergibt das Sinn?«

Said brummte zustimmend. »Ich weiß, was du meinst. Das klingt jetzt wahrscheinlich super cheesy, also lacht mich bitte nicht aus. Aber ich sag mir immer, dass ich nicht unvollständig bin, sondern das Beste aus beiden Welten. Ihr wisst schon, wie bei Hannah Montana.«

Eine Sekunde lang herrschte Stille im Raum, bevor Jasper und Said plötzlich wie auf Kommando »You Get the Best of Both Worlds« zu singen begannen. Laut und sehr schief.

Das brachte mich so sehr zum Lachen, dass ich vergaß, worüber ich gerade noch traurig gewesen war.

Genau in diesem Moment betrat Lilly die Küche.

»Hoffentlich ist das Essen besser als euer Gesang«, rief sie grinsend und hielt sich dabei die Ohren zu. Als meine Vorspeise eine halbe Stunde später fertig war, zog Said gerade seine Tajine-Form aus dem Ofen. Perfektes Timing.

Als ich die Rateški Krapi auf den Vorspeisentellern verteilte, nickte ich zufrieden. Für den ersten Versuch sahen sie gar nicht schlecht aus, und ich war ziemlich stolz auf mich, als die anderen mir kurz darauf mit hochgestreckten Daumen zu verstehen gaben, dass sie ihnen schmeckten.

Als danach die Tajine dran war, versicherte ich Nour, dass sie eine wahre Meisterköchin war. Sie strahlte übers ganze Gesicht, auch wenn sie selbst nur ein paar Gabeln des Hauptgerichts probierte. Was hauptsächlich daran lag, dass sie schon seit Beginn des Abends sehnsüchtige Blicke in Richtung der Maandazi warf.

Jasper hatte schließlich Erbarmen mit ihr und reichte ihr eines der Gebäckteile. Als sie mit zufriedener Miene hineinbiss, strich Lilly ihr liebevoll über die Haare und wandte sich dann an Said.

»Nächstes Mal kannst du Vanessa übrigens auch gern zum Essen mitbringen«, sagte sie herzlich, und Said wirkte kurz überrascht. Doch dann lächelte er.

Vanessa war seine Freundin. Die beiden waren seit etwa einem halben Jahr zusammen, und zu Beginn hatten wir uns alle ein wenig Sorgen gemacht, dass die neue Beziehung das Verhältnis zwischen Lilly und Said verändern würde. Doch zum Glück war das absolut unbegründet gewesen. Vanessa war sehr offen und rücksichtsvoll, und Lilly und sie hatten sich auf Anhieb verstanden.

»Vanessa ist es wichtig, dass wir drei genug Zeit als Familie haben.« Said bediente sich nun ebenfalls bei den Maandazi. »Sie sagt mir immer wieder, dass sie sich nicht aufdrängen möchte. Aber sie freut sich bestimmt über deine Einladung.«

Als Nour mit ihrem Nachtisch fertig war, wurde sie quengelig. Während sich der Rest von uns über den Beginn des neuen Semesters unterhielt, brachte Lilly ihre Tochter ins Bett und ließ sich danach wieder auf ihren Stuhl fallen.

»Habt ihr Lust auf eine Runde Trivial Pursuit?«, fragte sie in die Runde, und ich rechnete fest mit der lautstarken Zustimmung von Jasper. Er liebte Gesellschaftsspiele. Vor allem wenn es nicht um Glück, sondern um Strategie oder Wissen ging. Gedanklich stellte ich mich bereits darauf ein, für den Rest des Abends mit ihm zu diskutieren oder irgendwelche Dinge im Internet zu recherchieren. Jasper akzeptierte die Antworten, die das Spiel gab, grundsätzlich nicht und wollte immer eindeutige Beweise sehen.

Zu meiner großen Verwunderung schüttelte er jedoch den Kopf. »Ich hab noch viel zu tun, sorry.«

Als er aufstand und Anstalten machte, die Küche zu verlassen, betrachtete Lilly ihn prüfend. »Geht's dir nicht gut? Irgendwie siehst du in letzter Zeit oft müde aus. Ich mache mir ein bisschen Sorgen um dich.«

Bei ihren Worten verhärtete sich Jaspers Gesicht. »Ich habe Mila heute schon gesagt, dass alles okay ist.« Sein Tonfall klang plötzlich so gereizt, dass ich kurz zusammenzuckte. »Ihr könnt mir ruhig einfach mal glauben und müsst euch nicht ständig in mein Leben einmischen.«

Nun runzelte auch Lilly die Stirn. »Ich meine es doch nur gut. Kein Grund, mich so anzuschnauzen.«

Bevor ich mich aus meiner Starre lösen und beruhigend dazwischengehen konnte, war Jasper bereits an der Tür.

Ohne uns eines weiteren Blickes zu würdigen, verließ er die Küche, und wenige Sekunden später knallte seine Zimmertür zu. Verwundert sahen Said, Lilly und ich uns an.

Natürlich war es nicht das erste Mal, dass wir in der WG aneinander gerieten. Doch diese Reaktion war besonders für Jasper ungewöhnlich heftig.

Lilly atmete tief durch. »Hat jemand von euch eine Ahnung, was das gerade war? Ich meine, es ist ja nichts Neues, dass er abblockt, wenn man ihm emotional zu nahe kommt. Aber einfach so aus dem Raum zu stürmen? Das passt nicht zu ihm.«

»Wahrscheinlich hast du den Nagel auf den Kopf getroffen, und es geht ihm gerade tatsächlich nicht so gut.« Said zuckte ratlos mit den Schultern, und Lilly seufzte.

»Ich weiß ja, dass er es nicht so meint, und bestimmt kommt

er spätestens morgen früh zu mir, um sich zu entschuldigen, aber …« Sie ließ das Ende des Satzes offen im Raum stehen.

»Aber wir würden uns alle wünschen, dass er nach all den Jahren ein bisschen offener wird. Zumindest uns gegenüber«, ergänzte ich.

Ich zog meine Beine nach oben auf den Stuhl und legte mein Kinn auf den Knien ab. »Mir gehts genauso. Ich kenne ihn zwar schon, seit ich denken kann, aber es ist manchmal immer noch schwer, richtig an ihn ranzukommen.«

Weil Trivial Pursuit ohne Jasper keinen Spaß machte, verabschiedete Said sich kurz darauf von uns und machte sich auf den Nachhauseweg.

Doch Lilly und ich wollten noch nicht schlafen gehen. Wir hatten uns beide auf einen gemeinsamen WG-Abend gefreut und überlegten, was wir stattdessen tun konnten.

»Vor ein paar Tagen hab ich auf Instagram ein DIY mit Modelliermasse gesehen«, erinnerte ich mich. Wie immer, wenn ein Hobby spannend für mich klang, war ich direkt Feuer und Flamme gewesen. »Daraus kann man alles mögliche machen. Ich hab mir so ein Set für Ohrringe besorgt. Hast du Lust, das zusammen auszuprobieren?«

Lilly gefiel die Idee, also rüsteten wir uns mit einem Gemüsemesser und zwei Schneidebrettern aus und gingen damit hinüber in mein Zimmer. Während ich den Inhalt des Bastelsets auf dem Fußboden verteilte, band Lilly ihre langen hellblonden Haare zu einem Knoten. Sie reichten ihr bis zur Taille, und allein von ihrem Äußeren her hätte sich garantiert niemand gewundert, wenn sie irgendwann verkündet hätte, in einen einsamen, hohen Turm zu ziehen. Vorzugsweise mit einem Chamäleon namens

Pascal. Nur dass Lilly garantiert nicht darauf gewartet hätte, dass irgendein Prinz zu ihr hochkletterte.

Fasziniert beobachtete ich, wie schnell und geschickt meine beste Freundin bei ihrer Frisur vorging. Das Ergebnis war ein absolut perfekter Messy Bun, den ich vermutlich nicht mal beim zwanzigsten Versuch so gut hinbekommen hätte. Meiner Meinung nach hatte Lilly dafür ganz klar einen Preis verdient.

Sofort malte ich mir in Gedanken aus, wie die Gala dafür wohl aussehen würde. Menschen in langen Ballkleidern erschienen vor meinem inneren Auge, die elegant über einen roten Teppich schritten, und als ich Lilly gerade einen Award in Form einer Haarbürste verleihen wollte, holte sie mich unsanft zurück in die Realität.

»Mila, du hörst mir ja überhaupt nicht zu! Ich hab dir gerade als Test erzählt, dass ich als Nächstes plane, Sexspielzeug aus Holzresten zu machen, und du hast nicht mal mit der Wimper gezuckt.«

Lilly kannte mich so gut, dass es keinen Sinn ergab, meinen Tagtraum zu leugnen. Daher lächelte ich sie nur betont unschuldig an.

»Ich wollte einfach nur offen sein. Wenn du etwas Neues ausprobieren möchtest, dann bin ich doch die Letzte, die dich dafür verurteilt. Darf ich *From Lilly with Love* als Namen für deine Sextoy-Kollektion vorschlagen?« Lilly lachte und warf ein Kissen nach mir. Dann deutete sie auf die Modelliermasse.

»Aber jetzt mal im Ernst, Mila. Wie funktioniert das mit den Ohrringen?«

»Du kannst aus der Modelliermasse formen, was du möchtest.« Ich nahm die verschiedenen Farben aus ihrer Verpackung.

»Wichtig ist nur, dass du an einer Stelle ein Loch reinpiekst. Da kommt dann später der Haken durch.«

»Bei dir klingt das alles so einfach«, beschwerte Lilly sich und betrachtete die Masse kritisch. »Mit Holz zu arbeiten ist eine Sache, das kann ich gut. Aber bei so Feinmotorik-Kram sieht das Ergebnis immer wie ein Unfall aus.«

»Ach Quatsch, wir kriegen das schon hin.«

Ich schnitt mir ein Stück von der weißen und der gelben Masse ab. Während ich begann, daraus Gänseblümchen zu formen, erzählte ich Lilly von meiner erfolglosen Suche nach einem Ehrenamt. Sie hörte mir aufmerksam zu und machte mir keine Vorwürfe, weil ich die Deadline verschlafen hatte. Dafür war ich ihr dankbar. Jedenfalls bis zu dem Moment, in dem sie mir ihre Idee vorschlug.

»Ich weiß, dass du das nach der unangenehmen Situation mit Oscar wahrscheinlich nicht hören willst. Aber was hältst du denn davon, es mal bei der *Future Force* zu versuchen?«

Ich war so überrascht, dass ich einen Moment lang nicht wusste, wie ich darauf reagieren sollte.

Lilly sprach einfach weiter. »Die sind eine offizielle Uni-Gruppe, also sollte das eigentlich anerkannt werden, oder?«

Ich verzog das Gesicht, nickte dann aber, um nicht undankbar zu wirken. »An sich ist das ein guter Vorschlag, Lilly. Aber …«

»Aber du hast gehofft, dass du Oscar nicht noch mal wiedersehen musst.« Sie klopfte mir verständnisvoll auf die Schulter. »Ja, das hat man dir nach dem Vortragsabend ziemlich deutlich angesehen. Ich verstehe das auch, aber Oscar hat doch wirklich nett reagiert. Und er hat gesagt, dass ihn deine Meinung interessiert.«

Daran hatte ich zwar klare Zweifel, doch Lilly schien von ihrer Idee immer begeisterter zu sein.

»Komm, ich gebe dir seine Handynummer. Dir läuft doch langsam die Zeit davon, und wenn alles andere nicht geklappt hat, dann ist das immer noch besser, als dein Stipendium zu verlieren, oder?«

Damit hatte sie allerdings recht. Kurz überlegte ich, ihr die ganze Wahrheit darüber zu erzählen, warum ich Oscar nicht wiedersehen wollte. Lilly hatte Niklas gut gekannt, und in der Theatergruppe hatte sie bestimmt auch einige der Situationen mitbekommen, an die mich Oscar am Vortragsabend erinnert hatte. Aber ob sie die Ähnlichkeit zwischen den beiden ebenfalls sah? Nein, wahrscheinlich würde sie mir sagen, dass Niklas und Oscar zwei ganz unterschiedliche Personen waren und ich sie nicht miteinander vergleichen sollte.

Wenn ich die Situation rational betrachtete, war das ja bestimmt auch so. Doch die Gefühle, die der Abend in mir hervorgerufen hatte, waren real gewesen. Noch immer spürte ich leisen Ärger, wenn ich an die bewundernden Blicke des Publikums dachte, und meine inneren Alarmglocken signalisierten mir beim Gedanken an Oscar laut schrillend, ihm bloß aus dem Weg zu gehen.

Doch um Lilly die Heftigkeit all dessen klarzumachen, hätte ich ihr meine ganze Geschichte erzählen müssen, und dazu fühlte ich mich einfach nicht bereit. *»Da übertreibst du jetzt aber ein bisschen, oder Mila? Bist du dir sicher, dass das so passiert ist?«*

Was, wenn Lilly genauso reagieren würde wie mein Vater? Wenn sie mir die Schuld gab oder mir nicht glaubte? Nein, es war definitiv besser, all das für mich zu behalten. Es ging mir doch gut. Kein Grund, das zu gefährden.

Ich bemühte mich, das Gedankenkarussell anzuhalten und ganz pragmatisch an die Sache heranzugehen.

»Magst du mir seine Nummer diktieren?«, fragte ich Lilly nach einem kurzen Moment der Stille, und während ich die Zahlen in mein Smartphone eingab, nahm ich mir vor, Oscar einfach, so gut es ging, aus dem Weg zu gehen.

Die *Future Force* bestand ja nicht nur aus ihm, also würde das schon klappen. Die Hauptsache war, dass ich mein Stipendium behielt. Alles andere würde ich schon irgendwie hinkriegen.

»Deine Gänseblümchen sind echt schön geworden«, sagte Lilly. Sie deutete auf die zwei gebogenen gelben Würste vor sich und zuckte mit den Schultern. »Eigentlich wollte ich Halbmonde machen, aber ich glaube, es werden doch eher Bananen.«

Als wir zwei Stunden später beschlossen, unsere Ohrringproduktion zu beenden, lag auf den Schneidebrettern vor uns noch eine Reihe weiterer Blumen, Blätter und Monde, die ich geformt hatte. Lilly war zu abstrakter Kunst übergegangen und hatte sich für verschiedene geometrische Formen in Marmoroptik entschieden.

»Also, das sieht definitiv nicht nach Unfall aus«, lobte ich sie. »Ich bin mir sogar sicher, dass du die locker auf dem Flohmarkt verkaufen kannst.«

Lilly wirkte ebenfalls zufrieden. »Ich glaube, das probiere ich tatsächlich mal.« Sie stand auf, um die Ergebnisse unseres Bastelabends in die Küche zu tragen. Ich folgte ihr und half ihr dabei, die Anhänger auf einem Backblech zu verteilen.

»Weißt du was, Mila?« Ich konnte Lillys teuflisches Grinsen förmlich hören, als ich den Ofen einschaltete. »Jetzt, wo wir ohnehin gerade warten müssen, wäre doch der perfekte Augenblick, um Oscar zu schreiben.«

Gequält seufzte ich, griff dann aber doch schweren Herzens nach meinem Smartphone. »Dann habe ich wohl keine andere Wahl.«

KAPITEL 3

Als ich am nächsten Morgen auf meinem Bett saß und die vor mir ausgebreiteten Notizen betrachtete, war ich ein wenig stolz auf mich. Ich hatte Oscar am Vorabend tatsächlich kurz geschrieben. Okay, ehrlicherweise hatte ich ganz schön lange gebraucht, um die Nachricht so zu formulieren, dass ich mich damit wohlfühlte.

> Hallo Oscar, hier ist Mila. Die Meisterin der konstruktiven Kritik vom Vortragsabend. Lilly hat mir deine Nummer gegeben. Ich würde mich gern für die *Future Force* engagieren. Was müsste ich dafür tun?

Seine Antwort hatte nicht lange auf sich warten lassen.

> Hallo Meisterin Mila. Wenn das bei dir passt, komm doch gern morgen Mittag ins Baumhauscafé. Ich bin gespannt auf deine Verbesserungsvorschläge.

Den grinsenden Emoji hinter seiner Nachricht sah ich als Ansporn, mir extra viel Mühe zu geben.

Obwohl ich mich in den letzten Stunden sehr gut vorbereitet

hatte, spürte ich nun dennoch wieder das leichte Kribbeln im Bauch bei der Vorstellung, Oscar wiederzusehen. Vermutlich lag das daran, dass die unangenehme Situation bei unserer letzten Begegnung noch zwischen uns stand.

Ein Blick auf die Uhr verriet mir, dass mir noch etwa eine Stunde Zeit blieb, bevor ich mich auf den Weg machen musste. Da ich keine Lust hatte, noch weiter herumzugrübeln, griff ich, einem Impuls folgend, nach meinem Ringlicht, das in der Ecke neben meinem Kleiderschrank stand und positionierte es in der Mitte des Raumes.

Ein Reel für meinen Instagram Account aufzunehmen, würde mich bestimmt ablenken. Schon seit der Oberstufe liebte ich es, zu fotografieren und Videos zu drehen. Das Profil auf Instagram hatte ich ursprünglich nur erstellt, um dort Bilder meiner Zimmerpflanzen hochzuladen und mich mit Leuten auszutauschen, die genauso gern gärtnerten wie ich.

Im Laufe der Zeit hatte ich dann jedoch immer öfter positive Kommentare zu meiner Einrichtung und zu meinen Outfits bekommen. Und so lud ich inzwischen auch Beiträge zu den Themen Interior und Secondhand-Kleidung hoch.

Mehr als zehntausend Leute folgten mir bereits, und zu wissen, dass sie meine Inhalte hilfreich und spannend fanden, gab mir das Gefühl, etwas Sinnvolles zu tun. Im Gegensatz zu den meisten anderen Alltagsroutinen, die sich für mich mehr nach Verpflichtungen anfühlten, fiel mir diese regelmäßige kreative Aufgabe leicht.

Ich griff nach meinem Smartphone und klemmte es in die Halterung in der Mitte des Ringlichts. Dann öffnete ich die Kamera-App, wechselte zur Frontkamera und wählte einen Bildausschnitt, auf dem mein Kleiderschrank zu sehen war.

Die Efeutute, die darauf stand, hatte ich inzwischen gegossen, und so rankten ihre Blätter nun in voller Pracht an der Seite herunter. Damit bildeten sie einen schönen Hintergrund für ein Outfit-Video.

Aus dem Schrank zog ich ein gelbes, knielanges Kleid mit weißem Blumenmuster, das ich letzte Woche bei *Second Chance* gefunden hatte. Es passte perfekt zu meinen neu gebastelten Gänseblümchen-Ohrringen. Das Ganze kombinierte ich mit einer Jeansjacke und stellte mich vor den Schrank.

Ich probierte verschiedene Posen aus, zeigte das Outfit zuerst im Ganzen und filmte dann meinen Schmuck in einer Detailaufnahme.

Als ich ein Ergebnis hatte, mit dem ich zufrieden war, übertrug ich die Videos auf meinen Laptop und begann, sie zu schneiden. Während ich nach passender Hintergrundmusik suchte, warf ich kurz einen Blick auf die Uhr und fuhr erschrocken zusammen.

Das war ja mal wieder typisch. Ich hatte mich komplett verschätzt und für das Video viel länger gebraucht als geplant.

Eigentlich hätte ich schon vor zwanzig Minuten losgemusst. Den gemütlichen Spaziergang zum Baumhauscafé, auf den ich mich schon gefreut hatte, konnte ich nun definitiv vergessen. Selbst mit dem Fahrrad würde es nun knapp werden.

Fluchend warf ich die Notizen in meinen Rucksack und stürmte in den Flur. Dort schlüpfte ich schnell in meine Sneakers, schnappte mir im Vorbeigehen den Helm von der Garderobe und rannte dann nach draußen.

Während ich mein mintfarbenes City Bike aufschloss, bereute ich, mich damals nicht für ein Rennrad entschieden zu haben. Zwar liebte ich mein Fahrrad mit dem tiefen Einstieg und dem hübschen geflochtenen Korb am Lenker, doch windschnittig war es nicht gerade.

Ich stieg auf und fuhr so schnell ich konnte Richtung Uni. Unsere WG lag im Norden von Elderstedt, nur wenige Minuten vom Campus entfernt.

Als ich den Platz vor dem Mensagebäude überquerte, musste ich mir Mühe geben, die dort sitzenden Studis nicht über den Haufen zu radeln. Wenn, so wie heute, die Sonne schien, war hier auch an April-Wochenenden bereits einiges los. Im Vorbeifahren hörte ich, wie eine Lerngruppe versuchte, sich den Aufbau des menschlichen Gehirns einzuprägen.

»Sind der Präfrontalcortex und der Neocortex jetzt dasselbe oder nicht?«, stöhnte einer von ihnen frustriert, und sofort ploppte in meinem Kopf ein Song aus der Zeichentrickserie *Pinky and the Brain* auf. »Neocortex und die Stirn, Stammhirn! Stammhirn! Neuralknoten zum Entwirr'n, rechtes Gehirn«, sang ich vor mich hin, während ich auf den Waldweg einbog. Doch dann ermahnte ich mich, meinen kostbaren Atem lieber dazu zu nutzen, schneller in die Pedale zu treten.

Als ich nach einer gefühlten Ewigkeit am Parkplatz des Baumwipfelpfads ankam, schloss ich mein Fahrrad ab und joggte hinüber zum Turm. Verschwitzt und völlig außer Atem kam ich am Ticket-Häuschen an.

»Ich bin für die *Future Force* hier«, sagte ich keuchend zu der Mitarbeiterin, die darin saß. Oscar hatte gemeint, dass ich ihr nur Bescheid sagen sollte und dann ohne Ticket nach oben kommen würde.

»Wollen Sie vielleicht lieber den Aufzug nehmen?«, schlug sie mir mit einem mitfühlenden Lächeln vor, und ich nickte dankbar. Jetzt auch noch den Turm hinauf zu laufen, wäre echt zu viel des Guten gewesen.

Während ich nach oben fuhr, hielt ich mir den kühlen Handrücken an die Stirn. Mein Kopf war garantiert so rot wie eine Tomate.

Als sich die Türen des Aufzugs öffneten, stellte ich mich innerlich darauf ein, gleich in Oscars grinsendes Gesicht zu blicken. Ob er wohl einen spöttischen Kommentar zu meiner schlechten Kondition abgeben würde? Fast hoffte ich ein wenig darauf, denn dann wären wir zumindest quitt.

Am Eingang des Baumhauscafés wartete tatsächlich jemand auf mich. Doch es war nicht Oscar, sondern ein älterer Herr, der gerade einen Stopper unter die Tür schob. Beim Näherkommen erkannte ich ihn wieder. Er hatte beim Vortragsabend Getränke verteilt. Schon da war mir aufgefallen, wie schick er gekleidet war, und auch heute trug er wieder einen braun karierten Dreiteiler mit dazu passender Fliege.

»Bist du die Mila?« Sein breiter, bayerischer Dialekt klang warm und freundlich. Ich nickte und versuchte, mir nicht allzu deutlich anmerken zu lassen, wie sehr ich außer Puste war.

»Ich bin der Opa Erwin«, stellte er sich vor und reichte mir die Hand. »Der Opa vom Oscar. Du kannst mich aber gern auch so nennen, das machen hier eh alle.«

Auch wenn ich Oscar erst einmal gesehen hatte, war die Ähnlichkeit zwischen seinem Großvater und ihm so unverkennbar, dass es mir direkt hätte auffallen müssen. Opa Erwins graues Haar war zwar etwas dünner als Oscars, aber ebenfalls gelockt. Außerdem hatten die beiden dieselbe Gesichtsform, und das verschmitzte Lächeln, das er mir in diesem Moment schenkte, ließ ihn aussehen wie eine ältere Version seines Enkels.

»Jetzt komm aber erst mal in Ruhe an.« Er bedeutete mir, ihm nach drinnen zu folgen. »Der Oscar ist ein bisschen spät dran«, erklärte er, als wir den gemütlich eingerichteten Raum betraten. »Der backt gerade noch einen Kuchen fürs Café und hat mich eben angerufen, dass er ein paar Minuten länger braucht.«

Ich deutete auf mein rotes Gesicht. »Das kommt mir bekannt vor. Ich verschätze mich auch gern mal mit der Zeit und muss dann rennen.«

Opa Erwin ließ ein rumpelndes Lachen hören und zeigte auf einen der Tische. »Setz dich gern. Magst du einen Eistee zur Abkühlung trinken? Ich probiere gerade eine neue Sorte aus, Himbeer-Minze. Eine Testerin käme gerade recht.«

Seine herzliche Art erinnerte mich an meinen eigenen Großvater, der mir früher zu Weihnachten Limonade aus Slowenien mitgebracht hatte. Wann immer meine Eltern nicht im Raum gewesen waren, hatte er mir mit verschwörerischem Augenzwinkern ein Glas davon eingeschenkt. Bei uns hatte es sonst nur Wasser zu trinken gegeben, daher war das immer ein ganz besonderer Moment für mich gewesen.

Die Erinnerung daran versetzte mir einen Stich. Dass ich Weihnachten in den letzten beiden Jahren ohne meine Eltern gefeiert hatte, bedeutete auch, dass ich meine Großeltern seitdem nicht mehr gesehen hatte. Doch dies war nicht der Moment, um über meine komplizierte Familiensituation nachzudenken.

»Ich probiere gerne neue Sachen aus«, sagte ich stattdessen

rasch zu Opa Erwin und setzte mich. Ein kurzer Moment der Stille entstand, und ich überlegte, worüber ich wohl mit ihm sprechen konnte. Dann entschied ich mich für die naheliegendste Frage.

»Gehört Ihnen das Baumhauscafé?« Opa Erwin schien sich über mein Interesse zu freuen. »Du kannst ruhig Du zu mir sagen. Und ja, ich hab das Café vor zwanzig Jahren gegründet. Als der Baumwipfelpfad gebaut wurde, hatten die keine Gastronomie vorgesehen. Da dachte ich mir, das kann doch nicht sein. Die Leute wollen nach ihrem Ausflug etwas essen und trinken. Ich hab das der Frau Bürgermeisterin vorgeschlagen, und die fand die Idee auch ganz toll. Ja, und seitdem bin ich hier.«

Der Stolz in seiner Stimme war unüberhörbar. »Es ist wunderschön hier«, sagte ich, während Opa Erwin einen Trinkhalm aus Edelstahl in das Eistee-Glas steckte und es dann vor mir auf den Tisch stellte.

»Das freut mich zu hören.« Er zeigte mit kaum verhohlener Begeisterung auf den Trinkhalm. »Die hab ich übrigens neu. Der Oscar hat mir gesagt, dass ich welche kaufen soll, die man wiederverwenden kann. Die pack ich jetzt nach dem Benutzen einfach in die Spülmaschine. Hübsch sind die, oder?«

Ich nickte. Auch das Getränk, das er oben mit einem kleinen Zweig Minze dekoriert hatte, sah wirklich toll aus. Neugierig nahm ich einen Schluck und seufzte zufrieden.

»Das ist echt genau das, was ich gerade brauche.«

Opa Erwin rückte seine Fliege zurecht. Er sah erfreut aus. Als er seinen Kopf in Richtung der geöffneten Tür drehte, folgte ich seinem Blick und bemerkte, dass einige Leute gerade das Ende des Baumwipfelpfads erreichten. Sie würden sicherlich gleich ins Café kommen.

Opa Erwin räusperte sich. »Mila, dürfte ich dich um was bitten?« Plötzlich wirkte er ein wenig beschämt. »Die erste Kundschaft kommt gleich, und die Karte für den Mittagstisch fehlt noch. Meinst du, du könntest mir die vielleicht auf die Tafel da drüben schreiben? Ich tu mich mit dem Lesen und Schreiben ein bisschen schwer, deswegen macht das sonst immer der Oscar.«

Als ich nickte, holte Opa Erwin eine Box unter dem Tresen hervor und reichte mir ein Stück Kreide.

»Was steht denn heute auf der Speisekarte?« Ich ließ die Frage ganz locker und unbefangen klingen, um ihm die Verlegenheit zu nehmen.

»Spargelcremesuppe, gemischter Salat mit selbst gebackenem Kräuterbaguette und Spaghetti Bolognese.« Opa Erwin schien erleichtert, dass ich keine Nachfragen stellte. »Und dass wir verschiedene Kuchen dahaben, kannst du auch noch dazu schreiben. Das ist wirklich nett, ich danke dir.«

Ich konzentrierte mich auf eine möglichst leserliche und einladende Schrift, als ich auf einmal ein Flattern hinter mir hörte und instinktiv die Schultern hochzog. Schnell hob ich den Kopf und sah mich im Raum um.

Als mein Blick die große Nische am Fenster erreichte, sog ich überrascht die Luft ein. Auf der Fensterbank saß ein Vogel. Aber nicht etwa eine Amsel oder eine Kohlmeise. Nein, es handelte sich um einen waschechten, grau gefiederten Papagei.

»Keine Angst.« Opa Erwin kam um den Tresen herum. »Das ist bloß der Hannes.«

Verblüfft beobachtete ich, wie er auf den Vogel zuging, und bemerkte dabei plötzlich, dass neben dem Fenster ein Käfig stand. Die Tür war geöffnet, und ich sah fasziniert dabei zu, wie der Papagei auf Opa Erwins ausgestreckten Arm kletterte, um sich dann von ihm hinüber zur Sitzstange tragen zu lassen.

Neugierig stand ich auf und trat näher.

»Der Hannes ist ein ganz Braver«, erklärte mir Opa Erwin, als er mein Interesse bemerkte. »Ein wirklich gut erzogener Bub. Er flattert nicht im Raum herum, sondern bleibt immer hier in seiner Nische am Fenster. Ich hab geschaut, dass da genug Abstand zu den Tischen und zur Theke ist, damit nichts dreckig wird, und die nette Dame aus dem Tierheim meinte, das passt so.«

»Er ist wirklich hübsch.« Bewundernd ließ ich meinen Blick über den Vogel wandern. »Ist er ein Graupapagei?«

Opa Erwin nickte. »Der Hannes ist mir vor ein paar Jahren zugeflogen.« Er warf ihm einen liebevollen Blick zu. »Ich hab natürlich überall Anzeigen ausgehängt, weil ich mir dachte, dass den feschen Kerl doch bestimmt jemand vermisst, aber niemand hat sich gemeldet. Deswegen ist der Hannes bei mir geblieben und kann jetzt im Baumhauscafé ein- und ausfliegen, wie er möchte.« Opa Erwin nahm eine Banane aus der Obstschale auf der Fensterbank, schälte sie und brach ein Stück davon ab.

»Sein absolutes Lieblingsessen«, erklärte er mir. Der Papagei rieb seinen Kopf an Opa Erwins Hand und gab ein Krächzen von sich, bevor er sich in beachtlicher Geschwindigkeit über das Obst hermachte.

»Graupapageien können eigentlich sprechen, aber der Hannes

kann das nicht. Deswegen sind wir auch so ein gutes Team, oder Hannes? Einer kann nicht richtig lesen und schreiben, und der andere kann nicht richtig reden. Wir sind also beide nicht die hellsten Kerzen auf der Torte.«

»Opa, darüber haben wir doch gesprochen!«, ertönte plötzlich die Hörbuchstimme vom Eingang des Cafés. Ruckartig drehte ich mich um.

»Das ist ein Satz, den ich nicht noch mal von dir hören möchte.« Oscar trug eine Kuchenform in den Händen, die er auf der Theke abstellte, bevor er zu uns herüberkam. Dann legte er den Arm um Opa Erwin und sah ihm ernst ins Gesicht. »Ich weiß, dass ich dir das wahrscheinlich noch tausendmal sagen muss, bis das in deinem Dickschädel angekommen ist. Aber du bist einer der klügsten Menschen, die ich kenne, und ich habe von niemandem so viel gelernt wie von dir. Es gibt mehr als nur das, was die Schule für Intelligenz hält.«

Opa Erwin winkte zwar mit einer raschen Handbewegung ab, doch ich sah, wie ihm bei Oscars Worten Tränen in die Augen traten. Plötzlich hatte ich das Gefühl, einen sehr persönlichen Moment zu beobachten, der mich eigentlich nichts anging. Ich wollte gerade wegsehen, um die beiden nicht zu stören, als Oscar sich mir zuwandte. Von einer Sekunde auf die andere kehrte das nervöse Kribbeln in meinem Bauch zurück.

Ich betrachtete Oscar, und mir fiel auf, dass er genau dasselbe trug wie am Vortragsabend. Dieselben weißen Turnschuhe, dieselbe Jeans, nur das schwarze T-Shirt war ein wenig anders geschnitten und hatte diesmal eine kleine Tasche auf der Brust.

»Hallo Mila, schön dass du da bist. Ich bin schon sehr gespannt auf mein Feedback-Gespräch.«

Es überraschte mich, wie erfreut er klang, mich zu sehen. Kurz musste ich mich räuspern, bevor ich etwas sagen konnte.

»Dein Feedback-Gespräch?«, fragte ich dann mit leicht kratziger Stimme. »Ist das hier nicht eher ein Vorstellungsgespräch, bei dem *ich* von mir überzeugen muss?«

Die letzten Worte hatten bereits etwas klarer geklungen, daher zwang ich mich, direkt weiterzusprechen. Besser, ich schaffte den Elefanten im Raum jetzt gleich aus dem Weg.

»Hör mal, mein Kommentar von letztens tut mir leid.« Mir fiel auf, dass ich deutlich schneller sprach als sonst. Aber vielleicht war das auch besser so, damit ich es mir nicht doch noch anders überlegen konnte. »Ich wollte es echt nicht so klingen lassen, als wäre die Veranstaltung schlecht gewesen. Ich kann mir gut vorstellen, dass sehr viel Arbeit in die Organisation geflossen ist, und …«

»Mach dir keine Sorgen«, unterbrach Oscar meinen Redeschwall. »Ehrlich gesagt bin ich ziemlich froh, dass ich eure Unterhaltung zufällig mitbekommen habe. Ich frage nach jeder Veranstaltung, wie den Teilnehmenden der Abend gefallen hat und kriege dann immer zu hören, wie toll alle es fanden. Nur damit dann beim nächsten Mal doch wieder nur derselbe Kern an Leuten auftaucht.«

Während ich bei seinen Worten erleichtert aufatmete, stoppte er kurz und runzelte die Stirn. »Sorry, das klang jetzt irgendwie undankbar. So hab ich das nicht gemeint. Natürlich freue ich mich über alle, die regelmäßig da sind und sich engagieren. Aber ich fände es einfach toll, wenn wir noch mehr Leute dazu bringen könnten, Teil der *Future Force* zu werden.«

Ich nickte.

»Ich bin auch gern bereit, was an unseren Veranstaltungen zu ändern«, fuhr Oscar fort. »Aber irgendwie drehe ich mich dabei immer nur im Kreis und weiß nicht so richtig, wo ich am besten ansetzen soll. Dabei könnte ich echt Hilfe gebrauchen.«

Er gab das ohne Zögern ehrlich zu. Eigentlich hatte ich erwartet, meine Vorschläge sehr vorsichtig formulieren zu müssen, um ihm damit nicht zu nah zu treten. Die *Future Force* wirkte wie ein absolutes Herzensprojekt von Oscar, und er musste bereits viel Zeit und Energie hineingesteckt haben. Daher hätte es mich nicht gewundert, wenn er meine Kritik persönlich genommen hätte.

»Wollen wir uns hier rüber setzen?«, fragte ich, um davon abzulenken, dass ich mich gedanklich erst mal neu sortieren musste. Ich deutete auf den Tisch, auf dem mein Eistee stand. Oscar nickte und wir setzten uns einander gegenüber.

»Magst du mir vielleicht kurz erzählen, welche Themen euch bei der *Future Force* besonders wichtig sind?«

Ich hatte etwas fragen wollen, das mir ein bisschen Zeit verschaffte. Dass ich die Antwort hierauf nach dem Vortragsabend eigentlich längst hätte wissen müssen, fiel mir leider erst ein, als die Worte bereits raus waren.

»Unsere Hauptthemen sind Nachhaltigkeit, sowie Tier-, Umwelt- und Klimaschutz.« Oscar sagte das so routiniert, als würde er diese Frage sehr regelmäßig gestellt bekommen. Zu meiner großen Erleichterung schien es ihm nichts auszumachen, mir all das noch mal zu erklären.

»Die Gruppe habe ich vor drei Jahren gegründet, weil es mich einfach so wütend gemacht hat, was in diesen Bereichen alles schiefläuft. Ich weiß natürlich, dass ich nicht die Welt retten kann. Leider leite ich keinen Großkonzern, und ein hohes politisches Amt habe ich auch nicht. Damit könnte ich natürlich mehr bewegen. Aber ich wollte trotzdem gern meinen Teil dazu beitragen, etwas zu verändern, und auch andere Menschen zum Nachdenken anregen. Du weißt schon, die Welt zu einem etwas besseren Ort machen. Oder es zumindest versuchen.«

Ich konnte nur schwer ein Lächeln unterdrücken, als ich sah, wie sehr Oscars Augen bei diesen Worten leuchteten. Er brannte für die *Future Force.*

Doch eine Stimme in meinem Hinterkopf ermahnte mich, mich nicht zu sehr von diesem Enthusiasmus mitreißen zu lassen. Ein Bild von Niklas erschien vor meinem inneren Auge. Es war schon erstaunlich gewesen. Vor ihm hatte ich noch niemanden kennengelernt, der eine derartige Fähigkeit hatte, andere Menschen von seinen Ideen zu begeistern. Genau wie alle anderen hatte ich das toll gefunden, beeindruckend sogar. Hatte mich mitreißen lassen und dabei nicht geahnt, wie schnell all das zu gezielter Manipulation umschwenken konnte.

Einen solchen Fehler würde ich nicht noch einmal machen. Nein, es war besser für mich, wenn ich Oscar gegenüber zwar höflich, aber distanziert blieb.

Ich räusperte mich erneut und fragte mich langsam, ob ich vorhin beim Fahrradfahren vielleicht besser einen Schal hätte tragen sollen. »Mir sind diese Themen auch wichtig, daher verstehe ich gut, dass du gern mehr Leute dafür begeistern möchtest.« Ich bemühte mich, möglichst neutral zu klingen, und zog dabei meine Ideenliste aus dem Rucksack. »Ich hab da mal was vorbereitet.«

Verwundert sah ich von meinen Notizen hoch. »Ist das ein

Fernsehkoch, den ich nicht kenne?« Oscar lachte, warm und aufrichtig, und bei dem Klang wurde das Kribbeln in meinem Bauch noch ein wenig stärker.

»Nein, die haben nur alle seinen Spruch geklaut. Aber du warst nah dran. Jean Pütz hat früher die *Hobbythek* moderiert. Das war so eine Fernsehsendung übers Heimwerken. Teilweise ging es aber auch um einen umweltfreundlicheren Lebensstil. Das lief vor unserer Zeit, und ich kenne es auch nur, weil Opa Erwin so ziemlich alle Folgen auf Videokassette hat. Er schaut sie sich abends immer an, wenn nichts Vernünftiges im Fernsehen läuft.«

Bevor ich mich darüber ärgern konnte, dass die Vorstellung von Opa Erwin in einem gemütlichen Ohrensessel meine Mundwinkel erneut nach oben hatte wandern lassen, deutete Oscar auf meine Ideenliste. »Dann lass mal hören.«

Dankbar für den Themenwechsel griff ich nach dem ersten Zettel und atmete einmal tief durch. Eine Liste abzuarbeiten fühlte sich sicherer an als der unberechenbare Small Talk mit Oscar.

»Die ungefilterte Kurzfassung meiner Meinung zum Vortragsprogramm hast du ja leider schon gehört.« Oscar grinste, sagte aber nichts. Daher fuhr ich fort. »Um es diesmal ein bisschen freundlicher auszudrücken: Ich glaube, es wäre besser, wenn ihr das Ganze kürzer und knackiger gestaltet. Ich verstehe natürlich, dass es mehr als nur ein wichtiges Thema gibt. Wenn man aber einen ganzen Abend lang nur schlimme Fakten über Artensterben, Umweltverschmutzung und Klimawandel hört, dann gibt einem das ein ziemlich hoffnungsloses Weltschmerzgefühl. So ging es mir jedenfalls nach dem Vortragsabend. Ich hatte nach einer Weile den Eindruck, alles wäre nur katastrophal, und ich könnte überhaupt nichts daran ändern.«

Oscar schien meine Erklärung einzuleuchten. »Ja, darüber hab ich mir auch schon Gedanken gemacht. Hast du eine Idee, wie wir da einen guten Mittelweg finden können?« Die hatte ich tatsächlich.

»Ich würde vorschlagen, dass ihr nur einen Vortrag pro Abend einplant. Lieber ein Thema, das ihr intensiv behandelt, als fünf verschiedene, die nur angerissen werden. Um das Ganze interaktiver zu gestalten, könntet ihr nach dem Vortrag eine Diskussionsrunde einplanen. Noch besser wäre eine Art praktischer Teil. Bei Lillys Vortrag hätte das beispielsweise gut gepasst. Da hätten wir danach gemeinsam ein kleines Upcycling-DIY machen können. Schlüsselbretter zum Beispiel, für die werden pro Person nur ein Stück Holz und ein paar Nägel gebraucht.«

Mit jedem Satz, den ich sagte, klang meine Stimme sicherer und klarer. Außerdem bestätigten mich Oscars regelmäßiges Nicken und sein aufmerksamer Blick. In den letzten Minuten hatte er ihn kein einziges Mal von mir abgewandt.

»Oder nehmen wir mal den Vortrag zum Thema Überfischung«, fuhr ich fort. »Da hätten wir im Anschluss zusammen ein Gericht mit einer Fischalternative kochen können. Kartoffeln mit Dill-Soße und vegane Fischfilets zum Beispiel, um zu zeigen, wie leicht sich Fisch in der Ernährung ersetzen lässt.«

Ich hielt inne, um ihm die Möglichkeit zu geben, etwas zu sagen. Dabei stellte ich fest, dass sein Blick noch immer auf mir ruhte. Langsam machte mich das ein wenig nervös. Nicht weil es unangemessen gewesen wäre. Ich hatte nur einfach nicht damit gerechnet, dass er wirklich so viel Interesse an meinen Ideen hatte.

Genauso unerwartet war die Bewegung, die Oscar plötzlich mit der Hand machte. Leicht zuckte ich zurück.

»Chapeau«, sagte er und zog einen unsichtbaren Hut vor mir. Falls ihm meine seltsame Reaktion aufgefallen war, ließ er es sich nicht anmerken. »Das sind so gute Ideen, dass ich gern bereit bin, hier und jetzt die Leitung der *Future Force* an dich abzugeben. Du scheinst super organisiert zu sein und bist viel kreativer als ich.«

Ich lachte kurz auf. Die Vorstellung, dass er mich als die super organisierte potenzielle Leiterin einer Gruppe sah, war einfach zu absurd.

»Glaub mir, das wäre keine gute Idee«, widersprach ich ihm. »Aber danke für das Kompliment.«

Fragend sah er mich an, doch ich ging nicht weiter darauf ein, sondern sprang lieber schnell zum nächsten Punkt auf meiner Liste.

»Mein zweiter Vorschlag wäre ein Instagram-Account. Den könnte man dazu nutzen, mehr Leute auf die Veranstaltungen aufmerksam zu machen.«

Oscar machte ein zustimmendes Geräusch. »Das klingt gut. Auch wenn wir damit an dem Punkt unseres Gesprächs angelangt sind, an dem ich dir gestehen muss, dass ich im Herzen ein ziemlicher Opa bin.« Er schob seine Brille nach unten, sah mich über ihren Rand hinweg an und blinzelte langsam. »Hast du vielleicht ein Beispiel, das du dem weltfremden Herrn hier zeigen kannst, der absolut keine Ahnung von Social Media hat?«

Seine verstellte Stimme erinnerte mich stark an Gandalf, was mich schon wieder zum Lachen brachte. Mist aber auch! Er machte es mir wirklich schwer, ihn nicht sympathisch zu finden.

Darauf, ihm die Basics von Instagram erklären zu müssen, war ich allerdings trotz meiner ausführlichen Notizen nicht vorbereitet. Ich griff nach meinem Smartphone und zögerte dann einen Moment. Natürlich könnte ich jetzt einfach meinen Instagram-Account öffnen und ihm ein paar Beispiele zeigen. Doch eigentlich vermied ich es schon seit Längerem, mit irgendjemandem außer Jasper und Lilly über mein Profil zu sprechen.

»Ich bin nicht neidisch oder so. Das, was du da machst, könnte ich jederzeit auch tun, aber mich würde ein solches Hobby einfach nicht erfüllen.«

Ich konnte mich noch ganz genau daran erinnern, wie Niklas seinen Tonfall nach diesem Satz hatte sanfter werden lassen.

»Ich sage das doch nicht, um dich zu entmutigen, Mila. Ganz im Gegenteil, ich möchte, dass du dein wahres Potenzial erkennst und richtige Kunst machst. Dann werde ich stolz auf dich sein. Sieh das doch einfach als Motivation, dich noch mehr anzustrengen.«

Dann hatte er mich angelächelt, mit diesem süßen Grübchen-Lächeln, das ich von Anfang an geliebt hatte, und mich an sich gezogen, um mich zu küssen.

»Ich weiß doch, dass du das kannst«, hatte er mir danach ins Ohr geflüstert, und in diesem Moment war ich sicher gewesen, dass er wirklich nur mein Bestes wollte.

Die Erinnerungen an eine Zeit, die ich zu gern einfach vergessen würde, drohten mich zu überwältigen, und ich musste all meine Kraft zusammennehmen, um im Hier und Jetzt zu bleiben.

Niklas und ich waren seit zwei Jahren getrennt, und mir gegenüber saß nicht er, sondern Oscar. Und was der über meinen Instagram-Account dachte, konnte mir doch eigentlich herzlich egal sein. Was sollte schon passieren?

Also entsperrte ich mein Smartphone, vielleicht etwas energischer als nötig, und hielt es so, dass Oscar den Bildschirm sehen konnte.

Als er seinen Kopf in meine Richtung beugte, nahm ich zum ersten Mal seinen Geruch wahr. Er war nicht aufdringlich, kein intensives Parfüm oder Deo. Oscar roch einfach angenehm. Ich glaubte, ein dezentes Shampoo wahrzunehmen, irgendetwas recht Neutrales, und darüber lag ein leichter Geruch nach frisch gebackenem Schokokuchen.

Ich öffnete die Instagram-App, und sofort erschienen Beiträge der Leute, denen ich folgte.

»Die Posts könntet ihr als eine Art digitalen Flyer nutzen«, schlug ich vor. »Wenn man auf diesen kleinen Papierflieger hier unten klickt, kann man den Post teilen. Entweder in der eigenen Story, dann können ihn alle Leute sehen, die einem folgen. Oder man schickt ihn gezielt an eine andere Person. Bei uns in der WG machen wir das auch immer so, wenn jemand von uns etwas entdeckt, was die anderen interessieren könnte.«

Aufmerksam sah Oscar auf den Bildschirm, als ich ihm nacheinander die Funktionen der App zeigte.

»Das klingt gut«, sagte er dann. »Irgendwie auch deutlich effektiver als analoge Flyer. Gibt es noch mehr Funktionen, die für uns interessant sein könnten?«

Ich überlegte kurz und zeigte ihm dann das Umfragen-Tool. »Damit könntet ihr herausfinden, welche Themen die Leute besonders interessieren und welche eher nicht. Bei deinem netten Lächeln bringen es viele wahrscheinlich einfach nicht übers Herz, dir ehrliches Feedback zu geben. Auf Social Media trauen sie sich das vielleicht eher.«

Ein Seitenblick zu Oscar verriet mir, dass sich das schiefe Grinsen zurück auf sein Gesicht gestohlen hatte. »Du findest also, dass ich ein nettes Lächeln habe?«

Irritiert hielt ich inne, fing mich jedoch schnell wieder. »Deinem Gesichtsausdruck nach zu urteilen, scheinst du ganz genau zu wissen, wie du auf Leute wirkst«, antwortete ich und versuchte, den Satz nicht zu schroff klingen zu lassen. Wenn er mich das so direkt fragte, dann war ihm sicherlich klar, wie sehr ihn die anderen bewunderten. Da würde ich ihm garantiert nicht auch noch Honig um den Bart schmieren.

»Hier, probier die Tools gern mal selbst aus.« Ich hielt ihm mein Smartphone hin. Als Oscar es bereitwillig entgegennahm, berührten sich unsere Hände für einen kurzen Moment. Seine Finger fühlten sich angenehm warm auf meinen an, und meine Haut begann zu prickeln. Schnell zog ich meine Hand weg und sah zum Eingang hinüber, als wäre ich plötzlich sehr interessiert an der vierköpfigen Familie, die gerade Spaghetti Bolognese bei Opa Erwin bestellte.

Als ich wieder zu Oscar sah, hatte ein freundliches Lächeln sein freches Grinsen ersetzt.

»Möchtest du vielleicht ein Stück Kuchen probieren, während ich mir eine Testumfrage überlege?« Der Vorschlag wirkte sich besänftigend auf meine Stimmung aus. »Es ist ein Schokokuchen mit Puddingfüllung, das Rezept habe ich heute zum ersten Mal ausprobiert.«

Dann hatte mich meine Nase also nicht getäuscht.

»Ich bin heute auch schon Opa Erwins Eistee-Testerin«, verriet ich Oscar. »Ich bin also sozusagen im Training und gern bereit, mein professionelles Urteil zu deinem Kuchen abzugeben.«

Oscar lachte, und als er aufstand, um zum Tresen hinüberzugehen, streifte sein Arm leicht meine Schulter.

Kurz hielt ich die Luft an. Konnte dieses verdammte Kribbeln jetzt bitte endlich aufhören? Wir hatten die unangenehme Situation doch geklärt. Er war nicht sauer auf mich und mochte meine Vorschläge. Warum also war ich immer noch so angespannt?

Ich hörte Oscar in einer Besteckschublade kramen. Einen Moment später trat er zurück an unseren Tisch. Das Stück Kuchen, das er vor mir abstellte, ließ mir das Wasser im Mund zusammenlaufen. Erst jetzt merkte ich, wie hungrig ich eigentlich war.

»Die Puddingcreme ist ein bisschen flüssig geraten«, sagte Oscar entschuldigend. »Das passiert mir oft. Also, dass es ein bisschen zu viel von irgendwas ist.«

»Wie mit den Gewürzen im Nudelsalat?« Ich konnte mir die Frage nicht verkneifen, und Oscar verzog ertappt sein Gesicht.

»Möglicherweise.«

»Ich bin mir sicher, dass er trotzdem gut schmeckt.« Um meine Aussage zu untermalen, schob ich mir schnell eine Gabel des Schokokuchens in den Mund. Ich kaute und nickte dann bestätigend.

»Die offizielle Testerin hat ihn hiermit abgesegnet.«

Oscar wirkte äußerst zufrieden mit diesem Urteil. Während ich mich über den Rest des Kuchens hermachte, nahm er erneut mein Smartphone zur Hand und probierte auf Instagram die verschiedenen Funktionen aus.

Einen Moment lang herrschte Stille zwischen uns, bis Oscar plötzlich erschrocken zusammenzuckte. »O nein! Ich glaube, ich hab auf irgendwas Falsches getippt.« Betreten sah er mich an. »Sorry, das war echt keine Absicht. Ich hab ja gesagt, in der Hinsicht bin ich ein Opa.«

»Keine Sorge, ich bin mir sicher, dass du nicht versehentlich das Internet gelöscht hast.« Ich konnte mir ein Grinsen nicht verkneifen.

»Das vielleicht nicht«, stimmte Oscar mir zu. »Aber ich glaube, ich bin auf deinem Profil gelandet. Ist es okay, wenn ich es mir mal anschaue?«

Ein komisches Gefühl breitete sich in meinem Bauch aus, doch ich zwang mich zu einem lockeren Tonfall. Es war nichts dabei, wenn er es sah, erinnerte ich mich. Seine Meinung war mir egal.

»Klar. Mein Profil ist ohnehin öffentlich.«

Als Oscar begann, durch meine Bilder und Videos zu scrollen, merkte ich zu meinem Leidwesen, dass ich immer unruhiger wurde. Wie immer, wenn ich auf etwas wartete, kam in mir auch jetzt der starke Drang auf, mich zu bewegen.

Ich begann, mit den Fingern auf den Tisch zu trommeln, hörte aber schnell wieder damit auf und legte stattdessen meine Hände in den Schoß. Dort tippte ich mit den Fingern auf die Innenseiten meiner Handflächen. Der beruhigende Effekt war nicht ganz derselbe, aber es half.

»Deine Beiträge sehen richtig professionell aus«, sagte Oscar nach ein paar Sekunden, die sich für mich wie eine Ewigkeit anfühlten, und klang dabei ehrlich beeindruckt. »Machst du das alles selbst?«

»Ja, mit Stativ und Selbstauslöser.«

Oscar nickte anerkennend. »Ich weiß nicht, ob es okay ist, das zu sagen, weil ich mich dabei ein bisschen so fühle, als wäre ich gerade in dein Zimmer eingebrochen.« Er stockte kurz und errötete ein wenig. »Aber ich mag deinen Einrichtungsstil. Vor allem die vielen Pflanzen. Dafür hab ich ehrlich gesagt überhaupt kein Händchen. Bei mir werden die immer ziemlich schnell … knusprig.«

Ich lachte bei dieser Umschreibung kurz auf und merkte, wie Oscars kurze Unsicherheit mich ein wenig entspannte.

»Anfangs ging mir das auch so«, gestand ich ihm. »Mir hat das immer richtig das Herz gebrochen, und es war auch einer der Gründe für den Instagram-Account. Ich dachte, dort finde ich bestimmt Leute, die mir Tipps geben können. Das hat auch geklappt, und inzwischen haben meine Pflanzen eine ganz solide Lebensdauer. Dasselbe Prinzip gilt übrigens auch für Outfits.« Ich sprach weiter, bevor ich mich selbst bremsen konnte. »Wenn man herausfinden möchte, welcher Stil zu einem passt, dann kann Social Media wirklich eine große Hilfe sein.«

Ich schluckte, als ich mir meinen letzten Satz noch einmal durch den Kopf gehen ließ. Hatte ich mich etwa gerade erst für einen unsensiblen Kommentar bei ihm entschuldigt, nur um direkt ins nächste Fettnäpfchen zu treten? Ich spürte, wie nun mir die Röte ins Gesicht stieg.

»Also, ich meinte damit nur, dass mir das geholfen hat, weil ich nie Ahnung von Mode hatte. Ich wollte nicht sagen, dass du irgendwas an deinem Stil ändern solltest«, setzte ich schnell hinterher, doch Oscar winkte bereits ab.

»Ich hab schon verstanden, dass du das nicht auf mich bezogen hast. Obwohl ich Modetipps wahrscheinlich gut gebrauchen könnte.« Er sah an sich hinunter und zupfte an seinem Shirt. »Ehrlich gesagt trage ich immer nur das hier. Also natürlich nicht immer genau dieselben Klamotten, aber meine Outfits sehen alle sehr ähnlich aus. Es sind alles einfarbige Basic-Teile, was praktisch ist, weil ich morgens einfach mit geschlossenen Augen in meinen Schrank greifen kann und trotzdem alles zusammenpasst. Es fühlt sich an wie eine Uniform, im bestmöglichen Sinne. Weißt du, was ich meine? Aber manchmal frage ich mich, ob ich das nur trage, weil ich keine Zeit dafür habe, herauszufinden, was ich wirklich mag.«

Ich mochte mich irren, doch beim letzten Satz wirkte Oscar plötzlich so, als hätte er zu viel gesagt. Sein Lächeln verblasste ein wenig, doch bevor ich näher über seine Worte nachdenken konnte, wandte er seinen Blick bereits wieder meinen Notizen zu.

»Ich halte dich hier jetzt schon viel zu lange auf. Du hast heute bestimmt noch Pläne. Aber ich finde deine Ideen wirklich hilfreich und würde mich sehr freuen, wenn du bei der *Future Force* dabei sein möchtest.«

Als er mir nun in die Augen sah, wirkte sein Grinsen wieder genau so breit wie zuvor. Er reichte mir seine Hand, und sein nächster Satz hörte sich eine Oktave tiefer an. »Herzlich willkommen im Club, Frau Mila. Es ist mir eine große Ehre.«

Auch wenn er seine Stimme offensichtlich scherzhaft verstellt hatte, um wie ein Geschäftsmann beim Abschluss eines wichtigen Vertrags zu klingen, bescherten mir seine Worte eine Gänsehaut, und als er meine Hand leicht drückte, spürte ich ein verräterisches Flattern in meiner Brust.

Schnell bemühte ich mich um eine ähnlich ironisch-förmlich klingende Antwort. »Die Ehre ist ganz meinerseits, Herr Oscar. Auf gute Zusammenarbeit.«

Für einen kurzen Moment sahen wir uns direkt in die Augen und hielten den Händedruck etwas länger als nötig. Oder bildete ich mir das nur ein?

Als Oscar meine Hand schließlich losließ, zögerte ich jedenfalls keine Sekunde und griff sofort nach meinem Rucksack. »Ich mache mich dann mal auf den Weg nach Hause.« Meine Stimme klang ein wenig gehetzt.

Schnell schulterte ich den Rucksack und griff dann nach dem Kuchenteller und dem Eisteeglas, um beides hinüber zu Opa Erwin an den Tresen zu tragen. Die vierköpfige Familie hatte sich an einem der anderen Tische niedergelassen, und auch der Rest des Cafés hatte sich in der letzten halben Stunde deutlich gefüllt.

Als ich Anstalten machte zu bezahlen, sah Opa Erwin mich mit gespielter Entrüstung an. »Also Mila, wirklich. Du bist doch meine professionelle Testerin. Da gehen natürlich alle Speisen und Getränke aufs Haus.«

»Das ist wirklich nett, vielen Dank.« Wie immer in solchen Momenten war ich ein wenig verlegen.

»Dann hoffe ich, dass wir dich hier bald häufiger sehen werden.« Opa Erwins Stimme klang herzlich, und ich zweifelte nicht daran, dass er seine Worte ernst meinte.

»Eigentlich wäre heute um fünfzehn Uhr ein Treffen der *Future*

Force gewesen.« Oscar war unbemerkt neben mich getreten. »Aber weil wir diese Woche ja schon den Vortragsabend hatten, fällt es aus. Nächsten Samstag treffen wir uns wieder.«

Ich nickte, um ihm zu signalisieren, dass ich ihn gehört hatte, sah ihn jedoch nicht noch einmal an. Irgendwie war mir in diesem Moment alles zu viel. Ich musste raus, an die frische Luft. Weg von ihm. Ich ging rasch zur Tür und hob nur noch schnell eine Hand zum Abschied. Dann verließ ich das Café und versuchte, dabei mein wild klopfendes Herz zu ignorieren.

KAPITEL 4

Als ich meinen Rucksack zu Hause an die Garderobe hängte, fühlte ich mich erschöpft. Es war noch nicht mal später Nachmittag, doch das Gefühlschaos des bisherigen Tages hatte mich so angestrengt, dass ich am liebsten ins Bett gefallen wäre. Doch ich wusste, dass ich nach einem Nickerchen immer noch erschöpfter war als zuvor.

Nein, Ablenkung war der bessere Weg. Sport schied aus, denn ich hatte ja bereits die Fahrradtour zum Baumwipfelpfad und wieder zurück hinter mir. Auch auf dem Rückweg war ich richtig schnell gefahren, weil das Brennen in meinen Oberschenkeln dazu führte, dass ich mich nur noch darauf und nicht auf meine Gedanken konzentrierte. Ein Zustand, den ich so lange wie möglich beibehalten wollte.

Vielleicht konnte ich Oscar und Niklas ja aus meinem Kopf vertreiben, wenn ich mich mit einer praktischen Sache beschäftigte. Ich ging in mein Zimmer und sah mich um. Auf meinem Fensterbrett stand ein leerer Blumentopf. Dort könnte ich theoretisch Tomaten aussäen. Zwar war die optimale Zeit dafür bereits vorbei, doch mit etwas Glück würden sie trotzdem schnell genug wachsen und im Sommer reif sein. Doch die Pflanzenerde, die ich dafür brauchte, lagerte in einer Holzkiste auf dem Balkon, und mal abgesehen davon, dass ich dafür bestimmt erst wieder die Taubenfamilie vertreiben musste, lag der Zugang zum Balkon in Lillys Zimmer.

Was ich gerade am wenigsten brauchte, war Lilly, die mich mit Fragen zum Treffen mit Oscar löcherte. Ich wollte einfach allein sein und abwarten, bis all die Gefühle ein wenig abgeklungen waren.

Die Modelliermasse lag noch auf meinem Schreibtisch. Sollte ich ein weiteres Paar Ohrringe basteln? Oder endlich mal das halb fertige Puzzle beenden, das seit mindestens einem halben Jahr in eine Matte gerollt unter meinem Bett lag? Ich könnte auch das Video von heute Vormittag fertig schneiden und einen dazu passenden Text für Instagram schreiben.

Mein Kopf begann zu rattern, und das altbekannte Gefühl der Überforderung machte sich breit. Wenn ich zu viele Möglichkeiten zur Auswahl hatte, tat ich oft einfach gar nichts, anstatt mich einfach für eine der Optionen zu entscheiden und loszulegen. Ich war dann quasi im Stand-by-Modus in der Hoffnung, dass gleich irgendeine Idee vom Himmel fiel, die sich richtig anfühlte.

Zu meiner großen Erleichterung tat sie das diesmal tatsächlich. Ich erinnerte mich daran, dass Lilly mir angeboten hatte, beim nächsten Flohmarkt ein paar meiner Klamotten an ihrem Stand zu verkaufen. Meinen Kleiderschrank auszusortieren fühlte sich nach der perfekten Tätigkeit an. Nicht zu aufwendig, aber doch interessant genug, um auf andere Gedanken zu kommen.

Ich griff nach meinem Smartphone und koppelte es mit der Bluetooth-Box, die Jasper und Lilly mir letztes Jahr zum

Geburtstag geschenkt hatten. Dann öffnete ich die Playlist mit dem Namen »Rauf und runter«. Die hatte ich vor einiger Zeit für genau solche Entscheidungskrisen angelegt, und ich beglückwünschte mich innerlich dazu. Mich jetzt für einen passenden Song entscheiden zu müssen, hätte mich garantiert direkt wieder in den Ich-bin-unfähig-irgendwas-zu-tun-und-starre-in-die-Ecke-Modus katapultiert.

Die Playlist enthielt all meine Lieblingssongs, die ich wieder und wieder hören konnte, ohne dass sie mir zu langweilig wurden, und als ich hindurchscrollte, fühlte ich mich direkt ruhiger. Da waren Lizzo, Halsey, Frank Ocean, girl in red, Alligatoah, The Neighbourhood, Lady Gaga und natürlich der Soundtrack des Disneyfilms *Rapunzel*.

Ich wählte den Shuffle-Modus, und die ersten Noten von *Wo kann man das kaufen* ertönten. Als Alligatoah beim Refrain ankam, öffnete ich passend dazu theatralisch meinen Kleiderschrank. Ich sang lauthals mit, verschaffte mir einen ersten Überblick und beschloss, meine Klamotten in drei Stapeln zu sortieren: Sachen, die ich behalten wollte, potenzielle Flohmarktware und Kleidung, die sich nicht mehr verkaufen ließ.

Ich würde Lilly fragen, ob sich daraus noch irgendetwas machen ließ, und sie sonst in Putzlappen verwandeln. Mit dem Gefühl, mir ein gutes System überlegt zu haben, machte ich mich an die Arbeit und wurde mit jeder aussortierten Schublade ein wenig ruhiger.

Das ging so lange gut, bis ich beim obersten Fach meines Kleiderschranks angekommen war. Dort lagerten meine Wintersachen, die ich vor ein paar Wochen freudig dorthin verbannt hatte.

Da ich die Kleidung einfach nur hineingestopft hatte, war ich mir nicht sicher, was sonst noch im Fach lag. Ich griff nach oben und erwischte zuerst einen roten Schal. Den hatte ich vor Jahren gekauft, weil mir sein Muster so gut gefallen hatte. Seitdem hatte ich ihn jedoch kein einziges Mal getragen. Er würde also auf den Flohmarktstapel wandern.

Ich wollte ihn gerade herunterziehen, als ich merkte, dass er an irgendetwas festhing. Also zog ich ein wenig kräftiger, und schließlich gab er nach. Mit ihm kam mir jedoch noch etwas anderes entgegen, das aus dem Schrankfach fiel und seinen Inhalt polternd auf dem Parkett verteilte. Ich fluchte und blickte dann auf den Fußboden.

Als ich einen mit dunkelblauem Geschenkpapier und goldenen Sternen beklebten Schuhkarton sah, war es, als würden Eisfinger meine Kehle umfassen.

Der Karton war Niklas' und meine Erinnerungskiste. Ich hatte ganz vergessen, dass ich das Ding noch besaß. Nach unserer Trennung musste ich sie in die hinterste Ecke des Fachs verbannt haben und hatte ihre Existenz seither so erfolgreich verdrängt, dass es mich nun fast in eine Art Schockzustand versetzte, sie wiederzusehen.

Wie in Trance setzte ich mich langsam auf den Boden und griff nach einem der Gegenstände, die aus der Box herausgefallen waren. Es war ein Ticket fürs Freiluftkino, und als ich es ansah, erinnerte ich mich plötzlich wieder an jedes Detail des lauen Sommerabends, den wir dort verbracht hatten. Fast so, als wäre es nur ein paar Tage und nicht schon mehr als vier Jahre her.

Der Kinobesuch war unser erstes richtiges Date gewesen.

Niklas und ich hatten uns in der Theatergruppe kennengelernt. Dort hatte er parallel zu seinem Filmstudium als Assistent von Frau Fischer-Kurth gearbeitet.

Mit seinen einundzwanzig Jahren war er meinem siebzehnjährigen Ich so erwachsen vorgekommen, und ich erinnerte mich genau daran, wie sehr es mir geschmeichelt hatte zu bemerken, dass er sich ausgerechnet für mich näher interessierte.

Ich hatte mich damals noch so orientierungslos gefühlt. Als Niklas und ich einige Monate später zusammengekommen waren, war es deswegen eine große Erleichterung für mich gewesen, nun in seinem Fahrwasser schwimmen zu können.

Er hatte immer den Anschein erweckt, einen genauen Plan zu haben sowohl für sein eigenes, als auch für mein Leben. Begonnen bei der Frage, auf welche Party wir am Wochenende gingen und welches Essen wir bestellten, bis hin zur Entscheidung, wie es für mich nach der Schule weitergehen würde.

Nach dem Abend im Freiluftkino hatte es noch viele weitere wunderschöne Dates gegeben. Einmal waren wir mit unseren Fahrrädern zum Erdbeerfeld gefahren und hatten aus unserer Ernte im Anschluss in Niklas' Küche Marmelade gekocht. Die Etiketten für die Gläser hatten wir selbst gebastelt, und eins davon entdeckte ich nun unter meinem Schreibtisch. Mit einer mechanischen Bewegung griff ich danach, um es ebenfalls zurück in die Kiste zu legen. Dasselbe tat ich mit Niklas' T-Shirt, das ich früher immer zum Schlafen getragen hatte, sowie mit einer Reihe weiterer Eintrittskarten und einem Stapel Briefe.

Als ich den Schuhkarton gerade schließen wollte, fiel mir noch ein Polaroidfoto ins Auge. Es war halb unter mein Bett gerutscht, daher hatte ich es zuvor nicht bemerkt.

Das Bild zeigte Niklas, wie er im Übungsraum der Theatergruppe am Klavier saß und in die Kamera lächelte. Ich hatte ihn damals beim Spielen fotografiert, und auf seinem Gesicht war dieser ganz besondere Ausdruck zu sehen, mit dem er mich früher immer angesehen hatte. So als wäre ich der wunderbarste und wertvollste Mensch in seinem Leben.

In den ersten Monaten hatten wir beide kaum die Finger voneinander lassen können. Mit Niklas zusammen zu sein hatte sich oft angefühlt, als wäre ich Teil eines romantischen Liebesfilms.

Wir hatten so viel miteinander gelacht, hatten eine ganze Reihe gemeinsamer Insider gehabt und irgendwann sogar eine Art Geheimsprache daraus entwickelt.

Im Rückblick kam mir diese erste Zeit wie eine große Illusion vor. Zu schön, um wahr zu sein. Aber irgendwann hatte sich die Stimmung zwischen uns verändert. Es waren Kleinigkeiten, die sich nach und nach eingeschlichen hatten. Zuerst hatte ich sie fast nicht bemerkt, weil wir uns nach jeder Meinungsverschiedenheit schnell wieder vertragen hatten. Ein kleiner verstimmter Blick, ein paar zärtliche Berührungen weniger als früher. Damals dachte ich, das wäre vielleicht ganz normal, Beziehungen veränderten sich eben mit der Zeit.

Doch dann war irgendwann der Zorn gekommen. Übelkeit stieg in mir auf, als ich an den Tag zurückdachte, an dem wir bei Niklas Nudeln gekocht hatten.

»Wollen wir noch kurz abspülen, bevor wir es uns auf der Couch gemütlich machen?«, fragte ich, als wir unsere Teller in die Küche von Niklas' Zweizimmerwohnung trugen.

Ich war satt und zufrieden. Die Spaghetti waren wirklich lecker gewesen.

»Na gut«, hörte ich Niklas' Stimme hinter mir. »Trocknest du ab? Dann spüle ich.«

Zu zweit waren wir nach wenigen Minuten fertig, und in Gedanken war ich schon bei der Serie, die wir gleich schauen würden. Als ich nach dem letzten Glas griff, war ich deswegen einen Moment lang unachtsam, und es rutschte mir aus der Hand. Ich zuckte zusammen, als das Glas nach unten fiel, doch ich hatte Glück. Auf dem Boden lag ein Berg dreckiger Wäsche, der darauf wartete, in die Waschmaschine geräumt zu werden. Es landete also weich und blieb ganz.

Erleichtert beugte ich mich hinunter und wollte das Glas gerade wieder auf die Arbeitsplatte stellen, als Niklas es mir plötzlich aus der Hand riss. Überrascht sah ich zu ihm auf.

Sein Gesicht war wutverzerrt, und seine Hand war so fest um das Glas geschlossen, dass seine Knöchel weiß hervortraten. Die andere hatte er zu einer Faust geballt.

»Wie ungeschickt und dumm kann man eigentlich sein?«, fragte er mich gefährlich leise.

Einen Moment lang konnte ich ihn nur anstarren. »Es tut mir leid, Niklas«, stammelte ich dann. »Das war keine Absicht.«

Zwar verstand ich nicht ganz, was das Problem war, doch eine Entschuldigung fühlte sich in diesem Moment wie die einzig richtige Reaktion an.

Die einzig sichere Reaktion.

Daher wiederholte ich meine Worte gefühlt tausendmal.

Als Niklas auf mich zutrat, wäre ich am liebsten zurückgezuckt. Seine Wut machte mir Angst, und ich fragte mich plötz-

lich, ob er mir wohl etwas tun würde. Doch Niklas legte die Arme um mich.

»Ich hatte nur Angst um dich, Mila. Wenn das Glas zersprungen wäre, hättest du dich verletzen können.«

Diese Begründung passte überhaupt nicht zu seiner heftigen Reaktion, doch um des hart erkämpften Friedens willen schluckte ich meinen Widerspruch hinunter.

Stattdessen ließ ich zu, dass er mich küsste und ins Schlafzimmer zog. Sex mit ihm zu haben, fühlte sich in diesem Moment falsch an, weil ich noch immer viel zu schockiert und aufgewühlt war. Doch ich ließ es geschehen.

Danach war es, als wäre Niklas' Wutausbruch nie passiert. Er holte uns Snacks aus der Küche und erläuterte mir auf dem Rückweg zur Couch seine Theorien zur neuesten Folge von Game of Thrones. *Alles war wieder wie immer.*

Nach der Eskalation in der Küche war die Stimmung einige Wochen lang entspannt geblieben, und ich war gerade dabei gewesen, den Vorfall zu vergessen. Doch dann war es wieder passiert.

Ein plötzliches Klopfen an der Tür riss mich aus meinen Gedanken. Schnell warf ich das Polaroidfoto in den Karton und schloss ihn.

»Ja?«, rief ich atemlos.

Lilly öffnete die Tür einen Spalt und schob ihren Kopf hindurch. »Darf ich reinkommen?« Ich sah die Sorge in ihrem Blick. Natürlich war ihr der seltsame Unterton in meiner Stimme nicht entgangen, und vermutlich sah man mir auch an, wie sehr mich die Erinnerungen quälten.

»Na klar«, sagte ich betont fröhlich und winkte sie zu mir. »Warte, ich schiebe nur kurz die Klamotten zur Seite.«

Ich stand auf, um ein wenig die Taubheit aus meinen Gliedern zu schütteln, packte den Flohmarktstapel in eine große Tüte und stellte sie neben den Schreibtisch. Um die beiden anderen Stapel würde ich mich später kümmern.

Lilly setzte sich auf den Boden und deutete auf den Schuhkarton. »Ist das nicht die Erinnerungsbox von Niklas?«

Ich nickte ertappt. »Sie ist mir beim Ausmisten entgegengeflogen.«

Lilly seufzte. »Ich hoffe, es ist okay, wenn ich das sage, Mila. Aber ich bin wirklich froh, dass du ihn los bist.«

Ich hörte die Wut in ihrer Stimme, und überraschenderweise dämpfte das meinen eigenen Ärger. Zwar hatte ich Jasper und ihr nie die ganze Wahrheit über das erzählt, was zwischen Niklas und mir passiert war. Doch aus irgendeinem Grund gaben mir ihre Worte Sicherheit und machten die Vergangenheit weniger bedrohlich.

Eine weitere Erinnerung brach über mich herein, und bevor ich über meine nächsten Worte nachdenken konnte, sprach ich sie bereits aus.

»Weißt du eigentlich, was Niklas immer über dich gesagt hat?« Am liebsten hätte ich mir die Hand vor den Mund geschlagen. Eigentlich hatte ich Lilly nie davon erzählen wollen, doch jetzt konnte ich es nicht mehr zurücknehmen.

Lilly legte die Stirn in Falten, als wüsste sie bereits, dass die Antwort sie nicht erfreuen würde. »Bis jetzt noch nicht, aber ich bin sehr gespannt, eine weitere seiner großen Weisheiten zu hören.«

Ihr ironischer Unterton half mir dabei, die nächsten Sätze auszusprechen.

»Er hat mir ganz oft erzählt, wie wunderschön du bist, mit deinen tollen glänzenden Haaren und dem perfekten Puppengesicht.« Es tat weh, das auszusprechen, auch wenn Lilly beim Wort Puppengesicht ein abfälliges Schnauben hören ließ. »Damit, dass du toll aussiehst, hat er natürlich absolut recht«, sagte ich schnell. »Die Sache ist nur die, dass er das nie einfach so gesagt hat. Es war immer mit einem Vergleich verbunden.«

Ich ahmte Niklas' Tonfall nach. *»Du bist zwar auch hübsch, Mila, aber Lilly ist wirklich schön.«*

Bei diesen Worten trat eine Härte in Lillys Gesicht, die ich dort noch nie zuvor gesehen hatte. Doch sie signalisierte mir, dass ich weitersprechen sollte.

»Er hat sofort hinterhergeworfen, dass er das ja nicht böse meint, sondern dass es einfach ein Fakt sei. Aus rein ästhetischer Sicht müsste ich das ja wohl selbst zugeben. Dann wollte er mir erklären, dass es einfach dazu gehört, die Schönheit einer Frau offen wertzuschätzen. Und ganz objektiv betrachtet wärst du nun mal eine Zehn von Zehn und ich eine Sieben von Zehn.«

Als wäre es nicht schon beschämend und verletzend genug gewesen, sich anzuhören zu müssen, wie der eigene Freund Frauen mit Zahlen bewertete, hatte Niklas sich dann auch noch korrigiert.

»Obwohl, ehrlich gesagt bist du heute eine Sechs von Zehn. Eine Sieben wärst du, wenn du dir mehr Mühe mit deinem Styling gegeben hättest.«

Als ich daraufhin mit den Tränen gekämpft hatte, hatte er mich nur wieder einmal in eine seiner festen Umarmungen gezogen

»Ach Mila, ich bin doch nur so ehrlich zu dir, weil ich dir helfen will. Es ist total wichtig zu wissen, wie du auf andere wirkst, wenn du eine ernst zu nehmende Schauspielerin werden willst. Ich tue dir hier gerade einen Gefallen. Es ist doch besser, wenn ich dir das sage – ein netter Typ, der dich liebt –, statt dass du es zum ersten Mal von einem dieser Arschlöcher aus der Branche hörst. Es hilft dir doch nicht, wenn ich dich anlüge, nur damit du dich besser fühlst, oder?«

Diesen Teil verschwieg ich Lilly, weil ich mich zu sehr dafür schämte. Doch ich sah ihr auch so an, dass sie vor Wut kochte.

»Ich hoffe, du hast ihm eine geklatscht und ihm kein Wort davon geglaubt«, brachte sie zwischen zusammengekniffenen Lippen hervor, doch ich schüttelte langsam den Kopf.

»Inzwischen kann ich das alles besser einordnen, aber damals habe ich ihm abgenommen, dass diese Einschätzung wirklich etwas ist, das ich für meinen späteren Beruf brauche.«

Auch wenn ich es Niklas gegenüber nicht zugegeben hatte, war seine kleine Ansprache nicht spurlos an mir vorbeigegangen. Meinem Selbstbewusstsein hatte unser Gespräch einen ziemlichen Dämpfer verpasst.

Von da an hatte ich immer darauf geachtet, mich Niklas nur noch mit aufwendigem Make-up, gekämmten Haaren und in den ›richtigen‹ Outfits zu zeigen. Wenn ich bei ihm übernachtet hatte, war ich abends geschminkt ins Bett gegangen, hatte unruhig geschlafen und war dann am Morgen extra vor ihm aufgestanden, um die Mascara-Spuren unter meinen Augen wegzuwischen, den Rest des Make-ups zu korrigieren und meine damals noch langen Haare zu einer ordentlichen Frisur zu flechten.

»Danke, dass du mir davon erzählt hast.« Lillys sanfte Stimme war ein wohltuender Kontrast zu den unschönen Erinnerungen. »Ich bin wirklich stolz auf dich, dass du all das hinter dir gelassen hast. Ich weiß, dass das verdammt schwer war, aber ich hab das Gefühl, dass du inzwischen auf einem richtig guten Weg bist. Apropos«, wechselte sie dann das Thema. »Wie lief denn das Treffen mit Oscar?«

Ich brauchte eine Sekunde, bis mein Kopf wieder in der Gegenwart angekommen war.

»Ganz gut«, sagte ich schließlich. »Er hat sich meine Vorschläge angehört, und falls er nicht zufälligerweise ein sehr überzeugender Schauspieler ist, konnte er wohl auch etwas damit anfangen. Er war wirklich nett«, endete ich lahm, und Lilly grinste.

»Wirklich nett also?« Sie wackelte mit den Augenbrauen.

»Genau.« Ich bemühte mich, so neutral und würdevoll wie möglich zu klingen. Allein über Oscar zu sprechen machte mich schon nervös. Da würde ich Lilly garantiert nichts von dem Kribbeln in meinem Bauch erzählen.

Das hatte ohnehin keine tiefere Bedeutung. Wenn ich es nicht zum Thema machte, würde auch nichts passieren. So einfach war das.

KAPITEL 5

Als ich am nächsten Samstag zusammen mit Nhi am Tisch in unserer Küche saß, rauchte mir der Kopf. Wir hatten die vergangenen Stunden damit verbracht, uns durch einen Berg von Biografien, Analysen und Zusammenfassungen der Werke von Hannah Arendt zu arbeiten. Das war ganz schön anstrengend gewesen, hatte aber deutlich mehr Spaß gemacht als all meine Referatstreffen in den Semestern zuvor.

Nhi seufzte und fuhr sich durch die Haare. »Reicht für heute, oder?«

Ich nickte. »Eindeutig. Auch wenn ich wirklich sagen muss, dass es sich hier deutlich besser arbeiten lässt als in der Bibliothek. Vor allem, weil man nicht flüstern muss.«

»Und weil man zwischendurch leckeres Essen bestellen kann?« Nhi grinste und biss in das letzte Stück Peperoni-Pizza, das noch in ihrem Karton lag.

»Ja, das auch. Ich finde, wir sind heute echt gut vorangekommen.« Darauf, wie produktiv der Nachmittag gewesen war, war ich tatsächlich ziemlich stolz. Ich hatte es geschafft, in diesen hyperkonzentrierten Modus zu kommen, in dem ich gefühlt dreimal so viel erledigt bekam wie sonst.

»Vor allem wenn man bedenkt, dass wir noch anderthalb

Monate Zeit haben. Aber Professor Albrechts Blick war gestern wieder so streng … ich glaube, wir sollten wirklich jede Minute Vorbereitungszeit nutzen, die wir kriegen können.«

Bei der Erinnerung daran, schüttelte Nhi sich. Doch bevor wir uns ausmalen konnten, was bei unserem Vortrag alles schieflaufen könnte, hörte ich Schritte im Gang.

Ich sah zur Küchentür. Lilly war mit Nour bei einer ihrer Kindergartenfreundinnen zu Besuch, daher konnte es nur Jasper sein. Das wunderte mich, denn er hatte sich zwar, wie Lilly vermutet hatte, inzwischen bei ihr für seine Worte entschuldigt, doch seitdem hatte er sich nur noch selten blicken lassen.

Als er nun durch die Tür trat, fiel mir sofort auf, dass etwas anders war als sonst. Es war Jaspers gesamte Haltung. Sein Gang war bei Weitem nicht so selbstsicher wie sonst, und er ließ die Schultern hängen. Jemand, der ihn nicht gut kannte, hätte vielleicht nichts Besonderes an seinem Äußeren bemerkt. Jasper wirkte gepflegt und ordentlich.

Doch mir fiel sofort der Dreitagebart auf, den er sonst niemals stehen ließ. Jaspers Outfit mochte zwar sauber und ordentlich sein. Doch anders als sonst, waren die Kleidungsstücke nicht fein säuberlich aufeinander abgestimmt, sondern wirkten zusammengewürfelt.

Vermutlich stand mir meine Besorgnis im Gesicht geschrieben, denn Jasper ließ seinen Blick nur flüchtig in meine Richtung wandern und wandte sich dann ab.

»Jasper, das ist Nhi. Wir studieren zusammen.«

Jasper nickte knapp und griff dann nach einer Packung Instant Ramen und dem Wasserkocher.

»Hi.«

Falls Nhi die wenig herzliche Begrüßung überraschte, ließ sie es sich nicht anmerken. Am liebsten hätte ich Jasper gefragt, was gerade bei ihm los war. Ich vermisste ihn und hätte gern wieder mehr Zeit mit ihm verbracht. Doch ich wusste, wie viel Kraft ihn sein Studium kostete. Da half es ihm nicht, wenn ich ihn noch zusätzlich stresste.

Daher beobachtete ich ihn nur dabei, wie er kochendes Wasser über die Nudeln goss, etwas von »viel zu tun« murmelte und dann wieder im Flur verschwand.

»Er studiert Jura«, sagte ich zu Nhi, als würde das Jaspers Verhalten erklären.

Sie schien zu spüren, dass irgendetwas vorgefallen war, und stellte keine weiteren Nachfragen. »Ich freue mich jetzt jedenfalls darauf, nach Hause zu gehen und ein ausgiebiges Nickerchen zu halten«, wechselte sie stattdessen das Thema.

»Heute Abend gehe ich mit den Leuten aus meiner WG feiern, und die halten immer so lange durch, dass ich die Energie echt dringend gebrauchen kann. Was hast du heute noch vor?«

Bei ihrer Frage fiel mir siedend heiß ein, dass ich ja tatsächlich noch einen Termin hatte.

»Ich gehe gleich zum ersten Mal zu einem Treffen der *Future Force.*« Ich versuchte, meine Stimme locker klingen zu lassen, und hoffte, dass Nhi meine Aufregung nicht bemerkte. »Ich hab ja nach einem ehrenamtlichen Engagement gesucht und habe mich jetzt für sie entschieden.«

»Ist das diese Umweltschutzgruppe? Die, die Oscar Becker leitet?«

Verblüfft sah ich sie an. Oscars Nachnamen hörte ich gerade zum ersten Mal. Und Nhi kannte ihn?

»Oscar und ich kommen aus demselben Dorf«, erklärte sie mir. »Wir waren zusammen im Schulsprecherteam, bis er in der Zehnten dann plötzlich nicht mehr da war. Uns wurde nur gesagt, er sei weggezogen, und weil er sich nicht verabschiedet hat, dachte ich immer, er sei jetzt im Ausland oder so. Deswegen war ich echt überrascht, als ich ihn hier auf dem Campus gesehen habe.«

»Hast du dich denn damals gut mit ihm verstanden?« Meine Frage sollte beiläufig klingen, doch meine Neugier war mir deutlich anzuhören.

»Er war echt beliebt. Ich glaube, es gab niemanden, der ihn nicht mochte. Wohin er gezogen ist, wusste damals aber trotzdem niemand, noch nicht mal sein engster Freundeskreis.«

Das machte mich stutzig. Was war damals wohl vorgefallen? Am liebsten hätte ich Nhi noch viel mehr Fragen dazu gestellt, doch sie packte bereits ihre Sachen zusammen.

Ein Blick auf die Uhr verriet mir, dass auch ich losmusste, wenn ich nicht schon wieder zu spät beim Baumhauscafé ankommen wollte.

Gemeinsam verließen wir das Haus, und nachdem wir uns voneinander verabschiedet hatten, radelte ich los.

Als ich auf den Waldweg einbog, der zum Baumwipfelpfad führte, trat ich deutlich langsamer in die Pedale, als noch in der Woche davor. Ja, ich wollte nicht zu spät kommen. Aber gleichzeitig wollte ich auch auf jeden Fall verhindern, als Erste am Café zu sein. Denn das würde bedeuten, möglicherweise mit Oscar allein zu sein. Auch wenn ich es hasste, es mir einzugestehen – das Kribbeln in meinem Bauch war schon wieder da.

Ich gab zwar mein Bestes, es darauf zu schieben, dass ich

heute als Neue in ein bestehendes Team kam, doch es gab da dieses fiese Stimmchen in meinem Hinterkopf, das mich darauf hinwies, dass ich mir etwas vormachte. So oder so: Es war das Beste, wenn ich Abstand zu Oscar hielt.

Die erste volle Semesterwoche war erstaunlich gut verlaufen. Zwar hatte es einen ganzen Haufen an Post-its, drei Wecker und zahlreiche Einträge in meiner Erinnerungsapp gebraucht, doch ich war stolz darauf, wie gut ich es bisher geschafft hatte, meinen Alltag zu strukturieren.

An die Stiftung hatte ich direkt nach dem Treffen mit Oscar eine Mail geschrieben, um sie darüber zu informieren, dass ich mich ab jetzt ehrenamtlich für die *Future Force* engagierte. Die Sachbearbeiterin hatte das ohne weitere Nachfragen akzeptiert und mir schriftlich bestätigt, dass mein Stipendium damit fortgeführt wurde.

Es war also alles gut. Es gab keinen Grund mehr zur Sorge, und ich konnte mich entspannen. All das sagte ich mir wieder und wieder in meinem Kopf, während ich auf den Parkplatz des Baumwipfelpfads fuhr.

Ich stieg von meinem Fahrrad, sperrte es ab und ging hinüber zum Kassenhäuschen. Dort wurde ich direkt von der Mitarbeiterin durchgewunken.

Als ich mich, diesmal zu Fuß, auf den Weg nach oben machte, merkte ich zu meiner Überraschung, dass ich mich richtig auf das Treffen der *Future Force* freute. Bauchkribbeln hin oder her, eigentlich machte mir die Aussicht darauf, neue Leute kennenzulernen, keine Angst. Vor allem dann nicht, wenn ich wusste, dass uns ähnliche Themen wichtig waren. Dann fiel es mir in der Regel leicht, mit anderen ins Gespräch zu kommen.

Während ich meine Runden nach oben drehte, genoss ich die schöne Aussicht. Unter der Woche war es ziemlich regnerisch gewesen, doch heute hatte es die Sonne durch die Wolken geschafft. Dementsprechend viele Menschen waren auf dem Baumwipfelpfad unterwegs.

Auch das Café war gut besucht. Opa Erwin war gerade dabei, mehrere Teller mit Käsekuchen zu einem der Tische zu bringen. Nachdem er sie abgestellt hatte, bemerkte er mich und kam zu mir herüber.

»Schön, dich zu sehen, Mila«, sagte er so herzlich, als wären wir mittlerweile bereits alte Bekannte. »Der Oscar und die anderen sind schon oben.« Er deutete auf die Wendeltreppe, die ins Obergeschoss führte. Ich bedankte mich bei ihm und erklomm die Stufen.

Der Raum, der nach und nach in mein Blickfeld trat, sah anders aus als beim letzten Mal. Die kleine Bühne vom Vortragsabend war verschwunden. Stattdessen waren die Tischchen, die es auch unten im Café gab, zu einer großen Arbeitsfläche zusammengeschoben worden.

Die anderen Mitglieder der *Future Force* hatten sich bereits darum versammelt, und als ich mich umsah, bemerkte ich Oscar, der ein Flipchart vor sich herschob, auf das jemand in Großbuchstaben die Worte »*Future Force*« geschrieben hatte.

Er sah genauso aus, wie die letzten beiden Male, als ich ihn gesehen hatte. Nur dass er diesmal statt des schwarzen T-Shirts einen Hoodie in derselben Farbe trug.

Als Oscar meinen Blick bemerkte, hob ich kurz grüßend die Hand und steuerte dann, ohne seine Reaktion abzuwarten, schnell auf den einzigen leeren Stuhl in der Runde zu.

»Ist hier noch frei?«, fragte ich eine rothaarige junge Frau, die auf dem Platz daneben saß. Ich erinnerte mich daran, sie bereits beim Vortragsabend gesehen zu haben.

»Ja, setz dich gerne. Du könntest meine Rettung sein!«

Ihre Stimme war ziemlich laut, und die unerwartet große Begeisterung darin machte mich ein wenig perplex. Was sie glücklicherweise nicht zu bemerken schien.

»Hi, ich bin Anna«, fuhr sie in derselben Lautstärke fort. »Und du bist meine Lieblingsperson des Tages, wenn du eine Nagelfeile dabeihast. Ich hab heute Vormittag zusammen mit meiner Mutter den Garten aus dem Winterschlaf geweckt, und da ist so ein fieses Stückchen Erde, das sich unter meinem Fingernagel ganz besonders wohlfühlt.«

Damit war sie mir auf der Stelle sympathisch. »Das kommt mir sehr bekannt vor«, gestand ich ihr. »Wenn ich meine Zimmerpflanzen umtopfe, finde ich noch Tage später Erdkrümel an den seltsamsten Orten.«

Ich nahm meinen Rucksack ab und begann, darin zu kramen. »Ich bin Mila, und tatsächlich ist heute dein Glückstag.« Ich überreichte ihr meine Nagelfeile.

Während Anna sich mit einem kleinen Jubelschrei bedankte und sich anschließend ihrem Fingernagel widmete, ließ ich mich auf meinen Stuhl fallen.

Nur einen kurzen Moment später ertönte Oscars Stimme von der anderen Tischseite »Schön, dass ihr alle hier seid.«

Als hätte er meinem Körper mit diesen Worten ein Signal gegeben, schaltete das Kribbeln in meinem Bauch auf die nächsthöhere Stufe. Fast hätte ich genervt aufgestöhnt, schaffte es aber gerade noch rechtzeitig, den Impuls zu unterdrücken.

Energisch versuchte ich, das Gefühl zu ignorieren, da kamen mir plötzlich, wie aus dem Nichts, Niklas' Worte in den Sinn. Genau wie Lillys Äußeres war Oscars Stimme *»objektiv betrachtet schön«*, und meine Reaktion auf sie war demnach auch überhaupt nicht verwunderlich. Den ruhigen, tiefen Klang zu hören, musste irgendeinen biologischen Schalter in mir umgelegt haben.

Ich atmete tief ein und aus. Nur weil ich Oscar … Schnell korrigierte ich mich gedanklich: Nur weil ich Oscars *Stimme* attraktiv fand, musste das ja nichts bedeuten. Ich würde das Gefühl einfach akzeptieren, es für mich behalten, und gut war es.

»Wie immer ist es nun an der Zeit, gemeinsam die Tagesordnung durchzugehen«, sagte Oscar gerade, und ich ermahnte mich, ihm zuzuhören. »Und wie jede Woche klingt das überhaupt nicht hochtrabend dafür, dass wir eigentlich nur besprechen, welche Themen gerade so anstehen.«

Als die Gruppe lachte, sah ich mich zum ersten Mal richtig in der Runde um. Ich zählte zehn Personen, und einige der Gesichter erkannte ich wieder. Wie schon beim Vortragsabend fiel mir auf, wie gebannt alle Oscar betrachteten. Ich konzentrierte mich hingegen darauf, ihn möglichst nicht anzusehen, bis Oscar plötzlich meinen Namen nannte.

»Bevor wir zu Punkt 1 kommen, wollte ich euch aber erst noch Mila vorstellen.« Er deutete in meine Richtung, und ich bemühte mich eilig um einen neutralen, aber freundlichen Gesichtsausdruck. »Mila ist unser neuestes Mitglied, und sie hatte nach unserer letzten Veranstaltung völlig zu Recht ein paar Verbesserungsvorschläge. Sag mir gern, Mila, falls ich dich damit jetzt überrumple«, wandte er sich dann direkt an mich. »Aber hättest du vielleicht Lust, deine Ideen noch mal der gesamten Gruppe vorzustellen?«

Offen lächelte er mich an, und ich merkte, wie nach und nach auch die Blicke der anderen in meine Richtung wanderten. Ich räusperte mich.

»Danke für die nette Vorstellung.« Kurz sammelte ich mich, schaute in die interessierten Gesichter der anderen und begann dann, der Gruppe von meinen Ideen für die Veranstaltungen und den Social-Media-Auftritt der *Future Force* zu erzählen.

Mit jedem Satz, den ich sprach, fühlte ich mich sicherer. Auch, weil ich ringsum viel zustimmendes Nicken erntete.

Als ich das Wort wieder zurück an Oscar übergab, bat er uns, in Zweiergruppen zu überlegen, welchen meiner Vorschläge wir gern zuerst umsetzen wollten und welche konkreten Ideen wir dafür hatten.

Anna drehte sich zu mir. »Den gemeinsamen Kochabend fände ich super, und ich hab auch schon eine Vorstellung davon, wie die Social-Media-Posts aussehen könnten«, sprudelte sie los.

Dann kramte sie einen Block und einen Bleistift aus ihrer Tasche und begann zu zeichnen. Fasziniert beobachtete ich sie dabei, wie sie auf dem Papier einen Kochtopf entstehen ließ, um den verschiedene Obst- und Gemüsesorten verteilt lagen.

»Du kannst das richtig gut.«

Anna lächelte erfreut. »Digital sieht das alles noch mal ein bisschen sauberer aus. Was hältst du davon, Illustrationen und Fotos zu kombinieren?«

»Finde ich super! Um die Fotos kann ich mich kümmern.« Ich war erleichtert, dass ich etwas beitragen konnte, und fühlte mich direkt schon ein wenig als Teil der Gruppe.

Anna und ich tauschten uns gerade darüber aus, welche Motive, Schriftarten und Farben am besten zueinander passten, als ich Oscars Blick auf mir spürte. Möglichst unauffällig drehte ich den Kopf ein Stück zur Seite.

Er stand am anderen Tischende und sah mich von dort aus mit demselben direkten, aufmerksamen Blick an, den ich schon von unserem letzten Treffen kannte. Dann schenkte er mir ein Lächeln, das mein Herz einen kleinen Hüpfer machen ließ. Ich befahl mir, nichts Großes in diese Reaktion hineinzuinterpretieren, und lächelte höflich zurück.

Schnell wandte ich mich wieder Anna zu. »Neben den Posts würde ich gern auch die Umfragefunktion nutzen«, meinte ich, und sie nickte zustimmend.

»Die sehe ich auf Instagram auch ganz oft und kann mir gut vorstellen, dass uns das weiterbringt.«

»Wollen wir uns mal ein paar Ideen dafür überlegen, die wir Oscar zeigen können, wenn er zu uns rüberkommt?« Ich sah noch einmal in seine Richtung. Oscar stand immer noch am anderen Tischende, doch ihm schien in der Zwischenzeit warm geworden zu sein, denn er zog gerade seinen Hoodie aus. Auch wenn ich eigentlich direkt wieder hatte wegsehen wollen, konnte ich meine Augen nicht abwenden, als sein T-Shirt ein Stück nach oben rutschte und den Blick auf seinen Bauch freigab. Bevor ich es verhindern konnte, entstand vor meinem inneren Auge das Bild, wie ich meine Hand ausstreckte und sie über seine Haut wandern ließ. Sie sah samtig und weich aus, und ich fragte mich, ob sie sich wohl genauso anfühlen würde, wenn ich sie berührte.

Einen Moment später schob Oscar das T-Shirt bereits wieder

nach unten, und als ich daraufhin meinen Blick hob, wurde mir gleichzeitig heiß und kalt. Oscar sah mir direkt in die Augen, und da war wieder dieses schiefe Grinsen. So als wüsste er genau, woran ich dachte.

Schnell schaute ich weg und bemühte mich, ruhig zu atmen. Ich ärgerte mich maßlos über mich selbst. Wollte ich nicht Abstand zu ihm halten? Wie zum Teufel sollte das bitte schön funktionieren, wenn ich nicht einmal meine Blicke unter Kontrolle hatte?

Ich fokussierte mich auf Anna, die gerade nach ihrem Smartphone gegriffen hatte, um mir irgendetwas auf Instagram zu zeigen. Zum Glück schien zumindest sie nichts bemerkt zu haben.

Als das Treffen wenig später zu Ende war, verabschiedete ich mich schnell von Anna. »Ich muss leider direkt weiter zu einem anderen Termin.« Eine glatte Lüge. »Aber es hat mich sehr gefreut, dich kennenzulernen.«

»Ebenso! Bist du nächste Woche wieder dabei?« Sie klang so ehrlich interessiert, dass ich trotz meiner Hektik kurz innehielt. Anna war wirklich nett zu mir, und das, obwohl wir uns erst so kurz kannten. Das rief mir in Erinnerung, worum es hier eigentlich ging: sich gemeinsam für Themen einzusetzen, die uns allen wichtig waren, und dabei vielleicht auch noch neue Freundschaften zu schließen.

Plötzlich war ich mir ganz sicher, dass es trotz des verwirrenden Blickkontakts mit Oscar die richtige Entscheidung gewesen war, zum Treffen zu kommen.

»Ja, ich freue mich schon darauf.«

Auch in der Woche danach achtete ich penibel darauf, Oscar aus dem Weg zu gehen. Ich wollte um jeden Preis vermeiden, mit ihm allein zu sein. Daher tat ich beim Betreten des Cafés so, als hätte ich ihn nicht gesehen, und ging stattdessen zu Opa Erwin.

»Wie geht's Hannes?«, fragte ich, nachdem wir uns begrüßt hatten. Opa Erwin strahlte.

»Ganz fantastisch, Mila. Es ist gleich Zeit für seinen Nachmittagssnack. Magst du ihm den heute geben?«

Zögernd sah ich ihn an. »Wie hoch ist denn die Wahrscheinlichkeit, dass er mich in die Hand pickt?«

Als Kind war ich mal im Urlaub auf einem Bauernhof gewesen, und mein Finger hatte eine schmerzhafte Bekanntschaft mit dem Schnabel eines Huhns gemacht. Das hatte ich bis heute nicht vergessen.

Doch Opa Erwin tätschelte mir beruhigend die Schulter, als wir hinüber zum Käfig gingen.

»Der Hannes tut nichts, versprochen. Guck mal, so macht man das.« Er hielt dem Graupapagei eines der Apfelstücke hin.

Hannes griff es ganz vorsichtig mit seinem Fuß und hob es in Richtung seines Schnabels.

Fasziniert beobachtete ich ihn und verspürte dann eine kindliche Freude dabei, es selbst auszuprobieren. Als Hannes das Apfelstück aus meiner Hand nahm, drehte ich mich zu Opa Erwin um und war schon kurz davor »Ich hab's geschafft!« zu rufen. Doch dann sah ich, dass Oscar neben ihm stand, und die Worte blieben mir im Hals stecken. Aufregung und Panik wechselten sich in mir ab und ließen mich vergessen, wie man richtig atmete.

»Na, hat Hannes dich um den Finger gewickelt?« Oscar grinste mich an. »Das ist seine absolute Spezialität, oder Opa?«

Opa Erwin nickte und ließ seinen Blick aufmerksam zwischen Oscar und mir hin- und herwandern.

»Ich mach mich mal wieder an die Arbeit«, sagte er nach einem kurzen Moment des Schweigens, und als er sich zum Gehen wandte, wäre ich ihm am liebsten hinterhergestürmt.

»Möchtest du mit hochkommen?« Oscars Stimme klang nun ein wenig besorgt. »Die anderen sind schon alle da. Oder geht's dir nicht gut? Kann ich irgendwas für dich tun?«

Scheinbar sah man mir den starken Drang zu fliehen an. Direkt hatte ich Oscar gegenüber ein schlechtes Gewissen. Mein Verhalten kam mir gemein vor, schließlich hatte er mir ja überhaupt nichts getan. Ganz im Gegenteil, er war sichtlich um mein Wohlergehen bemüht.

Aber ich konnte einfach nicht anders, als auf Abstand zu ihm zu gehen. Alles andere wäre nicht gut für mich.

»Nein, alles prima«, war daher meine knappe Antwort, und bevor mein Gesichtsausdruck noch mehr über meine Gefühle verraten konnte, ging ich schnell hinüber zur Wendeltreppe.

Ich hörte, wie Oscar mir mit einigem Abstand folgte.

»So, nun sind wir vollzählig«, sagte er dann, während ich mich auf meinen Platz neben Anna sinken ließ. Seine Stimme klang dabei weit weniger enthusiastisch als sonst.

Als ich wenig später mit Anna vor ihrem Laptop saß, hatte ich mich wieder halbwegs im Griff. »Hast du deine Festplatte mit den Fotos dabei?«, fragte sie mich aufgeregt, und ich reichte sie ihr.

Anna betrachtete die Fotos von dem schön drapierten Obst

und Gemüse, die ich gestern in unserer Küche gemacht hatte, und klatschte begeistert in die Hände.

»Das sieht super aus! Meine Illustrationen sind auch fertig, das heißt, wir können heute eine digitale Collage daraus basteln und sie dann bei Instagram hochladen.«

Sie sprach in einem derart schnellen Tempo, dass meine Gedanken keinerlei Möglichkeit mehr hatten, sich auf etwas anderes als ihre Worte zu konzentrieren. Dafür war ich in diesem Moment unglaublich dankbar.

»Hast du gesehen, dass unserem Account schon fast hundert Leute folgen?«, fragte Anna weiter. »Das sind richtig viele! Klar, wir haben alle unsere Freundeskreise informiert, und da kommt einiges zusammen, aber es sind auch schon Leute dabei, die niemand von uns kennt. Ist das nicht super?«

»Das freut mich sehr zu hören.«

Annas Energie und ihre gute Laune waren ansteckend. Außerdem war ich auch ein wenig stolz darauf, dass mein Vorschlag zu funktionieren schien und neue Leute auf die *Future Force* aufmerksam wurden.

Nachdem wir eine Weile an der Collage gearbeitet hatten, merkte ich plötzlich, wie jemand hinter uns trat. Ich konnte es mir zwar nicht erklären, doch ohne mich umzudrehen, wusste ich, dass es Oscar war. Starr hielt ich meinen Blick auf den Laptop gerichtet. Und tatsächlich war es seine Stimme, die eine Sekunde später hinter uns ertönte.

»Das sieht schon richtig gut aus.«

»Danke, Oscar!« Gut, dass Anna das Sprechen für uns übernahm. Ich würde gerade bestimmt kein vernünftiges Wort herausbringen.

»Hast du noch Verbesserungsvorschläge? Sonst würde ich das Ganze gleich exportieren.«

Ich spürte, wie Oscar sich nach vorn beugte. Seine Hand schob sich in mein Blickfeld und deutete auf eine Stelle im Text. »Hier ist noch ein kleiner Tippfehler, aber ansonsten sehe ich nichts. Ihr habt das richtig gut gemacht.«

Er berührte mich nicht einmal, und dennoch lief mir ein wohliger Schauer den Rücken hinunter. Während ich mich weiterhin nicht einen Zentimeter bewegte, brach eine Erkenntnis über mich herein. Fast hätte ich laut aufgelacht, weil es so offensichtlich war.

Egal wie gut meine Strategie war, sie konnte nicht verhindern, dass mein Körper auf Oscars reagierte. Ich fand ihn attraktiv. Nicht nur seine Stimme oder seinen Geruch. Sondern wirklich ihn. Egal wie sehr ich es auch versuchte – ich konnte es nun nicht länger leugnen.

KAPITEL 6

»Wow, so viele Leute waren echt noch nie bei einer unserer Veranstaltungen.« Es war das erste Mal, dass ich Anna mit gedämpfter Stimme sprechen hörte, und sie klang dabei so ehrfürchtig, dass ich mir ein bisschen das Lachen verkneifen musste.

Dabei war ich ehrlicherweise nicht weniger beeindruckt.

Drei Wochen waren seit meinem ersten *Future-Force*-Treffen vergangen, und nun standen wir alle gemeinsam am Tresen des Baumhauscafés.

Von den dreißig Leuten, die sich online zu unserem Kochabend angemeldet hatten, waren ausnahmslos alle erschienen, und sie saßen vor uns in kleinen Grüppchen um die Cafétische herum.

Die Stimmung im Baumhauscafé war gut, und ich war gespannt, wie der Abend laufen würde.

»Hallo zusammen und schön, dass ihr alle hier seid.« Lars, der Kunststudent mit den blauen Haaren, der Lilly nach ihrem Vortrag mit Fragen gelöchert hatte, trat in die Mitte des Raums und hob grüßend die Hand. Nach und nach wurde es ruhiger im Raum.

»Wir haben für heute Abend geplant, dass jede Gruppe ein anderes veganes Gericht kocht, und am Ende wird es ein Büfett geben, bei dem sich alle durchprobieren können. Es sind Salate und Desserts dabei, aber auch warme Gerichte.«

Er hob einen Stapel bunter Karten hoch. »Hier drauf stehen die Rezepte. Die werden wir gleich zusammen mit dem Küchenzubehör und den Campingkochplatten verteilen. Wir wünschen euch viel Spaß!«

Anna und ich grinsten uns während dieser kleinen Ansprache verschwörerisch zu. Oscar hatte Lars erlaubt, heute die Begrüßung zu übernehmen.

Anna hatte mir erzählt, dass Lars' Ideen wohl immer ganz besonders … kreativ waren. So hatte er letzte Woche vorgeschlagen, mit Gemüsekostümen durch die Altstadt zu laufen, um mit einem eigens komponierten Song auf den Kochabend aufmerksam zu machen.

Da die Gruppe wenig Lust auf dieses ›Kunstprojekt‹ gehabt hatte, hatte Oscar Lars stattdessen die Eröffnung des Abends als kleine Entschädigung angeboten.

Während sich nun alle ans Kochen machten, liefen Anna und ich von Tisch zu Tisch, um zu helfen.

Etwa eine Stunde lang schnippelte ich fleißig Gemüse und gab Tipps zu den Rezepten, bis ich schließlich am Tisch von Lilly, Nour, Said und Vanessa ankam.

»Na, ihr vier, fühlt ihr euch wohl bei uns?«

Vanessa, die gerade mit einer Packung geriebenem veganem Käse hantierte, sah auf und nickte mir lächelnd zu. »Ich finde, der Kochabend war eine wirklich tolle Idee, Mila. Noch mal vielen Dank für die Einladung.«

Sie reichte die Packung an Nour weiter und zeigte ihr, wie sie den Käse über die gefüllten Paprika verteilen konnte.

Lilly, die den beiden gegenübersaß, warf einen Blick auf ihre Rezeptkarte. »Wir wären dann so weit, oder?«

Said nickte. »Weißt du, wo wir den Ofen finden, Mila?«

»Ja, der ist vorn an der Theke. Ihr könnt mir die Auflaufform einfach mitgeben, dann bringe ich sie rüber.« Vanessa reichte mir ihr gemeinsames Werk.

Als ich mich auf den Weg durch den Raum machte, entdeckte ich auch noch eine Lasagne an einem der Nebentische. Die nahm ich ebenfalls mit und kam voll beladen an der Theke an. Opa Erwin war allerdings nirgends zu sehen.

Ich ging ein paar Schritte weiter, um in die Küche blicken zu können, und entdeckte auch dort zuerst niemanden. Doch als ich hinunter auf den Fußboden sah, hätte ich vor Schreck fast die Auflaufformen fallen gelassen. Dort saß Opa Erwin, den Rücken an den Kühlschrank gelehnt. Seine linke Hand war auf die Brust gepresst, und er atmete mit geschlossenen Augen tief ein und aus. Das konnte nichts Gutes bedeuten.

Hastig stellte ich das Essen auf der Arbeitsfläche neben mir ab und eilte dann, so schnell ich konnte, zu ihm.

»Opa Erwin?«, fragte ich vorsichtig, um ihn nicht zu erschrecken. »Geht es dir nicht gut? Brauchst du Hilfe?«

Einen kurzen Moment lang glaubte ich, er hätte mich nicht gehört, doch dann schüttelte er abgehackt den Kopf. Langsam öffnete er seine Augen und machte einen Versuch, aufzustehen, doch es gelang ihm nicht.

Schnell hielt ich ihm meinen Arm hin, und er ließ sich von mir nach oben helfen. Während er sich auf der Theke abstützte und dabei schwer atmete, sah ich mich hektisch im Raum um. Was sollte ich tun? Einen Rettungswagen rufen? Oder Oscar?

Einen Stuhl für Opa Erwin holen? Doch als ich mich ihm wieder zuwandte, hatte Opa Erwin bereits sein übliches Lächeln aufgesetzt.

»Alles gut Mila, danke für deine Hilfe. Ich hatte nur so ein Stechen in der Brust, aber das ist nicht weiter schlimm. Dann und wann hab ich das mal. Das sind eben so kleine Zipperlein, die mit dem Alter kommen.« Besorgt sah er sich um. »Bitte sei so lieb und sag dem Oscar nichts davon, der macht sich sonst immer direkt so viele Gedanken. Euer Abend läuft so gut, da muss das wirklich nicht sein.«

Prüfend betrachtete ich Opa Erwin und war hin- und hergerissen. Ich kannte ihn erst seit ein paar Wochen und hatte nicht das Gefühl, dass es mir zustand, mich über seinen Wunsch hinwegzusetzen. Schließlich war er ein erwachsener Mann, und es ging hier um seinen Körper, nicht um meinen. Doch was, wenn es doch etwas Ernstes war? Und selbst wenn nicht: Sollte Oscar nicht Bescheid wissen?

Opa Erwin unterbrach meine Gedanken, indem er auf die Auflaufformen deutete. »Da drüben steht der Ofen. Wenn du den auf 200 Grad stellst, dann sollte das Essen so ungefähr in einer halben Stunde fertig sein.«

Damit schien das Thema für ihn erledigt zu sein, denn er griff nach einem Tablett mit Getränken und verließ die Küche.

Eine Weile lang beobachtete ich ihn dabei, wie er durch den Raum ging und die Gläser an den Tischen verteilte. Dann fasste ich einen Entschluss. Ich würde Opa Erwins Einschätzung vertrauen. Wohl fühlte ich mich damit zwar nicht, doch ich wollte seinen Wunsch respektieren.

Ich sammelte mich noch kurz, bevor ich wieder zurück zu

den anderen ging. Als dreißig Minuten später der Timer klingelte, brachte ich die gefüllten Paprika und die dampfende Lasagne hinüber zum Büfett.

»Gut, dass ich Tupperdosen mitgebracht habe.« Lilly ließ ihren Blick über das Essen wandern. »Da wird garantiert einiges übrig bleiben! Was bedeutet …« Sie sah zu mir.

»Wir müssen ein paar Tage lang nicht kochen.« Wir sagten es synchron und mussten beide darüber lachen.

Vor dem Büfett hatte sich bereits eine Schlange gebildet, und da mein Magen mir nun mit einem lautstarken Knurren signalisierte, wie hungrig ich war, nahm ich mir einen Teller und stellte mich ebenfalls an. Es war unmöglich, mich für nur ein Gericht zu entscheiden, daher lud ich neben einer gefüllten Paprika auch noch ein Stück Lasagne und etwas veganen Fisch mit Kartoffeln und Dillsoße auf meinen Teller. Außerdem nahm ich mir ein Gläschen mit Panna Cotta.

»Eine ganz schön wilde Mischung«, kommentierte Lilly meine Auswahl. »Mal schauen, ob ich das noch toppen kann.«

Abwägend betrachtete ich ihren Teller, der ähnlich kunterbunt aussah wie meiner. »Einigen wir uns auf ein Unentschieden.«

Lilly hob den Teller in ihrer anderen Hand an. »Nour ist die Entscheidung da leichter gefallen. Sie wollte nur eine Sache haben und hat mich mit ihrer Bestellung losgeschickt. Vanessa und sie haben gerade so schön miteinander gespielt, dass ich ihr das ausnahmsweise mal hab durchgehen lassen.«

»Läuft denn alles gut bei euch?«, fragte ich, als wir gemeinsam zurück zu ihrem Tisch liefen.

Lilly nickte. »Ich hab das Gefühl, dass Vanessa sich heute Abend richtig wohlfühlt, und es macht mich echt glücklich zu sehen, wie liebevoll Said und sie miteinander umgehen. Anfangs dachte ich, dass mir das bestimmt wehtun würde, aber ich freu mich einfach nur ehrlich für ihn, dass er jemanden hat, mit dem er glücklich ist.«

Wir sahen beide zu Vanessa hinüber, die gerade mit Nour in ein Klatschspiel vertieft war.

Als wir an den Tisch traten und Lilly den Teller vor ihrer Tochter abstellte, sah Nour auf. »Oh, Mama hat mir NuMiTo mitgebracht!« Mit gespielter Verwunderung sah ich sie an.

»Was ist denn NuMiTo, Nour?«, fragte ich sie, als würde sie die Abkürzung nicht schon seit Monaten benutzen.

»Na, Nudeln mit Tomaaatensoße!« Nour strahlte, doch als Said ein Tuch hervorzog und Anstalten machte, es in den Kragen ihres Pullis zu stecken, zog sie plötzlich eine finstere Miene.

»Papa, ich hab dir das doch schon mal gesagt«, protestierte sie in strengem Tonfall. »Ich bin schon vier. Ich brauch kein Kleckertuch mehr. Ich ess auch ganz vorsichtig. Versprochen!«

Mit großen Augen sah sie ihn erwartungsvoll an, woraufhin Said das Tuch beiseitelegte.

»Einverstanden.«

Nour wirkte zufrieden und pustete vorsichtig auf ihren Teller, bevor sie mit der Gabel ein paar Nudeln aufspießte und sie sich in den Mund schob. Während sich Said und Vanessa auf den Weg zum Büfett machten, widmeten Lilly und ich uns unserem Essen. Eine Ecke meiner Paprika war im Ofen ein wenig verbrannt, doch abgesehen davon schmeckte alles wirklich gut.

Eine Weile später kam Anna zu uns herüber. »Euch scheint es ja bestens geschmeckt zu haben«, meinte sie mit einem Blick auf unsere leeren Teller.

»Ja, dann gibt's morgen schönes Wetter«, erklärte Nour, und Anna nickte.

»Das ist lieb, dass du dich für mehr Sonnenschein einsetzt. Den können wir nach dem grauen Winter echt gut gebrauchen.« Dann wandte sie sich an uns. »Haben die Erwachsenen vielleicht Lust, nach dem Spülen und Aufräumen noch zusammen feiern zu gehen?«

Vanessa wirkte kurz so, als würde sie gern Ja sagen, doch dann schien sie es sich anders zu überlegen. »Said und ich machen uns gleich auf den Weg. Für Nour ist ja bald Schlafenszeit angesagt, und danach werden wir uns einen gemütlichen Abend auf dem Sofa machen.«

Lilly, die Vanessas Zögern ebenfalls bemerkt zu haben schien, sah Said an. »Eigentlich reicht es doch, wenn du mit Nour nach Hause gehst, oder?«, fragte sie ihn, und er nickte.

»Klar. Wenn du möchtest, Vanessa, geh doch ruhig mit den anderen feiern.«

Seine Freundin schien hin- und hergerissen zu sein. »Das ist lieb von dir, aber …«

»Nichts aber. Ich schaffe das auch allein, und ich glaube, alle hier würden sich sehr freuen, wenn du mitkommst.«

Lilly legte ihre Hand auf Vanessas Arm. »Wir sind dir aber auch nicht böse, wenn du mehr Lust auf einen Abend auf dem Sofa hast. Ganz wie du magst.«

Bei diesen Worten entspannte Vanessa sich merklich. »Im Normalfall bin ich tatsächlich eine ziemliche Couch Potato«, gestand sie uns. »In Clubs wird es mir manchmal ein bisschen zu viel. Ich habe da in der Vergangenheit ein paar schlechte Erfahrungen gemacht. Aber ich würde echt gern mal wieder tanzen gehen.«

»Das verstehe ich gut«, schaltete ich mich ein. »Vielleicht hilft es ja, dass wir heute Abend als große Gruppe unterwegs sind? Dann kann man leichter unter sich bleiben und besser aufeinander achten. Und falls du irgendwann merkst, dass du doch lieber gehen möchtest, dann sag mir einfach Bescheid. Wir können gemeinsam gehen.«

Vanessa seufzte tief und nickte dann. »Danke Mila, das weiß ich echt zu schätzen. Okay, dann komme ich gerne mit.«

Nachdem wir alles aufgeräumt hatten, überzeugten wir Nour gemeinsam davon, dass feiern gehen viel langweiliger war, als die spannende Geschichte, die Said ihr gleich zum Einschlafen vorlesen würde.

Außerdem ernannten wir sie feierlich zur Hüterin der Tupperdosen und trugen ihr auf, ganz genau darauf zu achten, dass Said auf dem Nachhauseweg nicht alle Reste allein aufaß.

Dann machten wir uns auf den Weg. Anna schien alle Teilnehmenden gefragt zu haben, daher waren wir tatsächlich eine ziemlich große Gruppe.

Wir hatten uns darauf geeinigt, ins *Treibholz* zu gehen. Das war einer meiner Lieblingsclubs. Er lag direkt am Fluss, der sich durch die historische Altstadt schlängelte, und als wir durch die kleinen Gassen liefen, fiel mir wieder einmal auf, wie schön meine Heimatstadt eigentlich war. Viele Leute aus meiner alten Schulklasse waren nach dem Abi weggezogen, weil sie Lust auf einen Kontrast gehabt hatten und in der Großstadt leben wollten. Doch ich liebte die alten Fachwerkhäuser, die Pflastersteine und die Gemütlichkeit, die Elderstedt ausstrahlte.

Im *Treibholz* waren wir im letzten Sommer oft gewesen, weil es dort einen großen Außenbereich mit Liegestühlen gab. Am

Abend konnte man dort am Wasser sitzen, und die Lichterketten in den Bäumen sorgten für eine ganz besondere Stimmung.

Jetzt, Anfang Mai, war es abends noch nicht warm genug, um länger draußen zu bleiben. Doch zum Glück gab es auch im Innenraum des Clubs gemütliche Sitzecken, die rund um die Tanzfläche verteilt waren. Die Tische und den Bartresen hatte der Besitzer selbst gebaut. Sie bestanden aus Treibholz, das dem Club seinen Namen verliehen hatte.

Die Möbelstücke, die alle ganz individuell aussahen, hatten Lilly bei unserem ersten Besuch dazu inspiriert, selbst Möbel aus Holzresten zu bauen. Daher hatte der Club einen ganz besonderen Platz in ihrem Herzen.

Das *Treibholz* war schon gut gefüllt, doch eine der Sitzecken war noch frei. Wir steuerten direkt auf sie zu und machten es uns dort gemütlich. Ein Kellner kam zu uns herüber, um unsere Bestellungen aufzunehmen. Der Großteil der Gruppe entschied sich für Bier, doch da ich den Geschmack nicht sonderlich mochte, nahm ich stattdessen einen Gin Tonic. Es kam selten vor, dass ich Alkohol trank, doch an diesem Abend war mir danach.

Als ein paar Minuten später alle ihre Getränke in den Händen hielten, stießen wir auf die erfolgreiche Veranstaltung an. In der Runde sah ich ausschließlich zufriedene Gesichter, und es machte mich ein wenig stolz zu wissen, dass es mein Vorschlag gewesen war, der dafür gesorgt hatte. Das gab mir das Gefühl, etwas beigetragen zu haben und wirklich ein Teil der Gruppe zu sein – nicht nur notgedrungen, weil ich irgendein Ehrenamt gebraucht hatte.

Lilly, die zwischen Vanessa und mir saß, nahm uns beide am Arm. »Kommt, wir gehen tanzen!«

Ein Blick in Richtung Tanzfläche verriet mir, dass wir nicht die Ersten dort sein würden. Daher ließ ich mich bereitwillig mitziehen. Vanessa wirkte noch ein wenig zaghaft, was ich gut verstehen konnte. Ohne ihren Freund, mit dessen Ex-Freundin und lauter neuen Leuten in einer Situation zu sein, in der sie sich ohnehin nicht ganz sicher fühlte, war nicht leicht.

Lilly und ich tauschten einen Blick und verständigten uns wortlos, Vanessa unsere bescheuertsten Dance Moves zu zeigen, um ihr die Unsicherheit zu nehmen. Lilly startete ganz klassisch mit dem Rasenmäher, und ich entschied mich für den genervten Busfahrer. Danach folgten die Pollenallergie, die nervige Fliege und der »Ich-hab-mir-den-Zeh-angestoßen«-Tanz.

Der brachte Vanessa so sehr zum Lachen, dass ihr Tränen in die Augen schossen und sie sich den Bauch halten musste. Danach wirkte sie deutlich entspannter und begann, sich ebenfalls im Takt der Musik zu bewegen.

Je länger wir tanzten, desto deutlicher merkte ich, wie gut es mir tat. Die Bewegung half mir dabei, die überschüssige Energie des Tages aus meinem Körper zu bekommen, und ich wusste, dass ich mich danach auf angenehme Art erschöpft fühlen würde.

Nach einer Weile bestellten wir uns eine weitere Runde Drinks. Bis zu diesem Moment hatte ich mir verboten, gezielt Ausschau nach Oscar zu halten, doch jetzt konnte ich nicht anders. Als ich meinen Blick durch den Raum wandern ließ, erkannte ich einige andere *Future-Force*-Mitglieder, doch Oscar war nirgends zu sehen. Ob er wohl schon nach Hause gegangen war? Eine leichte Enttäuschung machte sich in mir breit, doch ich schob sie energisch zur Seite. Für mein Vorhaben, mich von ihm fernzuhalten, war das doch umso besser.

Als wir wieder auf die Tanzfläche traten, schloss ich die Augen, um meine Konzentration zurück auf die Musik zu lenken. Es funktionierte, ich ließ nicht nur Oscar, sondern auch die Erinnerungen an Niklas auf der Tanzfläche und fühlte mich so gut wie lange nicht mehr.

Nach einer Weile öffnete ich die Augen wieder und sah, dass Vanessa sich zu mir beugte.

»Ist dir schon aufgefallen, dass der hübsche Typ mit der Brille und den Locken die ganze Zeit zu dir rüberschaut?«, rief sie mir ins Ohr, und ich drehte neugierig meinen Kopf.

Bis ich erkannte, wen sie meinte. Oscar. Er war also sehr wohl noch hier. Als unsere Blicke sich nun trafen, glaubte ich, kurz wieder diesen Funken zwischen uns zu spüren. Doch dann sah Oscar weg, und auch wenn ich es selbst nicht verstand, war ein Teil von mir erneut seltsam enttäuscht. Fast wünschte ich, er würde zu uns rüberkommen und mit mir tanzen oder meinen Bewegungen zumindest weiterhin mit den Augen folgen.

»Er hat uns vorhin beim Zwiebelnschneiden geholfen«, erzählte Vanessa, und ich wandte meinen Blick wieder ihr zu. »Ich fand ihn echt sympathisch.«

»Ja, das geht mir auch so«, pflichtete Lilly ihr bei und sah mich dann mit einem leichten Stirnrunzeln an. »Heute Abend hatte ich das Gefühl, dass du ziemlich kühl mit ihm umgehst, Mila. Ist irgendwas vorgefallen?«

Mist. So viel zum Thema unauffällig sein. Wenn Lilly mein abweisendes Verhalten bemerkt hatte, dann war es Oscar vermutlich auch nicht entgangen. Hatte er deshalb den Blickkontakt abgebrochen?

Als ich den Kopf schüttelte, wurde Lillys Blick weicher. »Ich weiß, dass du nach Niklas vorsichtig bist«, rief sie direkt in mein Ohr, damit niemand es mithören konnte. »Aber ich finde, es ist ziemlich offensichtlich, dass Oscar dich gut findet, und bis jetzt hat er dir doch keinen Grund zur Sorge gegeben.«

Sie zog ihren Kopf zurück und sprach jetzt wieder so, dass auch Vanessa mitbekam, was sie sagte. »Gib ihm doch mal eine Chance!«

Ich seufzte. Lilly hatte eine hervorragende Menschenkenntnis und war die Erste gewesen, die sich kritisch gegenüber Niklas geäußert hatte. Damals hatte ich nicht auf sie gehört, und das war ein großer Fehler gewesen. Vielleicht lag es daran, und möglicherweise spielte auch der Alkohol eine nicht unerhebliche Rolle. Doch ich beschloss, mir einen Ruck zu geben und ab jetzt offener Oscar gegenüber zu sein. Nicht auf die Art, die Lilly und Vanessa gerade wahrscheinlich im Sinn hatten. Aber ich wollte ihm nicht weiter aus dem Weg gehen. Das kostete so viel Kraft, und tief in mir wusste ich, dass es nicht fair war, Oscar durch mein Verhalten ein schlechtes Gefühl zu geben. Es war an der Zeit, mich wie ein vernünftiger, erwachsener Mensch zu verhalten.

»Ich gehe zu ihm rüber und frage, ob er tanzen will«, sagte ich, bevor ich es mir anders überlegen konnte. Mein plötzlicher Aktionismus schien die anderen beiden zu überraschen, doch sie nickten mir ermutigend zu.

Also atmete ich noch einmal tief durch und ging dann hinüber zur Sitzgruppe. Oscar saß dort mit Lars, der ihn offenbar in

Beschlag genommen hatte. Die Obst- und Gemüsekostüme waren weiterhin ein großes Thema für ihn. Ich hörte, wie er Oscar lautstark erzählte, dass er sich bereits ein Apfelkostüm gebastelt habe.

»Das kannst du zu jeder Party tragen. Äpfel passen immer, unabhängig vom Motto.«

»Das ist eine ziemlich steile These …«, begann Oscar, doch Lars unterbrach ihn.

»Egal welche Epoche, Äpfel wurden immer gegessen, und ich hab sogar ein passendes Tattoo.« Er deutete auf seinen Arm, der voller kleiner Tattoos war. Sie bestanden allesamt aus fein gestochenen schwarzen Linien, und ich erkannte ein Auge, einen Papierflieger, Berge, eine Topfpflanze und tatsächlich auch einen angebissenen Apfel.

Ein Blick zu Oscar verriet mir, dass er mit einem Grinsen kämpfte. Auch wenn er sich um einen ernsten Blick bemühte, zuckten seine Mundwinkel verräterisch.

»Mila, komm mal her!« Lars hatte mich entdeckt und winkte mich mit einer einladenden Handbewegung zu sich. »Was sagst du zum Thema Apfelkostüm? Yay oder nay?«

Abwägend sah ich ihn an. »Ich würde sagen, yay, und ich kann es kaum erwarten, dein Kostüm zu sehen. Aber ehrlich gesagt bin ich hier, um Oscar zu fragen, ob er mit uns tanzen möchte.«

Hoppla, das war direkter gewesen, als ich es mir ausgemalt hatte. Schnell presste ich meine Lippen aufeinander, um mich so vom Weiterreden abzuhalten.

Als ich meinen Kopf in Oscars Richtung drehte, fiel mir auf, wie gut er heute Abend aussah. Nur mit seinem Gesicht stimmte irgendetwas nicht. Da war ein seltsames, etwas gezwungenes Lächeln, das ich bisher noch nie bei ihm gesehen hatte.

»Danke für die Einladung, Mila«, sagte Oscar mit einem Unterton, den ich nicht ganz deuten konnte. Er klang nicht unhöflich, eher ... erschöpft? Traurig?

»Ehrlich gesagt würde ich lieber mit dir reden. Wäre es okay für dich, wenn wir kurz rausgehen?«

Mir wurde mulmig zumute. Ihn mit auf die Tanzfläche zu nehmen und gemeinsam in einer Gruppe zu tanzen, war harmlos. Eine gute Möglichkeit, um Oscar gegenüber offener zu sein. Mit ihm allein ein Gespräch unter vier Augen zu führen, war kein Teil meines ehrlicherweise wenig durchdachten Plans gewesen.

Doch ich konnte ihn jetzt schlecht abweisen. Ich nickte also, und als Oscar aufstand, folgte ich ihm zur Garderobe, wo wir unsere Jacken holten. Kühle Luft strömte uns entgegen, als Oscar die Tür zum Außenbereich öffnete.

Wie zu erwarten, war draußen nur wenig los. Lediglich eine Handvoll Leute stand in kleinen Grüppchen in der Nähe des Eingangs, um frische Luft zu schnappen.

Oscar drehte sich zu mir um. »Wäre es okay für dich, wenn wir noch ein Stück in Richtung Fluss gehen?«

Ich nickte wieder, diesmal ohne zu zögern.

Dass er mir diese Frage stellte und mir die Möglichkeit gab, Nein zu sagen, gab mir ein sicheres Gefühl. Es war nicht so, dass ich Oscar irgendwelche Absichten unterstellte, doch Lilly hatte recht. Meine Erfahrungen mit Niklas hatten mich vorsichtig gemacht.

An der Stelle, an der Oscar stehen blieb, war die Musik aus

dem Club nur noch gedämpft zu hören. Er deutete auf zwei der Liegestühle, und wir nahmen ein Stück entfernt voneinander Platz.

»Ich habe in den letzten Wochen gemerkt, dass du mir aus dem Weg gehst«, begann Oscar. Es war keine Frage, sondern eine Feststellung, und seine Direktheit überrumpelte mich ein wenig. »Nach unserem Vorstellungsgespräch im Café dachte ich eigentlich, dass wir uns gut verstehen, und auch wenn das jetzt vielleicht blöd klingt …« Nun zögerte er doch kurz. »… hatte ich auch das Gefühl, dass da irgendwas zwischen uns war.«

Dieser Satz brachte mein Herz dazu, schneller zu schlagen, und ich schluckte. Derselbe Teil von mir, der ihn zum Tanzen aufgefordert hatte, wollte Oscar dringend sagen, dass ich den Funken ebenfalls gespürt hatte.

Doch er sprach bereits weiter. »Vielleicht liege ich damit völlig daneben, aber beim *Future-Force*-Treffen in der Woche danach habe ich irgendwie gedacht, dass wir miteinander flirten. Ich habe deinen Blick bemerkt, als ich meinen Pulli ausgezogen habe, deswegen hab ich dich auch so angegrinst.«

Er machte eine kurze Pause und sah aus, als wäre ihm dieser Teil des Gesprächs unangenehm. Dann fuhr er sich mit der Hand durch die Haare und schien sich wieder zu sortieren.

»Was ich damit sagen möchte, ist, dass ich die Stimmung zwischen uns wohl einfach falsch gedeutet habe. Deine Signale danach sind jedenfalls bei mir angekommen. Mir ist wichtig, dass du weißt, dass ich deine Grenzen respektiere. Gibt es etwas, das ich ändern kann, damit du dich in meiner Gegenwart wohler fühlst?«

Spätestens jetzt musste man mir meine Verwunderung endgültig ansehen. Ein solch offenes und ehrliches Gespräch zu diesem Thema hatte ich noch nie mit jemandem geführt. Am liebsten hätte ich Oscar das unangenehme Gefühl sofort genommen. Doch ihm den wahren Grund für mein Verhalten anzuvertrauen, kam nicht infrage. Schließlich kannten wir uns kaum, und allein der Gedanke daran, ihm meine Geschichte zu erzählen, ließ mich frösteln.

Doch was sollte ich stattdessen tun? Oscar zu gestehen, dass ich ihn attraktiv fand, kam ebenfalls nicht infrage. Also musste eine Notlüge her. Ich hatte ein wahnsinnig schlechtes Gewissen, diese Option zu wählen, nachdem er sich gerade so rücksichtsvoll verhalten hatte. Doch mir blieb keine andere Wahl.

»Ich kann total verstehen, dass die Situation mit dem Pulli so auf dich gewirkt hat«, begann ich daher ausweichend. »Wahrscheinlich hätte ich an deiner Stelle dasselbe gedacht. Aber ich hatte eigentlich gar nicht die Absicht, dich anzustarren, und es war mir danach auch echt unangenehm.«

Ich hoffte inständig, dass er nicht bemerkte, dass ich nur über die zweite Situation sprach und unser Treffen davor außer Acht ließ.

»Kennst du das, wenn der eigene Blick einfach irgendwo kleben bleibt?« Ich wusste selbst noch nicht ganz, worauf ich hinaus wollte, aber es war zu spät. Jetzt musste ich es durchziehen. »Mir passiert das ganz oft, wenn ich müde bin. Zum Beispiel in der Bahn, da starre ich dann aus dem Fenster, und erst nach einer Weile bemerke ich, dass ich gerade genau in die Spiegelung eines Gesichts schaue. Die andere Person denkt dann wahrscheinlich, ich würde sie anstarren, obwohl ich ja eigentlich nur ins Leere schaue. In dem Fall war dein Bauch irgendwie … das

Bahnfenster«, endete ich lahm, doch Oscar nickte, so als wäre das eine absolut logische und vernünftige Erklärung.

»Ich wollte auf gar keinen Fall, dass du dich so fühlst, als hättest du dich falsch verhalten. Denn das hast du nicht. Ich bin neuen Leuten gegenüber einfach nur vorsichtig und brauche ein wenig Zeit, bis ich auftaue.« Das war immerhin nur halb gelogen.

Oscars Blick verriet mir, dass er ahnte, dass das nicht die ganze Wahrheit war. Doch er akzeptierte meine Erklärung ohne weiteres Nachbohren.

»Alles klar.« Das echte Lächeln schaffte es zurück in sein Gesicht. »Aber falls dich doch irgendwann etwas stören sollte, dann sag es mir bitte. Gern auch genauso direkt wie bei deinem Feedback zu unseren Veranstaltungen.«

Das entlockte nun auch mir ein kleines Lächeln.

»Wollen wir wieder reingehen?«, fragte Oscar, und ich nickte. Doch als er Anstalten machte, zurück zum Eingang des Clubs zu laufen, überkam mich plötzlich das starke Gefühl, dass diese Situation noch nicht richtig abgeschlossen war. Ich wusste, dass ich ihn nicht zu nah an mich heranlassen konnte, doch ich ertrug den Gedanken nicht, weiterhin auf Abstand zu gehen. Es musste doch irgendetwas dazwischen geben.

Ich mochte Oscar. Er war herzlich, emphatisch und vor allen Dingen ehrlich. Letzteres bildete einen starken, positiven Kontrast zu all den Spielchen, die Niklas gespielt hatte. Warum also sollte ich ihn weiterhin so behandeln, als wären die beiden dieselbe Person?

»Warte.« Das Wort hatte meinen Mund verlassen, bevor ich es mir anders überlegen konnte. Oscar drehte sich noch einmal zu mir um, und ich breitete, einem Impuls folgend, die Arme aus. Er hatte sich bereits mehrere Schritte von mir entfernt, und die Geste musste ziemlich bescheuert wirken. Der nüchterne Teil meines Gehirns brüllte mich lautstark an, was zur Hölle ich hier eigentlich gerade tat. Doch ich ignorierte ihn und sprach stattdessen weiter.

»Auf eine ehrliche Freundschaft, Herr Oscar?« Kurz sah er mich überrascht an. Doch dann breitete sich ein Strahlen auf seinem Gesicht aus, und er trat auf mich zu, um mein unausgesprochenes Umarmungsangebot anzunehmen.

»Sehr gern, Frau Mila.« Seine Stimme erklang nun direkt neben meinem Ohr, und ich konnte Erleichterung darin hören. Ganz vorsichtig legte er seine Arme um mich. Die Berührung war rein freundschaftlich, daran hatte ich absolut keinen Zweifel. Doch meinem Körper schien das egal zu sein. Das mittlerweile vertraute Kribbeln war nicht länger nur in meinem Bauch zu spüren, sondern breitete sich blitzschnell in meinem ganzen Körper aus. Einen winzigen Moment lang konnte ich das sogar genießen. Doch dann begannen meine Gedanken im selben Tempo zu rasen.

Was um alles in der Welt hatte ich da gerade getan? Eine ehrliche Freundschaft? Mit Oscar?

War so etwas für uns überhaupt möglich? Ließ ich ihn damit nicht viel zu nah an mich heran?

Und dann kristallisierte sich aus all diesem Chaos ein Gefühl heraus. Es war die Gewissheit, dass ich das hier morgen bereuen würde.

KAPITEL 7

Ziemlich genau zwölf Stunden später erwachte ich mit pochenden Kopfschmerzen. Das Gefühl war so intensiv, dass ich aufstöhnte und daraufhin zusammenzuckte, weil das Geräusch sich in meinem Kopf viel zu laut anhörte. Mir war so elend zumute, wie schon lange nicht mehr. Es fühlte sich an, als hätten sich eine besonders fiese Migräne und eine Magen-Darm-Infektion dazu verabredet, mir gemeinsam einen Besuch abzustatten.

Ich brauchte einen Moment, bis ich realisierte, wo ich eigentlich war. Ich lag in meinem Bett, und als ich an mir heruntersah, erkannte ich, dass ich meine Klamotten vom Vortag trug. Kurz runzelte ich die Stirn, während ich auf mein gestreiftes Oberteil starrte, doch dann kamen die Erinnerungen nach und nach zurück.

Ich sah Oscar vor mir, sah, wie wir uns umarmt hatten. Doch was war danach passiert? Wir mussten zurück ins *Treibholz* gegangen sein, denn ich erinnerte mich daran, mit ihm, Lilly und Vanessa getanzt zu haben. Ich hatte mir einen weiteren Gin Tonic bestellt. Und etwas später dann noch einen. Nach dem Gespräch mit Oscar waren meine Gedanken so laut gewesen, dass ich sie einfach nicht mehr ertragen hatte. Der Alkohol hatte sie zum Schweigen gebracht. Jedenfalls für den Moment.

Ich zog die Bettdecke über den Kopf. Was hatte ich mir bloß dabei gedacht? Ich trank so selten Alkohol und wusste eigentlich ganz genau, dass ich nur kleine Mengen vertrug. Der erste Drink wäre für meine Verhältnisse schon mehr als genug gewesen. Rumorend stimmte mein Magen mir zu, und ich musste ein paarmal tief durchatmen, um die Übelkeit zu vertreiben.

Ich konzentrierte mich darauf, gedanklich meinen Nachhauseweg zu rekonstruieren. Oscar war da gewesen. Nicht hier in der Wohnung, aber unten an der Haustür. Hatte er mich nach Hause gebracht? Nein, uns. Lilly war ebenfalls da gewesen. Sie hatte die Tür aufgeschlossen und mich im Gang dazu überredet, zumindest meine Schuhe auszuziehen, bevor ich mich ins Bett fallen ließ.

Ich stöhnte erneut, diesmal vorsorglich leiser, und schloss noch einmal kurz die Augen. Dann schob ich langsam ein Bein zum Rand meines Bettes und ließ es herunterhängen. Das zweite Bein folgte, und mit einem viel zu hohen Kraftaufwand für diese doch eigentlich recht simple Aufgabe wuchtete ich meinen Oberkörper in die Höhe. Ich musste mir dringend die Zähne putzen. Der Geschmack in meinem Mund war unerträglich.

Mühevoll wankte ich in Richtung Bad, und nachdem ich es irgendwie geschafft hatte, zu duschen und frische Klamotten anzuziehen, fühlte ich mich zumindest halbwegs wiederhergestellt. Bereit dafür, Lilly unter die Augen zu treten, war ich dennoch nicht. Doch es half alles nichts. Ich hatte Hunger, also führte kein Weg an der Küche vorbei.

Meine Vermutung, dass sie dort auf mich warten würde, bestätigte sich. Lilly saß am Frühstückstisch. Oder war es inzwischen schon ein Mittagstisch? Ich entdeckte eine Tüte mit frischen Brötchen, und mein Magen begann zu knurren.

Mit einem wissenden Grinsen beobachtete Lilly, wie ich mich auf den Stuhl ihr gegenüber fallen ließ. »Na, ausgeschlafen?« Ich brummte nur. »Said war vorhin hier, um Vanessa abzuholen. Sie hat bei mir auf dem Sofa übernachtet. Er hat uns Brötchen mitgebracht.«

»Dafür hat er einen Orden verdient«, murmelte ich und griff nach einem Körnerbrötchen. Ich schnitt es auf und bestrich es dick mit Marmelade.

»Geht's dir denn gut?« Nun klang Lillys Tonfall doch ein wenig besorgt. »Du hast gestern ganz schön viel getrunken. Ich hab noch versucht, dich zu warnen. Aber du wolltest nicht auf mich hören. War dein Gespräch mit Oscar der Grund dafür?«

Wow, sie ließ mir ja wirklich gar keine Zeit, um meine Gedanken zu sortieren.

»Er wollte mit mir darüber sprechen, warum ich ihm gegenüber so abweisend war. Wir konnten das klären, alles ist gut.«

»Klären also.« Lilly wackelte mit den Augenbrauen, und ich seufzte tief.

»Wir sind befreundet, Lilly. Mehr nicht. Und das ist auch gut so.«

Lilly wirkte so, als würde sie gern noch weitere Nachfragen stellen, doch dann schien sie zu viel Mitleid mit mir und meinem desolaten Zustand zu haben.

»Wollen wir heute einen gemütlichen Katertag einlegen? Burger und Pommes bestellen und einen Haufen Feelgood-Filme schauen?«

Ich nickte, was mein Kopf sofort mit einem Dröhnen quittierte. Doch ich ignorierte es. Lillys Plan klang herrlich und war genau das, was ich in diesem Moment brauchte.

»Kannst du mir vorher noch sagen, ob ich Oscar irgendetwas Peinliches erzählt habe? Meine Erinnerungen an gestern Abend sind ein bisschen lückenhaft.«

»Keine Sorge, es gab keine größeren Blamagen. Du hast vielleicht ein wenig … ausgelassener getanzt als sonst, aber das war's auch schon.«

Ich stöhnte, weil ich mir bildlich vorstellen konnte, was sie damit meinte, doch Lilly winkte ab. »Ich glaube, Oscar fand es gut.«

»Ach, halt die Klappe und mach *Pitch Perfect* an«, grummelte ich. Doch während Lilly nach ihrem Laptop suchte, gingen mir ihre Worte nicht aus dem Kopf.

Für das nächste Treffen der *Future Force* war ich überpünktlich, doch statt das Baumhauscafé zu betreten, stand ich bereits seit geschlagenen zehn Minuten vor dessen Tür. Alibimäßig starrte ich auf mein Smartphone. Nicht dass es da irgendwas Wichtiges gegeben hätte, das ich erledigen musste. Ich versuchte nur, Zeit zu schinden, weil mich der Gedanke daran, Oscar wiederzusehen, nervös machte.

Wir hatten uns jetzt eine Woche lang nicht gesehen, während der ich mehrmals überlegt habe, ihm eine Nachricht zu schreiben. Doch mir war einfach nichts Passendes eingefallen, daher hatte ich die Idee immer wieder verworfen.

Ich war mir unsicher, wie ich mich Oscar gegenüber verhalten sollte. Hatte unser Gespräch die Stimmung zwischen uns wirklich entspannt, oder würde da auch weiterhin irgendetwas in der Luft liegen?

Während ich vor mich hin grübelte, begann es zu regnen. Das war wohl mein Zeichen, mich endlich auf den Weg nach drinnen zu machen. Um mir selbst zumindest noch einen kleinen Moment zu geben, zählte ich innerlich von zehn herunter, und als ich bei null angekommen war, riss ich mich zusammen und öffnete endlich die Tür.

Das wechselhafte Wetter hatte wohl die Kundschaft abgeschreckt, denn bis auf ein älteres Ehepaar, das an einem der Tische saß und Bienenstich aß, war das Café leer. Opa Erwin schien in der Küche zu sein, doch ich hörte Stimmen von oben. Als ich den Raum unter dem Dach betrat, erkannte ich mehrere neue Gesichter, bevor Oscar mich entdeckte und auf mich zukam.

Okay, damit war dann wohl der Moment der Wahrheit gekommen. Zeit, es hinter mich zu bringen.

Oscar grinste mich an, als er vor mir stand. »Na, Schnapsdrossel?«, fragte er dann so leise, dass nur ich es hören konnte, und umarmte mich. Kurz war ich ein wenig überrumpelt von dem neckenden Tonfall in seiner Stimme, doch dann spürte ich ein Gefühl der Erleichterung in mir aufsteigen. Dass er mich aufzog, ohne mich vor den anderen bloßzustellen, fühlte sich nach Freundschaft an. Nach sicherem Terrain, auf dem ich viel Erfahrung hatte.

»Hüten Sie ihre freche Zunge, Herr Oscar«, gab ich zurück und boxte ihn auf den Oberarm. »Wenn ich richtig gezählt habe, sind dank der Schnapsdrossel immerhin mindestens drei neue Leute hier.«

Er lachte entwaffnend. »Touché.«

»Aber mal im Ernst.« Ich zwang mich, ihm in die Augen zu schauen. »Danke, dass du Lilly, Vanessa und mich nach Hause gebracht hast. Ich kann mich nicht mehr an viel erinnern, aber das war wirklich nett von dir. Und da ist noch was, das ich dich gern fragen wollte.« Auch wenn Lilly mich diesbezüglich bereits beruhigt hatte, musste ich Gewissheit haben. »Habe ich irgendetwas Unangenehmes gesagt oder getan? Ich bin so selten betrunken, dass ich das echt schwer einschätzen kann.«

Das teuflische Grinsen, das plötzlich in Oscars Gesicht trat, ließ mich schon das Schlimmste befürchten, doch dann winkte er ab. »Ich könnte jetzt natürlich gemein sein und dich auf die Folter spannen, aber nein. Du hast nur zufrieden vor dich hin gegrinst, wie ein Kind, das einen richtig guten Tag im Disneyland hatte.«

Ich schlug die Hände vors Gesicht und stöhnte leise. »Na, das passt ja. Laut Lilly sah mein Tanzstil am Ende des Abends so aus, als hätte das Disneyland-Kind sehr viel Zuckerwatte gegessen.«

Oscar lachte. »Das würde ich so jetzt nicht unterschreiben. Auch wenn die Vorstellung zugegebenermaßen ziemlich witzig ist. Er warf einen Blick auf die Uhr. »Ich glaube, wir sollten langsam mal anfangen.«

Im Laufe des Nachmittags ließ Oscar sich unsere Unterhaltung nicht eine Sekunde lang anmerken, und ich entspannte mich zusehends in seiner Gegenwart. Ich achtete nicht mehr so konzentriert darauf, bloß nicht in seine Richtung zu sehen, und konnte mich stattdessen voll und ganz mit dem beschäftigen, was die anderen zu erzählen hatten. Die insgesamt fünf neuen *Future-Force*-Mitglieder wurden herzlich begrüßt. Anschließend ließen wir den Kochabend Revue passieren. Abgesehen von ein paar Kleinigkeiten, die wir beim nächsten Mal noch verbessern wollten, waren wir alle ziemlich zufrieden.

»Bevor wir in die Planung für die nächste Veranstaltung gehen, hätte ich noch einen Vorschlag«, rief Anna in die Runde. »Was haltet ihr davon, wenn wir auf Instagram Fotos von uns allen hochladen? Ich hatte an Porträts mit kleinen Vorstellungstexten gedacht.«

»Die Idee finde ich super«, meldete sich Tufan, ein neuer Teilnehmer, zu Wort. »Dann kann man sich vorher schon mal anschauen, wer die Leute eigentlich sind und traut sich vielleicht eher, zu einem der Treffen zu kommen.«

Wir anderen nickten.

»Mila, hättest du Lust, die Fotos zu machen?« Die Frage kam von Lars, und ich hielt kurz inne. Inzwischen schien sich herumgesprochen zu haben, dass ich auf Instagram aktiv war, und fast erwartete ich, dass mir irgendjemand in der Runde einen schiefen Blick zuwerfen würde. Doch die anderen sahen mich nur erwartungsvoll an, so als wäre mein Hobby etwas absolut Normales. Das erleichterte mich so sehr, dass ich sie am liebsten alle in den Arm genommen hätte.

»Klar, total gern.«

Damit war der offizielle Teil des Treffens beendet, und wir gingen nach unten ins Café. Diesmal brach ich nicht überstürzt auf, sondern bestellte mir zusammen mit den anderen etwas zu trinken.

»Steht der leckere Himbeer-Minze-Eistee noch auf der Karte?«, fragte ich Opa Erwin, und er nickte.

»Kommt sofort.«

Während ich beobachtete, wie er nach einem frischen Glas griff, erinnerte ich mich an das, was beim Kochabend passiert war.

»Opa Erwin?« Er hob den Kopf, und plötzlich war ich mir unsicher, wie ich meine Frage am besten formulieren sollte. »Wie geht es dir?« In seinem Blick sah ich, dass er ganz genau wusste, worauf ich anspielte. Auf den stechenden Schmerz in seiner Brust. In den letzten Tagen hatte ich mehrfach überlegt, ob ich Oscar nicht doch darauf ansprechen sollte. Der Gedanke, dass es ein großer Fehler sein könnte, es nicht zu tun, setzte mir ziemlich zu.

»Es geht mir gut, Mila. Versprochen.« Sein Tonfall war noch immer freundlich, doch ich spürte deutlich, dass er keine weiteren Nachfragen wünschte. Kritisch betrachtete ich ihn. Er wirkte heute deutlich fitter als letzten Samstag. Seine Bewegungen waren routiniert und sicher, sein Gleichgewicht stabil. Ein leichtes Rot auf seinen Wangen hatte die Blässe von letzter Woche ersetzt. Auch wenn ich nicht vollends überzeugt war, würde ich seinen Worten also wohl oder übel Glauben schenken müssen.

Während Opa Erwin den Eistee in das Glas füllte, ließ ich meinen Blick über das Regal neben der Theke wandern. Mir stach ein Schachspiel ins Auge, und gegen meinen Willen lenkte es mich von meinen Sorgen um Opa Erwin ab.

Stattdessen breitete sich nun ein wehmütiges Gefühl in mir aus. Schach hatte ich früher regelmäßig mit meinem Vater gespielt. Er hatte es mir beigebracht, als ich sechs oder sieben Jahre alt gewesen war, und seitdem war es unser gemeinsames Hobby. Oder war es zumindest gewesen.

Auch wenn ich es mir ungern eingestand, vermisste ich die gemeinsamen Nachmittage mit meinem Vater im Wohnzimmer. Ich auf der Couch, er auf dem alten Sessel, den meine Mutter am liebsten schon längst entsorgt hätte. Doch mein Vater hatte darauf bestanden, dass wir ihn behielten.

»Kannst du Schach spielen?« Oscar war wieder einmal wie aus dem Nichts hinter mir erschienen.

»Ja, ich bin nicht schlecht darin. Warum, spielst du auch?« Die Aussicht, gegen ihn gewinnen und ihm damit die Schnapsdrossel-Bemerkung heimzahlen zu können, weckte einen unerwarteten Ehrgeiz in mir.

Oscar grinste. »Nein, aber ich würde Opa Erwin als Kandidaten ins Rennen schicken. Er ist ein ziemlicher Profi. Also, finde zumindest ich.«

»Du setzt also auf ihn und ich auf mich.« Geschäftsmäßig sah ich ihn an. »Worum wetten wir? Garantiert nicht nur um die Ehre, oder?«

»Selbstverständlich nicht.« Oscar überlegte kurz. »Wenn du gewinnst, dann geht dein Eistee auf mich, und wenn Opa Erwin gewinnt, bringst du mir einen deiner Tanz-Moves von letzter Woche bei.«

»Na na, das ist aber kein sonderlich fairer Wetteinsatz, Oscar.« Opa Erwin schien den letzten Teil unseres Gespräches mitgehört zu haben. »Du bekommst hier doch alle Getränke aufs Haus.«

»Ein guter Punkt. Dann verspreche ich hiermit hoch und heilig: Sollte ich die Wette verlieren, dann bezahle ich direkt bei dir für den Eistee. Übrigens bist du ein maßgeblicher Teil des Ganzen, Opa.«

Wir weihten ihn in unseren Plan ein, und Opa Erwins Augen

leuchteten augenblicklich auf. Freudig rieb er sich die Hände, und es war, als hätte unser Gespräch gerade nicht stattgefunden.

»Na, dann schauen wir doch mal, was du drauf hast, Mila.«

Oscar bestand darauf, dass Opa Erwin und ich uns an den Tisch setzten, der der Theke am nächsten stand, damit er unser Spiel gut im Blick behalten konnte, während er die anderen mit Getränken versorgte.

Wir brachten die Schachfiguren in Position und legten los. Während wir unsere ersten Züge machten, traten immer mehr Leute an unseren Tisch heran und beobachteten uns.

Ich merkte schnell, dass Opa Erwin wirklich gut war. Doch ich war das ebenfalls. Es ging hin und her, und unser Publikum schien sichtlich Spaß an der Partie zu haben, denn Opa Erwin und ich wurden abwechselnd angefeuert. Nach etwa einer halben Stunde setzte ich Opa Erwin schachmatt und gewann – wenn auch nur knapp.

»Das hat Spaß gemacht!« Opa Erwin wirkte bester Laune. »Und ich fordere hiermit eine Revanche! Wenn du magst, dann spielen wir nächstes Wochenende noch einmal. Aber erst mal muss der Oscar noch seine Wettschulden begleichen.«

»Bin schon dabei!« Wie auf Kommando stellte Oscar ein Glas Eistee vor mir auf den Tisch und ließ dann ein paar Münzen in Opa Erwins ausgestreckte Hand fallen. »Wettschulden sind ja bekanntlich Ehrenschulden.«

»Ich dachte, hier geht's nicht um die Ehre.« Mit einem herausfordernden Grinsen sah ich ihn an, und Oscar beugte sich ein Stück zu mir vor. Als er seine Stimme senkte, spürte ich eine Anspannung in mir. Mein Atem ging plötzlich schneller. »Nun, ein bisschen vielleicht doch.«

Als ich mich am Samstag darauf mit meinem Stativ, meiner Kamera, einer Fotolampe und einer großen Rolle hellblauer Pappe bewaffnet die Wendeltreppe nach oben schob, schnaufte ich wie ein Walross. Es war einer dieser Tage, an denen ich mir wünschte, ich hätte mehr als nur zwei Arme. Doch trotz des schweren Gepäcks freute ich mich auf das Treffen und das anschließende Schachspiel mit Opa Erwin.

Ich lud die Sachen ab und legte meine Jeansjacke über eine der Stuhllehnen, als Lars mich entdeckte. Er deutete auf die Pappe.

»Hast du die passend zu meinen Haaren ausgewählt?« Testhalber hielt ich die Rolle neben seinen Kopf.

»Stimmt, das matcht tatsächlich.« Ich grinste. »Die Pappe ist unser Hintergrund für die Fotos. Am besten hängen wir sie an der Wand gegenüber dem Fenster auf. Dann können wir das natürliche Licht nutzen und sind nicht nur auf die Fotolampe angewiesen.«

Während Lars mir half, das Set einzurichten, trudelten nach und nach die restlichen Gruppenmitglieder ein. Anna betrat als Letzte den Raum. Ich winkte ihr zu und erwartete, dass sie mir wie gewohnt voller Energie von ihrer Woche erzählen würde. Doch als sie zu uns herüberkam, wirkte sie erschöpft, und ich erkannte die tiefen Ringe unter ihren Augen.

»Was ist passiert?«, fragte ich besorgt, doch im selben Moment kam Oscar herein und begann mit der Begrüßung.

»Erzähle ich dir nachher.« Annas Stimme war nicht mehr als ein leises Murmeln, doch bevor ich mir weiter Gedanken darüber machen konnte, übergab Oscar auch schon das Wort an mich. »Als Erstes sind heute die Porträts dran. Mila wird euch den Ablauf erklären.«

Schnell nickte ich und deutete auf das Fotoset. »Ich brauche hier drüben gleich ein freiwilliges erstes Model, alle anderen können sich in einer Reihe aufstellen.«

Da wir inzwischen zu sechzehnt waren, stellte ich mich innerlich darauf ein, dass die Aktion eine ganze Weile dauern würde.

Lars signalisierte mir, dass er gern beginnen wollte, und ich drehte konzentriert an den Rädchen meiner Kamera, bis ich mit den Einstellungen zufrieden war.

»Los geht's!«, rief ich ihm zu, und er warf sich sofort in Position. Als ich mit seinen Bildern fertig war, tauschten wir kurz die Plätze, damit es auch Aufnahmen von mir gab.

Anschließend wies ich die anderen nach und nach an, vor meine Linse zu treten. Oscar war als Letzter an der Reihe, und während ich meine Hand an das Objektiv meiner Kamera legte und so tat, als würde ich sein bereits scharf gestelltes Gesicht fokussieren, nutzte ich in Wahrheit die Möglichkeit, ihn durch den Sucher der Kamera unbemerkt aus der Nähe betrachten zu können.

Zum ersten Mal fiel mir auf, dass Oscar eine kleine Narbe an seiner rechten Augenbraue hatte. Sie sah so aus, als hätte sein Kopf irgendwann einmal Bekanntschaft mit einer Tischkante gemacht. Um seine Augen herum erkannte ich feine Linien, die sich vertieften, als Oscar über irgendetwas lachte, das Lars gerade gesagt hatte.

Lachfältchen hatte ich an anderen Menschen schon immer gemocht, und ich spürte, wie mir warm wurde, während ich mehrere Aufnahmen von Oscar machte.

»Danke, das war's mit den Porträts!«, rief ich schließlich in den Raum. »Wollen wir mit den Gruppenfotos weitermachen?«

Ich hatte die Frage kaum zu Ende gestellt, als sich die gerade noch so ordentliche Schlange bereits in ein heilloses Durcheinander verwandelte. Zuerst versuchte ich noch, meine Stimme zu heben, um das Ganze mit Worten zu koordinieren, doch dann entschied ich mich dafür, einfach mit wildem Händefuchteln zu signalisieren, wer sich wohin stellen sollte.

Als alle ihre Position gefunden hatten und ich gerade auf den Auslöser drücken wollte, hörte ich Oscar über das Stimmengewirr hinweg rufen: »Mila, du musst auch mit aufs Foto. Du bist doch ein Teil des Teams.«

Er deutete auf den freien Platz vor sich, wo Anna und Lars eine Lücke gelassen hatten, und ein Gefühl der Rührung breitete sich in mir aus. Ausnahmsweise hatte es nichts mit Oscar zu tun. Es war nur einfach das erste Mal seit meiner Zeit im Schultheater, dass ich wieder Teil einer Gruppe war. Natürlich gab es auch meine WG, doch Jasper, Lilly, Said, Nour und auch Vanessa gehörten für mich quasi zur Familie. Sich gemeinsam für etwas zu engagieren, wie hier, gab mir noch mal eine ganz andere Art des Zugehörigkeitsgefühls.

Mir schossen Tränen in die Augen, und ich musste kurz den Kopf abwenden, damit niemand sah, wie ich sie energisch wegblinzelte.

Ich befestigte die Kamera auf dem Stativ, griff nach der kleinen Fernbedienung für den Selbstauslöser und stellte mich dann zu den anderen. Auf mein Kommando machten wir mehrere Fotos, auf denen wir alle freundlich lächelten.

»Was haltet ihr davon, wenn wir noch ein paar Quatschfotos machen?«, schlug Lars dann vor. »Nicht für Instagram, nur so für uns.«

Die Idee fand viel Zuspruch, und als ich erneut auf den Selbstauslöser drückte und der Countdown herunterlief, merkte ich plötzlich, wie jemand hinter mir sein Kinn auf meinem Kopf ablegte.

»Du hast eine sehr praktische Größe«, hörte ich Oscars Stimme über mir und konnte mir das breite Grinsen in seinem Gesicht bildlich vorstellen. »Wir sind jetzt das zweiköpfige Baumhausmonster.«

Er knurrte und brachte mich damit zum Lachen. »Na, das klingt ja nicht sonderlich bedrohlich. Ich glaube, das ist eher ein Fall von ›das Monster hat mehr Angst vor dir, als du vor ihm‹.«

Das Wackeln von Oscars Kopf verriet mir, dass er ebenfalls lachte. Die Kamera löste aus und für den Moment war ich einfach nur glücklich darüber, wie locker wir miteinander herumalbern konnten.

Am liebsten wäre ich noch ein wenig länger so stehen geblieben, doch mittlerweile hatten wir wirklich genug Fotos beisammen.

Wir räumten also gemeinsam auf und gingen anschließend hinunter ins Café. Dort saß Opa Erwin bereits vor dem fertig aufgebauten Schachbrett. Auf meine Seite hatte er zudem ein Glas Eistee gestellt.

»Ich hab heute ein ziemlich gutes Gefühl«, warnte ich scherzhaft, als ich ihm gegenüber Platz nahm. Dann griff ich nach dem Glas.

»Nimm dich besser in Acht.«

»Ich zittere schon vor Angst.« Ich sah den jungenhaften Schalk in seinen Augen aufblitzen. »Vielleicht ist das aber auch nur mein Rheuma.«

Das brachte mich so sehr zum Lachen, dass ich mich an meinem Getränk verschluckte und kurz husten musste. Opa Erwin nutzte den Moment, um eine Münze hervorzuziehen.

»Kopf oder Zahl?«

»Zahl!«

Opa Erwin gewann den Münzwurf und durfte beginnen. Während er das Brett so drehte, dass die weißen Figuren vor ihm standen, sah ich aus dem Augenwinkel, wie Oscar sich zusammen mit Anna an den Nebentisch setzte. Sofort bekam ich ein schlechtes Gewissen. Eigentlich hatte ich geplant, direkt nach dem Treffen mit ihr zu sprechen. Doch ich war so auf das Fotografieren konzentriert gewesen, dass ich es einfach vergessen hatte.

»Wie fühlst du dich?«, hörte ich nun Oscar leise fragen, und Anna seufzte.

»Willst du die ehrliche Antwort? Ziemlich beschissen. Mein Freund hat sich vor ein paar Tagen von mir getrennt. Es war keine große Überraschung. Aber ich vermisse ihn trotzdem.«

Ich hatte den starken Impuls, Anna in den Arm zu nehmen, hielt mich aber zurück. Oscar und sie sprachen zwar laut genug, dass ich sie verstehen konnte, aber ich wollte dennoch nicht so wirken, als würde ich sie belauschen.

Stattdessen beobachtete ich, wie Opa Erwin das Spiel eröffnete. Nacheinander machten wir ein paar schnelle Züge, bevor er innehielt und überlegte.

Das gab mir die Möglichkeit, mich wieder auf das Gespräch nebenan zu konzentrieren. Aus irgendeinem Grund läuteten meine Alarmglocken, und als ich begriff, dass mich dieser Moment erneut an eine Situation mit Niklas erinnerte, presste ich wütend die Lippen aufeinander.

Ein lauter Knall ertönte, als Alex mit der Faust gegen die Wand schlug. Niklas hatte ihn und ein paar weitere seiner Freunde zu sich nach Hause eingeladen, und Alex hing schon den ganzen Abend über an seinem Smartphone.

»Was ist denn los?«, fragte Niklas, und Alex rollte genervt mit den Augen.

»Du kennst doch Jessy, oder? Ganz ehrlich, ich versteh sie einfach nicht. Ihr Freund hat vor zwei Wochen mit ihr Schluss gemacht, und ich war seitdem jeden Tag für sie da. Ich war nett zu ihr, bin mit ihren ganzen Stimmungsschwankungen klargekommen und hab ihr sogar Taschentücher mitgebracht. Nur damit sie mir jetzt einen Korb gibt? Frauen sind einfach so undankbar.«

Ohne auch nur einen Moment zu zögern oder Rücksicht darauf zu nehmen, dass ich ebenfalls im Raum war, stimmte Niklas zu. »Ja, oder? Sie sagen zwar immer, sie wollen einen netten Typen, aber wenn man dann nett zu ihnen ist, läuft trotzdem nichts. Vielleicht sollten wir uns auch alle wie Arschlöcher verhalten und sie schlecht behandeln. Vielleicht wollen sie uns ja dann.«

Überrascht zog ich die Augenbrauen hoch. So hatte ich Niklas noch nie reden hören, und am liebsten hätte ich ihm sofort vehement widersprochen. Doch seine Stimme klang so verärgert, dass ich mich nicht traute.

»Ich hoffe, Mila weiß, was sie an dir hat.« Irgendetwas an Alex' Grinsen sorgte dafür, dass ich mich plötzlich verdammt unwohl fühlte.

Er wandte sich mir zu »Hat Niklas dir erzählt, dass er bei der Party letzten Freitag richtig heftig angeflirtet wurde? Ich hab ihm gesagt, dass er mit ihr rummachen soll, weil du ja nicht dabei warst. Aber dein Freund hat sich wie ein richtiger Gentleman verhalten.«

Niklas sah mich an, als erwartete er ein Lob für sein ›vorbildliches‹ Verhalten.

»Ich war ganz stark und hab's nicht gemacht. Daran siehst du, wie sehr ich dich liebe.«

Bis heute fragte ich mich, ob er sich des bitteren Beigeschmacks bewusst gewesen war, den die Worte »ich war ganz stark« in diesem Zusammenhang hatten. Damals hatte ich nichts darauf erwidert, doch die heutige Mila ließ solche Aussagen niemandem mehr durchgehen.

Angespannt wartete ich daher Oscars nächste Worte ab.

»Das tut mir wirklich leid, Anna«, hörte ich ihn sagen. Etwas heftiger als nötig griff ich nach meinem Springer, um damit einen von Opa Erwins Bauern zu schlagen.

»Was würde dir gerade helfen? Möchtest du darüber reden, oder wäre dir Ablenkung lieber?«

»Lieb, dass du fragst. Ablenkung ist gut, und das Treffen heute hat mir auf jeden Fall geholfen.« Anna zog die Nase hoch, und ich sah aus dem Augenwinkel, wie Oscar ihr ein Taschentuch reichte.

»Du kannst gern jederzeit Bescheid sagen, wenn du etwas unternehmen möchtest. Ich hatte ohnehin schon überlegt, ob wir nicht nächste Woche mit der ganzen Gruppe auf den Flohmarkt am Marktplatz gehen wollen.«

Ich zwang mich, meinen Blick weiterhin auf das Schachbrett zu richten, und beobachtete konzentriert Opa Erwins nächsten

Zug. Das ungute Gefühl in meinem Bauch hatte sich ein wenig beruhigt, als Oscar ein Treffen mit der Gruppe angeboten hatte. Das klang nicht so, als hätte er den Hintergedanken, die Situation auszunutzen.

Wie traurig es war, dass mich das fast überraschte. Ein Verhalten wie das von Niklas und Alex war mir in der Vergangenheit bereits so oft begegnet, dass ich es irgendwann als normal hingenommen hatte. War das vielleicht auch einer der Gründe, warum ich so vorsichtig mit Oscar war? Wartete ich unbewusst darauf, herauszufinden, wo bei ihm der Haken war? Er konnte nicht perfekt sein, das war klar. Doch bisher hatte ich ihn als netten, aufrichtigen und empathischen Menschen wahrgenommen.

Prüfend betrachtete ich ihn. Oscar bemerkte meinen Blick.

»Mila würde bestimmt auch mitkommen, oder?«

Ertappt räusperte ich mich. »Klar«, sagte ich dann schnell und sah zu Anna. »Wenn du Lust auf unsere Gesellschaft hast, bin ich gern dabei.«

Annas Mundwinkel hoben sich ein wenig. »Danke, ich bin echt froh, dass ich euch habe. Wir können das gern nächste Woche machen. Bis dahin möchte ich einfach nur mit einer Familienpackung Cookie-Dough-Eis auf dem Sofa sitzen und einen *New-Girl*-Marathon machen. Und dabei vergessen, dass ich eine schreckliche Person bin, die vor lauter Wut über die Trennung mit seiner Zahnbürste das Klo geputzt hat.«

»Den Impuls hatten wir vermutlich alle schon mal«, murmelte ich, während Anna aufstand und nach ihrer Jacke griff. Sie verabschiedete sich mit einer festen Umarmung von mir, und als Oscar sie noch kurz zur Tür begleitete, setzte ich mich wieder zurück zu Opa Erwin. Er hatte unsere Unterhaltung wortlos verfolgt und nickte mir nun wohlwollend zu.

»Das mit dem Flohmarkt ist eine gute Idee«, meinte er. »Nicht nur für die Anna, sondern auch für den Oscar. Der unternimmt viel zu wenig, dabei ist er doch noch so ein junger Mensch und sollte sein Leben genießen. Aber er ist so ernsthaft und fleißig und lernt immer nur für die Uni, hilft mir im Café oder arbeitet für die *Future Force.*«

Das zu hören, überraschte mich sehr. Bei seiner offenen Art hätte ich damit gerechnet, dass Oscar einen großen Freundeskreis hatte und viel unterwegs war. Ich erinnerte mich daran, wie Nhi erzählt hatte, dass Oscar in der Schulzeit sehr beliebt gewesen war.

Opa Erwin, der mir meine Verwunderung anzusehen schien, schüttelte den Kopf. »Als ihr neulich abends unterwegs wart, da war das eine ziemliche Ausnahme. Dabei scheinen die Leute von der *Future Force* den Oscar doch alle so gern zu mögen. Aber der Oscar ist immer nur bei den Treffen und den Veranstaltungen, die sie organisieren. Manchmal frage ich mich, ob er auch Leute hat, die ihn mal fragen, wie es ihm geht, und die nicht nur einen Zuhörer haben wollen.«

Das stimmte mich nachdenklich. Doch ich kam nicht dazu, Opa Erwin weitere Fragen zu stellen, denn in diesem Moment kehrte Oscar zurück zu unserem Tisch. Er warf einen Blick auf das Schachbrett und klopfte Opa Erwin auf die Schulter.

»Da musst du dich aber noch ein bisschen ranhalten, damit sie dich nicht schon wieder abzieht.«

Sein Großvater nickte mit gespieltem Bedauern. »Ich befürchte auch.« Als er mich dann jedoch ein paar Züge später schachmatt setzte, gab Oscar ihm ein High Five.

»Damit steht's dann wohl 1:1.«

Opa Erwin hob spielerisch die Fäuste. »Warte nur ab, Mila. Nächstes Mal zieh ich an dir vorbei!«

»Oder wir gewinnen einfach friedlich abwechselnd«, schlug ich vor, und Opa Erwin schmunzelte. Dann stand er auf und begann mit dem Einsammeln des Geschirrs. Unseren Versuch, ihm dabei zu helfen, lehnte er mit einem Winken ab. Also setzten wir uns wieder, und ich räumte die Figuren und das Schachbrett zurück in die Box.

»Bist du zufrieden mit den Fotos von heute?«, fragte Oscar.

»Das, was ich auf den ersten Blick gesehen habe, sah wirklich gut aus. Ich werde sie zu Hause sortieren und nachbearbeiten. Also ganz natürlich, nur vielleicht hier und da ein wenig mehr Licht oder Kontrast hinzufügen.«

Ich zögerte kurz und rang innerlich mit mir, weil mich Opa Erwins Worte über Oscar nicht losließen. Bei der Party im *Treibholz* hatte ich Oscar meine Freundschaft angeboten und das auch ernst gemeint. War es daher nicht langsam mal an der Zeit, mich auch wie eine Freundin zu verhalten?

»Sag mal Oscar, hättest du Lust, Freitagabend zu uns in die WG zu kommen?«

Überrascht sah er mich an.

»Wir machen einen Spieleabend. Ich weiß nicht, ob das so dein Ding ist, aber wenn du magst, bist du herzlich eingeladen.«

Einen Moment lang zögerte Oscar, doch dann kehrten die Lachfältchen um seine Augen zurück. »Ich bin sehr gern dabei, danke für die Einladung.« Sein Blick wanderte nach unten zu meinen Armen, die zwischen uns auf dem Tisch lagen. Dann hob er seine Hand, legte sie auf meine und drückte sie kurz. Es war nur ein ganz kleiner Moment, bevor er sich wieder zurückzog. Und doch spürte ich, wie die Stelle, an der er mich berührt hatte, zu prickeln begann. »Ich werde mir Mühe geben, einen guten Eindruck zu hinterlassen.«

KAPITEL 8

Die Woche zog wie im Schnelldurchlauf an mir vorbei, und als ich am Freitag in meinem Seminar zu Politischer Theorie saß, bekam ich nur am Rande mit, dass es heute um Machiavelli und die Renaissance ging. Die Gruppe, die das Referat hielt, hatte zwar eine gute Präsentation vorbereitet, aber ich erwischte mich dennoch immer wieder dabei, wie ich zur großen Fensterwand hinübersah.

Es regnete, und ich beobachtete, wie die Wassertropfen die Scheibe hinunterliefen. Eine Weile lang riet ich, welcher von ihnen wohl am schnellsten sein würde, doch dann wanderten meine Gedanken zum heutigen Abend.

Seit Samstag fragte ich mich, ob es wirklich eine gute Idee gewesen war, Oscar einzuladen. Nicht weil ich mir Sorgen um die Reaktion der anderen machte. Lilly war hellauf begeistert gewesen, als ich ihr davon erzählt hatte. Es war vielmehr die Tatsache, dass die WG mein sicherer Ort war.

Immer, wenn mir das Einschlafen schwerfiel, konzentrierte ich mich auf diese Tatsache. *Ich bin hier sicher.* Dieser Satz hatte in etwa dieselbe Wirkung auf mich wie eine Decke, die man sich über den Kopf zog, um Monster fernzuhalten. Jetzt zuzulassen, dass jemand Neues diesen Safe Space betrat, fiel mir schwer, und der Gedanke daran vereinnahmte mich so sehr, dass ich nicht einmal merkte, wie Professor Albrecht das Seminar beendete.

Verwirrt blinzelte ich Nhi an, die neben mir ihre Sachen zusammenpackte. »Hattest du eine anstrengende Woche?«,

Ich sah Mitgefühl in ihrem Blick »Du wirkst heute etwas abwesend.«

Ich war dankbar dafür, dass sie diese Formulierung gewählt hatte, statt mir zu sagen, dass ich ziemlich fertig aussah.

»Ja, ich hab leider nicht so gut geschlafen.« Das war die Untertreibung des Jahrtausends. In der Nacht hatte ich mich stundenlang hin und her gewälzt. Meine Gedanken waren dabei so laut gewesen, dass ich nicht einmal mehr wusste, ob ich auch nur eine Sekunde lang geschlafen hatte.

»Mir geht's momentan ähnlich«, vertraute Nhi mir an. »Vielleicht liegt's am Vollmond. Ich glaube zwar nicht so richtig an Astrologie, aber der Mond ist für Ebbe und Flut verantwortlich, und wir bestehen zu siebzig Prozent aus Wasser. Da kann es doch gut sein, dass der Mond auch irgendeinen Einfluss auf uns hat.«

Ich grinste. »Meine Mitbewohnerin Lilly schiebt gern alles auf den rückläufigen Merkur«, erzählte ich ihr. »In der Zeit schickt sie mir dann immer ganz viele Memes dazu.«

Nhis Augen leuchteten auf. »Oh, da haben wir was gemeinsam. Meine Favoriten sind der Comic-Hund, der in seinem brennenden Haus sitzt und *this is fine* sagt und natürlich Effie aus *Die Tribute von Panem.*« Sie imitierte den Tonfall der schrill gekleideten Betreuerin von Distrikt 12. »Happy Mercury Retrograde! And may the odds be ever in your favor.«

Ich kicherte und warf beim Einpacken einen Blick auf meine Notizen. Eine doppelt unterstrichene Überschrift war das Einzige, was auf dem Papier zu sehen war. Na bravo. Das würde mir bei den Vorbereitungen für meine Hausarbeit sicher helfen. War ich vor ein paar Wochen nicht noch so stolz darauf gewesen, wie gut ich meinen Alltag auf die Reihe bekommen hatte? Da hatte ich mich selbst noch davor gewarnt, dass Oscar alles durcheinanderbringen würde. Ob die Freundschaft zu ihm es wirklich wert war, diesen guten Lauf aufs Spiel zu setzen? Oder würde ich das später noch bereuen?

Am liebsten hätte ich Jasper nach seiner Meinung gefragt. Sein rationaler Blick auf die Situation hätte mir wirklich gutgetan. Beim Gedanken an meinen besten Freund bekam ich ein schlechtes Gewissen. In den letzten Wochen war ich so sehr mit der *Future Force* beschäftigt gewesen, dass ich mir kaum noch Gedanken über sein seltsames Verhalten gemacht hatte. Heute Abend würde er aber dabei sein, das hatte er mir versprochen.

Davor gab es allerdings noch etwas Wichtiges zu erledigen. »Bist du bereit für unser finales Referatstreffen?«, fragte ich Nhi. Sie nickte schicksalsergeben. »Ich glaube, eine kleine Generalprobe ist eine gute Idee. Professor Albrecht macht mir immer noch ein wenig Angst.«

Einige Zeit später beobachtete ich Nhi dabei, wie sie vor unserem Küchentisch auf und ab lief. Während sie eindeutig der dynamische Vortragstyp war und darauf bestand, auch all ihre Gesten und Bewegungen zu üben, hatte ich mich in eine Kuscheldecke eingerollt und saß wie ein flauschiger Burrito auf meinem Stuhl.

»Das wäre es von uns. Falls ihr noch Fragen habt, dann dürft ihr sie jetzt gern stellen«, beendete Nhi ihren Teil des Referats, und ich klatschte.

»Ich bin mir ziemlich sicher, dass Professor Albrecht zufrieden mit uns sein wird«, sagte ich. Im selben Moment klingelte es an der Tür. Nhi klatschte begeistert in die Hände.

»Na, das ist ja wohl mal perfektes Timing!« Sie begann, rhythmisch mit ihren Fäusten auf den Tisch zu klopfen. »Wir haben Hunger, Hunger, Hunger!«, sang sie dabei, und ich grinste, während ich mich aus meiner Decke rollte und in den Flur lief.

Wir hatten wieder einmal Pizza bestellt, und als ich die Tür öffnete, stand dort neben dem Lieferanten auch Lilly.

»Hatte heute ein bisschen früher Feierabend«, erklärte sie mir, während ich die Pizzakartons entgegennahm und dem Lieferanten Trinkgeld gab.

»Nhi, das ist die berühmte Meme-Queen, Lilly. Lilly, das ist Nhi, die bereit ist, dich vom Thron zu stoßen.«

Nhi grinste. »Das hab ich so nicht gesagt, aber ich freue mich darauf, mit dir zu fachsimpeln.«

Ich stellte die Pizzakartons auf den Tisch, und prompt knurrte Lillys Magen.

Nhi schien das Geräusch ebenfalls gehört zu haben. »Wenn du möchtest, dann teilen wir gern mit dir«, schlug sie Lilly vor, und zu meiner Überraschung wurde meine beste Freundin ein wenig rot.

»Das ist total nett von dir.« Nun klang sie sogar fast ein wenig schüchtern. »Aber ich möchte euch nichts wegessen.«

Nhi, die bereits dabei war, ein großes Stück von ihrer Pizza abzuschneiden, winkte ab. »Keine Sorge. Die Pizzen sind solche

Wagenräder, dass man eine ohnehin nicht allein schafft.« Damit hatte sie absolut recht. Ich folgte Nhis Beispiel und legte ein Stück meiner Pizza zu ihrem.

»Wenn das so ist, dann nehme ich das Angebot gern an. Ich bin gleich wieder bei euch. Muss nur noch eben duschen und mich umziehen. Heute hatte ich keine Wechselklamotten in der Werkstatt dabei.«

Lilly griff zu ihrem Zopfgummi und öffnete ihre Haare, die sie bei der Arbeit stets in einem Dutt trug. Mir fiel auf, dass Nhi sie dabei beobachtete.

»Bei so langen Haaren ist es echt immer schwierig, sie schön und gesund zu pflegen«, sagte sie dann plötzlich. »Aber deine glänzen richtig toll. Wie aus einer Shampoowerbung.«

Das Rot auf Lillys Wangen wurde noch eine Nuance dunkler. »Danke. Ich finde übrigens, dass dir das Silber richtig gut steht. Du siehst damit gar nicht wie eine Oma aus.«

Sie verzog das Gesicht. »Das sollte eigentlich ein Kompliment sein«, murmelte sie dann. »Irgendwie kam das jetzt seltsam raus.«

Doch Nhi schien es ihr nicht übel zu nehmen. »Keine Sorge, beim ersten Mal Färben dachte ich mir genau dasselbe.«

Lilly war die Erleichterung deutlich anzusehen, und sie blieb noch für einen Moment unschlüssig im Raum stehen, bevor sie in Richtung Badezimmer verschwand. Als sie wenig später zurückkam, trug sie ein kurzes dunkelrotes Kleid, das ein wenig schicker war als die Outfits, die sie sonst zu Hause trug. Auch wenn Nhi nichts dazu sagte, sah ich, wie sich ihre Augen bei diesem Anblick weiteten.

Dass andere Menschen Lilly bewundernde Blicke zuwarfen, war ich gewohnt, und ich wartete auf das übliche schlechte

Gefühl, das sich in diesen Momenten sonst bei mir einschlich. Doch heute blieb es aus. Vielleicht lag es daran, dass ich Lilly endlich davon erzählt hatte, doch der bittere Beigeschmack von Niklas' Worten stellte sich dieses Mal nicht ein. Stattdessen hatte ich zum ersten Mal seit Jahren das Gefühl, dass ein Lob für Lilly nicht gleichzeitig bedeutete, dass ich heruntergestuft wurde.

Niklas hatte uns durch seine Worte zu etwas gemacht, als das ich uns nie betrachten wollte: Konkurrentinnen. Jetzt lächelte ich erleichtert in mich hinein. Nie wieder!

Als es abends erneut an der Tür klingelte, waren die Plätze rund um den Küchentisch bereits gut besetzt. Said und Lilly konnten beide dabei sein, da Nour heute bei ihrer Oma übernachtete. Said hatte außerdem Vanessa mitgebracht, daher fehlte jetzt nur noch Oscar. Ich betätigte den Summer, öffnete die Wohnungstür und trat dann überrascht einen Schritt zurück. Oscar stand bereits vor der Tür.

»Herr Oscar, haben Sie etwa über Nacht magische Fähigkeiten entwickelt und sind in Lichtgeschwindigkeit nach oben gerast?«, fragte ich ihn ein wenig atemlos.

»Nicht ganz.« Er umarmte mich und grinste. »Aber seit Kurzem kann ich durch Haustüren gehen, die von einem Stopper offen gehalten werden. Das ist eine Kunst, die nur wenige beherrschen, und ich bitte um eine angemessen beeindruckte Reaktion.«

Sein Mund war schon wieder so nah an meinem Ohr und sorgte dafür, dass mein Puls sich beschleunigte.

»Sie sollten wahrlich darüber nachdenken, das Berufsfeld zu

wechseln.« Meine Stimme klang ein wenig kratzig, und ich räusperte mich. »Bereit, einen guten Eindruck zu machen?«, zitierte ich ihn, und Oscar schien glücklicherweise nicht zu bemerken, wie sehr mich die Nähe zu ihm wieder einmal aufwühlte. Er nickte nur und folgte mir in die Küche.

»Wir sind vollzählig«, rief ich über die Unterhaltung der anderen hinweg. Oscar winkte zur Begrüßung in die Runde, und Said deutete auf die beiden leeren Plätze neben sich. »Setzt euch, hier ist noch was frei.«

»Ich hab euch was mitgebracht.« Oscar griff in seinen Rucksack und legte mehrere Tüten Chips und Gummibärchen auf den Tisch, wofür er Jubel und Beifall erntete.

»Wer Essen mitbringt, ist hier immer willkommen«, sagte Lilly gönnerhaft. Als ich meinen Kopf kurz in Oscars Richtung drehte, lächelte er mich strahlend an.

Doch als ich sah, dass Lilly uns dabei beobachtete, wandte ich mich schnell wieder ab und setzte mich auf meinen Platz. Said zog mit einem teuflischen Grinsen ein Kartenspiel aus seinem Jutebeutel.

»Ich hab noch nie?« Lilly rollte theatralisch mit den Augen. »Das willst du doch nur spielen, weil du hier als Einziger keinen Alkohol trinkst und wir dir betrunken unsere Geheimnisse anvertrauen sollen.«

Said gab sich keinerlei Mühe, das zu leugnen. »Ganz genau! Aber keine Sorge, es geht hier trotzdem fair zu.« Er griff erneut in den Beutel und zog ein Netz mit Zitronen daraus hervor. »Die hier werde ich gleich auspressen. Dann habt ihr trotzdem euren Spaß, wenn ich was davon trinken muss.«

Lilly wirkte einigermaßen besänftigt, und Jasper stand auf,

um die Shotgläser zu holen. Als er sie zusammen mit einer Zitronenpresse auf den Tisch stellte, betrachtete ich ihn unauffällig. Er sah noch immer unglaublich erschöpft aus, und die Veränderungen an seinem Äußeren waren nun für alle deutlich sichtbar.

Aus dem minimal weniger durchgestylten Outfit waren mittlerweile eine Jogginghose und ein ausgeleiertes Schlafshirt geworden. Beides trug er schon so lange, dass ich nicht einmal mehr wusste, wann ich ihn zuletzt in etwas anderem gesehen hatte.

Ich machte mich selbst mit dafür verantwortlich, dass es so weit gekommen war. Jasper war mein bester Freund, und wir passten sonst immer aufeinander auf. Auch wenn er die letzten Versuche abgeblockt hatte, war es langsam an der Zeit, herauszufinden, was ihn gerade belastete. Natürlich nicht jetzt. Aber morgen nach dem *Future-Force*-Treffen würde ich zusehen, dass ich ihn allein erwischte. Dieser Plan ließ mein schlechtes Gewissen zwar nicht ganz verschwinden, doch er beruhigte es zumindest ein wenig.

Jasper griff nach einer grünen Flasche und begann, die Gläser zu füllen. »Och nö, bitte kein Pfeffi!«, jammerte ich sofort, als ich erkannte, was es war. »Der schmeckt wie Mundspülung.«

Ein kleines Grinsen schaffte es auf Jaspers Gesicht. »Tut mir leid, Mila. Aber das sind die Regeln.«

»Und wie waren die anderen Regeln noch mal?«, erkundigte sich Oscar, bevor ich weiter protestieren konnte. »Trinkt man, wenn es stimmt, oder wenn es nicht stimmt?«

Vanessa griff nach der Anleitung. »Also hier steht, dass auf jeder der Karten eine Aussage zu lesen ist. Wenn die Aussage nicht auf einen selbst zutrifft, dann trinkt man. Also zum Beispiel ›Ich hab noch nie jemanden auf einer Party geküsst‹, dann trinkt man, wenn man das sehr wohl schon mal gemacht hat.«

Said griff nach den Karten und mischte sie. »Wir ziehen im Uhrzeigersinn. Du darfst anfangen, Vanessa.«

Sie nahm die oberste Karte vom Stapel. »Alles klar. Hier steht: ›Ich war noch nie in meinen besten Freund oder in meine beste Freundin verliebt.‹«

Sofort griffen Lilly und Said nach ihren Gläsern und tranken je einen kleinen Schluck. Wir hatten abgemacht, nicht jedes Mal das komplette Glas zu leeren. Sonst wäre der Abend vermutlich ziemlich schnell vorbei gewesen. Said schüttelte sich wegen des Zitronensafts.

»Mila, Jasper, was ist mit euch?«, fragte Vanessa, und auch Oscar sah uns neugierig an.

»Weil wir uns schon kennen, seitdem wir klein sind, haben in der Schulzeit tatsächlich alle damit gerechnet, dass wir irgendwann mal zusammenkommen werden«, erzählte ich bereitwillig.

»Mit fünfzehn haben wir uns dann einmal geküsst, weil wir rausfinden wollten, ob an den ganzen Vermutungen nicht vielleicht doch was dran war. Aber das war irgendwie … seltsam.« Das letzte Wort sagten wir gemeinsam.

»Verhext!«, rief ich und freute mich, als sich daraufhin erneut ein kleines Lächeln auf Jaspers Gesicht stahl. Wenn ich gerade schon nicht mit ihm über seine Sorgen sprechen konnte, würde ich heute Abend zumindest mein Bestes geben, ihn ein wenig abzulenken.

Lilly griff nach der nächsten Karte. »Ich hab noch nie eine unangenehme Erfahrung beim Online-Dating gemacht.«

Alle außer mir tranken.

Verwundert sah Oscar mich an. »Noch keine einzige? Wie kann das denn sein?«

Ich zuckte mit den Schultern. »Bis jetzt war ich einfach noch nie auf einer Dating-App angemeldet.« Ich sollte schnell den Spieß umdrehen, bevor ich ihm erklären musste, dass ich seit zwei Jahren allen Situationen aus dem Weg ging, in denen mir eine andere Person zu nah kommen konnte.

»Was ist denn deine unangenehme Geschichte?«

»Mein Date kam eine Stunde zu spät«, erzählte Oscar. »Das kann natürlich mal passieren, aber als sie dann endlich da war, hat sie sich nicht mal für ihre Verspätung entschuldigt. Stattdessen hat sie drei Stunden lang nur über sich selbst gesprochen, ohne mir eine einzige Frage zu stellen. Ein bisschen hab ich mich gefühlt wie ein Journalist, der ein Interview führt.«

»Du hast das drei Stunden lang durchgehalten?« Lilly sprach das aus, was wir uns vermutlich alle dachten. »Ich glaube, mir wäre nach spätestens zwanzig Minuten eingefallen, dass ich zu Hause die Herdplatte angelassen habe und außerdem noch ganz dringend eine Geburtstagsparty für meinen Hamster organisieren muss.«

Ich lachte mit den anderen, erinnerte mich dann aber an das, was Opa Erwin mir über seinen Enkel erzählt hatte. Jemand, der so viel gab wie Oscar, sollte eigentlich auch dasselbe Maß an Aufmerksamkeit und Wertschätzung zurückbekommen.

»Mit deiner Geschichte kann das zwar nicht ganz mithalten, Oscar«, kam es plötzlich von Jasper, »aber mein Date hat mich immer mit dem Namen des Typen angesprochen, den sie am Tag zuvor getroffen hat.«

»Hast du sie denn korrigiert?«, wollte Oscar wissen, woraufhin Jasper mit den Schultern zuckte.

»Er hieß halt einfach Justus-Leopold. Das fand ich ehrlich gesagt viel zu lustig, um sie darauf anzusprechen.«

»Ja, Namen sind echt so eine Sache.« Said sah Vanessa vielsagend an, und sie kicherte.

»O ja. Said war mein schlechtes Online-Date, dabei war alles nur ein blödes Missverständnis. Wir waren im *Café am See* verabredet und hatten beide nicht auf dem Schirm, dass es das zweimal gibt. Wir waren also in verschiedenen Cafés und dachten beide, wir wären versetzt worden. Dazu kam dann noch, dass ich vor lauter Aufregung mein Smartphone zu Hause vergessen hatte. Ich bin also enttäuscht zurückgefahren und habe erst dann gesehen, dass Said mir ganz viele Nachrichten geschrieben hat.«

»Zum Glück konnten wir das dann klären.« Said legte den Arm um Vanessa und zog sie an sich. Lilly lächelte, als sie zu den beiden hinübersah. Anfangs hatten Said und Vanessa sich in ihrer Gegenwart kaum getraut, sich zu berühren. Doch nachdem Lilly ihnen mehrfach versichert hatte, dass das für sie kein Problem war, schien das Thema inzwischen geklärt zu sein.

»Sorry Leute«, sagte Lilly nun. »Aber ich schätze, meine Geschichte schlägt alles.« Oh oh. Ich wusste, was jetzt kam. »Mein letztes Date war wirklich … speziell. Zu Beginn haben wir uns eigentlich gut verstanden, doch als es langsam zur Sache ging, hat der Typ mir allen Ernstes erklärt, er könne leider kein Kondom benutzen, weil das seinem Penis gegenüber nicht fair sei. Schließlich würde ich doch auch nicht wollen, dass mir einfach jemand eine Plastiktüte über den Kopf zieht.«

Mit großen Augen sah Vanessa Lilly an. »Das ist doch wohl nicht sein Ernst gewesen! Was hast du dann gemacht?«

Lilly grinste. »Na, ich hab ihn nackt liegen gelassen und bin gegangen.«

»Richtig so«, stimmte Vanessa ihr zu. Dann sah sie neugierig zu mir. »Kannst du denn gar keine Geschichte beisteuern, Mila? Es muss ja nicht unbedingt Online-Dating sein.«

Ich zuckte mit den Schultern. »Bis jetzt hatte ich nur einen Freund, Niklas. Seitdem ist nicht viel passiert. Nur ein Kuss bei einer der Kneipentouren in der Ersti-Woche.«

Überrascht sah Lilly mich an und wackelte mit den Augenbrauen. »Das höre ich heute zum ersten Mal.«

»Es war auch nichts Ernstes. Wir haben uns den ganzen Abend lang über alles Mögliche unterhalten, und ich hatte das Gefühl, dass es zwischen uns geknistert hat. In der letzten Kneipe haben wir uns dann geküsst. Es war schön, aber es war eine einmalige Sache, und ich habe sie danach nicht noch mal wiedergesehen.«

»Moment mal, *sie*?« Nun machte Lilly große Augen. »Du hast mir nie erzählt, dass du auch auf Frauen stehst.« Ihre Stimme klang so vorwurfsvoll, dass ich sie einen Moment lang nur verblüfft ansah. Mit einer solch heftigen Reaktion hatte ich nicht gerechnet.

»Bis jetzt hat es irgendwie noch nie einen passenden Augenblick dafür gegeben«, erklärte ich ihr. »Ich dachte immer, falls ich mal mit einer Person zusammen sein sollte, die kein Mann ist, stelle ich sie euch einfach vor, und damit hat sich die Sache.«

Doch Lilly schien das kein bisschen zu beschwichtigen. »Ich bin deine beste Freundin, Mila. Da könnte man schon meinen, dass du das in all den Jahren vielleicht mal hättest erwähnen können.«

»Hey, beruhig dich mal, Lilly«, ging Jasper dazwischen. »Ich wusste es auch nicht, aber das ist Milas Sache, und sie kann selbst entscheiden, ob sie mit jemandem darüber sprechen möchte oder nicht.«

Er warf ihr noch einen beschwichtigenden Blick zu, bevor er die nächste Karte zog. »Lasst uns weitermachen. Hier steht: ›Ich hatte noch nie Haare auf den Nippeln.‹«

Während alle in der Runde tranken, suchte ich Lillys Blick, doch sie sah starr in die andere Richtung. Zu meiner großen Überraschung tat Oscar dasselbe. Ich runzelte die Stirn. War meine sexuelle Orientierung etwa ein Problem für ihn? Eigentlich schätzte ich ihn nicht so ein, doch wie gut kannte ich ihn wirklich? Ich war kurz davor, mal wieder in eine Spirale aus Sorgen und Ängsten zu stürzen, als Oscar sein Glas abstellte. Dabei berührten sich unsere Arme. Ich erwartete, dass er seinen gleich wieder wegziehen würde, doch als er es nicht tat, begann mein Herz verdächtig schnell zu schlagen. Nun rasten meine Gedanken doch, wenn auch in eine andere Richtung. Ich musste all meine Willenskraft zusammennehmen, um die Berührung unter »zufällig und freundschaftlich« zu verbuchen. Sie musste es einfach sein.

Auch bei »Ich hatte noch nie einen Krampf beim Sex« tranken wir alle, und je weiter der Abend voranschritt, desto besser wurde die Stimmung. Vielleicht kam das warme Gefühl in meinem Bauch vom Alkohol, vielleicht von Oscars Berührung. Doch es fühlte sich so schön an, dass ich es nicht weiter hinterfragen wollte. Oscar strahlte eine angenehme Wärme aus, und er roch gut. Heute schien er ein Parfüm benutzt zu haben, und ich mochte den Duft. Er war holzig, dabei aber nicht zu aufdringlich, und ich erwischte mich dabei, wie ich den Geruch tief einatmete. Dann beschloss ich, den Abend zu genießen und einfach mal ein wenig den Kopf auszuschalten.

Das gelang mir tatsächlich ganz gut. Jedenfalls bis Lilly an der Reihe war.

»Ich hab noch nie überlegt, in die Vergangenheit zu reisen, um dort eine Sache zu ändern«, las sie vor. Während die anderen lautstark über den Schmetterlingseffekt diskutierten, sah ich aus dem Augenwinkel, wie Oscar einen Schluck nahm und dann ausdruckslos in sein Shotglas starrte.

»Jeden verdammten Tag«, murmelte er mit einem für ihn ungewöhnlich bitteren Unterton, und ich war mir sicher, dass er die Worte eigentlich nicht laut hatte aussprechen wollen. Ich rang mit mir, ob ich ihn fragen sollte, was er damit meinte. Eigentlich wollte ich gern die Person für ihn sein, die ihm zuhörte und ihn fragte, wie es ihm ging. Doch irgendwie war ich mir unsicher. Es fühlte sich an, als wären die Regeln zwischen Oscar und mir anders als in anderen Freundschaften.

Daher griff ich stattdessen nach der nächsten Karte. »Ich hab noch nie gedacht, dass meine Eltern meine Geschwister mehr lieben als mich.« Ich zog die Augenbrauen nach oben. Das ging hier ja plötzlich in eine ziemlich düstere Richtung. Ich sah, wie Jasper sein Glas ein Stückchen anhob. Es schien eine unbewusste Bewegung zu sein, denn er ließ seine Hand einen Moment lang auf halber Höhe verharren, bevor er das Glas wieder auf den Tisch stellte.

»Ich bin echt müde«, sagte er dann leise. Der leere Blick war in sein Gesicht zurückgekehrt. »Ich glaube, ich gehe langsam mal ins Bett.« Ohne ein weiteres Wort stand er auf und verließ den Raum.

Ich blickte in vier verwunderte Augenpaare und sah selbst vermutlich ähnlich überrascht aus. Doch ich fing mich als Erste wieder, schob meinen Stuhl zurück und stand auf. »Ich schaue mal nach ihm.« Oscar warf ich einen entschuldigenden Blick zu. Eigentlich wollte ich ihn nicht in einer Runde voller Leute, die er kaum kannte, allein lassen. Doch er schien zu spüren, wie aufgeladen die Situation war, und nickte mir zu.

Als ich die Küche verließ, merkte ich, dass die Shots, die ich in den letzten Stunden getrunken hatte, nicht spurlos an mir vorbeigegangen waren. Ich war nicht betrunken, aber der Boden in unserem Gang fühlte sich definitiv ein wenig wackeliger an, als ich ihn in Erinnerung hatte. Vor Jaspers Zimmertür am Ende des Flurs atmete ich noch mal tief durch. Dann klopfte ich.

Keine Reaktion.

»Jas, ich bin's«, sagte ich leise. »Darf ich reinkommen?«

Ich wartete noch einen Moment, und da von drinnen kein Widerspruch kam, öffnete ich die Tür einen Spalt und sah in den Raum. Mein bester Freund saß mit angezogenen Knien auf dem Boden und hatte sein Gesicht in die Hände gestützt. Als er den Kopf leicht hob und in meine Richtung sah, erkannte ich, dass er weinte, und das erschreckte mich so sehr, dass ich schlagartig nüchtern wurde. Ich überlegte, wann ich Jasper das letzte Mal hatte weinen sehen. Normalerweise entwickelte er bei Problemen und Sorgen direkt eine Lösungsstrategie, anstatt die Gefühle zuzulassen. Meist beinhaltete die eine lange Pro- und

Contra-Liste und mindestens eine, oft auch mehrere Joggingrunden um den Eldersee.

Irgendetwas musste vorgefallen sein, bei dem seine sonstige Herangehensweise versagt hatte.

»Darf ich mich zu dir setzen?«, fragte ich ihn sanft, und Jasper machte eine winzige Bewegung mit dem Kopf, die ich als Nicken deutete. Ich griff nach der Packung Taschentücher auf seinem Schreibtisch und reichte sie ihm. Während Jasper sich die Nase putzte, überlegte ich, was ich wohl am besten sagen konnte.

»Möchtest du darüber reden?«, fragte ich ihn möglichst offen, woraufhin Jasper eine Grimasse zog.

Es entstand eine kurze Pause, in der keiner von uns sprach, doch schließlich räusperte Jasper sich. »Ehrlich gesagt verstehe ich es selbst nicht so richtig.« Er starrte auf seine Hände, in denen er die Taschentuchpackung hin und her drehte. »Irgendwie hat mich die Frage nach den Geschwistern gerade kalt erwischt.«

Das hatte ich bereits vermutet, doch nach allem, was ich wusste, ergab das nicht so richtig Sinn. Ich kannte Jaspers Eltern schon seit Ewigkeiten und hatte früher viel Zeit bei ihnen zu Hause verbracht. Dabei hatte ich nie das Gefühl gehabt, sie würden eins ihrer Kinder in irgendeiner Weise bevorzugen. Jasper schien meine Gedanken zu erraten.

»Ich weiß, dass meine Eltern nie irgendwas in diese Richtung gesagt haben, aber …« Ich sah, wie schwer es ihm fiel weiterzusprechen. »Irgendwie komme ich mir trotzdem wie eine Enttäuschung vor. Ich weiß nicht, warum, aber letztes Semester hab ich auf einmal begonnen, daran zu zweifeln, dass Jura wirklich das richtige Studienfach für mich ist.«

Mir entfuhr ein überraschter Laut, und ich ärgerte mich über mich selbst.

»Mir ist absolut bewusst, wie seltsam das klingt«, beeilte Jasper sich zu sagen. »Schließlich ist das ja gefühlt meine ganze Identität. Ich bin Jasper, der Jura studiert.«

»So weit würde ich jetzt nicht gehen«, sagte ich sanft.

Doch ich wusste, wovon er sprach. Ich hatte von Jasper noch nie einen anderen Berufswunsch gehört und bisher immer das Gefühl gehabt, dass er komplett in seinem Studium aufging.

»Es hat mich immer so stolz gemacht, genau zu wissen, was ich will und darauf hinzuarbeiten«, fuhr Jasper stockend fort. »Bei meinen Geschwistern war das genauso. Deswegen verstehe ich das einfach nicht. Wir hatten doch alle drei dieselben Ausgangsbedingungen. Warum haben sie es geschafft, und ich kriege es nicht hin? Ich fühle mich einfach wie ein absoluter Versager.«

Ich sah ihm seine Verzweiflung deutlich an und überlegte fieberhaft, wie ich ihm helfen konnte.

»Ehrlich gesagt bin ich auch immer davon ausgegangen, dass du auf jeden Fall diesen Weg gehen wirst.« Jasper wusste das. Es ergab also keinen Sinn, es zu leugnen. »Einfach weil ich es nicht anders von dir kannte. Aber eigentlich ist das dir gegenüber alles andere als fair, und es tut mir leid. Vermutlich bekommst du diese Erwartungshaltung auch von vielen anderen Leuten vermittelt, und ich kann mir gut vorstellen, wie viel Druck das in dir auslöst.«

Jasper ließ zu, dass ich meinen Arm um ihn legte, und sein Kopf sank auf meine Schulter.

»Aber dass du jetzt daran zweifelst, ob das Studium wirklich das Richtige für dich ist, bedeutet doch nicht, dass du versagst.

Es gibt genug Leute, die ihr Studium wechseln oder im Laufe ihres Lebens merken, dass ihr Beruf doch nicht der richtige für sie ist. Du warst wie alt, als du beschlossen hast, Anwalt zu werden? Elf?«

Jasper nickte.

»Na also.« Ich sah ihn ernst an. »Du warst damals also halb so alt wie heute. Ich wollte in der Zwischenzeit Goldschmiedin, Meeresbiologin, Ingenieurin, Konditorin und Fremdsprachenkorrespondentin werden, nur um jetzt Politikwissenschaften zu studieren. Was ich danach machen werde? Keine Ahnung.« Ich seufzte. »Natürlich macht mir das auch Angst, und zu wissen, wohin mein Weg geht, würde die Dinge oft leichter machen. Aber ich glaube, es gibt nicht nur einen Weg, um erfolgreich und glücklich zu sein. Und es ist auch total okay, mal zwischendurch einen Umweg zu machen. Da erlebt man doch meist die spannendsten Dinge.«

»Oder man endet mit leerem Tank am Straßenrand.« Jaspers Tonfall war sarkastisch, doch dann wurde seine Stimme weicher. »Ich weiß deinen TED-Talk sehr zu schätzen, Mila. Aber da ist noch mehr.« Er atmete tief durch. »Ich war dieses Semester nur ein einziges Mal an der Uni«, gestand er mir dann. »In der ersten Woche. Du weißt schon, als wir zusammen am Steg saßen. Als ich dir nach der Mittagspause gesagt habe, dass ich jetzt zu Zivilprozessrecht II gehe, war das nicht gelogen. Aber als ich vor dem Hörsaal stand, hab ich es einfach nicht geschafft reinzugehen. Irgendetwas in mir hat sich dagegen gesträubt. Ich dachte, dass ich vielleicht eine Erkältung ausbrüte und mein Körper mir sagt, dass ich Ruhe brauche. Deswegen bin ich nach Hause gegangen. Doch am nächsten Tag hab ich es nicht mal mehr geschafft, morgens aufzustehen. Es war, als wäre das Bett ein Magnet, der mich anzieht.«

Er verzog das Gesicht. »Entschuldige. Ich tue mich echt schwer damit, das alles in Worte zu fassen. Aber ich weiß, dass mich der elfjährige Jasper heute kaum wiedererkennen würde, so faul und schwach wie ich geworden bin.«

An dieser Stelle konnte ich nicht anders, als ihn zu unterbrechen. »Jasper Onyango, du bist die letzte Person, die ich jemals als faul oder schwach bezeichnen würde. Ich bewundere dich für so viele deiner Eigenschaften, die absolut nichts mit deinem Studium zu tun haben. Warum bist du so streng mit dir selbst?«

Jasper schwieg und blickte zu Boden, doch so leicht würde er mir nicht davonkommen. Fest sah ich ihn an, bis er irgendwann resigniert seufzte.

»Ich weiß es auch nicht.« Einen Moment lang sagten wir beide nichts, und ich hatte das Gefühl, dass das jetzt der Moment war, um Jasper irgendeinen guten Tipp zu geben. Doch ich hatte keine Ahnung, was ich sagen sollte.

Ich sah ihn eine Weile an, betrachtete sein mir vertrautes und doch gerade fremdes Gesicht, schob in meinem Kopf Worte hin und her, doch sie alle wirkten unpassend. Zu klischeehaft, zu bedeutungslos, zu wenig. Doch ich wollte in diesem Moment unbedingt für Jasper da sein.

»Gibt es irgendwas, wobei ich dich unterstützen kann?«, fragte ich ihn schließlich und hoffte, dadurch irgendeinen Anhaltspunkt zu bekommen. Vielleicht würden wir es ja schaffen, gemeinsam einen Plan zu schmieden.

Möglichst einen, der ohne eine Joggingrunde um den Eldersee auskam.

Er fuhr sich mit den Fingern durch die Haare und überlegte. »Keine Ahnung«, sagte er. »Ich hab mir über all das schon tausend Gedanken gemacht und komme einfach auf keine Lösung.«

»Okay. Das heißt, wir wissen hier gerade beide nicht so richtig weiter.« Ich zögerte kurz. »Meinst du, es würde vielleicht helfen, wenn du dir irgendwo außerhalb Unterstützung holst?«, schlug ich dann vorsichtig vor. »Du weißt schon, wie sonst, wenn du bei irgendwas nicht weiterkommst. Dann lässt du dich doch auch von einer Person beraten, die das beruflich macht und sich wirklich damit auskennt.«

Erneut verzog Jasper das Gesicht. »Ich weiß nicht, Mila. Ich glaube, ich bin nicht der Typ für so was.« Er zögerte. »Außerdem weiß ich auch gar nicht, ob es überhaupt schlimm genug ist. Verstehst du, was ich meine? Ja, ich gehe seit ein paar Wochen nicht mehr zur Uni, und ich fühle mich niedergeschlagen und antriebslos. Meist schlafe ich auch schlecht und habe keinen richtigen Appetit. Aber anderen Leuten geht es viel schlechter als mir.«

»Ich glaube, das ist ein Satz, den wir alle dringend aus unserem Vokabular streichen sollten, wenn es darum geht, Hilfe anzunehmen«, sagte ich sanft und überlegte kurz. »Was hältst du davon, wenn du am Montag mal bei Dr. Kuntze anrufst? Als Hausärztin kann sie dir bestimmt sagen, was du jetzt am besten machen kannst.«

Ich sah die Zweifel in Jaspers Blick, doch mein Plan erschien mir plötzlich sehr sinnvoll, daher sprach ich schnell weiter. »Ich kann auch gern für dich anrufen. Gleich Montag früh, okay?«

Ein kleines Lächeln breitete sich auf Jaspers Gesicht aus. »Okay. Es ist zwar ein Plan ohne Pro- und Contra-Liste, aber ich glaube, ich nehme ihn trotzdem.« Sarkasmus war definitiv besser als der Selbsthass, den ich zuvor in seiner Stimme gehört hatte.

»Ich bin froh, dass es dich gibt, weißt du das?«, sagte Jasper leise. »Und ich weiß, dass Lilly und du neulich nur für mich da sein wolltet. Irgendwie dachte ich, ich könnte das mit mir selbst ausmachen.«

»Mach dir keinen Kopf.« Ich strich mit der Hand über seinen Rücken. »Ich kann mir vorstellen, dass das alles gerade ziemlich überfordernd ist. Möchtest du, dass ich noch eine Weile hierbleibe, oder hättest du lieber Zeit für dich?«

Jasper gähnte. »Ich glaube, ich gehe schlafen. Diesmal wirklich. Geh ruhig zurück zu den anderen. Bestimmt vermisst Oscar dich schon.« Er ließ die Bemerkung beiläufig klingen, doch ich kannte ihn gut genug, um zu wissen, dass er gespannt auf meine Reaktion wartete. Als ich nichts erwiderte, wurde er direkter.

»Wo wir schon bei Themen sind, über die wir nicht reden wollen: Läuft da was zwischen euch beiden? Ich hab heute Abend beobachtet, dass ihr gar nicht aufhören konntet, euch gegenseitig anzuschauen, und eure Arme haben quasi aneinandergeklebt. Sonderlich subtil seid ihr ja nicht gerade.«

O Mist. Eigentlich hatte ich nicht das Gefühl gehabt, dass Oscar und ich uns übermäßig viel Aufmerksamkeit geschenkt hatten. Doch dass Jasper die Berührung bemerkt hatte, machte sie plötzlich sehr real, und meine Überzeugung, dass ich da nichts hineinzuinterpretieren brauchte, begann zu bröckeln.

»Nein, da läuft nichts«, sagte ich dennoch, denn eigentlich stimmte das ja. »Er ist ein Freund, und das ist auch gut so.«

Prüfend sah Jasper mich an. »Dass du das so formulierst, gibt mir irgendwie das Gefühl, dass da mehr als Freundschaft möglich wäre. Ich weiß, wie schlimm das mit Niklas für dich war, und wenn dein Bauchgefühl Nein sagt, dann will ich dir überhaupt nicht reinreden.« Sanft sah er mich an. »Falls du aber doch Gefühle für ihn hast, dann glaube ich, dass du in ein paar Jahren traurig darüber wärst, wenn du jetzt die Chance auf eine glückliche Beziehung sausen lässt.«

Damit traf Jasper leider den Nagel auf den Kopf. Ich mochte Oscar. Sehr sogar, und ich konnte nicht leugnen, dass da irgendetwas zwischen uns war. Oscar spürte diesen Funken auch, das hatte er mir im *Treibholz* ganz klar gesagt. Doch auch wenn ein Teil von mir es vielleicht wollte, konnte ich dem einfach nicht nachgehen. Etwas in mir wehrte sich unglaublich stark gegen den Gedanken, eine neue Person in mein Leben zu lassen. Dieses Gefühl und die damit verbundene Angst waren so intensiv, dass ich sie einfach nicht ignorieren konnte.

Ich ließ mir ein paar Sekunden Zeit, um meine Antwort richtig zu formulieren, und bemühte mich um einen lockeren Tonfall. »Mach dir mal keine Gedanken um mich. Das Wichtigste ist gerade, dass du auf dich aufpasst. Alles andere ist Nebensache.«

Nachdem ich Jasper noch das Versprechen abgenommen hatte, mir Bescheid zu geben, wenn er irgendwas brauchte, ging ich zurück in die Küche. Dort saßen Lilly, Said, Vanessa und Oscar immer noch am Tisch. Ihre Unterhaltung stoppte, als ich den Raum betrat.

»Ist alles okay mit ihm?« Die Sorge in Lillys Stimme war unüberhörbar.

»Ich habe mit ihm gesprochen, und er wird es dir in den nächsten Tagen selbst erzählen«, sagte ich knapp. Ich war mir sicher, dass Jasper nicht wollte, dass ich vor allen wiedergab, was er mir anvertraut hatte.

Doch Lilly, die sonst sehr sensibel mit solchen Dingen umging, sah mich nur wütend an. »Ich sehe schon, mir wird hier gar nichts mehr erzählt«, sagte sie verärgert, und bevor ich etwas darauf erwidern konnte, wandte sie sich an Said und Vanessa. »Seid ihr mir böse, wenn ich auch schlafen gehe?«

Die beiden sahen sie überrascht an. »Nein«, sagte Said dann langsam. »Es war eine lange Woche. Ich glaube, wir haben uns alle eine Portion Schlaf verdient.«

Vanessa nahm ihn am Arm. »Komm, wir machen uns auf den Weg.« Wir verabschiedeten uns von den beiden, und als Lilly sich daraufhin ohne ein weiteres Wort in ihr Zimmer zurückzog, sah Oscar mich unschlüssig an.

»Sorry, ich weiß auch nicht, was das gerade war. Als ich dich zu uns in die WG eingeladen habe, hab ich mir den Abend definitiv anders vorgestellt.«

»Alles gut.« Wie immer klang Oscars Stimme verständnisvoll und ruhig. »Bestimmt könnt ihr morgen in Ruhe darüber reden. Dann sind auch alle wieder nüchtern.«

Das war tatsächlich ein guter Punkt. Ich seufzte. »Wenn du möchtest, kannst du dich auch gern auf den Weg machen«, schlug ich Oscar vor. Doch in dem Moment, in dem ich es aussprach, ertrug ich den Gedanken, dass er ging, plötzlich nicht mehr. »Außer, du möchtest noch meine Pflanzen kennenlernen?«

Der Satz war einfach so aus meinem Mund gekommen, ohne vorher eine Kontrollschleife durch mein Gehirn zu drehen, und ich warf einen verärgerten Blick in Richtung der Shotgläser. War ich denn komplett bescheuert? Meine Pflanzen kennenlernen? Wie alt war ich, fünf? Und was war aus *die WG ist mein sicherer Ort* geworden? Dass Oscar in der Küche gewesen war, war eine Sache. Doch in mein Zimmer hatte ich ihn definitiv nicht einladen wollen.

»Deine berühmten, nicht knusprigen Pflanzen würde ich tatsächlich sehr gern sehen.« Oscar grinste. »Vielleicht können sie mir ja verraten, was du mit ihnen machst, damit sie nicht vertrocknen.« Da hatte ich nun den Salat. Ich konnte es drehen und wenden, wie ich wollte, doch aus der Sache kam ich jetzt nicht mehr heraus. Als ich die Tür öffnete, verfluchte ich mich innerlich dafür, dass ich nicht aufgeräumt hatte. Oscar trat hinter mir in den Raum und sah sich um.

»Wow. Das sieht genauso schick aus wie auf Instagram.«

Ich verzog das Gesicht, auch wenn er das Kompliment ernst zu meinen schien. »Danke. Es ist nur leider deutlich chaotischer.« Unauffällig schob ich mit dem Fuß einen herumliegenden BH unters Bett.

»Ich finde es gemütlich. Es wirkt so, als würde wirklich jemand darin leben.« Für einen Augenblick war da erneut diese Schwere in seiner Stimme, die ich nicht zuordnen konnte. Doch der Moment war so schnell vorbei, wie er gekommen war.

»Also, was ist nun dein großes Pflanzengeheimnis?«

Ich zuckte mit den Schultern. »Ein richtiges Geheimnis habe ich ehrlich gesagt nicht«, gestand ich. »Aber es gibt einen wichtigen Tipp, den man immer befolgen sollte: Die meisten Pflanzen gehen nicht ein, weil man sie zu wenig, sondern zu viel gießt. Daher warte ich immer erst ab, bis sie ein bisschen die Blätter hängen lassen. Zwischen März und Oktober dünge ich sie dann noch, das ist ihre Wachstumszeit. Und das war's eigentlich schon.«

»Okay, beim Thema zu viel gießen fühle ich mich ganz klar ertappt.« Oscar grinste schuldbewusst. »Ich meine es immer besonders gut mit ihnen und denke mir, je mehr Wasser, desto besser. In diesem Bereich fehlt mir manchmal das Fingerspitzengefühl.«

Beim letzten Wort sah er mich so intensiv an, dass ich den Eindruck bekam, er sprach nicht nur über die Pflanzen. Mein Mund wurde trocken, und ich schluckte. Ich musste wegsehen. Schnell. Warum nur wollten meine Augen mir ausgerechnet jetzt nicht gehorchen?

Mir wurde bewusst, wie nah wir nebeneinander standen, und in meinem Kopf dröhnte es, als ich überlegte, was ich nun tun sollte. Ihn weiter anzustarren war keine Option. Wahllos im Raum herumzustehen und über meine Pflanzen zu reden irgendwie auch nicht. Sollte ich ihn zur Tür begleiten? Aber eigentlich wollte ich nicht, dass er ging.

Noch immer sahen wir uns in die Augen. Ich wusste nicht, ob es am Alkohol lag, doch ich spürte ganz klar das Verlangen, den Abstand zwischen uns weiter zu verringern. *»Falls du aber doch Gefühle für ihn hast, dann glaube ich, dass du in ein paar Jahren traurig darüber wärst, wenn du jetzt die Chance auf eine glückliche Beziehung sausen lässt«,* klangen Jaspers Worte in meinem Kopf wider, und mein Verstand wusste, dass er recht hatte.

Doch es machte keinen Unterschied. Es war egal, ob ich Gefühle für Oscar hatte. Ich konnte das einfach nicht. Auch wenn es mir körperlich fast wehtat, löste ich meinen Blick von ihm und wandte mich ab.

»Es ist echt schon ganz schön spät, oder? Darf ich Sie zur Tür geleiten, Herr Oscar?«

Ich merkte selbst, dass ich ein wenig hektisch klang, und im Gegensatz zu sonst bekam ich keine direkte Antwort von ihm. Als ich mich zu Oscar umdrehte, konnte ich seinen Gesichtsausdruck nicht richtig deuten. War da Enttäuschung in seinem Blick?

Doch bevor ich seine Körpersprache weiter analysieren konnte, war der Moment auch schon wieder vorbei.

»Sehr gern, Frau Mila.« Oscars Tonfall klang seltsam neutral, und während ich ihn in den Flur begleitete und ihn dabei beobachtete, wie er seine Sneakers anzog, rasten meine Gedanken weiter. Hatte ich gerade das Falsche getan? Oder interpretierte ich viel zu viel in die Situation hinein?

Oscar nahm seine Jacke von der Garderobe, und als er mich ansah, war der Ausdruck von eben verschwunden. Stattdessen war da ein freundliches Lächeln.

»Es hat mich wirklich gefreut, heute Abend dabei sein zu dürfen. Ehrlich gesagt war das das erste Mal, dass ich *Ich hab noch nie* gespielt habe, und das klingt jetzt vielleicht blöd, aber …« Er zögerte kurz, und sein Blick wurde nachdenklich. »Manchmal hab ich das Gefühl, dass ich in meiner Jugend ein paar wichtige Dinge verpasst habe. Das heute hat sich so angefühlt, als würde ich einen Teil davon nachholen.«

»Du lässt es gerade so klingen, als wärst du super alt.« Ich zog ihn auf in der Hoffnung, damit die Normalität zwischen uns zurückzubringen. »Dabei kannst du doch höchstens Mitte zwanzig sein.«

Oscar nickte. »Ich bin 25.«

»Na also, das ist doch noch halbwegs jung.« Ein Gedanke schoss mir durch den Kopf. »Weißt du was? Ich habe eine Idee«, sagte ich und überraschte mich mit meinen Worten selbst. »Morgen Abend holen wir ein paar Dinge nach, die man als Teenager unbedingt gemacht haben muss. Ich überlege mir ein Programm für dich.«

Eigentlich hatte das nicht wie eine Ansage klingen sollen, sondern eher wie eine Frage, doch bevor ich einen Rückzieher machen konnte, hellte sich Oscars Miene bereits auf.

»Wirklich? Was machen wir?« Plötzlich klang er ganz aufgeregt.

»Lass dich überraschen«, wollte ich sagen, doch noch bevor ich den Mund öffnen konnte, zog Oscar mich bereits in eine Umarmung.

»Egal, was es ist. Ich freue mich sehr darauf.« Erst in diesem Moment fiel mir auf, dass wir gerade zum ersten Mal seit unserem Gespräch im *Treibholz* allein miteinander waren. Wenn wir uns sonst zur Begrüßung oder zum Abschied umarmt hatten, war immer irgendjemand in der Nähe gewesen. Auch wenn mein Körper weiterhin jedes Mal auf Oscars reagiert hatte, hatte ich mir bei jeder Berührung mantraartig *»Freundschaft, Freundschaft, Freundschaft«* gedacht. Vor heute Abend hatte ich mir noch eingeredet, diese Botschaft hätte sich inzwischen in meinem Unterbewusstsein festgesetzt.

Doch gerade wurde ich eines Besseren belehrt. Diese Umarmung war anders. Oscar hatte seine Arme nicht nur locker um meine Schultern gelegt, sondern er berührte mich richtig, und das fühlte sich ganz und gar nicht an wie *»Freundschaft, Freundschaft, Freundschaft«*. Ich spürte, wie er mit seiner Hand langsam von meinen Schultern hinunter bis zu meinem unteren Rücken strich. Hitze stieg in mir hoch, und der innere Widerstand, den ich gerade noch so stark gespürt hatte, begann zu bröckeln. Die warnende Stimme in meinem Kopf versuchte zwar weiterhin, sich Gehör zu verschaffen, und rief mir zu, ich solle mich dringend von ihm losmachen. Doch ich hörte nicht länger auf sie.

Ich gab nach und zog Oscar ganz nah zu mir heran. Als meine Wange seinen Oberkörper berührte, musste ich ein zufriedenes Seufzen unterdrücken. Es fühlte sich gut an, seine Wärme nun am ganzen Körper zu spüren. Gut und richtig. Sein angenehmer Geruch war mir inzwischen so vertraut, dass er trotz all der Aufregung in diesem Moment eine seltsame Ruhe in mir auslöste. Nichts hieran fühlte sich falsch oder unangenehm an, und ich fragte mich, warum um alles in der Welt ich das nicht schon viel früher gemacht hatte.

»Darf ich ganz ehrlich zu dir sein?«, fragte Oscar mit belegter Stimme, und ich bekam eine Gänsehaut. Unfähig, seine Frage zu beantworten, nickte ich nur. »Es fällt mir gerade wahnsinnig schwer, dich wieder loszulassen.«

KAPITEL 9

Als ich am nächsten Morgen aufwachte, fühlte es sich an, als hätte ich überhaupt nicht geschlafen. Oscar und ich hatten noch ziemlich lange im Flur gestanden, bevor wir uns irgendwann voneinander gelöst hatten und er gegangen war. Danach hatte ich stundenlang mit kreisenden Gedanken wach gelegen.

Irgendwann musste die Müdigkeit dann wohl gesiegt haben, doch jetzt, wo ich wieder wach war, ertönten Oscars Worte erneut in meinem Hinterkopf. *»Es fällt mir gerade wahnsinnig schwer, dich wieder loszulassen.«* Ich hatte nicht gewusst, was ich auf diesen Satz erwidern sollte, und mein heutiges, nüchternes Ich bemühte sich sehr, ihn auf den Alkohol zu schieben, den Oscar getrunken hatte. Wenn man es sachlich betrachtete, dann war ja auch gar nichts Großes zwischen uns geschehen. Es war nicht so, als hätten wir wild herumgeknutscht, es war nur eine Umarmung gewesen. Mehr nicht.

Das zwischen uns war auch weiterhin nichts anderes als Freundschaft. Alles war gut. Ich würde mich heute einfach so verhalten, als wäre es ein ganz normaler Samstag. Das bedeutete, ich würde aufstehen, ins Bad gehen und mich anschließend an den Frühstückstisch setzen.

In der Küche war ich eine halbe Stunde später die Erste. Also räumte ich die Gläser vom Vorabend in die Spülmaschine und deckte anschließend den Tisch.

Als ich gerade einen Schluck Orangensaft nahm, betrat Lilly den Raum. »Na, ist Oscar noch hier?« Ich verschluckte mich.

»Bitte was?«, fragte ich hustend und klang dabei so entsetzt, dass Lilly einen Lachanfall bekam.

»Das deute ich dann wohl mal als Nein. Ich habe gestern nicht gehört, dass er gegangen ist, daher dachte ich, ich frage mal.«

Ich grummelte etwas Unverständliches und griff dann nach der Erdbeermarmelade. Während ich sie auf mein Toast strich, spürte ich Lillys Blick auf mir.

»Hör mal, Mila. Ich möchte mich bei dir für gestern Abend entschuldigen.«

Einen Moment lang musste ich nachdenken, was sie meinte. Meine Gedanken hatten sich so sehr um Oscar gedreht, dass ich ganz vergessen hatte, wie wütend sie gewesen war.

»Ich glaube, ich muss dir was sagen«, begann sie vorsichtig. »Der Grund, warum es mich so aufgewühlt hat, dass du mir nichts von deinem Kuss mit einer Frau erzählt hast, ist, dass ich selbst vor einiger Zeit gemerkt habe, dass ich doch nicht nur auf Männer stehe.«

Überrascht sah ich sie an. Ich hatte mit allem gerechnet, nur damit irgendwie nicht.

»Für mich ist das ganze Thema noch sehr neu und verwirrend.« Lilly atmete einmal tief durch. »Deswegen hab ich mir im ersten Moment gedacht, dass alles so viel leichter gewesen wäre, wenn ich gewusst hätte, dass du auch queer bist. Aber natürlich ist es absolut deine Sache, ob du dich outen möchtest, oder nicht. Es tut mir wirklich leid.«

Ich seufzte. Jetzt ergab Lillys Verhalten von gestern Sinn. »Entschuldigung angenommen.« Ich drückte sie kurz und spürte, wie sie sich ein wenig entspannte. »Wenn du möchtest, können wir natürlich jederzeit darüber reden. Ich wollte nur einfach keine große Sache aus meiner Sexualität machen. Es nervt mich irgendwie, was für ein Riesending aus Outings gemacht wird. Was das allein schon für ein Begriff ist. So, als wäre alles, was nicht hetero ist, nicht normal und müsste immer extra betont und verkündet werden.«

Lilly schien nachvollziehen zu können, was ich meinte. »Hast du bis jetzt noch mit niemandem darüber gesprochen?«

»Doch«, sagte ich. »Ich habe meinen Eltern davon erzählt, und sie haben es irgendwie recht neutral aufgenommen. Sie haben zwar nichts Negatives gesagt, aber ich hab bis heute das Gefühl, dass sie der Meinung sind, es sei nur eine Phase.« Ich rollte mit den Augen. »Sie ignorieren das Thema seitdem nämlich einfach, und ich glaube, sie bauen darauf, dass ich am Ende ohnehin einen Mann heirate und wir nie wieder darüber sprechen müssen.«

In meinem Inneren begann es zu brodeln, weil auch in diesem Moment eine Erinnerung an meinen Ex-Freund aufploppte.»Niklas hat sich irgendwie angegriffen gefühlt, als ich ihm davon erzählt habe. Er hat mich zwar angelächelt, aber es war so ein richtig künstliches Lächeln. Er hat gesagt, dass er ab jetzt dann wohl auf alle Leute eifersüchtig sein muss und nicht mehr nur auf andere Männer.«

Niklas' Gesichtsausdruck damals war gleichzeitig verbittert und enttäuscht gewesen. *»Irgendwie passt das zu dir, Mila. Du konntest dich ja noch nie für eine Sache entscheiden.«* Seine Reaktion hatte mich tief verletzt.

»Danach hatte ich jedenfalls keine Energie mehr, um noch mit weiteren Leuten über meine Sexualität zu sprechen. Auch wenn ich weiß, dass Jasper und du garantiert nicht so reagiert hättet.«

»Auf gar keinen Fall.« Lilly schüttelte energisch den Kopf. »Und es tut mir leid, dass du solche Erfahrungen gemacht hast. Hast du denn ein Label für dich?«, fragte sie dann neugierig. »Damit tue ich mich momentan etwas schwer.«

Ich überlegte kurz. »Meinen Eltern und Niklas habe ich gesagt, dass ich bisexuell bin. Ich dachte mir, dass das ein Wort ist, mit dem sie etwas anfangen können, auch wenn vielleicht pansexuell eher der richtige Begriff wäre. Mit dem fühle ich mich aber auch nicht so richtig wohl.«

»Ja, geht mir genauso.« Lilly grinste. »Eigentlich sagt es genau das aus, was ich fühle. Aber es klingt halt leider auch so, als wären Bratpfannen total mein Ding.«

Ich musste lachen, weil ich diese Assoziation auch schon gehabt hatte. »Ich glaube, man kann das Ganze umgehen, indem man sagt, dass einem das Geschlecht egal ist und man sich einfach in Menschen verliebt«, überlegte ich laut. »Und wenn du ein Wort gefunden hast, das aktuell passt, es sich aber irgendwann nicht mehr richtig anfühlt, dann kannst du es jederzeit wieder ändern. Das zu wissen nimmt mir bei dem Thema irgendwie immer ein bisschen den Stress.«

Dankbar lächelte Lilly mich an. Dann sah sie auf die Uhr. »O Mist. Ich muss los, um Nour bei Saids Eltern abzuholen. Aber ich bin froh, dass wir darüber gesprochen haben.« Wir umarmten uns noch mal, bevor Lilly sich eilig auf den Weg machte.

Sobald ich allein war, begannen meine Gedanken direkt wieder um Oscar zu kreisen. Ich überlegte, ob ich mich wohl bei ihm melden sollte. Nachdenklich griff ich nach meinem Smartphone und tippte zuerst eine lange Nachricht. Dann entschied ich mich dafür, mich doch lieber kurz zu halten.

Guten Morgen, Oscar. Halt dir heute den Abend nach dem *Future-Force*-Treffen frei. Ich hab Pläne geschmiedet!

Seine Antwort ließ nicht lange auf sich warten.

Ich bin sehr gespannt! Soll ich was mitbringen?

Stoppersocken und gute Laune.

Ich freute mich, als ich sah, dass Oscar die Anspielung auf Kindergeburtstagseinladungen verstand.

Dann hoffe ich, dass wir mindestens eine Runde Topfschlagen spielen. Darin bin ich richtig gut.

Das bedeutete also, dass ich den Rest des Vormittags damit verbringen würde, mir tatsächlich ein Programm für den Abend zu überlegen. Was waren wohl die Dinge, bei denen Oscar glaubte, er hätte sie als Teenager verpasst? Ich öffnete meine Notizen-App, um mir einige Ideen aufzuschreiben. Dann wählte ich die Nummer des Baumhauscafés.

Als ich mich am Nachmittag auf den Weg zum Treffen der *Future Force* machte, hatte ich einen Plan im Gepäck, mit dem ich sehr zufrieden war.

Da wir diese Woche alle zusammen auf den Flohmarkt gehen

wollten, trafen wir uns ausnahmsweise nicht am Baumwipfelpfad, sondern am Rand des Marktplatzes. Der Platz war einer meiner Lieblingsorte, ganz besonders im Winter, wenn eine dicke Schneedecke über den Dächern der Fachwerkhäuser lag, die ihn umringten. Dann sah es hier fast so aus wie in einem der kleinen Dörfer, die Leute sich als Weihnachtsdeko auf die Fensterbank stellten.

Doch auch heute, bei Sonnenschein, mochte ich es, an den kleinen Buchläden, Boutiquen und Cafés vorbeizugehen.

Auf dem Platz waren die üblichen hölzernen Marktstände mit ihren rot-weiß gestreiften Markisen aufgestellt worden. Normalerweise wäre Lilly auch hier gewesen, um ihre Holzprodukte zu verkaufen. Doch da Nour dieses Wochenende bei ihr war, setzte sie dieses Mal aus.

Als ich näher kam, sah ich, dass bereits einige aus der Gruppe da waren. Anna, die mich als Erste entdeckte, winkte mich zu sich. Als wir uns begrüßten, hatte ich den Eindruck, dass es ihr etwas besser ging als bei unserem letzten Treffen.

»Wie läuft es mit *New Girl*?«, fragte ich und warf einen schnellen Blick in Richtung der anderen. Oscar schien noch nicht hier zu sein.

Anna seufzte. »Nach Staffel fünf habe ich tatsächlich aufgehört. Ich liebe die Serie zwar sehr, aber ich dachte, es wäre mal langsam an der Zeit für einen Neustart.« Sie seufzte. »Ein bisschen Ablenkung könnte ich ehrlicherweise trotzdem noch gebrauchen. Meine Vorsätze sind zwar gut, aber der Drang, mich einfach einzuigeln, ist noch da.«

»Was hältst du davon, wenn wir gleich mal nach dem seltsamsten Flohmarktteil suchen, das wir finden können?«, schlug ich vor. »Hier gibt's definitiv ein paar Stände, die Potenzial dafür haben.«

Anna gefiel die Idee, und so schlenderten wir ein paar Minuten später gemeinsam durch die erste Budengasse. Der Rest der Gruppe folgte uns, doch wir hatten verabredet, alle in unserem eigenen Tempo herumzulaufen. Oscar hatte mir geschrieben, dass er ein wenig später kommen würde. Daher kam die Ablenkung nun auch mir ganz gelegen.

Konzentriert machte ich mich auf die Suche nach einem besonders seltsamen Gegenstand und wurde bereits am zweiten Stand fündig. Triumphierend hielt ich Anna eine Weihnachtskugel in Katzenform entgegen. Die Katze hatte unnatürlich große Augen und eine Weihnachtsmütze auf dem Kopf, deren rote Farbe sich mit dem Pink der Schleife biss, die sie um den Hals trug. Anna lachte und hielt eine Strähne ihrer roten Haare neben die Katze.

»So sehe ich auch immer aus, wenn ich etwas Pinkes trage.« Doch dann fiel ihr Blick auf den Stand nebenan, und sie ließ ein begeistertes »Oh!« hören. »Tut mir leid, Mila, aber damit gewinne ganz eindeutig ich.«

Sie griff nach einem Kissen und hielt es mir unter die Nase. *See You in Your Dreams* war in bunter Comic Sans Schrift darauf gedruckt, und daneben prangte ein Foto von Gollum.

»Ja, daran gibt's keinen Zweifel«, sagte ich trocken und grinste. »Herzlichen Glückwunsch, das ist unschlagbar.«

Nachdem wir eine Runde um den Platz gedreht hatten, versammelte sich die ganze Gruppe nach und nach vor einem Stand, der mexikanisches Essen verkaufte. Während ich mich in die Schlange stellte, fiel mir noch einmal auf, wie schön der Tag heute war. Die Sonne schien warm genug, dass ich mein Lieblingskleid mit Sonnenblumenprint tragen konnte, und ich verbrachte Zeit mit Menschen, die ich wirklich gern mochte.

Durch meine enge Freundschaft mit Lilly und Jasper hatte ich in der Uni nie so richtig nach Anschluss gesucht. Auch wenn es in den letzten Semestern immer ein paar Leute in meinen Kursen gegeben hatte, mit denen ich mich ganz gut verstand, war daraus nie mehr als eine klassische Uni-Bekanntschaft geworden. So wie früher mit den Leuten in der Schule, die zwar jede Woche in Französisch neben einem saßen, mit denen man aber in der Freizeit nichts unternahm. Mir war das recht gewesen, denn ich wollte immer schon lieber weniger Freundschaften haben, die dafür aber enger waren.

Doch in den letzten beiden Wochen hatte ich es mehr und mehr genossen, in einer größeren Gruppe unterwegs zu sein.

»Na, kannst du dich auch nicht entscheiden?« Überrascht drehte ich mich um. Ich hatte gar nicht bemerkt, dass Oscar inzwischen zu uns gestoßen war, und brauchte einen Moment für meine Antwort.

»Die Auswahl ist echt gut.« Warum nur war ich so nervös? Oscars Stimme hatte ihren üblichen, angenehm warmen Klang. Falls ihn unsere Verabschiedung von gestern Abend noch beschäftigte, ließ er es sich zumindest nicht anmerken.

Schnell wandte ich mich wieder dem Verkäufer zu. »Einen Burrito mit Reis, Bohnen und gegrilltem Gemüse, bitte«, sagte ich.

»Hey, Oscar«, ertönte Lars' Stimme von einem der Stehtische. »Möchtest du ein Bier haben?«

»Nein danke«, rief Oscar zurück. »Ich weiß ja nicht, was du

für heute Abend geplant hast«, sagte er dann leise zu mir. »Nicht dass es etwas ist, wofür ich sicherheitshalber nüchtern bleiben sollte. Achterbahn fahren oder so.«

Oder liegt es daran, dass du verhindern willst, dass so etwas wie gestern noch mal passiert? Bei dem Gedanken zog sich mein Magen schmerzhaft zusammen. Gedankenverloren nahm ich den Burrito entgegen, und während Oscar bestellte, sah ich mich nach Anna um. Sie stand zusammen mit Lars an einem der Stehtische und präsentierte ihm gerade das Gollum-Kissen.

»Hast du das wirklich gekauft?«, fragte ich sie mit einer Mischung aus Begeisterung und Entsetzen, und Anna kicherte.

»Ja, ich bin gerade extra noch mal zurückgelaufen. Irgendwie fand ich es dann doch witzig, und im Zweifelsfall hab ich damit das perfekte Geschenk fürs nächste Schrottwichteln.«

Nachdem alle aufgegessen und wir noch eine weitere Runde um den Platz gedreht hatten, löste sich die Gruppe langsam auf. Anna stopfte das Kissen in ihren Rucksack. »Ich werde meinen neuen Freund gleich hochoffiziell meiner WG vorstellen. Das wird ein großer Moment für Gollum und mich.«

»Versprichst du mir, dass du dich meldest, wenn du in den nächsten Tagen Gesellschaft willst?«, fragte ich sie, als wir uns zum Abschied umarmten. »Auch wenn du nur jemanden brauchst, der neben dir auf dem Sofa sitzt und die Klappe hält, ja?«

Anna lächelte mich dankbar an. »Das mache ich, versprochen.«

Dann machte auch sie sich auf den Weg, und ich war mit Oscar allein. Kurz überlegte ich, was ich am besten sagen sollte, und erinnerte mich dann an mein Motto für den heutigen Abend. *Freundschaft, Freundschaft, Freundschaft.* Ich würde heute einfach nur eine gute Freundin für ihn sein.

»Fühlen Sie sich bereit, Ihre verlorene Jugend nachzuholen, Herr Oscar?«, fragte ich daher und glaubte, so etwas wie Erleichterung in seinem Blick zu erkennen.

»Absolut! Ich kann es kaum erwarten.«

»Dann folgen Sie mir bitte unauffällig.« Ich schulterte den gelben Rucksack, den ich mir passend zur Farbe meines Kleids herausgesucht hatte, und zeigte in Richtung Norden. »Wir gehen jetzt zum Baumhauscafé.«

Die Überraschung stand Oscar im Gesicht geschrieben. »Damit ich dich richtig verstehe: Um mal etwas anderes zu erleben, gehen wir an den Ort, an dem ich immer bin?«

Ich genoss das Gefühl, für den Moment mehr zu wissen als er und bemühte mich um einen möglichst geheimnisvollen Tonfall.

»Nicht ganz.«

Als wir das Café betraten, erwartete uns Opa Erwin bereits. Ich hatte ihn am Vormittag angerufen, um ihn in meinen Plan einzuweihen. Meine Idee, einen Abend für Oscar zu organisieren, hatte ihn so gefreut, dass er direkt Feuer und Flamme gewesen war.

»Ich bin ganz schön gespannt, was Mila vorhat.« Oscar runzelte die Stirn. »Ehrlich gesagt mache ich mir auch ein wenig Sorgen, ob ich darauf vorbereitet bin?«

Er schien auf einen Hinweis zu hoffen, doch Opa Erwin drehte lediglich mit den Fingern einen unsichtbaren Schlüssel vor seinem Mund um. »Ich bin zu absolutem Stillschweigen verpflichtet. Aber ihr werdet einen schönen Abend haben, da bin ich sicher.«

»Ist es wirklich okay, wenn ich dich heute schon wieder

allein lasse?« Oscar klang besorgt, doch Opa Erwin klopfte ihm beruhigend auf die Schulter.

»Oscar, mein Junge, ich bin sechsundsiebzig Jahre alt. Ich bin also schon eine ganze Weile lang erwachsen und kann ganz gut allein auf mich aufpassen.«

Mit einem Blick, der keine Widerrede zuließ, griff er in die Tasche seiner braunen Anzugjacke und reichte mir dann seinen Autoschlüssel. Da ich selbst kein Auto besaß, hatte er angeboten, mir seins zu leihen.

Oscar wirkte noch immer nicht überzeugt. »Bitte ruf mich jederzeit an, falls doch etwas sein sollte«, sagte er eindringlich, und erst als Opa Erwin ein zustimmendes Brummen hören ließ, folgte Oscar mir nach draußen.

Auf dem Parkplatz drückte ich auf den Autoschlüssel, und die Lichter eines dunkelblauen Golfs blinkten auf. Ich warf meinen Rucksack auf die Rückbank und setzte mich ans Steuer. Als Oscar neben mir Platz nahm, beschloss ich, dass nun der Moment gekommen war, ihn in den ersten Teil meines Plans einzuweihen.

»Werter Herr Oscar«, begann ich feierlich und sah ihm in die Augen. »Heute Abend springen wir in der Zeit zurück, und Sie sind hiermit offiziell achtzehn Jahre alt. Herzlichen Glückwunsch zur Volljährigkeit!«

»Sollte ich dann nicht lieber fürs Abi lernen?«, unterbrach Oscar in gespielt beflissenem Ton, und ich sah ihn strafend an.

»Nein, du bist genauso unvernünftig, wie ich das mit achtzehn war. Kennst du diese typischen, mit Musik untermalten Schnittmontagen in Teeniefilmen? Wir werden heute Abend so tun, als wären wir die Hauptpersonen in einem solchen Film und werden uns genauso verhalten wie sie.«

Offensichtlich wusste Oscar, worauf ich hinauswollte, denn er lachte. »Okay, Regisseurin Mila. Was machen wir? Paintball spielen, wie in *10 Dinge, die ich an dir hasse*? Auf den Jahrmarkt gehen und Autoscooter fahren, wie in *To all the Boys I've Loved Before*? Oder stellen wir die Szene aus dem Bus in *Pitch Perfect* nach? Dafür bräuchten wir dann aber noch mindestens zehn weitere Leute, die mit uns *Party in the USA* singen.«

»Ich sehe, du hast ein umfangreiches Filmwissen«, lobte ich ihn. »Tut mir leid, dich enttäuschen zu müssen. Aber die Gegend hier hat leider weder eine Paintballanlage noch einen Jahrmarkt zu bieten, und in Opa Erwins Auto kriegen wir auch keine zehn weiteren Leute gequetscht. Daher wirst du dich mit meiner Version begnügen müssen.«

»Wohin fahren wir denn?«, fragte Oscar, als ich rückwärts ausparkte, und klang dabei fast wie ein aufgeregtes Kind, dem ein Besuch im Freizeitpark bevorstand.

»Das wirst du erfahren, wenn wir da sind.« Langsam begann mir das Ganze Spaß zu machen.

»Aber du kannst schon mal das Radio anmachen, damit wir lauthals bei dem Song mitsingen können, der gerade läuft. Im Film würde der dann zum Soundtrack der Szene werden.«

»Dann schauen wir doch mal, was den Zusammenschnitt unseres Abends untermalt.« Oscar hob seine Hand, um mit großer Geste das Radio anzuschalten. Doch was wir dann zu hören bekamen, war leider kein catchy Song aus den Achtzigern. Nein, auf Antenne Elderstedt lief genau in diesem Moment der Wetterbericht.

Ich lachte überrascht auf, als Oscar ohne zu zögern zu improvisieren begann. »Morgen bis zu fünfzehn Grad und stellenweise

Regen.« Er rappte extra schlecht. »Mich nervt das sehr, doch für die Natur ist es ein Segen.«

Ich untermalte das Ganze mit einer Beatbox-Performance, die sich wie ein Unfall anhörte.

Die furchtbaren Reime gingen noch mehrere Strophen lang so weiter, bis Oscar nach »Vielleicht lässt sich morgen kurz die Sonne seh'n, und in Alpennähe gibt's am Dienstag sogar Föhn« dann endgültig der Text ausging. Das war gut, denn ich hatte vor lauter Lachen mittlerweile Seitenstechen. Zum Glück waren wir bis dahin ohnehin nur im Schneckentempo den Waldweg entlanggefahren und bogen erst jetzt auf die Hauptstraße ab.

»Vielleicht ist es ganz gut, dass gerade kein catchy Song läuft. Ich bekomme so schnell Ohrwürmer, dass ich sonst wahrscheinlich für den Rest des Abends vor mich hin gesungen hätte.«

Oscar nickte, als käme ihm das bekannt vor.

»Und abends, wenn man schlafen will, spielt der Kopf den Song in Dauerschleife. Bei mir ist es dann meistens nicht mal das ganze Lied, sondern nur ein bis zwei Takte, sodass es richtig schön nervig wird und ich nicht einschlafen kann.«

»Genau so ist es bei mir auch!« Ein aufgeregt freudiges Gefühl durchströmte mich. Wenn ich Leuten sonst von meinen Ohrwürmern erzählte, kam als Reaktion allerhöchstens ein Schulterzucken und ein »Ja, das hab ich auch manchmal, aber das geht dann auch schnell wieder weg«. Niemandem schienen sie den letzten Nerv zu rauben, und auch wenn es nur eine Kleinigkeit war, freute ich mich, dass Oscar mich verstand.

Ich bog auf den Parkplatz eines Supermarkts ein. »Kaufen wir Proviant?«, startete Oscar einen erneuten Versuch, mir meinen Plan zu entlocken.

»Nicht ganz. Wir beginnen mit Programmpunkt Nummer eins.« Wir stiegen aus, und ich schloss das Auto ab. »Im Teenie-Film würden wir jetzt erst mal zusammen in die Arcade gehen und eines dieser Tanzspiele machen«, erklärte ich Oscar. »Natürlich würden wir schon nach ein paar Sekunden absolut synchron sein und den Spaß unseres Lebens haben. Eine Arcade konnte ich auf die Schnelle zwar nicht auftreiben, dafür aber etwas sehr viel Aufregenderes.«

Wir betraten den Eingangsbereich des Marktes, und ich deutete auf den alten Greifautomaten, der dort gefühlt schon immer stand, aber von kaum jemandem beachtet wurde.

»Tadaa!«, rief ich, als würde ich Oscar damit gerade die Sensation des Jahrhunderts präsentieren. »Hier ist die erste Attraktion des Abends.«

Der Automat bot einen traurigen Anblick. Seine Scheiben waren zerkratzt und gelblich angelaufen, und ein Blick hindurch verriet mir, dass der Inhalt vermutlich bereits seit den Neunzigern darin lag.

»Wie gut für uns, dass das jetzt wieder cool ist«, sagte Oscar trocken, bevor der begeisterte Ausdruck von vorhin zurück in sein Gesicht trat. »Vielleicht finden wir da ja richtige Schätze, die wir teuer im Internet verkaufen können. Oder bei *Bares für Rares*.« Er beugte sich nach vorn, um den Automaten genauer unter die Lupe zu nehmen.

»Nun, wir haben hier eine exquisite Auswahl«, sagte er mit Kennermiene und begann dann, die Gegenstände an den Fingern aufzuzählen. »Ein paar ausgeblichene Vögel, die wie eine No-Name-Variante von Furby wirken, mehrere Jo-Jos, die so aussehen, als hätten sie in grauer Vorzeit mal leuchten können, ein Pferde- und ein Autoquartett, einen Troll mit neongrünen Haaren und eine Packung Aufklebetattoos.«

»Wow«, sagte ich gespielt beeindruckt. »Was sollen wir da bloß nehmen?« Ich zog meinen Geldbeutel aus der Tasche meines Kleids und drückte Oscar einen Euro in die Hand. Ich hoffte, dass der Automat ihn akzeptieren würde, auch wenn sich niemand die Mühe gemacht hatte, die Aufschrift »1 DM« neben dem Münzfach zu aktualisieren.

»Die Auswahl ist so groß, dass man sich wirklich kaum entscheiden kann.« Oscar ließ es so klingen, als stünden wir gerade in einem Antiquitätengeschäft und beäugten mit geschultem Blick die teure Auslage.

Ich hielt mir ein unsichtbares Monokel vors Auge. »Ich als Fachfrau glaube, dass die Tattoos die sinnvollste Investition wären. Die sehen sehr hochwertig aus.«

Oscar lachte und warf den Euro in den Automaten. »Dann versuchen wir mal unser Glück.« Er drückte den Joystick nach links, um den Greifarm in die richtige Richtung zu bewegen. Dann ließ er ihn nach unten fahren, und als er ihn wieder hochzog, blieb für einen Moment zwar nicht die Tattoopackung, dafür aber einer der Fake-Furbys an ihm hängen. Doch er fiel schnell wieder nach unten und gesellte sich zurück zu seiner Plastikvogelfamilie.

Nach drei weiteren Versuchen schaffte Oscar es dann aber tatsächlich. Als er die Klappe des Automaten öffnete und die Klebetattoos hervorzog, riss ich laut jubelnd die Arme nach oben, und wir feierten unseren Gewinn, als hätten wir gerade den Lotto-Jackpot geknackt. Ein älteres Ehepaar, das mit voll beladenem Einkaufswagen an uns vorbeiging, schüttelte missbilligend den Kopf, doch das war mir egal.

»Meine Expertise sagt mir, dass diese ausgesprochen edlen Tattoos die vier Euro eindeutig wert sind«, sagte ich mit wichtigtuerischer Miene, und Oscar stimmte mir zu.

»Eine wahrhaft lukrative Investition. Ich würde sogar so weit gehen zu sagen, dass wir diesen großartigen Gewinn am besten direkt ausprobieren sollten.«

Zurück am Auto holte ich meine Wasserflasche aus dem Rucksack und betrachtete die Tattoos eingehend.

»Möchtest du lieber den Schmetterling oder den Delfin?« Oscar schloss kurz die Augen.

»Lass mich kurz in mich gehen … Hm, ich glaube, ich sehe mich mehr als Schmetterlingsperson.« Oscar schob den Ärmel seines Hoodies nach oben, damit ich das Tattoo auf seinen Unterarm drücken konnte. Ich öffnete die Flasche, goss Wasser darüber und nach einer kurzen Wartezeit zog Oscar das Papier vorsichtig ab.

»Das sieht wirklich sehr stilvoll aus.« Er nickte anerkennend, als er das glitzernde, kunterbunte Ergebnis betrachtete. »Ich glaube, das lasse ich mir auch richtig tätowieren. Aber nur, wenn du mitmachst.«

»Dann suche ich mir besser mal eine unauffällige Stelle für den Delfin aus.« Abwägend sah ich an mir herunter. »Meinen Knöchel vielleicht?«

Nachdem ich das Tattoo auf die entsprechende Stelle geklebt hatte, verschränkte Oscar zufrieden die Arme vor dem Oberkörper. »Was soll ich sagen?«, fragte er mit betont tiefer Stimme. »Wir sind ganz eindeutig die coolste Gang der Stadt.«

Ich bekam das alberne Grinsen gar nicht mehr aus meinem Gesicht, als wir für meinen nächsten Programmpunkt in die Innenstadt fuhren. Diesmal lief im Radio tatsächlich Musik, und Oscar summte leise mit.

»Schritt Nummer zwei«, erklärte ich ihm wenig später, während ich Opa Erwins Auto in eine Parklücke vor *Second Chance* manövrierte. »Nachdem die Teenies in der Arcade getanzt haben, gehen sie shoppen und suchen sich gegenseitig Outfits aus.«

»Ist das etwa ein Trick, damit du mich auch mal in etwas anderem siehst als in diesem Hoodie?« Mit gespielter Entrüstung schlug Oscar sich die Hand vor den Mund. Mein Plan schien voll aufzugehen: Oscar hatte Spaß. Seine gute Laune war ansteckend, und eine solch kindliche Freude auf seinem Gesicht zu sehen, ließ mein Herz hüpfen.

»Ehrlich gesagt bin ich der festen Überzeugung, dass dir ein bunt gemustertes Hemd ganz hervorragend stehen würde«, meinte ich, als wir auf den Eingang zugingen, und legte nachdenklich den Kopf schief. Dann hielt ich ihm grinsend die Ladentür auf. »Ich bin mir sicher, dass ich da etwas Schickes für dich finde.«

Als wir *Second Chance* betraten, grüßte ich die Besitzerin. Ich war so regelmäßig hier, dass sie mich mittlerweile wiedererkannte.

»Tob dich aus«, rief ich Oscar noch zu und lief dann zielsicher auf den Drehständer mit den Hemden zu. Die Auswahl war groß, und zwischen den klassischen Farben und Schnitten fand ich auch das ein oder andere Exemplar mit Flammen oder großen gelben Smileys darauf. Meine Wahl fiel jedoch ganz eindeutig auf ein orangefarbenes Hemd mit einem Motiv aus Sonnenuntergängen, Palmen und verschiedenen Cocktailgläsern, das an Scheußlichkeit wirklich kaum zu übertreffen war. Dazu kombinierte ich eine Badehose, die vom Filmplakat von *Der weiße Hai* inspiriert zu sein schien, denn ein großer Haikopf mit aufgerissenem Maul und spitzen Zähnen prangte darauf. Aus einer Kiste am Boden griff ich mir noch ein Paar Flip-Flops und einen großen Strohhut.

Als ich Oscar wenig später meine Ausbeute präsentierte, lachte er. »Das sind ganz klar die Beach-Boy-Vibes, die mir bis jetzt gefehlt haben. Ich werde fantastisch aussehen! Leider muss ich gestehen, dass ich mich bei deinem Outfit nicht für ein Thema entscheiden konnte.«

Mit erwartungsvollem Blick hielt er mir ein Abendkleid aus lila Samt hin. Es hatte einen weißen Rüschenkragen und wirkte zwar ein wenig altbacken, doch ansonsten war es eigentlich ganz hübsch. Jedoch nicht unbedingt in Kombination mit den gelben Gummistiefeln und dem beigefarbenen Anglerhut mit der Aufschrift *»Ausflug der Elderstedter Kegelkönige zur Ostseeinsel Rügen 2006«*.

»Ich hab gehört, dieser Stilbruch sei in Mailand gerade der letzte Schrei.« Oscar setzte eine ernste Miene auf, und ich nickte ihm wissend zu, als ich die Sachen entgegennahm.

»So munkelt man.« Ich zeigte auf die Umkleidekabinen. »Folgen Sie mir, Herr Oscar. Es wird Zeit, diesen Kunstwerken Leben einzuhauchen.«

Als wir wenig später aus unseren Kabinen kamen, sahen wir aus, als wären wir gerade auf dem Weg zu einer Bad-Taste-Party.

»Ich würde sagen, wir sind bereit für den Laufsteg«, Oscar rückte seinen Strohhut zurecht, und ich nickte.

»Unsere Teenie-Film-Ichs würden sich damit jetzt in einen Fotoautomaten setzen. Leider steht hier nicht einfach zufälligerweise einer herum. Deswegen würde ich sagen, wir improvisieren.«

Ich zog mein Smartphone heraus, öffnete Instagram und suchte nach einem passenden Filter. Der Filmstreifen, den ich fand, hatte drei leere Felder, die man mit Fotos füllen konnte. Für zwei davon machten wir Outfit-Bilder voneinander. Oscar hatte noch weiße Tennissocken gefunden, die er mit seinen Flip-Flops kombinieren konnte, und in bester Mallorca-Urlaubermanier zeigte er mit beiden Händen Peace-Zeichen. Ich entschied mich für die Marilyn-Monroe-Pose und tat dabei gleichzeitig so, als würde mir der Wind den Anglerhut vom Kopf wehen. Die Ladenbesitzerin beobachtete uns amüsiert. Wir hatten ihr bereits versichert, dass wir die Tennissocken kaufen würden und nicht planten, sie einfach getragen wieder zurückzulegen, doch sie hatte gemeint, wir sollten uns darum keine Gedanken machen.

Oscar deutete auf das dritte, noch leere Feld. »Was wollen wir damit machen?«

»Vielleicht ein Foto von uns beiden zusammen?«, schlug ich vor. »Unsere Kopfbedeckungen sind so schön, ich finde, das schreit nach einer Neuauflage des zweiköpfigen Baumhausmonsters.«

»Wenn das so ist, dann vertraue ich natürlich auf deine Expertise als Fotografin.«

Oscar trat hinter mich, und in dem Moment, als er sein Kinn

auf meinen Kopf stützte, war die Stimmung zwischen uns plötzlich nicht mehr ganz so freundschaftlich-locker wie zuvor. Unbewusst hielt ich die Luft an und merkte, wie mein Körper sich anspannte. Oscar berührte mich kaum, und die Versuchung, nach seinen Armen zu greifen und sie um mich zu legen, war unerwartet groß. Doch dann lächelte ich doch nur für das Foto und speicherte den fertigen digitalen Filmstreifen auf meinem Smartphone ab.

»Kannst du mir das Bild schicken?«, fragte Oscar, und ich nickte.

»Mache ich gleich. Aber davor ist erst mal Runde zwei dran. Jetzt wird es knifflig, wir suchen nämlich ein Kleidungsstück, bei dem wir glauben, dass es der anderen Person wirklich gefällt.«

»Alles klar«, hörte ich Oscar noch sagen, als ich bereits wieder in meiner Umkleidekabine verschwand, um das Samtkleid gegen mein Sonnenblumenkleid zu tauschen. Kurz sah ich in den Spiegel, betrachtete meine leicht geröteten Wangen und atmete einmal tief durch. *Freundschaft, Freundschaft, Freundschaft.*

Ich ging zurück nach draußen und wandte mich erneut den Hemden zu. Vorhin war mir ein dunkelgrünes Cordhemd aufgefallen, das ich mir an Oscar gut vorstellen konnte. Es war einfarbig, durch den Cordstoff aber trotzdem ein kleiner Hingucker. Damit war es gut für den Alltag geeignet, und Oscar könnte es mit seinen schwarzen Shirts kombinieren.

Als ich mich nach ihm umsah, entdeckte ich Oscar neben einem Kleiderständer am anderen Ende des Raums. Auch er schien fündig geworden zu sein, daher ging ich hinüber und hielt ihm das Hemd hin. »Ich dachte, das könnte dir vielleicht gefallen. Das würde für die Uni passen, aber auch für *Future-Force*-Treffen oder für die Arbeit im Café.« Ich spürte eine leichte Nervosität in mir, als Oscar das Hemd prüfend betrachtete.

»In meinem Schrank hängt bis jetzt nur ein klassisches weißes Hemd«, sagte er nach ein paar Sekunden. »Du weißt schon, für feierliche Anlässe und so.« Er fuhr sich durchs Haar und sah mich dabei ein wenig schuldbewusst an. »Ehrlich gesagt dachte ich, du kommst jetzt mit etwas an, für das ich komplett aus meiner Komfortzone rausmuss. Aber das Hemd gefällt mir, und das sage ich jetzt nicht nur aus Höflichkeit.«

Ich lächelte und bemühte mich, mir meine Freude und Erleichterung nicht allzu sehr anmerken zu lassen. Für einen kurzen Moment hatte ich befürchtet, danebengegriffen zu haben.

Mein Blick fiel auf das jeansfarbene Kleidungsstück in Oscars Hand. Es war ein Latzkleid, an dem ein kleiner Regenbogen-Pin befestigt war. Oscar hielt es mir hin.

»Ich dachte mir, dass das ein bisschen zu dem Outfit passt, in dem ich dich zum ersten Mal gesehen habe. Nur dass der Regenbogen hier etwas dezenter ist.« Kurz war ich überrascht, dass er sich an meine Latzhose erinnerte. Doch dann rief ich mir vor Augen, wie auffällig und leuchtend sie war. Kaum zu übersehen.

»Danke. Das ist super für Tage, an denen ich mal nicht mit meinem ganzen Outfit zeigen möchte, dass ich mich morgens nicht für eine Farbe entscheiden konnte.«

Wir gingen beide wieder in unsere Umkleidekabinen, und nachdem ich das Latzkleid angezogen hatte, betrachtete ich mich zufrieden im Spiegel. Es saß zwar nicht ganz perfekt, doch das war kein Problem. Ich würde es einfach ein wenig umnähen.

»Langsam bekomme ich das Gefühl, dass dieser Abend nicht nur eine Zeitreise zu meinem achtzehnjährigen Ich ist«, ertönte Oscars Stimme aus der Nebenkabine. »Zuerst hatten wir den Greifautomaten aus den Neunzigern, und mit dem Cordhemd bin ich jetzt ja wohl eindeutig in den Siebzigern gelandet. Aber ich mag mich darin.« Der letzte Satz klang ehrlich überrascht. »Tatsächlich glaube ich, dass ich gerade zum ersten Mal in meinem Leben Spaß daran habe, Klamotten zu kaufen.«

Wir gingen zur Kasse, um zu bezahlen, und nahmen auch die Tennissocken mit. Oscar hatte beschlossen, sie Opa Erwin als Souvenir mitzubringen.

Als wir mit unserer Ausbeute nach draußen traten, steuerte Oscar wie selbstverständlich auf das Auto zu, doch ich winkte ihn zurück und deutete auf den Imbiss auf der gegenüberliegenden Straßenseite.

»Ist das der nächste Punkt auf unserer To-do-Liste?« Oscar hob die Augenbrauen. »Das mag dich jetzt überraschen, aber ich bin tatsächlich so ein verwegener Typ, dass ich schon einmal Pommes gegessen habe. Oder gibt es da ein Teenie-Mysterium, von dem ich nichts weiß?«

»Sei nicht so frech.« Ich boxte gegen seinen Oberarm und streckte ihm die Zunge heraus. »Aber nein, das ist tatsächlich ein ungeplanter Zwischenstopp. Ich hab einfach nur Hunger, und es ist schon fast dunkel. Eindeutig Zeit fürs Abendessen.«

»Heißt das, du isst im Winter immer schon um siebzehn Uhr?«, neckte Oscar mich.

»Manchmal bin ich auch geduldig und warte bis siebzehn Uhr

dreißig.« Ich sagte das so würdevoll ich konnte und sah dann auf mein Smartphone. »Schon fast zwanzig Uhr! Da sollten wir uns besser mal beeilen, bevor der Laden schließt.«

Wenige Minuten später saßen wir an einem der kleinen Tische vor dem Imbiss und hatten je eine dampfende Pappschale voller Pommes vor uns stehen. Weil ich mich wie immer nicht für eine Soße hatte entscheiden können, waren auf meiner Portion je ein großer Klecks Tomatenketchup, Curry-Ketchup, Senf und Mayo gelandet. Mit einer Mischung aus Faszination und Ekel beobachtete Oscar mich dabei, wie ich jede einzelne Pommes erst in alle vier Soßen dippte, bevor ich sie mir in den Mund schob. Er selbst hatte keine Soße genommen.

»Warum isst du die denn einfach so?«, fragte ich ihn mit vollem Mund. »Das ist doch super trocken.«

»Überhaupt nicht!« Oscar nahm sich zwei weitere Pommes. »Und selbst wenn, ich liebe den Geschmack von Pommesgewürz einfach viel zu sehr. Jede Soße würde das übertünchen.«

Während wir aßen, merkte ich, wie meine Nervosität langsam aber sicher wieder die Oberhand gewann. Jetzt, wo er immer näher rückte, fragte ich mich, ob der nächste Programmpunkt wirklich eine gute Idee gewesen war. Doch die Sache stand ganz oben auf der Teenie-Bucketlist. Das große Finale.

»Bringt es was, wenn ich dich noch mal frage, was wir als Nächstes machen?« Oscar leckte sich einen Rest Pommesgewürz von den Fingern und machte eine Unschuldsmiene. »Ich meine, jetzt wo du satt und zufrieden bist, hab ich vielleicht bessere Chancen auf eine Antwort.«

»Das ist also der Grund, warum du zugestimmt hast, essen zu gehen? Du willst mich besänftigen, um wertvolle Informationen zu bekommen? Diese Freundschaft ist eine einzige Lüge!«

Dramatisch legte ich den Handrücken auf meine Stirn.

»Ich bin untröstlich, dass du es so erfahren musstest.« Oscar seufzte bedauernd, bevor sich auf seinem Gesicht erneut ein Grinsen ausbreitete, das ich automatisch erwiderte. Das Herumalbern mit ihm tat gut, und kurzzeitig lenkte es mich sogar von meiner Aufregung ab. Doch als wir wieder ins Auto stiegen, kehrte sie mit voller Wucht zurück.

KAPITEL 10

Unser nächstes Ziel war der Campus.

»Ist das der Punkt, an dem dieser Abend pädagogisch wertvoll wird?« Oscar klang skeptisch, als ich auf den Parkplatz vor der Mensa zusteuerte. »Ich hab leider meine Bücher zu Hause vergessen. Also falls du geplant hast, eine Lerngruppe mit mir zu starten, müssen wir die vorher noch holen gehen.«

»Du wirst heute Abend allerhöchstens fürs Leben lernen, lieber Oscar«, antwortete ich altklug und schnappte mir meinen Rucksack. Jetzt gab es keinen Weg zurück.

»Was schleppst du da eigentlich schon den ganzen Tag lang mit dir herum?« Er schien vor Neugierde fast zu platzen, und trotz des unruhigen Gefühls in meinem Magen genoss ich es, ihn noch ein wenig auf die Folter zu spannen.

»Folgen Sie mir unauffällig.«

»Berühmte letzte Worte«, murmelte Oscar, lief dann aber dennoch zusammen mit mir vorbei am Mensagebäude, in Richtung des Sees. Der Campus war zwar beleuchtet, doch je näher wir dem kleinen Strandabschnitt kamen, desto dunkler wurde es. Zum Glück war der Mond heute nur eine schmale Sichel, sonst hätte ich mich das, was ich jetzt vorhatte, ganz sicher nicht getraut.

»Nach dem Pommes-Essen, das nicht zur Liste gehört hat, ist jetzt offiziell Schritt Nummer drei dran«, erklärte ich. »Der ultimative Teenie-Moment wäre es natürlich gewesen, nachts in ein Freibad einzubrechen.« Ich legte meinen Rucksack auf dem Steg ab. »Aber leider öffnen die erst Anfang Juni, und ich war mir nicht sicher, ob jetzt schon Wasser in den Becken ist. Deswegen hab ich mich stattdessen für die Naturversion entschieden.«

Ein Teil von mir wollte immer noch am liebsten einfach wegrennen, doch jetzt waren wir schon hier, also würde ich es durchziehen.

Ich atmete tief durch. »Wir werden nackt im See baden.«

»Nackt im See?« Es war zu dunkel, um Oscars Gesichtsausdruck erkennen zu können, doch seine Stimme klang ziemlich entsetzt. »Der hat doch maximal fünfzehn Grad!«

»Bestimmt siebzehn«, korrigierte ich ihn. »Quasi fast schon ein warmer Whirlpool.« Ich war mir nicht sicher, ob Oscar den Schock wirklich so schnell verdaut hatte, oder ob er ihn nur überspielte, doch sein nächster Satz klang bereits wieder so, als hätte er gerade ein breites Grinsen im Gesicht.

»Gib's zu, du willst mich doch nur nackt sehen.« Das war unerwartet direkt, und obwohl ich an seinem Tonfall genau erkennen konnte, dass er es scherzhaft meinte, spürte ich, dass ich errötete.

»Schließ nicht von dir auf mich.« Meine Antwort kam ein klein wenig zu spät, um noch als schlagfertig durchzugehen. »Wer zuerst drin ist!«, rief ich schnell, um davon abzulenken, und bevor ich es mir anders überlegen konnte, warf ich meine Jacke auf den Steg. Obwohl ich bereits jetzt fröstelte, zog ich mir anschließend mein Kleid über den Kopf, und zusammen mit meinen Schuhen und Socken flog es hinterher. Kurz überlegte ich, zumindest meine Unterwäsche anzubehalten, doch ich hatte keine Wechselklamotten dabei. Außerdem war es so dunkel, dass Oscar mich allerhöchstens schemenhaft erkennen würde. Also entledigte ich mich auch meiner restlichen Klamotten.

Als ich kurz darauf meine Zehen in den See tauchte, konnte ich einen Aufschrei nur mit Mühe unterdrücken. Es war wirklich kalt. Oscar, der meinem Beispiel gefolgt war, fluchte deutlich weniger dezent und ließ seinen Gefühlen freien Lauf.

»Augen zu und durch!« Ob ich das ihm oder mir selbst zurief, wusste ich auch nicht so genau. Und dann rannte ich so schnell ich konnte in das kalte Wasser hinein. Im ersten Moment hielt ich vor lauter Schock die Luft an. Keine Ahnung, wann mir das letzte Mal so durchdringend kalt gewesen war. Nach einer Weile wurde es etwas erträglicher, und das Wasser schien all meine Sinne zu beleben.

Es dauerte einen Moment, bis wir tief genug im See waren, um tatsächlich schwimmen zu können, doch als ich die ersten Züge machte, hatten sich meine Augen langsam an die Dunkelheit gewöhnt. Ich konnte Oscars Kopf ein Stück rechts von mir erkennen. Er hatte das Fluchen mittlerweile eingestellt und keuchte nur noch leise.

»Bis jetzt fand ich den Abend ja wirklich toll.« Ich hörte, dass seine Zähne klapperten. »Aber sollten wir so etwas noch mal machen, dann definitiv im Hochsommer, oder ich bin raus.«

»Ja, das wäre besser gewesen. Aber so tust du wenigstens mal deinem Kreislauf etwas Gutes.«

»Hey!«, rief Oscar gespielt entrüstet. »Du tust ja so, als würde ich mich sonst nie bewegen.« Er klatschte mit der flachen Hand auf die Wasseroberfläche, und eine Ladung eiskaltes Seewasser spritzte in meine Richtung. Ich japste, als es mich seitlich am Kopf traf. Damit würde er nicht ungestraft davonkommen. Ich schwamm ein Stückchen näher an Oscar heran und landete mit meiner Revanche einen Volltreffer. Das Wasser platschte mitten in sein Gesicht.

»Warst du nicht derjenige, der neulich beim *Future-Force*-Treffen erzählt hat, dass er das Fitnessstudio immer nur von außen sieht?«

Oscar prustete. Er setzte zu einer Antwort an, hielt dann aber plötzlich inne und sah hinüber in Richtung des Unigebäudes.

»Siehst du den Lichtkegel da hinten auch?«, flüsterte er alarmiert. Schnell drehte ich meinen Kopf in die Richtung, in die er zeigte, doch ich konnte nichts erkennen. »Da drüben, zwischen den Bäumen!«, zischte Oscar nun eindringlicher, und ich fluchte.

»Ich war mir ganz sicher, dass niemand hier sein würde«, flüsterte ich zurück. »Aber vielleicht hat die Uni ja einen Wachdienst?«

Nackt im See zu baden war garantiert nicht erlaubt, und ich hatte keine Lust, dabei erwischt zu werden. Mit ganz viel Pech würden wir damit vielleicht sogar in der nächsten Ausgabe der Unizeitung landen.

»Los, wir müssen hier raus!« So schnell ich konnte schwamm ich ans Ufer und rannte aus dem Wasser. Ich sah mich nicht nach der Person mit der Taschenlampe um, das würde nur wertvolle Zeit kosten. Stattdessen griff ich nach meinem Rucksack und zog zwei große Handtücher daraus hervor. Eines warf ich der schemenhaften Gestalt zu, die Oscar sein musste, und das andere wickelte ich blitzschnell um meinen Körper. Dann stopfte ich hektisch all unsere Sachen in den Rucksack.

Gemeinsam rannten wir in Richtung Parkplatz, und ich riss im Laufen den Autoschlüssel aus dem vorderen Fach des Rucksacks. Zum Glück war ich geistesgegenwärtig genug gewesen, ihn nicht einfach irgendwo auf den Kleiderhaufen zu schmeißen. So konnte ich das Auto nun in Windeseile aufsperren und mich auf den Rücksitz werfen. Oscar folgte mir. Als er sich gemeinsam mit mir in den Fußraum duckte, begann sein Körper plötzlich zu beben. Es dauerte einen Moment, bis ich begriff, dass er lachte.

»Warum bist du denn hier hinten reingesprungen? Steigt vorne gleich noch eine Fluchtfahrerin ein, von der ich nichts weiß?« Mein Herz, das immer noch vor lauter Adrenalin klopfte, machte einen kleinen Aussetzer. Shit, damit hatte er natürlich absolut recht. Aber warum um alles in der Welt wirkte Oscar gerade so entspannt? Außer unserem stand kein weiteres Auto auf dem Parkplatz, es war nicht schwer zu erraten, wo wir uns versteckten.

»Mila, ich weiß, wir sind gedanklich gerade in einem amerikanischen Teenie-Film. Aber glaubst du wirklich, dass die Uni Elderstedt Wachpersonal mit Taschenlampe hat?« Auch wenn der Parkplatz nicht gut beleuchtet war, sah ich das breite Grinsen, das ich vorhin nur zu hören geglaubt hatte, auf seinem Gesicht. Es dauerte einen Moment, bis bei mir der Groschen fiel.

»Oh, du Arsch!«, rief ich laut aus. Trotz meiner schmerzenden Füße, denen der Sprint über die Steine gar nicht gefallen hatte, konnte ich nicht anders, als erleichtert zu lachen. »Da war überhaupt niemand!«

Ich boxte in Richtung des erstbesten Körperteils, das ich erreichen konnte, doch Oscar fing meine Faust mit Leichtigkeit vor seiner Brust ab und legte seine Hand um meine.

»Falls es dich tröstet, ich glaube, dass Autofahren ohne Klamotten verbotener gewesen wäre, als nachts unerlaubt auf das Unigelände zu gehen und in den See zu springen. Also ist mit mir hier auf dem Rücksitz zu kauern definitiv das kleinere Übel.«

Als er das sagte, fiel die Empörung darüber, gerade von ihm reingelegt worden zu sein, von mir ab, und mir wurde plötzlich überdeutlich bewusst, wie nah wir uns gerade waren. Ich war so darauf konzentriert gewesen, nicht erwischt zu werden, dass ich nicht bemerkt hatte, dass Oscars Gesicht und meines nur wenige Zentimeter voneinander entfernt waren. Trotz meiner nassen Haare wurde mir plötzlich heiß. Oscars Brustkorb unter unseren Händen hob und senkte sich in schnellerem Tempo, so als hätte auch er gerade realisiert, was hier passierte.

Dennoch ließen wir beide unsere Köpfe an Ort und Stelle.

Ein Moment verging, in dem wir uns einfach nur ansahen, und dann fühlte ich, wie Oscar begann, mit seinem Daumen sanfte Kreise auf meinen Handrücken zu zeichnen. Es war, als würde sich die Luft zwischen uns dadurch noch weiter aufladen, und ich bekam eine Gänsehaut am ganzen Körper, die nichts mit der Kälte des Sees zu tun hatte. Da war sie wieder, die warnende Stimme in meinem Kopf, die mir zurief, dass das, was ich hier gerade tat, überhaupt keine gute Idee war. Doch auch wenn ich wusste, dass mein Unterbewusstsein mich damit schützen wollte, hielt ich es einfach nicht mehr länger aus.

Heute waren wir wieder Teenies, und das bedeutete, dass ich unvernünftig sein durfte. Heute würde ich einmal auf mein Bauchgefühl hören, statt alles zu zerdenken. Ich würde einfach im Moment leben, ohne Rücksicht auf das, was morgen war.

»Ich würde dich jetzt gern küssen«, sagte ich mir rauer Stimme. »Möchtest du das auch?«

Oscars Augen weiteten sich, doch ansonsten rührte er sich nicht. Ich war mir nicht einmal sicher, ob er noch atmete. *»Es fällt mir gerade wahnsinnig schwer, dich loszulassen.«* Was, wenn er damit nur gemeint hatte, dass er gern noch länger umarmt werden wollte? Vielleicht hatte ich hier in etwas Freundschaftliches mehr hineininterpretiert, als tatsächlich da war?

Es kam mir wie eine Ewigkeit vor, bis Oscar sich endlich aus seiner Schockstarre löste, obwohl es in Wahrheit vermutlich nur Sekunden gewesen waren. Doch gerade als ich meinen Kopf zurückzog, hob er die Hand und ließ sie an meinem Nacken hinaufwandern. Er vergrub seine Finger in meinen Haaren, um mich dann wieder zurück zu sich zu ziehen und seine Lippen fest auf meine zu legen.

Es war kein sanfter erster Kuss, auch wenn ich trotzdem spürte, wie weich und warm Oscars Lippen waren. Es fühlte sich eher so an, als wäre plötzlich eine Mauer zwischen uns eingerissen worden. Der Kuss hatte fast etwas Verzweifeltes, so als hätte auch Oscar schon ewig darauf gewartet, dass das hier endlich passierte, und sich die ganze Zeit nur mühsam zurückgehalten. Zu spüren, dass er so stark auf mich reagierte, sorgte dafür, dass ich jegliche übrig gebliebene Zurückhaltung über Bord warf. Ich wollte das hier, und er ganz offensichtlich auch. Das konnten wir nun beide nicht mehr leugnen.

Als ich leicht die Lippen öffnete, stieß Oscar ein tiefes Geräusch aus, und unser Kuss intensivierte sich. Seine Hand krallte sich fester in meine Haare, ich legte meine Hand an seine Wange und als wir uns nach mehreren Minuten schwer atmend voneinander lösten, starrten wir einander beinahe fassungslos an.

Oscar lehnte seine Stirn gegen meine und ließ mich dabei nicht eine Sekunde aus den Augen. Während ich kaum einen klaren Gedanken fassen konnte, sah ich in seinem Gesicht wieder diesen aufmerksamen Blick, den er auch schon bei meinem Vorstellungsgespräch für die *Future Force* gehabt hatte und der mich heute mehr als je zuvor irritierte. Er schien mein Gesicht intensiv zu studieren, so als könnte er darin die Antwort auf eine Frage finden, die ihn brennend interessierte. Langsam zog er seinen Kopf zurück.

»Mila, ich glaube, ich muss dir etwas sagen.« Seine Stimme klang rau, als er nach meinen Händen griff und sie in seine nahm. Sanft hielt er sie zwischen uns, und während mein Körper gerade noch voller Glückshormone gewesen war, warf mich das nun in rasendem Tempo zurück in die Realität. Auf Sätze wie diese folgte selten etwas Gutes. In meinem Hals bildete sich ein Kloß, und ich schluckte schwer, doch bevor ich die Situation auch nur halbwegs verarbeiten konnte, sprach Oscar bereits weiter.

»Ich fühle mich zu dir hingezogen, schon seit dem ersten Mal, als ich dich gesehen habe, und je mehr Zeit wir miteinander verbringen, desto klarer wird mir, dass ich gern mehr als ein Freund für dich wäre.«

Gerade hatte ich Angst gehabt, er könnte mich nicht küssen wollen, und nun brach schon wieder Panik in mir aus, allerdings aus dem gegenteiligen Grund. Wie hatte ich nur so naiv sein können? Natürlich hatte dieser Kuss Konsequenzen! Was hatte ich mir gedacht? Nichts, natürlich! Ich war einfach nur meinem Instinkt gefolgt. Dabei hätte ich es besser wissen müssen. Innerlich verfluchte ich mich für meinen Egoismus. Da hatte ich wochenlang darauf geachtet, ihm bloß nicht zu nahe zu kommen, nur um mich selbst dann mit einer unbedachten Aktion in eine solche Situation zu bringen. Was war bloß los mit mir?

Natürlich hatte ich Oscar gern, und wenn ich ganz ehrlich zu mir selbst war, wusste ich, dass mein Körper mir von Anfang an signalisiert hatte, dass ich ihn wollte. An Liebe auf den ersten Blick glaubte ich zwar nicht, aber so etwas wie Anziehung auf den ersten Blick gab es auf jeden Fall.

Doch das war jetzt vollkommen egal, eine Beziehung mit Oscar kam nicht infrage. Ich konnte das nicht. Nicht jetzt, dafür war ich einfach noch nicht bereit. Wenn ich mir erlaubte, Gefühle für ihn zu entwickeln, dann würde das bedeuten, Oscar nicht nur körperlich, sondern auch seelisch an mich heranzulassen. Was, wenn er mir dabei so nahe kam, dass es ihm die Macht gab, mich genauso zu verletzen, wie Niklas es getan hatte?

Meine nächsten Worte waren sehr wichtig, also überlegte ich mir genau, was ich sagen wollte. An Oscars Blick sah ich bereits, dass es hinter seiner Stirn arbeitete, und es tat mir weh, das zu beobachten. Er musste wissen, dass meine Reaktion nichts mit ihm persönlich oder mit seinem Verhalten zu tun hatte. Doch würde ich es schaffen, ihm das zu vermitteln, ohne dabei erzählen zu müssen, was vor zwei Jahren passiert war? Denn egal wie sehr ich ihn mochte, ich kannte ihn erst seit Kurzem und war eindeutig nicht bereit dazu, mich ihm derart zu öffnen.

»Ich fühle mich ebenfalls zu dir hingezogen.« Das zu leugnen, war mittlerweile zwecklos. »Du hast dir diesen Funken zwischen uns also nicht eingebildet.« Es fiel mir schwer, die Worte auszusprechen, doch er hatte es verdient, dass ich ehrlich zu ihm war. »Das, was ich dir im *Treibholz* gesagt habe, war eine Notlüge. Also die Sache mit dem Bahnfenster. Ich habe dich sehr wohl angesehen, als du deinen Pulli ausgezogen hast, aber ich habe mich nicht getraut, es zuzugeben, weil ich vor genau so einer Situation wie jetzt Angst hatte.«

Ich atmete tief durch und schloss kurz die Augen, um mich zu sammeln. »Beziehungen sind ein schwieriges Thema für mich«, fuhr ich fort. »Ich führe ganz bewusst keine, und falls ich dir mit dem Kuss gerade etwas anderes signalisiert habe, dann tut es mir leid. Das war nicht fair von mir. Ich habe einfach nicht nachgedacht.« Oscar sah mich lange an, und ich hätte viel dafür gegeben, zu wissen, was er gerade dachte.

»Bereust du ihn?«, fragte er leise. »Den Kuss?«

Ich hörte die Besorgnis in seiner Stimme und schüttelte schnell den Kopf, woraufhin sich seine Gesichtszüge ein wenig entspannten.

»Gut.« Oscar lächelte leicht. »Ich nämlich auch nicht. Es war ein schöner Kuss.« Er klang dabei so ehrlich, dass ich mir erlaubte, vorsichtig zurückzulächeln.

»Ja, das fand ich auch.« Als er erneut sanft über meine Hand strich, ließ ich es zu. Irgendwie fühlte sich die Berührung in diesem Moment anders an als zuvor. Eher so, als würde ich wieder mit meinem guten Freund Oscar sprechen und nicht mit Oscar, den ich gerade geküsst hatte.

Oscar räusperte sich kurz und sprach dann weiter. »Es ist absolut okay, dass das gerade passiert ist. Manchmal entstehen solche Momente einfach, und man tut Dinge, ohne nachzudenken. Das verstehe ich. Und es ist ebenfalls okay, dass du nichts Festes willst.« Seine Stimme klang nun sehr viel klarer als zuvor. »Wenn wir nach heute Abend einfach nur befreundet sind, dann ist das eben so. Ich weiß, dass wir uns noch nicht lange kennen, aber du warst in den letzten Wochen eine solche Bereicherung für mein Leben, dass es mir wirklich wichtig ist, dich als Freundin nicht zu verlieren.«

Diese ehrlichen und lieben Worte zu hören, brachte mein Herz dazu, wieder schneller zu schlagen.

Bevor ich etwas erwidern konnte, fuhr Oscar fort. »Aber falls du das willst, könnte *mehr als Freundschaft* ja auch etwas anderes bedeuten als eine Beziehung.«

Ich verstand, was er damit andeuten wollte, und sah ihn überrascht an. Mein Körper schien seine Worte schneller verarbeitet zu haben als mein Kopf, denn alles in mir schrie nun danach, sofort Ja zu sagen, nur um ihn wieder berühren zu können. Mühsam hielt ich mich zurück und zwang mich, zuerst nachzudenken. Eigentlich hatte Oscar vorhin ja auch gar nichts von einer Beziehung gesagt, den Teil hatte ich ins Gespräch gebracht. Vielleicht hatte er ja von vornherein gemeint, dass er vor allem etwas Körperliches zwischen uns wollte? Oder machte ich es mir hier gerade zu einfach und versuchte nur, mein schlechtes Gewissen zu beruhigen? Was, wenn Oscar diesen

Vorschlag nur gemacht hatte, um noch irgendwie das Beste aus der Situation zu machen? Aber war das nicht vielleicht die perfekte Lösung für uns? Wenn ich mich auf irgendeine Art von *mehr als Freundschaft* mit ihm einließ, würde das bedeuten, dass ich der Anziehung nachgeben könnte, ohne mich dabei zu sehr auf ihn einzulassen. Doch ich war vorsichtig mit Dingen geworden, die zu schön klangen, um wahr zu sein. Hier gab es sehr viel Potenzial für Verletzungen. Auf beiden Seiten.

»Wie genau stellst du dir das vor?« Ich stellte diese Frage einerseits, um ein wenig Zeit zu schinden, und andererseits, weil mich seine Antwort darauf wirklich interessierte.

»So, dass wir beide uns wohl damit fühlen. Wir brauchen nicht unbedingt eine Bezeichnung dafür, wenn du das nicht möchtest, und wir müssen auch niemandem davon erzählen. Du könntest mir einfach sagen, was für dich okay ist und was du lieber nicht möchtest, und ich verspreche dir, dass ich es andersherum genauso machen werde.«

»Und das wäre wirklich okay für dich?« Ich brauchte Gewissheit. Anders würde ich keine Entscheidung treffen können. Als Oscar nickte, überlegte ich kurz und suchte tief in mir nach einer ehrlichen Antwort auf dieses Angebot.

»In Ordnung«, sagte ich schließlich leise. »Ich würde gern weiterhin Zeit mit dir verbringen. Und dich küssen, falls du das auch möchtest.« Das war beides nicht gelogen. Ich hatte den Abend sehr genossen, und der Kuss vorhin war mir nicht aufgezwungen worden, sondern er war ganz klar von mir ausgegangen. Genau wie damals in der Ersti-Woche. Da war auch ich diejenige gewesen, die den Kuss in der Bar initiiert hatte. Wenn ich es war, die die Nähe zu einer anderen Person suchte, kam ich mit der Situation zurecht. Vielleicht galt das ja nicht nur fürs Küssen, sondern auch für andere Dinge.

Ich spürte, wie mir Hitze in die Wangen stieg, als ich an mögliche *andere Dinge* dachte, doch als auf Oscars Gesicht wieder sein gewohnt schiefes Grinsen erschien, stieß ich erleichtert die Luft aus.

»Alles klar.« Der scherzhaft förmliche Ton kehrte in seine Stimme zurück, als er unsere Hände anhob, die immer noch aufeinander lagen. »Dann sind wir ab jetzt Frau Mila und Herr Oscar, die sich küssen und Zeit zu zweit verbringen. Und die sich jetzt vielleicht mal wieder richtige Kleidung anziehen sollten.«

Das war ein guter Punkt. Schließlich saßen wir immer noch nur in unsere Handtücher gewickelt auf dem Rücksitz eines Autos. Opa Erwins Auto, wohlgemerkt. Eine schrägere Situation hätten wir uns für dieses Gespräch wohl nicht aussuchen können. Erst jetzt drang zu mir durch, wie kalt mir eigentlich war. Auch wenn es Ende Mai war, hatte ich mir mit dieser Aktion, wenn ich Pech hatte, eine ordentliche Erkältung eingefangen. Ich griff nach meinem Rucksack, sortierte Oscars Klamotten aus dem wirren Haufen heraus und reichte sie ihm. Wir zogen uns wieder an, was gar nicht so einfach war, weil wir beide darauf achteten, dass unsere Handtücher nicht verrutschten. Zwar waren wir vorhin zusammen nackt in einen See gesprungen, doch da hatten wir nicht viel voneinander erkennen können. Und jetzt war nicht der richtige Moment dafür.

Nachdem ich es geschafft hatte, mir mein Kleid anzuziehen, wechselte ich nach vorn auf den Fahrersitz. Oscar nahm neben mir Platz. Weil ich mir unsicher war, wie es nach diesem Gespräch weitergehen sollte, schaltete ich das Radio an, und

Antenne Elderstedt teilte uns mit fröhlichem Gedudel mit, dass es bei ihnen das Beste der Neunziger, Zweitausender und von heute gab.

»Wie überraschend«, sagte ich trocken, und Oscar lachte. Die Fahrt zu mir nach Hause dauerte einen Queen- und einen Britney-Spears-Song lang. Als Oscar bei den ersten Zeilen von *Bohemian Rhapsody* lauthals mitzusingen begann, schloss ich mich ihm dankbar an, und so überbrückten wir die Zeit, bis wir vor meiner Haustür anhielten. Dort stiegen wir beide aus. Oscar würde das Auto mitnehmen und es Opa Erwin zurückbringen.

Während die Stimmung auf der Rückfahrt für einen Moment fast ausgelassen gewesen war, wusste ich nun nicht so ganz, wie wir uns voneinander verabschieden sollten.

Doch Oscar nahm mir die Entscheidung ab. »Gute Nacht, Mila.« Er legte seine Arme um mich, und ich genoss für einen Moment die Berührung. Dann hob ich meinen Kopf im selben Augenblick, in dem Oscar seinen senkte, und erneut trafen sich unsere Lippen. Diesmal war der Kuss sanfter, weniger stürmisch als im Auto, und ich musste trotz all meiner Bedenken zugeben, dass hier mit Oscar zu stehen sich gerade vollkommen richtig anfühlte.

KAPITEL 11

Am nächsten Morgen weckte mich ein lautes Vibrieren. Mein Kopf war noch ganz in meiner Traumwelt gefangen, in der ich gerade durch die Uni irrte. Jedes Mal wenn ich glaubte, die richtige Tür gefunden zu haben, wechselten die Räume ihre Position.

Doch als ich realisierte, dass das Vibrieren von meinem Smartphone kam, war ich sofort hellwach. Eine kribbelnde Aufregung machte sich in mir breit, weil ich kurz dachte, der Anruf käme vielleicht von Oscar. Doch dann sah ich den Namen meiner Mutter auf dem Display. Frustriert stöhnte ich auf. Ein Gespräch mit ihr war nicht unbedingt das, was ich mir unter einem optimalen Start in den Sonntag vorstellte. Am liebsten hätte ich sie einfach ignoriert, doch dann fragte ich mich, warum sie wohl anrief. Eigentlich sprachen wir nur noch miteinander, wenn ich zu ihr ins Bestattungsinstitut kam. Vielleicht war ja etwas Schlimmes passiert, und sie musste mich dringend erreichen? Eine unangenehme Vorahnung machte sich in mir breit, als ich den Anruf entgegennahm.

»Guten Morgen, Mama.« Ich gab mir Mühe, nicht so zu klingen, als wäre das gerade mein erster Satz des Tages.

»Guten Morgen, Mila, Schatz.« Ihre Stimme hatte einen seltsamen Unterton, den ich nicht ganz deuten konnte. »Hast du heute Zeit, bei uns vorbeizukommen? Wir würden gern mit dir über etwas sprechen.«

Ich zögerte kurz. Eigentlich war das das Letzte, was ich heute tun wollte, doch ihr Tonfall verriet mir, dass es ihr wichtig war.

»Ich muss noch frühstücken und mich fertig machen«, sagte ich daher widerwillig. »Aber danach kann ich mich auf den Weg zu euch machen.«

Als ich eine Stunde später vor dem Mehrfamilienhaus stand, in dem meine Eltern wohnten, hätte ich am liebsten wieder kehrtgemacht. Doch ich wusste, dass es nichts brachte, dieses Gespräch vor mir herzuschieben. Es war wie mit einem Pflaster, das man besser schnell abriss. Ich würde das jetzt einfach hinter mich bringen und dann den Rest meines freien Tags genießen. Also klingelte ich, wartete auf das Summen des Türöffners und lief anschließend die Treppe in den vierten Stock hinauf. Meine Mutter begrüßte mich an der Wohnungstür, und nachdem ich meine Schuhe ausgezogen hatte, bedeutete sie mir, ihr ins Wohnzimmer zu folgen.

»Möchtest du etwas trinken?«, fragte sie, als ich mich in den alten Sessel fallen ließ, doch ich schüttelte den Kopf. Es sollte nicht so wirken, als wolle ich es mir hier für längere Zeit gemütlich machen. Meine Mutter stellte dennoch ein Glas Wasser vor mir auf den Tisch und setzte sich dann auf das dunkelblaue Sofa. Inzwischen war ich mir sicher, dass etwas vorgefallen sein musste, denn der Gesichtsausdruck meiner Mutter zeigte ganz klar, wie besorgt sie war. Sie wirkte so ernst, dass ich Angst bekam, mein Vater oder sie könnten krank sein. Beim Gedanken daran bekam ich ein ganz flaues Gefühl im Magen. Egal wie angespannt die Situation zwischen uns war, ich liebte meine Eltern, und der Gedanke, dass es ihnen nicht gut gehen könnte, tat mir fast körperlich weh.

Doch als mein Vater den Raum betrat und dabei das weite, kurzärmlige Karohemd zurechtzupfte, das er zu seiner Jogginghose und den Hausschlappen trug, wirkte er eher genervt als besorgt. Er setzte sich neben meine Mutter, fuhr sich noch einmal durch das kurze schwarze Haar und ergriff dann das Wort.

»Schön, dass du wenigstens in solchen Fällen noch nach Hause kommst.« Wie jedes Mal, wenn wir miteinander sprachen, hörte ich deutlich den Vorwurf in seiner Stimme. Er hatte mir bereits mehrfach unmissverständlich klargemacht, dass er nicht nachvollziehen konnte, warum ich den Kontakt zu ihm und meiner Mutter so stark reduziert hatte. Bis heute war er der festen Überzeugung, ich würde überreagieren. Wie immer konnte ich nur schwer an mich halten, sofort schoss mein Puls vor Wut in die Höhe. Meine Mutter schien das zu spüren, denn sie unterbrach meinen Vater schnell, bevor ich ihn anschreien und die Wohnung verlassen konnte.

»Mila, wir müssen mit dir über etwas Wichtiges reden«, Ihr harmonischer und diplomatischer Tonfall verriet mir, dass dieses Gespräch hier ihre Idee gewesen war. »Wir haben gestern einen Anruf bekommen, mein Schatz.« Die Vorsicht, die nun in ihre Stimme trat, versetzte mich sofort in Alarmbereitschaft. »Es war Niklas.«

Bei der Erwähnung seines Namens zuckte ich zusammen. In mir überschlug sich eine Mischung aus Wut, Entsetzen und Unglauben, und ich musste mehrmals blinzeln, bevor ich wieder einen klaren Gedanken fassen konnte. Niklas hatte bei meinen

Eltern angerufen? Nach unserer Trennung hatte ich extra meine Handynummer gewechselt, damit er mich nicht mehr kontaktieren konnte, und er besaß nun allen Ernstes die Dreistigkeit, sich stattdessen bei ihnen zu melden?

»Niklas hat uns am Telefon erzählt, dass er deine aktuelle Nummer nicht hat, aber gern mit dir reden würde. Wir haben ihm die neue Nummer natürlich nicht gegeben«, ergänzte sie schnell, als sie meinen geschockten Blick sah. »Aber ich habe ihm gesagt, dass ich dir die Info ausrichte.«

»Gib dir doch bitte einen Ruck und verabrede dich mit ihm«, sagte mein Vater und sah mich ernst an. »Dann könnt ihr euch aussprechen und die Angelegenheit endlich klären. Ich wünsche mir, dass unsere Familie wieder zusammenfindet, und das scheint nicht möglich zu sein, solange eure Trennung zwischen uns steht.«

Ungläubig blickte ich ihn an. Das war doch wohl nicht sein Ernst! Ich konnte nicht glauben, dass er »die Angelegenheit« dermaßen verdrehte. Wollte oder konnte er mich nicht verstehen?

Schwer atmend rang ich um Worte, bevor sie, lauter als beabsichtigt, aus mir herausbrachen. »Hör endlich auf, so zu tun, als wäre das hier ein Fall von ganz normalem Teenager-Liebeskummer! Ich habe diese Beziehung nicht beendet, weil wir eine kleine Meinungsverschiedenheit hatten. Ich habe mich von Niklas getrennt, weil er mir gegenüber gewalttätig geworden ist.«

Die Erinnerungen brachen wie riesige Wellen über mich herein. Niklas' Wutanfälle. Seine verbalen Demütigungen, die immer häufiger und immer drastischer wurden. Der Versöhnungssex, den ich eigentlich nie gewollt hatte. Meine Naivität. Die kleine Hoffnung, dass das alles bald vorbei sein und es wieder wie zu Beginn unserer Beziehung werden würde. Ich wollte zurück zu den liebevollen Blicken und den tollen Dates, zu unserer persönlichen romantischen Komödie. Ich hatte ihn so sehr geliebt, dass diese Hoffnung lange Zeit über allem stand. Ich hatte nicht darauf gehört, was mein Körper mir sagte. Hatte Gründe und Ausreden gesucht, warum Niklas mir wehtat. Körperlich und seelisch. Hatte versucht auszublenden, dass er sich nur nahm, was er wollte, ohne Rücksicht darauf, wie es mir ging. Doch irgendwann, nach einem besonders schlimmen Streit, konnte ich mich selbst nicht mehr belügen. Der letzte Rest Hoffnung war versiegt, und ich war endlich bereit gewesen, die Wahrheit zu erkennen und einen Schlussstrich zu ziehen.

»Ich kann das nicht mehr, Niklas.« Ich hörte selbst, wie wackelig meine Stimme klang. Doch ich hatte so lange gebraucht, um den Mut für dieses Gespräch zu fassen. Ich konnte jetzt keinen Rückzieher machen. Das war ich mir selbst schuldig. »Ich möchte unsere Beziehung beenden.«

Ich hatte erwartet, dass Niklas wütend werden würde, mich anschrie oder mir Vorwürfe machte. Doch nichts dergleichen geschah. Er tat einfach so, als würde er meine Worte gar nicht hören.

»Es tut mir leid, Mila. Du weißt doch, dass ich das nicht so gemeint habe«, sagte er zum gefühlt tausendsten Mal und versuchte, mich in sein Schlafzimmer zu ziehen. Dass er nicht mal auf meine Worte einging, bestätigte mich nochmals und gab mir die notwendige Stärke.

Ich riss mich aus seinem Griff los. »Ich will das nicht mehr, Niklas.« Diesmal war meine Stimme klar und deutlich. Dann drehte ich mich um, weil ich mich in der Situation nicht mehr sicher fühlte. Doch auf dem Weg zur Wohnungstür stellte Niklas sich mir in den Weg. Er packte mich am Handgelenk, so fest, dass es richtig wehtat, und zerrte mich in sein Schlafzimmer. Ich war so perplex, dass ich erst reagierte, als er mich bereits aufs Bett drückte. Er war viel stärker als ich, und der Blick, mit dem er mich betrachtete, war so kalt und hart, dass ich mich nicht traute, mich körperlich zur Wehr zu setzen.

»Lass mich los, Niklas!« Er reagierte nicht, also wiederholte ich meine Worte. Immer und immer wieder. Trotz der zunehmenden Lautstärke und Verzweiflung in meiner Stimme ignorierte Niklas mich einfach und beugte sich ganz nah zu mir.

»Ich weiß doch, dass du das auch willst«, flüsterte er in mein Ohr, und Übelkeit stieg in mir auf.

Ich wollte ihm weiter widersprechen, wollte mich wehren, schreien. Doch dann tat ich nichts dergleichen. Ich konnte es einfach nicht, so geschockt war ich von dem, was hier gerade passierte.

Trotz allem, was in den Monaten zuvor geschehen war, hatte ich dies nicht für möglich gehalten. Dass Niklas mein Nein nicht akzeptierte. Dass er einfach weitermachte.

Was genau er tat, bekam ich kaum mit. Es war, als würde ich einen Film sehen, bei dem jemand den Fokus falsch eingestellt hatte. Alles um mich herum wirkte seltsam verschwommen. So als würde es gar nicht wirklich passieren. So als wäre ich gar nicht wirklich hier.

Ich stellte mir vor, wie ich den Raum verließ und kein Teil dieser Situation mehr war.

Alles fühlte sich taub an, und so lag ich vollkommen still auf seinem Bett und wartete mit geschlossenen Augen darauf, dass es endlich vorbei war.

All das sprach ich nicht noch einmal aus, denn mein Vater wusste es bereits. Ich hatte es ihm und meiner Mutter erzählt, direkt nachdem ich nach Hause gekommen war. Es war eine Qual gewesen, mit ihnen zu sprechen, weil ich mich so unfassbar dafür geschämt hatte, was passiert war. Doch ich hatte mich in diesem Moment einfach wie ein hilfloses Kind gefühlt, das verzweifelt zu seinen Eltern rannte, weil sie die einzigen Menschen auf der Welt waren, die es verstanden und alles dafür tun würden, dass es ihm gut ging.

Doch meine Eltern hatten nichts unternommen. An einem Tag, an dem ich bereits einmal die Kontrolle über die Situation verloren hatte und mich nicht hatte wehren können, hatten auch sie mich einfach im Stich gelassen, indem sie entschieden hatten, dass es keine Konsequenzen für Niklas geben würde.

Statt mir zu antworten, atmete mein Vater auch jetzt nur tief durch, und ich sah in seinem Blick, dass er noch immer nicht verstand, worum es hier ging.

»Niklas hat mich vergewaltigt, Papa«, sagte ich so ruhig und deutlich, wie ich konnte, und meine Mutter zog scharf die Luft ein. Mein Vater jedoch verzog nur missbilligend das Gesicht.

»Mila, es gibt keinen Grund, ein so hartes Wort zu benutzen. Das ist doch keine *Tatort*-Folge, und Niklas ist kein Krimineller, der irgendwo im Park aus einem Gebüsch hervorspringt. Wir kennen ihn, er ist ein guter Kerl. Ihr beide wart in einer Beziehung und habt doch schon häufiger miteinander geschlafen. Er hat wahrscheinlich einfach nicht verstanden, warum das sonst immer okay war und an diesem Tag auf einmal nicht mehr.«

Obwohl es nicht das erste Mal war, dass mein Vater Niklas in

Schutz nahm, hätte ich ihn am liebsten angebrüllt. Dass er allen Ernstes mit einem derart klischeehaften und realitätsfernen Bild eines sexuellen Übergriffs ankam, war schon schlimm genug. Doch dass er Niklas dann auch noch mehr glaubte als seiner eigenen Tochter? Dass er ein Ereignis, mit dem ich auch zwei Jahre später noch zu kämpfen hatte, derart herunterspielte?

Erneut ging meine Mutter dazwischen, als sie meinen Blick sah. »Vielleicht würde es dir ja guttun, noch mal mit Niklas zu reden. Vielleicht will er sich ja bei dir für sein Verhalten entschuldigen. Könnte dir das nicht dabei helfen, mit allem abzuschließen?«

Ich sah sie wortlos an. Diese Aussage kam von der Person, der ich noch immer nicht verzieh, dass sie mich damals davon abgehalten hatte, zur Polizei zu gehen. Meine Mutter hatte mir wieder und wieder gesagt, dass mir dort niemand glauben würde. Niklas und ich waren in einer Beziehung gewesen, und an meinem Körper hatte man keine Anzeichen von Gewalt erkennen können. Sie war fest davon überzeugt gewesen, dass man mir vorwerfen würde, ich hätte mir alles ausgedacht, um Aufmerksamkeit zu bekommen.

Die fehlende Unterstützung fühlte sich auch heute noch wie ein Schlag ins Gesicht an. Gleichzeitig war ich fest davon überzeugt, dass sie das alles nur gesagt hatte, um mich zu beschützen. Und auch der Vorschlag, den sie mir gerade gemacht hatte, rührte daher, dass sie der festen Überzeugung war, das sei das Beste für mich. Rational betrachtet konnte ich meine Mutter verstehen, doch die Wut auf meine Eltern war stärker. Das Schlimmste war, dass sie – heute wie damals – nicht einmal fragten, was ich tun wollte, was ich brauchte. Diese Erkenntnis tat so weh, dass ich es nicht eine Sekunde länger auf dem Sessel aushielt. Ich musste hier raus.

»Ich brauche Zeit, um in Ruhe darüber nachzudenken.« Ich versuchte, das wütende Zittern zu unterdrücken, das sich in meine Stimme geschlichen hatte. »Danke, dass ihr mir Bescheid gegeben habt, aber bitte mischt euch nicht weiter in dieses Thema ein.«

Ohne eine Verabschiedung verließ ich den Raum, schlüpfte schnell in meine Schuhe und rannte nach draußen.

In mir tobten so viele Gefühle, dass ich nicht mehr genau sagen konnte, wie ich es zurück in die WG geschafft hatte. Doch als ich mich auf mein Bett fallen ließ und in den vielen bunten Kissen versank, fühlte ich mich plötzlich nur noch erschöpft und ausgelaugt. Das Wochenende war so emotional gewesen, dass ich nicht weiter nachdenken wollte. Ich hatte einfach keine Kraft mehr. Alles, was ich jetzt wollte, war Ablenkung. Zum ersten Mal seit dem Anruf meiner Mutter heute Morgen sah ich auf mein Smartphone.

Guten Morgen, Mila. Wie geht's dir?

Kurz musste ich lächeln, als ich die Nachricht von Oscar sah. Doch dann begann sofort ein neues Gedanken- und Gefühlskarussell.

Mein Herz schlug einen Takt schneller. Gestern Abend hatte er mir noch eine Gute-Nacht-Nachricht geschickt, und es war wirklich süß und aufmerksam von ihm, dass er sich direkt am Morgen wieder gemeldet hatte. Auch wenn ich diese *mehr als Freundschaft* zwischen uns noch nicht genau einschätzen konnte, war das wohl ein Teil davon, und ich musste zugeben, dass mir das gefiel.

Sorry, dass ich erst jetzt antworte. Mein Tag war sehr ereignisreich.

Nach einem kurzen Zögern schickte ich noch eine zweite Nachricht hinterher.

Wie sehen denn deine Pläne für nächste Woche aus? Hättest du Zeit und Lust, dich mit mir zu treffen?

Ich konnte nicht leugnen, dass ich ihn gern wiedersehen wollte, und damit bis Samstag zu warten, fühlte sich nahezu unmöglich an. Vor allem, weil wir dann nicht allein sein konnten, sondern das gesamte *Future-Force*-Team dabei wäre. Mein Smartphone vibrierte nur Sekunden später.

Das klingt so, als könntest du eine kleine Pause in der Natur gebrauchen. Was hältst du davon, am Eldersee spazieren zu gehen?

Ich spürte einen Großteil der Anspannung von mir abfallen. Ich war mir nicht sicher, ob ich für ein klassisches Date mit Abendessen bei Kerzenschein bereit war. Doch ein Spaziergang klang nach einem guten und nicht zwingend romantischen ersten Wiedersehen nach unserem Kuss. Wir verabredeten uns für Mittwoch, und ich legte mein Smartphone zur Seite. Dann atmete ich tief durch. Ich freute mich auf das Treffen mit Oscar.

Doch vor allem war ich müde und wünschte mir in diesem Moment nichts sehnlicher, als der Realität für eine Weile zu entfliehen. Also griff ich nach meinem Laptop. Für den Rest des Tages würde ich Serien schauen. Zu mehr war ich gerade einfach nicht mehr in der Lage.

Irgendwann musste ich dabei eingeschlafen sein, denn ich wachte am nächsten Morgen zu einer »Schauen Sie noch?«-Mitteilung auf meinem Bildschirm auf. Ein Blick auf die Uhr verriet mir, dass es kurz nach neun war. Mein Statistik-Tutorium fand erst heute Nachmittag statt, mir blieb davor also noch genug Zeit, um bei unserer Hausärztin anzurufen und mich um einen Termin für Jasper zu kümmern.

Ich ging kurz ins Bad, um mich frisch zu machen. Dann griff ich nach meinem Smartphone und wählte die Nummer von Dr. Kuntze. Eine Stimme meldete sich am anderen Ende, und nachdem ich erklärt hatte, worum es ging, hörte ich das Klicken einer Maus.

»Wir hätten nächsten Mittwoch einen Termin frei. Außer Sie haben spontan Zeit, dann könnten Sie in einer Dreiviertelstunde vorbeikommen. Da hat vorhin jemand seinen Termin abgesagt.«

»Ja, das machen wir«, antwortete ich, ohne zu zögern, und fragte mich im selben Moment, was ich da eigentlich tat. Jasper würde nicht gerade begeistert sein, wenn ich ihn einfach so mit einem Termin überrumpelte. Doch vielleicht war es so am besten. Dann hatte er keine Zeit, sich umzuentscheiden.

Nachdem ich aufgelegt hatte, klopfte ich an Jaspers Zimmertür. »Hey, Jas! Ich hab uns einen Termin ausgemacht. Wir müssen gleich los.« Von drinnen war erst nur ein unwilliges Knurren zu vernehmen, doch dann hörte ich, wie Jasper zur Tür schlurfte und sie öffnete.

»Heute?« Die tiefen Ringe unter seinen Augen waren unübersehbar. Er hatte wohl eine kurze Nacht hinter sich, und am liebsten hätte ich ihn in den Arm genommen und ihn zurück ins Bett geschickt. Doch ich wusste, dass ihm ein Gespräch mit Dr. Kuntze mehr helfen würde.

»Ich weiß, dass das sehr spontan ist, aber dann hast du es hinter dir, oder?«

Jasper brummte, und ich deutete es als Zustimmung.

Als wir wenig später die Praxis betraten, wurden wir gebeten, noch einen Moment im Wartezimmer Platz zu nehmen. Der Raum war leer, und wir setzten uns nebeneinander auf zwei der Holzstühle. Es war dasselbe Modell, das wir früher auch in der Schule gehabt hatten, und ich fühlte mich direkt dorthin zurückversetzt.

Jasper griff nach einer der Zeitschriften, die auf dem Tisch lagen, und begann, durch die Artikel zu blättern. Ich wusste, dass ihn das britische Königshaus eigentlich herzlich wenig interessierte. Doch in diesem Moment nahm er vermutlich jede Ablenkung dankbar an.

Gerade, als ich mich nach einer ähnlich faszinierenden Lektüre umsehen wollte, überkamen mich plötzlich wieder die Erinnerungen an das Gespräch mit meinen Eltern. Ein mulmiges Gefühl machte sich in mir breit. Wenn ich ehrlich war, hatte ein Teil von mir gehofft, dass ich vielleicht nur eine Nacht drüber schlafen musste, um genau zu wissen, wie sich die Sache mit Niklas am besten lösen ließ. Doch ich war weiterhin ratlos. Ich versuchte, auf mein Bauchgefühl zu hören, doch ich verspürte nur Verwirrung. Ich wollte herausfinden, was Niklas von mir wollte. Vielleicht war das ein naiver Gedanke, doch ich fragte mich, ob bei ihm vielleicht in den letzten zwei Jahren irgendeine Art von Erkenntnis eingesetzt hatte. Vielleicht wollte er sich ja tatsächlich entschuldigen? Möglicherweise war ein abschließendes Gespräch mit Niklas genau das, was ich brauchte. Doch was war, wenn er sich gar nicht entschuldigen wollte, sondern aus irgendeinem anderen Grund wieder den Kontakt mit mir suchte? Was, wenn mich das in Gefahr brachte?

»Herr Onyango?« Die Stimme von Dr. Kuntze erinnerte mich daran, warum ich eigentlich hier war. *Es geht hier gerade nicht um dich*, ermahnte ich mich selbst. *Du bist hier, um deinen besten Freund zu unterstützen.*

Ich sah zu Jasper hinüber, um ihm aufmunternd zuzulächeln, und als er seine Zeitschrift beiseitelegte, fiel mir auf, dass seine Hand ein wenig zitterte.

»Wäre es möglich, dass Mila mit reinkommt?«, fragte er dann plötzlich, und Dr. Kuntze nickte ihm freundlich zu.

»Wenn Sie das gern möchten, ist das kein Problem.« Fragend sah Jasper mich an, und ich beeilte mich, ihm und Dr. Kuntze in den Behandlungsraum zu folgen. Wenn er meine moralische Unterstützung gebrauchen konnte, würde ich selbstverständlich für ihn da sein.

»Was kann ich für Sie tun?«, wollte Dr. Kuntze wissen, als wir uns auf den Stühlen vor ihrem Schreibtisch niedergelassen hatten. Eine kurze Pause entstand, in der Jasper nach den richtigen Worten zu suchen schien. Instinktiv griff ich nach seiner Hand, um ihm zu signalisieren, dass er nicht allein war und dass er gerade das Richtige tat. Das und das offene Auftreten der Ärztin schienen ihm ein wenig Mut zu machen, denn nach einem kurzen Stocken begann Jasper von seiner Antriebslosigkeit, den Schlafstörungen und dem mangelnden Appetit zu berichten. Dabei sah er immer wieder nach unten zu seinen Schuhen, als würde es ihm leichter fallen, zu ihnen zu sprechen, statt Dr. Kuntze in die Augen zu sehen.

»Ich merke, dass mich das im Alltag sehr einschränkt, und deswegen würde ich mir gern Unterstützung holen.«

Als er wieder nach oben sah, nickte Dr. Kuntze ihm zu. »Danke für Ihr Vertrauen, Herr Onyango. Zunächst einmal möchte ich Ihnen sagen, dass Sie sehr stolz auf sich sein können. Offen über ihre Probleme zu sprechen, fällt vielen schwer, aber es ist kein Zeichen von Schwäche, sich professionelle Hilfe zu suchen. Wenn Sie möchten, kann ich Ihnen gern ein paar Möglichkeiten aufzeigen, wie Sie weiter vorgehen können.«

Jasper nickte und schien dankbar zu sein, nicht noch mehr erzählen zu müssen.

»Zunächst würde ich gern sicherstellen, dass es sich nicht um eine körperliche Ursache handelt. Sollte ich das ausschließen können, würde ich Ihnen zu einer sogenannten psychotherapeutischen Sprechstunde raten.« Sie griff in die Schublade neben sich und reichte Jasper einen Flyer.

»Diese Sprechstunden werden von psychotherapeutischen Praxen angeboten, und dort bekommen Sie ein Beratungsgespräch. Das dauert meistens um die fünfzig Minuten und dient dazu, einschätzen zu können, ob eine Psychotherapie hilfreich sein könnte oder sogar akut notwendig ist.« Jasper und ich nickten. Das klang gut. »Dafür brauchen Sie keine ärztliche Überweisung, und Sie müssen auch keinen Antrag bei der

Krankenkasse stellen«, erklärte Dr. Kuntze weiter. »Sie können direkt bei der Praxis einen Termin ausmachen. Es gibt dort ein festes Zeitkontingent für solche Sprechstunden, deswegen sind die Wartezeiten in den meisten Fällen überschaubar.«

Ich glaubte, nun eine gewisse Resignation in ihrem Gesichtsausdruck zu erkennen.

»Ich bin ehrlich zu Ihnen: Das ist leider keine Garantie, dass Sie in der Praxis danach auch einen Therapieplatz bekommen. Ich hätte da wirklich gern eine optimistischere Aussicht für Sie. Aber die Plätze sind leider knapp, daher hilft nur Geduld. Die psychotherapeutische Sprechstunde ist aber zumindest ein Anfang. Dort bekommen Sie eine Einschätzung von einer Person vom Fach und sind damit schon mal einen Schritt weiter.«

Sie griff erneut in die Schublade. »Das hier ist eine Liste mit Psychotherapiepraxen, die ich Ihnen empfehlen kann.«

Wir warfen beide einen kurzen Blick auf das Blatt, dann bedankte Jasper sich bei Dr. Kuntze, und wir verließen die Praxis. Dass es einen großen Mangel an Therapieplätzen gab, hatte ich schon mal gehört. Doch erst jetzt, wo es meinen besten Freund betraf, verstand ich so richtig, was für ein großes Problem das war.

Als wir vor die Tür traten, spürte ich dennoch, wie mir ein großer Stein vom Herzen fiel. Stürmisch umarmte ich Jasper.

»Ich bin wirklich stolz auf dich«, flüsterte ich ihm zu.

»Danke, Mila.« Ich konnte das Lächeln in seiner Stimme hören. »Und danke, dass du mich dazu gebracht hast herzukommen.« Jasper blickte noch mal auf die Liste und seufzte. »Das macht es irgendwie realer, oder?«

Ich nickte. »Ja, ich hab auch das Gefühl, dass du damit einen großen Schritt vorangegangen bist. Jetzt hast du zumindest einen ersten Anhaltspunkt.«

»Das mag jetzt vielleicht nur die Euphorie des Moments sein. Aber ich denke, ich schaffe das, Mila. Ich komme wieder aus diesem ganzen Mist raus.«

»Ja.« Aus irgendeinem Grund sammelten sich in diesem Moment Tränen in meinen Augen. Schnell blinzelte ich sie weg. »Das wirst du.«

KAPITEL 12

Nach Jaspers Termin bei Dr. Kuntze gab ich mein Bestes, mich auf die Uni zu konzentrieren. Bei meinem Statistik-Tutorium am Nachmittag funktionierte das ganz gut. Was möglicherweise auch daran lag, dass ich es mir dort einfach nicht erlauben konnte, auch nur eine Sekunde lang unaufmerksam zu sein. Ich wusste, dass ich sonst den Anschluss verlieren würde, und ich wollte die blöde Prüfung dieses Semester endlich hinter mich bringen. Doch zum Glück war die Tutorin gut, und die ganzen Regressionsmodelle und Chi-Quadrate kamen mir inzwischen deutlich weniger bedrohlich vor.

Den nächsten Tag nutzte ich dazu, für das Referat am Freitag zu üben. Als ich meinen Teil wieder und wieder probte, merkte ich, wie meine Gedanken immer häufiger zu Niklas und Oscar abdrifteten. Tagsüber gelang es mir noch, mich irgendwie davon abzulenken, doch als ich abends im Bett lag, sprang mein Kopfkino zwischen einem möglichen Wiedersehen mit Niklas und den nächsten Treffen mit Oscar hin und her.

Leider entwarf mein Gehirn dabei ein Horrorszenario nach dem anderen und ließ die möglichen positiven Szenen außen vor. Erst nachdem ich mich stundenlang hin und her gewälzt hatte, schlief ich irgendwann ein. Nur damit Niklas dann in Form einer riesigen Spinne auftauchte, die mich mit liebevollen Worten umwickelte. Dass ich in ihrem Netz gefangen war, merkte ich erst, als es bereits zu spät war.

Während ich strampelte und mit aller Kraft versuchte, mich loszumachen, sprang der Traum plötzlich zu Oscar. Ein grauenvolles Szenario nach dem anderen erschien vor meinem inneren Auge. Oscar, der vor lauter Enttäuschung darüber, dass ich seine Gefühle nicht richtig erwidern konnte, unsere Freundschaft beendete und mich nicht mehr bei der *Future Force* haben wollte. Oscar, dem nach ein paar Wochen auffiel, dass er doch keine Gefühle für mich hatte, und mich fallen ließ.

Dann sah ich mich, wie ich mich auf eine Beziehung einließ, die nach kurzer Zeit implodierte. Mich, wie ich wieder auf Eierschalen um jemanden herumlaufen musste, nur damit er keinen Wutanfall bekam. Mich, wie ich meine eigenen, hart erkämpften Bedürfnisse zurücksteckte und wieder in alte Muster zurückfiel.

Es war eine endlose Spirale aus Sorgen und Ängsten, die sich durch nichts stoppen ließ, und als ich am Morgen schließlich aufwachte, fühlte ich mich wie gerädert.

Irgendwie schaffte ich es trotzdem, mich in die Uni zu schleppen, doch es war eine Sache der Unmöglichkeit, meine Konzentration aufrechtzuerhalten. Die Vorlesung und die anschließende Übung in »Deutsche und europäische Politik« zogen an mir vorbei, ohne dass ich auch nur ein Wort davon aufnahm. Ich spürte Unruhe in mir. Mein Bein wackelte konstant auf und ab, mein Haargummi wanderte wieder und wieder durch meine Hände, doch der Notizblock, der vor mir lag, blieb leer. Diesmal hatte ich es nicht einmal geschafft, die Überschrift mitzuschreiben. *Wow, Mila, du machst Fortschritte*, dachte ich mir sarkastisch, während ich meine Unterlagen zurück in den Rucksack schob und mich dann auf den Nachhauseweg machte.

Oscar und ich waren für fünfzehn Uhr verabredet, und ich hatte mir eigentlich vorgenommen, die verbleibenden Stunden bis dahin sinnvoll zu nutzen. Doch stattdessen spürte ich nur den unglaublich starken Drang, in meinem Zimmer auf und ab zu tigern. Wir würden uns das erste Mal nach unserem Kuss wiedersehen. Würden wir heute gemeinsam herausfinden, was *mehr als Freundschaft* wirklich für uns bedeutete?

Ich wechselte so oft mein Outfit, dass mein Zimmer bald so aussah, als hätte mein Kleiderschrank sich auf dem Fußboden übergeben. Immer wieder wanderten meine Augen zu dem Jeanskleid mit Regenbogenpin, das Oscar für mich bei *Second Chance* ausgesucht hatte. War das zu viel? Würde ich ihm damit falsche Signale senden?

Okay, jetzt reicht es langsam, Mila, ermahnte ich mich selbst. *Zieh es einfach an, es ist nur ein Kleid!*

Als es nach einer gefühlten Ewigkeit endlich an der Tür klingelte und ich in den Flur lief, waren meine Nerven trotz der erfolgreichen Outfitwahl immer noch zum Zerreißen gespannt.

»Ich geh schon!«, rief ich schnell in Richtung von Jaspers Zimmer, doch ich bekam keine Antwort. Das hatte ich bereits vermutet. Jasper war zwar zu Hause, doch heute Morgen beim Frühstück hatte er noch erschöpfter ausgesehen als ich. Auf meine Frage, wie es ihm ging, hatte er nur gesagt, dass heute kein guter Tag für ihn war. Vermutlich schlief er jetzt oder hatte sich Kopfhörer aufgesetzt.

Lilly war noch bei der Arbeit, was gut war, denn so konnte ich unbemerkt das Haus verlassen. Mir war klar, dass die beiden mich mit neugierigen Fragen löchern würden, wenn sie bemerkten, dass ich schon wieder Zeit mit Oscar verbrachte. Diesem Gespräch würde ich vorerst gern entgehen. Vor allem, weil ich ja selbst keine Antwort darauf hatte, was das zwischen uns eigentlich war.

Ich öffnete die Tür und stellte fest, dass Oscar dieselbe Idee gehabt hatte wie ich, denn er trug das dunkelgrüne Cordhemd.

»Du hast es an!« Ich konnte mir den begeisterten Ausruf einfach nicht verkneifen, und Oscar grinste. Schnell zwang ich mich, ein wenig leiser zu sprechen. »Es steht dir wirklich gut. Und hiermit wissen wir dann auch, dass es ganz klar ein gutes Date-Outfit ist.«

Hatte ich gerade wirklich Date gesagt? Die Worte waren einfach so aus mir herausgesprudelt, und in Kombination mit der Frage, ob wir uns zur Begrüßung lieber umarmen oder küssen sollten, sorgten sie plötzlich für ganz schön viel Chaos in meinem Kopf. Zum Glück nahm Oscar mir die Entscheidung ab, denn er beugte sich zu mir, legte eine Hand an meine Wange und küsste mich. Es war ein kurzer und sanfter Kuss, doch er fühlte sich seltsam vertraut an. Fast so, als würden wir das bereits seit Jahren tun.

»Hallo, Frau Mila.« Als er leise lachte, bekam ich eine leichte, nicht unangenehme Gänsehaut. »Vielen Dank für das nette Kompliment. Darf ich Sie zu einem Spaziergang ausführen?«

»Sehr gern«, antwortete ich ein wenig verlegen. Ich schlüpfte in meine Sneakers und zog die Wohnungstür hinter uns zu. Wir schlenderten gemütlich in Richtung Eldersee, schienen beide aber nicht richtig zu wissen, wie wir unser Gespräch beginnen sollten. In der Nacht am Eldersee war es mir leichtgefallen, mit Oscar zu reden. Doch jetzt, ohne den Schutz der Dunkelheit, lag auf einmal eine seltsame Anspannung zwischen uns.

»Das Wetter ist wirklich schön, oder?« So sehr ich Small Talk sonst verabscheute, war ich Oscar in diesem Moment dankbar für die Frage.

»Ja, ich bin froh, dass wir spazieren gehen. Es wäre wirklich schade gewesen, den ganzen Tag drin zu verbringen.«

Eine weitere kurze Pause entstand, doch da wir in diesem Moment das Unigelände erreichten, fiel mir plötzlich ein, dass es da etwas Signifikantes gab, das ich nicht über Oscar wusste.

»Sag mal, welches Fach studierst du eigentlich?« Als Opa Erwin erzählt hatte, dass Oscar viel für sein Studium tat, war mir aufgefallen, dass ich ihn das nie gefragt hatte. Irgendwie seltsam, schließlich war das ja eigentlich immer eine der ersten Sachen, die man von einer anderen Person erfuhr.

»Maschinenbau im Master«, sagte Oscar, ohne mir dabei das Gefühl zu geben, dass das eine Info war, die ich eigentlich längst hätte kennen müssen. »Nach dem Studium würde ich gern im Bereich Elektromobilität arbeiten.« Wir betraten den Platz vor der Mensa und gingen weiter in Richtung des Sees. »Du weißt schon, um auf größerer Ebene was für die Umwelt und das Klima zu tun. Mit der *Future Force* kann ich zwar Leute dazu bringen, sich mit diesen Themen zu beschäftigen und ihren Alltag nachhaltiger zu gestalten. Aber letztendlich liegt es vor allem an Politik und Industrie, wie die Zukunft aussieht.« Die Begeisterung in seiner Stimme brachte mich zum Lächeln. Er brannte wirklich für das Thema. »Wenn ich dazu beitrage, dass

Elektroautos weiterentwickelt und verbessert werden, dann hilft das dabei, dass weniger fossile Brennstoffe benutzt werden. Und die Mobilität wird damit vor allem in Städten schadstoffärmer, leiser und umweltfreundlicher.«

Plötzlich änderte sich etwas in seinem Gesicht, und er sah mich schuldbewusst an. »Tut mir leid, ich hatte eigentlich nicht geplant, dir einen halben Vortrag darüber zu halten.«

Verwundert schüttelte ich den Kopf. »Dafür musst du dich doch nicht entschuldigen, Oscar. Du erzählst so wenig von dir selbst, dass ich mich freue, mal mehr über diese Dinge zu erfahren.«

Kurz trat ein gequälter Ausdruck auf sein Gesicht, doch dann erschien wieder sein übliches Lächeln. Diesmal wirkte es auf mich jedoch etwas aufgesetzt.

»Und du studierst Politikwissenschaften? Weißt du schon, was du danach machen möchtest?«

Einen Moment lang war ich versucht, ihm dieses Ablenkungsmanöver nicht durchgehen zu lassen. Doch vielleicht würde es helfen, wenn ich zuerst ein wenig von mir erzählte und es dann noch mal mit einer Frage versuchte.

»Ehrlich gesagt habe ich keine Ahnung«, gestand ich ihm. Wir hatten den See erreicht, und ich blickte nachdenklich aufs Wasser. »Ich könnte mir sowohl vorstellen, nach dem Bachelorabschluss weiter zu studieren, als auch ins Berufsleben zu starten. Ich weiß aber nicht, in welche Richtung es gehen soll, und bin mir auch nicht sicher, ob mich Politikwissenschaften genug interessiert, um einen Master darin zu machen.«

»Bist du denn im Bachelor zufrieden gewesen?«

Ich überlegte kurz.

»Die meisten Module waren ganz okay«, antwortete ich schließlich wahrheitsgemäß. »Gefühlt hätte ich aber auch jedes andere Fach studieren können.« Ich deutete auf die Gebäude hinter uns. »Biologie beispielsweise, dann wäre ich jetzt immer in den Räumen da drüben. Oder Französisch, Geschichte, Archäologie oder sonst etwas.« Kurz musste ich lachen, als ich an die Wahl meines Studienfachs zurückdachte. »Wahrscheinlich hätte ich nach der Schule einfach die Augen schließen und irgendwo auf die Fächerliste tippen können. Der Effekt wäre vermutlich derselbe gewesen.«

Ich deutete auf den Rundweg, der um den See führte. »Wollen wir da lang laufen?«

Oscar nickte. »Sind deine vielen Interessen etwas, das du als Schwäche oder als Stärke siehst?«

Überrascht hielt ich inne. Diese Frage hatte ich mir bis jetzt noch nie gestellt. Aber eigentlich war die Antwort doch klar, oder?

»Eher als Schwäche«, sagte ich leise. In meinen Gedanken ertönte nun die Stimme meines Vaters. »Mir wurde oft vorgeworfen, dass ich nicht weiß, was ich will. Dass ich kein Durchhaltevermögen und keine Struktur im Leben habe. Deswegen hab ich mich früher oft so gefühlt, als wäre ich irgendwie falsch programmiert worden und könnte einfach kein funktionierender Teil der Gesellschaft sein.«

Nun hätte ich am liebsten die Augen über mich selbst verdreht, so dramatisch hatte ich das gerade klingen lassen. Doch Oscar wirkte nicht so, als würde er meine Worte für übertrieben halten.

»Ich glaube, dass es das Leben sehr viel bunter macht, wenn man ganz viel aus unterschiedlichen Bereichen mitnehmen kann. Aber ich stelle es mir auch sehr schwierig vor, dafür ständig Gegenwind zu bekommen und dann trotzdem man selbst zu bleiben.« Irgendetwas an seinen Worten fühlte sich seltsam tröstlich an.

»Das Studium ist irgendwie so eine halb gute Lösung«, vertraute ich Oscar an. »Wir behandeln ziemlich viele unterschiedliche politische und gesellschaftliche Themen, dadurch wird es nicht langweilig, und es ist definitiv besser, als Schauspielerin zu werden.«

»War es das, was deine Eltern für dich wollten? Also, dass du eine Schauspielschule besuchst?«

Erst jetzt begriff ich, was ich da gerade gesagt hatte. Schnell schüttelte ich den Kopf und überlegte dabei fieberhaft, wie viel ich ihm wohl erzählen konnte, ohne mich angreifbar zu machen. Oscar anzulügen fühlte sich falsch an. Daher entschied ich mich für eine Kurzfassung der Wahrheit.

»Nein. Mein Ex-Freund hatte diesen Plan, dass wir später einmal beide beim Film arbeiten. Doch dann haben wir uns getrennt, und ich habe gemerkt, dass Schauspielern eigentlich gar nicht das war, was ich wollte. Ich habe immer gehofft, im Laufe des Studiums herauszufinden, was mein eigentlicher Traumberuf ist. Aber bis jetzt ist das leider noch nicht passiert.« Ich atmete tief durch. Es war an der Zeit, das Gespräch wieder auf Oscar zu lenken. Ich stellte ihm die erste Frage, die mir einfiel.

»Was sagt Opa Erwin denn zu deinen beruflichen Plänen?« Der gequälte Ausdruck kehrte in Oscars Gesicht zurück. Er schloss kurz die Augen.

»Hier in der Nähe gibt es keine Arbeitsplätze im Bereich Elektromobilität«, sagte er dann. »Also müsste ich nach dem Studium eigentlich wegziehen.«

Der Gedanke, dass Oscar bald nicht mehr hier wohnen könnte, versetzte mir einen schmerzhaften Stich, und fast hätte ich über mich selbst gelacht. War das nicht albern? Da versuchte ich seit zwei Monaten, ihn bloß nicht zu nah an mich herankommen zu lassen, nur um jetzt enttäuscht zu sein, dass er gehen wollte? Was stimmte nicht mit mir?

»Aber Opa Erwin hat niemanden außer mir«, fuhr Oscar fort, und ich zwang mich, meine Gefühle beiseitezuschieben. Ich spürte, dass er mir gerade etwas sehr Wichtiges anvertraute.

»Ich fühle mich verantwortlich für ihn. Deswegen werde ich wahrscheinlich hierbleiben, um ihn zu unterstützen.« Er klang nicht traurig, als er das sagte, sondern ganz pragmatisch. Fast so, als sei es bereits beschlossene Sache, dass sein Traum nicht Realität werden würde. Ich wählte meine nächsten Worte mit Bedacht, denn ich hatte das Gefühl, mich hier auf dünnes Eis zu begeben.

»Ich finde es sehr beeindruckend, dass du dich um Opa Erwin kümmern möchtest«, sagte ich vorsichtig. »Aber lebt denn sonst niemand aus deiner Familie in der Nähe, der das übernehmen könnte?«

Eine kurze Pause entstand, und Oscar runzelte die Stirn. Als hätte er sich dabei ertappt, zog er einen Moment später die Mundwinkel nach oben. Doch das Lächeln erreichte seine Augen nicht.

»Meine Eltern leben eine Dreiviertelstunde entfernt von hier. Aber mein Verhältnis zu ihnen ist … schwierig.«

»Ist das der Grund, warum du bei Opa Erwin lebst?« Ich hoffte, mit dieser Frage keine Grenze zu überschreiten. In Oscars Blick sah ich, wie er mit sich rang.

»Das ist keine sonderlich schöne Geschichte.« Die plötzliche Schwere in seiner Stimme ließ mich aufhorchen. Oscar blieb stehen und deutete auf einen umgekippten Baumstamm, der am Rand des Weges lag. »Könnten wir hier vielleicht eine kleine Pause machen?«

Wir setzten uns, und Oscar atmete einmal tief durch, bevor er zu erzählen begann.

»Es gab einen großen Streit zwischen Opa Erwin und meinen Eltern. Da war ich fünfzehn. Dieser Streit war so schlimm, dass meine Eltern danach den Kontakt zu Opa Erwin abgebrochen haben und …« Er stockte und wandte seinen Blick von mir ab. Stattdessen sah er nun starr auf den See. »Er ist daraufhin nach Elderstedt gezogen.« Oscars Stimme nahm einen bitteren Ton an. »Meine Eltern haben damals allen erzählt, dass das einfach praktischer sei wegen des Cafés. Dann müsste Opa Erwin nicht mehr so viel pendeln. Außerdem gäbe es in der Stadt ja eine viel bessere Versorgung für einen älteren Mann wie ihn. Es sei eine gemeinsame Entscheidung gewesen. Alle haben meinen Eltern geglaubt.«

Ich schluckte. Zwar hatte ich keine Ahnung, worauf das hinauslief und was genau damals vorgefallen war, doch ich wusste, was für ein herzlicher Mensch Opa Erwin war. Es tat mir leid, dass er außer Oscar niemanden hatte.

»Bist du gemeinsam mit ihm weggezogen?«

Oscar schüttelte den Kopf.

»Nicht direkt. Ich habe zuerst versucht, meine Eltern umzustimmen, aber sie haben sich geweigert, noch mal mit Opa Erwin zu sprechen. Als ich dann beschlossen habe, zu ihm zu ziehen, hat meine Mutter versucht, mich aufzuhalten.« Er seufzte und wandte seinen Blick wieder mir zu. »Bei ihr hatte ich damals das Gefühl, dass sie daran zweifelt, ob ihre Reaktion wirklich richtig war. Doch mein Vater war so stur, dass er nur ganz lapidar zu mir gesagt hat, dass man Reisende nicht aufhalten soll.«

»Hast du seitdem mit ihm gesprochen?«

Oscar schüttelte erneut den Kopf.

»Nein. Zu meiner Mutter habe ich noch Kontakt, aber ihn habe ich seit Jahren nicht mehr gesehen. Ich habe damals einen kompletten Schlussstrich gezogen, die Schule gewechselt und hier neu angefangen.«

Mir kam in den Sinn, was Nhi mir erzählt hatte. Dass Oscar von einem Tag auf den anderen verschwunden war.

Ich hatte noch einige Fragen im Kopf und war mir sicher, dass noch mehr hinter der ganzen Sache steckte. Doch ich wollte Oscar zu nichts drängen.

»Das stelle ich mir sehr schwierig vor«, sagte ich vorsichtig. »Sind die Fronten in deiner Familie denn so verhärtet, dass man gar nichts mehr machen kann?«

Oscar zuckte mit den Schultern. »Ich mache mir da keine großen Hoffnungen. Meine Mutter ruft mich manchmal an, oder sie kommt nach Elderstedt, um mit mir einen Kaffee trinken zu gehen. Wir treffen uns aber nie im Baumhauscafé, sondern immer irgendwo in der Innenstadt. Opa Erwin wird in den Gesprächen grundsätzlich ausgeklammert. Es geht um mein Studium, die *Future Force* oder um ihren Job. Anfangs habe ich noch versucht, mit ihr darüber zu reden, was passiert ist, aber sie hat dann immer schnell das Thema gewechselt. Deswegen hab ich es irgendwann gelassen. So schwierig das alles auch ist, ich möchte trotzdem nicht den Kontakt zu ihr verlieren, wo mein Vater doch schon komplett alles abblockt. Versteh mich nicht falsch, ich finde ihr Verhalten absolut daneben, aber …« Er beendete den Satz nicht, daher tat ich es für ihn.

»Aber sie ist trotzdem noch deine Mutter, und du liebst sie?«

Als Oscar nickte, spürte ich eine Woge der Zuneigung für ihn. Ich verstand genau, wie er sich fühlte. Der Konflikt zwischen meiner Mutter und mir war zwar ein anderer, doch meine Gefühle waren sehr ähnlich. Oscar fuhr sich mit den Fingern durch die Haare und setzte dann wieder sein gewohntes schiefes Grinsen auf.

»Tut mir leid, dass das hier jetzt plötzlich so tiefgründig geworden ist. Das ist garantiert nicht das, was du dir unter dem Date vorgestellt hast, oder?«

»Alles gut.« Ich sah ihm fest in die Augen. »Danke, dass du mir genug vertraust, um mir solche Dinge zu erzählen. Mir ist es wichtig, dass wir ehrlich zueinander sind.« Auch wenn ich den letzten Satz wirklich so meinte, kam ich mir plötzlich heuchlerisch vor, als ich ihn aussprach. Würde ich ihm je meine ganze Geschichte anvertrauen?

Doch als Oscar nun seinen Arm um mich legte und mich an sich zog, spielte all das keine Rolle mehr. Ich drehte meinen Kopf zu ihm, und als wir uns küssten, war das alles, worauf ich mich für den Rest des Nachmittags konzentrieren wollte. Seine Nähe und all die guten Gefühle, die sie in mir auslöste. Ich spürte, wie die Endorphine durch meinen Körper jagten, und während meine Hände Oscars Gesicht, seinen Nacken und seine Oberarme berührten, verging die Zeit gleichzeitig unendlich langsam und viel zu schnell.

Oscar zu küssen fühlte sich anders an als alles, was ich zuvor gekannt hatte. Ich musste nicht nachdenken, mein Körper reagierte intuitiv auf jede seiner Bewegungen. Es fühlte sich richtig an, gut und so natürlich, als hätte ich noch nie etwas anderes getan. Dennoch war ich froh über die Büsche um uns herum, die den Blick auf uns verdeckten. Niemand konnte uns sehen. Niemand würde mich fragen, was das zwischen uns war. Ich konnte es einfach nur genießen.

Irgendwann ging die Sonne unter, und mir wurde allmählich kalt. Schließlich machten wir uns auf den Rückweg.

»Sehen wir uns am Samstag im Baumhauscafé?«, fragte Oscar, als wir vor meiner Haustür ankamen, und ich unterdrückte den Impuls, ihn darum zu bitten, noch mit reinzukommen. *Mach mal langsam*, ermahnte ich mich innerlich. *Nur weil du gerade eine rosarote Brille aufhast, heißt das nicht, dass du dich Hals über Kopf in irgendetwas Unbedachtes stürzen solltest.*

Daher nickte ich nur. »Meinst du, wir werden mit den Vorbereitungen für die Kleidertauschparty noch rechtzeitig fertig?« Die Party war unsere nächste Veranstaltung und sollte schon in anderthalb Wochen stattfinden. Unser Ankündigungspost auf Instagram hatte bereits ziemlich viele Likes bekommen, was uns alle freute. Doch es bedeutete gleichzeitig auch, dass vermutlich ziemlich viele Leute kommen würden, und das erforderte einiges an Planung.

»Na klar.« Oscar klang optimistisch. »Die Liste, wer wann an welchem Stand steht, haben Lars und Tufan mir gestern schon geschickt. Eigentlich müssen wir nur noch besprechen, an wen wir den Erlös des Kuchenverkaufs spenden wollen. Deswegen hab ich überlegt, ob wir vielleicht alle zusammen eine kleine Fahrradtour machen. Dann sitzen wir nicht immer nur drinnen.«

Der Vorschlag gefiel mir. »Schreib das mal in die WhatsApp-Gruppe«, schlug ich Oscar vor. »Die anderen finden die Idee bestimmt auch super.«

»Mache ich gleich. Davor will ich aber noch das hier tun.« Als er mich mit diesen Worten noch einmal an sich zog und mich zum Abschied küsste, ahnte ich, dass die drei Tage bis Samstag unendlich lang werden würden.

KAPITEL 13

Dass ich am Abend erstaunlich ruhig einschlief, war zumindest ein kleiner Trost. Der Nachmittag mit Oscar war so schön gewesen, dass mein Gehirn wohl beschlossen hatte, mir in Sachen Sorgen und Ängste mal eine kleine Pause zu gönnen.

Am nächsten Tag zwang ich mich, all meine Konzentration auf das Referat zu lenken. Professor Albrecht hatte den anderen Gruppen so kritisches Feedback gegeben, dass mein Bedürfnis, nicht vor dem ganzen Seminar zur Schnecke gemacht zu werden, kurzzeitig alle anderen Gedanken verdrängte. Fast war ich ihm dankbar für diese Ablenkung, auch wenn sein Gesicht während unseres Vortrags den gewohnt missbilligenden Ausdruck behielt.

Als Nhi und mir dennoch alle Übergänge reibungslos gelangen, fiel mir ein Stein vom Herzen. Es war schwierig zu sagen, ob Professor Albrecht ähnlich zufrieden mit unserer Leistung war. Doch wir hatten Glück und konnten all seine inhaltlichen Rückfragen beantworten. Die gute Vorbereitung hatte sich eindeutig gelohnt.

Als wir wieder auf unseren Plätzen saßen, schlugen Nhi und ich unauffällig unter dem Tisch ein, und nach dem Seminar war unsere Stimmung fast schon euphorisch.

»Ich kann gar nicht glauben, dass es endlich vorbei ist.« Nhi seufzte erleichtert. »Das sollten wir feiern!«

»Absolut«, stimmte ich ihr zu. »Hey, wenn du möchtest, dann komm doch nächstes Wochenende mit zur *Future Force*. Wir veranstalten eine Kleidertauschparty.«

Nhi grinste. »Na, dazu kann ich als wahre Secondhand-Queen wohl schlecht nein sagen.«

Als ich mich auf den Nachhauseweg machte, befürchtete ich schon, dass sich meine altbekannten Sorgen gleich lautstark zurückmelden würden.

Doch dann traf ich vor unserem Haus auf Lilly.

»Hast du Feierabend?«, fragte ich sie, nachdem wir uns zur Begrüßung umarmt hatten.

»Ja, aber ich mache mich gleich wieder auf den Weg. Nour vom Kinderturnen abholen.«

»Kann ich mitkommen?« Verwundert sah Lilly mich an.

»Klar, wenn du magst. Es sind aber so zwanzig Minuten Fußweg bis dorthin.«

Dankbar seufzte ich. »Das ist genau das, was ich gerade brauche. Heute war das Referat, und ich fühle mich jetzt so frei, dass ich einfach nur draußen sein und mich bewegen möchte.« Das war nicht mal gelogen. Meinem Kopf würde die frische Luft garantiert guttun.

»Was war bei dir sonst so in den letzten Tagen los?«, fragte Lilly mich, als wir uns wenig später auf den Weg machten. »Jasper meinte, du wärst vorgestern den halben Tag weg gewesen. Hatten Nhi und du noch so viel mit eurem Vortrag zu tun?«

»Ja, wir wollten einfach auf Nummer sicher gehen.« Lilly anzulügen fühlte sich nicht gut an, doch ich konnte ihr nicht erzählen, mit wem ich meine Zeit tatsächlich verbracht hatte. Was hätte ich ihr auch sagen sollen? *»Ich war mit Oscar am See, und wir haben geredet und geknutscht. Nichts Besonderes.«*

Als ich so darüber nachdachte, merkte ich, wie gern ich eigentlich genau das getan hätte. Ich wollte jemandem davon erzählen, wie schön die gemeinsame Zeit mit Oscar gewesen war. Ich wollte mein Glück teilen, doch wir hatten abgemacht, niemandem von uns zu erzählen. Und das war gut so. Genau so hatte ich es doch gewollt, oder etwa nicht?

»Was hast du so gemacht?«, fragte ich Lilly stattdessen, und sie seufzte.

»Nach unserem Gespräch letzte Woche hab ich mich endlich mal getraut, mich bei einer Dating-App anzumelden. Eigentlich lief es ganz gut. Ich hatte einige Matches mit Frauen, die ich interessant fand, aber als ich geschrieben habe, dass ich auch auf Männer stehe, wurde ich von einigen einfach geghostet.«

Verständnisvoll sah ich sie an. »Damit bist du nicht allein. Ich hab gehört, dass das leider häufiger passiert. Das ist wirklich nicht fair.«

Lilly nickte und trat dann energisch gegen einen Kieselstein, der vor ihr auf dem Weg lag. »Absolut nicht. Ich kann natürlich verstehen, dass Leute vorsichtig sind, wenn sie schon mal schlechte Erfahrungen gemacht haben. Aber diese ganzen Klischees, von wegen alle bi- und pansexuellen Menschen sind grundsätzlich untreu, tun echt richtig weh.« Traurig schüttelte sie den Kopf. »Für mich ist es ja ohnehin etwas Neues, Teil der queeren Community zu sein, und irgendwie fühlt es sich so an, als würde ich nicht richtig dazugehören.«

»Ja, das geht mir auch so. Gefühlt hängt da auch ständig der

Vorwurf in der Luft, man wäre eigentlich hetero und würde nur mal experimentieren wollen.«

Lilly schnaubte. »Ich vermute, dass das auch der Grund für das Ghosting ist, zumindest bei einigen. Vielleicht wäre das alles einfacher, wenn ich die Person nicht online, sondern im realen Leben kennenlernen würde.« Kurz hielt sie inne und schien sich an etwas zu erinnern. »Neulich im *Treibholz* hätte ich fast jemanden angesprochen, aber ich hab mich dann doch nicht getraut. Ich weiß, dass ich mutiger sein müsste, aber irgendwie hoffe ich immer, dass die Person mir vom Gesicht ablesen kann, dass ich sie gut finde, und dann auf mich zukommt. Aber natürlich passiert das nie.«

Mir kam ein Gedanke. »Was hältst du davon, nächste Woche einen neuen Versuch zu starten? Wir machen eine Kleidertauschparty bei der *Future Force*, und ich könnte mir vorstellen, dass wir danach wieder feiern gehen. Nour ist nächste Woche ja wieder bei Said, du könntest also mitkommen.«

Lilly zögerte. »Lass mich darüber nachdenken«, sagte sie, als wir vor der Turnhalle ankamen. »Ist vielleicht mal an der Zeit, ein wenig mutiger zu sein«, hörte ich sie dann noch murmeln, während sie Nour zuwinkte, die drinnen gerade aus der Umkleide kam.

Am nächsten Tag beschloss ich, endlich mal wieder Fotos für meinen Instagram-Account zu machen. Den hatte ich in den letzten Wochen sträflich vernachlässigt, und da ich es aktuell schon kaum schaffte, Konzentration für die Uni aufzubringen, wollte ich nicht auch noch mein Lieblingshobby schleifen lassen. Ich hatte aus meinem Fehler vom letzten Mal gelernt und stellte mir einen Wecker, um rechtzeitig das Haus zu verlassen. Das klappte an sich auch gut. Ich nahm eine Reihe von Fotos auf und hatte sie gerade auf den Laptop übertragen, als der Wecker klingelte.

Womit ich jedoch nicht gerechnet hatte, war, dass Nour mich auf dem Weg nach draußen an der Wohnungstür abfing.

»Mila, Mila!«, rief sie mir aufgeregt zu. »Schau mal, mein Playmobil-Bauernhof!«

»Du, Nour, ich muss eigentlich gerade los«, begann ich, doch als ich sah, wie sich Enttäuschung auf ihrem Gesicht breitmachte, lächelte ich sie liebevoll an. »Fünf Minuten hab ich aber noch. Welche Tiere leben denn auf deinem Bauernhof?«

»Elefanten und Hasen und Hunde und Katzen und eine Giraffe.« Nour zog an meiner Hand. »Da, schau!«

Ich spürte, wie eine innere Unruhe in mir aufkam, doch ich folgte Nour dennoch bereitwillig und ließ mir alles zeigen.

»Die wohnen da alle zusammen und haben sich gern«, sagte sie stolz und erklärte mir dann so ausführlich, welches Tier mit welchem befreundet war, dass ich doch wieder zu spät von zu Hause loskam.

Als ich mit meinem Fahrrad auf den Parkplatz des Baumwipfelpfads einbog, war ich die Letzte.

»Hi!«, rief ich keuchend in die Runde. »Sorry für die Verspätung!«

»Alles gut.« Anna stieg auf ihr Fahrrad und ließ es neben meins rollen. »Wir sind ohnehin noch am Überlegen, welchen Weg wir nehmen wollen. Oscar hat deutlich mehr sportliche Ambitionen als der Rest der Gruppe.«

Als ich in seine Richtung sah, wurde mir auf einmal überdeutlich bewusst, wie verschwitzt ich gerade aussehen musste.

Doch Oscars Blick traf mich so intensiv, dass diese Tatsache sofort in den Hintergrund rückte. Ich spürte, wie mein Herz schneller zu schlagen begann und wie in mir der starke Drang aufkam, zu ihm zu gehen und ihn zu küssen. *Halt dich zurück, Mila. Das geht jetzt nicht.*

Wir waren nicht allein, das zwischen uns war nichts Offizielles, und genau so sollte es bleiben. Fühlte ich mich nicht genau deswegen wohl und sicher? Weil niemand davon wusste? Wenn ich dieses Gefühl beibehalten wollte, musste ich jetzt schleunigst damit aufhören, Oscar so anzustarren. Auch wenn es mir sehr schwerfiel, wandte ich meinen Blick wieder Anna zu.

»Wohin fahren wir denn?«, fragte ich sie und versuchte dabei, locker und entspannt zu klingen. Ich glaubte, Überraschung in Annas Blick wahrzunehmen, doch vielleicht bildete ich mir das auch nur ein.

»Am Fluss entlang, bis nach Milbertshausen. Da gibt es eine schöne große Wiese, an der wir haltmachen können.«

»Klingt gut«, sagte ich schnell. »Wollen wir los?« Je länger das Gespräch hier dauerte, desto schwieriger wurde es, meine Blicke unter Kontrolle zu behalten. Auf dem Fahrrad würde es leichter sein, dann hatte ich etwas anderes zu tun und konnte mich ablenken. Außerdem würden dann nicht zehn weitere Leute um uns herumstehen und alles beobachten. Als wir losfuhren, zwang ich mich, mich nicht noch einmal nach Oscar umzudrehen, und hielt mich stattdessen an Anna und Lars. Die beiden fuhren vorneweg und unterhielten sich über ihre Lieblingsserien.

»Hast du die neue Staffel *Bridgerton* schon gesehen, Mila?«, fragte Anna, und ich nickte enthusiastisch.

»Eloise ist mein Lieblingscharakter.« Das Thema war unverfänglich und genau das, was ich gerade brauchte. In der nächsten halben Stunde steuerte ich immer wieder einen Kommentar bei, während wir zunächst ein Stück durch den Wald und anschließend am Fluss entlangfuhren. Die Strecke war mir vertraut, denn ich hatte am Wochenende früher oft Fahrradtouren mit meinen Eltern unternommen. Als wir an der Wiese ankamen, stellten wir unsere Fahrräder ab und breiteten unsere mitgebrachten Picknickdecken aus.

»Schön, dass ihr alle da seid«, sagte Oscar, nachdem wir es uns gemütlich gemacht hatten. »Wir haben heute nur einen kurzen Programmpunkt und wollen abstimmen, an welche Organisation der Erlös des Kuchenverkaufs bei unserer Kleidertauschparty gehen soll. Habt ihr Vorschläge?«

»Was haltet ihr vom Tierheim?«

Die Frage kam von Tufan, und einige der anderen Teilnehmenden nickten. Doch Lars, der zwischen Anna und mir saß, schien anderer Meinung zu sein. Obwohl seine Stimmung auf dem Hinweg noch super gewesen war, wirkte er nun plötzlich sichtlich genervt.

»Ehrlich gesagt verstehe ich nicht, warum wir immer nur Sachen auf lokaler Ebene machen. Warum nicht mal was Größeres?« Er ließ seinen Blick durch die Runde wandern.

»Ihr wisst schon, so was wie die Aktionen in Berlin, vor dem Brandenburger Tor. Ein richtiger, plakativer Protest. Menschen, die sich selbst mit Kunstblut beschmieren und damit gegen die Massentierhaltung demonstrieren. Wir sollten auch endlich mal mehr auf die Kacke hauen.«

Oscar sah aus, als würde er diesen Vorschlag nicht zum ersten

Mal hören. Als er zu einer Antwort ansetzte, war da auf einmal eine seltsame Spannung zwischen den beiden, die ich mir nicht so richtig erklären konnte.

»Ich weiß, dass du dir einen anderen Ansatz wünschen würdest, Lars«, sagte Oscar ruhig. »Dass solche Aktionen mehr Aufsehen erregen, ist mir bewusst. Aber du musst bedenken, dass wir immer noch eine Uni-Gruppe sind. Unser Motto ist ›inspirieren statt missionieren‹. Es gibt verschiedene Ansätze, etwas zu bewegen, und unserer hat genauso seine Daseinsberechtigung wie der der Gruppen vor dem Brandenburger Tor.«

Lars rollte mit den Augen und ließ ein Schnauben hören.

»Na klar, als Uni-Gruppe müssen wir uns natürlich wieder mal an alle Regeln halten. Manchmal wünschte ich echt, du würdest zumindest einmal nicht Mr. Superperfekt sein, Oscar. Dann hättest du auch mal ein bisschen Spaß im Leben, und wir könnten endlich einen richtigen Unterschied machen. Aber gut, reden wir wieder übers Tierheim.«

Er machte eine genervte Handbewegung in Tufans Richtung, der nach Lars' Ansprache ein wenig verunsichert wirkte.

»Also, ich hatte mir gedacht, dass das Tierheim vielleicht nicht so intransparent ist wie eine größere Organisation«, erklärte Tufan vorsichtig. »Da könnten wir direkt sehen, dass das Geld auch wirklich ankommt.«

Ich hatte Mitleid mit ihm, und weil ich seinen Vorschlag tatsächlich ziemlich gut fand, beschloss ich, ihm zur Seite zu springen. »Ich finde die Idee gut. Meine Freundin Nhi hat einen Patenhund im Tierheim und spricht immer sehr positiv darüber.«

Tufan warf mir einen dankbaren Blick zu. Ich lächelte ihm zu, doch als ich an ihm vorbei zu Oscar sah, wirkte der seltsam abwesend. Er machte keinerlei Anstalten, wieder das Wort zu ergreifen. Also sprach ich an seiner Stelle weiter.

»Hat noch jemand einen anderen Vorschlag, oder passt das für alle?«

Lars sagte nichts mehr, und auch niemand in der Gruppe schien weitere Einwände zu haben. »Gut, dann … sind wir wohl für heute mit dem offiziellen Programm durch.«

Um mich herum kamen die Gespräche der anderen langsam wieder in Gang. Lars stand auf, und als er sich ein Stück von der Gruppe entfernte, sah ich, wie Oscar ihm folgte.

Anna, die meinen Blick bemerkte, beugte sich zu mir.

»Mach dir keine Sorgen Mila. Die beiden klären das schon, und gleich ist wieder alles okay. Wahrscheinlich war Lars doch noch enttäuscht darüber, dass Oscar neulich seinen Vorschlag mit den Gemüsekostümen nicht unterstützen wollte.« Sie seufzte tief.

»Früher sind die beiden ständig aneinandergeraten. Anfangs war Lars echt richtig auf Krawall gebürstet und hat Oscar ständig provoziert. Inzwischen finden sie zum Glück in den meisten Situationen einen Kompromiss.«

Für Anna war die Sache damit erledigt, und sie wandte sich wieder den anderen zu. Doch mich ließ das Ganze nicht los. Ich beobachtete Lars und Oscar weiter, bis sie nach einer Weile zur Gruppe zurückkehrten. Lars wirkte versöhnt, doch irgendetwas sagte mir, dass die Situation Oscar noch immer beschäftigte.

Ich kam nicht dazu, mir näher Gedanken darüber zu machen. Denn in dem Moment, als die beiden sich wieder auf ihre Plätze setzten, räusperte sich Anna.

In der Runde wurde es wieder still. »Oscar, da wäre noch eine andere Sache. Ich weiß, dass du das jetzt vermutlich nicht gern hörst.« Überrascht sah ich sie an. Was würde jetzt wohl kommen? »Aber Opa Erwin hat mir verraten, dass du nächste Woche Geburtstag hast. Wollen wir ihn nach der Kleidertauschparty zusammen feiern?«

Für einen Moment trat wieder der gequälte Ausdruck auf Oskars Gesicht. Er hatte mir nichts von seinem Geburtstag erzählt, und offensichtlich hatte er es auch vor den anderen geheim halten wollen. Doch warum?

»Wenn ihr mögt«, sagte Oscar mit einem etwas gezwungenen Lächeln, und Anna strahlte ihn an. Dann wandte sie sich an die neuen Mitglieder der Gruppe.

»Oscar hat so ein gutes Gedächtnis, was unsere Geburtstage angeht und stellt immer sicher, dass alle eine Karte und einen Kuchen bekommen«, erklärte sie. »Aber an sich selbst denkt er natürlich nicht. Deswegen hat bis jetzt auch niemand von uns mitbekommen, wenn er Geburtstag hatte.«

Nachdenklich betrachtete ich Oscar. Das alles passte zu seinem bisherigen Verhalten und meinem Bild von ihm. Doch warum war er so zurückhaltend, wenn es um ihn selbst ging? War das immer schon so gewesen? Oder war damals beim Streit zwischen Opa Erwin und seinen Eltern irgendetwas passiert, weswegen er jetzt das Gefühl hatte, immer nur für andere da sein zu müssen? Lars hatte ihm vorgeworfen, *Mr. Superperfekt* zu sein. Was hatte es mit alledem auf sich? Auch wenn ich vor Neugier fast platzte, konnte ich Oscar das vor den anderen natürlich nicht fragen. Doch ich nahm mir vor, es das nächste Mal zu tun, wenn wir allein waren.

Für den Rest des Nachmittags kam ich nicht dazu, weiter über das Thema nachzudenken. Immer wieder wurde ich in Gespräche verwickelt, und Lars, dessen Laune nun wieder bestens war, brachte Anna und mich irgendwann so zum Lachen, dass ich Schluckauf bekam. Ich brauchte die komplette Rückfahrt zum Baumwipfelpfad, um das Hicksen loszuwerden, und danach blieb nichts als gute Laune zurück. Alles in allem war es ein schöner Nachmittag gewesen.

Ungeduldig wartete ich, bis alle ihrer Wege gegangen waren, und als nur noch Oscar und ich mit unseren Fahrrädern auf dem Parkplatz standen, lächelte ich ihn vorsichtig an.

»Hi«, sagte ich leise.

»Hi«, gab er zurück. Dann sagten wir einen Moment lang nichts, bevor wir beide gleichzeitig zu sprechen begannen.

»Das war wirklich ein …«

»Möchtest du gern …«

Wir stoppten und lachten.

»Du zuerst«, sagte Oscar dann, und ich atmete einmal tief durch.

»Es war ein wirklich schöner Tag«, meinte ich, und Oscar nickte.

»Ja, das war es.« Dann zögerte er kurz. »Hör mal, Mila. Ich wollte fragen, ob du vielleicht am Mittwoch zu meinem Geburtstag vorbeikommen möchtest. Ich feiere nicht groß, nur zu Hause mit Opa Erwin und Karl, Opa Erwins …« Er machte eine kurze Pause und räusperte sich. »Einem Freund von Opa Erwin.«

Überrascht sah ich ihn an. Mit einer Einladung zu ihm nach Hause hatte ich nicht gerechnet. Oscar schien meinen Gesichtsausdruck jedoch anders zu deuten, denn er sah mich bestürzt an.

»Also, du musst natürlich nicht«, sagte er schnell. »Wenn dir das zu viel ist, dann …«

»Alles gut.« Ich lächelte ihn beruhigend an. »Ich freue mich sehr über die Einladung und komme gern vorbei.«

Vorsichtig blickte ich nach links und rechts, um mich zu vergewissern, dass wirklich niemand mehr da war. Dann griff ich nach Oscars Arm und zog ihn zu mir, um ihn zu küssen.

KAPITEL 14

Als ich am Mittwoch vor dem Wohnhaus stand, dessen Adresse Oscar mir gegeben hatte, war ich unglaublich aufgeregt. Ich würde gleich zum ersten Mal sein Zuhause betreten, und das fühlte sich für mich wie ein riesiger Schritt an. In den letzten Tagen hatte ich wieder und wieder versucht, mir einzureden, dass es ja eigentlich dasselbe war wie ein Besuch bei Lillys oder Jaspers Familie. Doch das hatte nicht viel gebracht, und die Anspannung war nur von Tag zu Tag größer geworden.

Ich atmete noch einmal tief durch und klingelte. Es ertönte ein Surren, und die Tür des Mehrfamilienhauses öffnete sich. Oscar hatte mir geschrieben, dass sich die Wohnung im zweiten Stock befand, und als ich oben ankam, stand er bereits in der Tür.

»Alles Gute zum Geburtstag!«, rief ich und umarmte ihn. Am liebsten hätte ich ihn geküsst, doch Opa Erwin stand direkt hinter Oscar und beobachtete uns aufmerksam.

»Hallo, Opa Erwin«, begrüßte ich ihn herzlich. »Du hast dich heute ja richtig schick gemacht!«

Er trug seinen üblichen Dreiteiler, doch diesmal war seine Fliege nicht einfarbig. Stattdessen hatte Opa Erwin sich für ein dunkelblaues Modell mit Muster entschieden. Als ich näher trat, konnte ich erkennen, dass es sich dabei um kleine goldene Sektgläser, Luftballons und Partyhüte handelte.

Er lachte. »Ja, zu besonderen Anlässen kann man auch mal die besonderen Fliegen aus dem Schrank holen.«

Seine Stimme nahm einen verschwörerischen Tonfall an.

»Der Oscar ist letzte Woche übrigens sehr gut gelaunt von eurem Ausflug zurückgekommen. Euer Abend war wohl ein voller Erfolg? Und du hast den Oscar wirklich dazu gebracht, in den Eldersee zu hüpfen?«

Als ich nickte, lächelte Opa Erwin verschmitzt.

»Sind wir vollzählig?«, ertönte in diesem Moment eine Stimme von links, und ein grauhaariger Mann in Opa Erwins Alter trat zu uns. Er trug ein Hemd, Hosenträger und die gleiche Fliege wie Opa Erwin.

»Ich bin der Karl«, sagte er und reichte mir die Hand.

»Freut mich, ich bin Mila.« Karls Händedruck war fest und herzlich, und er war mir auf Anhieb sympathisch.

»Ich gehe dann gleich mal Kaffee aufsetzen«, meinte Opa Erwin, doch Karl nahm ihn am Arm.

»Mein lieber Erwin, du arbeitest doch schon die ganze Woche lang im Café. Da darfst du heute wirklich mal Pause machen. Ich kümmere mich darum.«

»Aber du bist hier doch zu Gast«, protestierte Opa Erwin und folgte ihm in die Küche.

Oscar grinste. »So ist das immer mit den beiden«, erklärte er mir, und ich musste lächeln. Dann fiel mir etwas ein.

»Bevor ich es vergesse: Hier ist dein Geschenk!« Ich zog einen Briefumschlag aus meinem Rucksack und hielt ihn Oscar hin.

»Vielen Dank!« Ich sah, wie Oscars Augen zu leuchten begannen.

»Ich war mir nicht ganz sicher, worüber du dich wohl freuen würdest.« Auf einmal war mir die Situation ein bisschen unangenehm. »Ich hoffe, das ist dir jetzt nicht zu standardmäßig.«

Oscar zog die Karte aus dem Umschlag, las sie und lächelte. »Ich finde, gemeinsame Zeit zu verschenken, ist immer eine gute Idee. Danke für die Einladung ins Kino, Mila.« Er nahm mich in den Arm. »Die Karte gefällt mir sehr«, sagte er leise, und ich spürte, wie meine Wangen ein wenig rot wurden.

Ich hatte die Karte am Vormittag gebastelt und versucht, sie ein wenig persönlicher als das eigentliche Geschenk zu gestalten. Deswegen hatte ich unser Filmstreifen-Foto ausgedruckt, es auf die Vorderseite geklebt und den Text auf der Innenseite so formuliert, als wäre die Karte eine Einladung zu einer schicken Gala. Als ich Oscar nun so nah bei mir spürte, merkte ich erst richtig, wie sehr ich ihn in den letzten Tagen vermisst hatte. Wir hatten ein paarmal geschrieben, doch ich hatte ihn nicht gefragt, ob wir uns vor seinem Geburtstag noch mal sehen konnten. Das zwischen uns ging alles so schnell. Nicht körperlich, aber gefühlstechnisch. Es war so verwirrend, denn mir war alles gleichzeitig zu viel und viel zu wenig.

Ich seufzte leise, und weil ich mich nicht traute auszusprechen, was ich fühlte, versuchte ich stattdessen, es Oscar durch meine Berührungen zu zeigen. Ich vergrub meine Hand in seinen Haaren, und Oscar machte ein überraschtes Geräusch. Doch nur einen Moment später schloss er bereits den Abstand zwischen uns und küsste mich.

»Oscar, Mila, der Kaffee ist fertig!« Opa Erwins Stimme aus

dem Wohnzimmer ließ mich zusammenzucken, und ich sprang schnell einen Schritt zurück.

»Wir sind gleich da!«, rief Oscar, und ich sah eine kurze Regung in seinem Gesicht. Ich wusste nicht genau, was es war. Enttäuschung? Doch er fing sich schnell wieder und wandte sich von mir ab.

»Komm, ich zeig dir das Wohnzimmer.« Er sprach nun betont fröhlich, und ich nickte langsam, während mein Kopf immer noch versuchte, seine Reaktion zu verarbeiten. Der Raum, in den Oscar mich führte, war gemütlich eingerichtet. Eigentlich hatte ich Kontraste erwartet, die deutlich zeigten, dass hier ein Großvater und sein Enkel zusammenlebten. Doch der geblümte Ohrensessel mit Hocker, das dazu passende Sofa und der ziemlich in die Jahre gekommene Fernseher samt Videorekorder ließen lediglich auf Opa Erwin schließen.

Auf dem Couchtisch stand eine Calathea, und ich zog überrascht die Augenbrauen nach oben.

»Scheinbar ist zumindest Opa Erwin ganz gut darin, Pflanzen am Leben zu erhalten«, neckte ich Oscar und startete damit einen Versuch, die seltsam angespannte Stimmung zwischen uns zu lockern. Ich hob eines der Blätter ein Stück an, um es genauer unter die Lupe zu nehmen. »Die hier sieht auf jeden Fall sehr frisch aus.«

»Das ist meine!«, protestierte Oscar und lachte. »Ich hab deine Pflegetipps befolgt, und sie hat es sehr gut hier.«

»Na, mal schauen, wie knusprig sie in ein paar Wochen sein wird.« Allmählich entspannte ich mich wieder. Eigentlich war doch alles wie immer. Oscar war hier, ich war hier, und Opa Erwin war hier. Nur dass »hier« diesmal eben nicht das Baumhauscafé war. Und diesen seltsamen Moment gerade hatte ich mir wahrscheinlich nur eingebildet.

»Ich hab Erdbeertorte gebacken«, verkündete Opa Erwin, als wir auf den großen Esstisch zutraten, der auf der anderen Seite des Raums stand. »Die isst der Oscar am liebsten.«

»Und Karl praktischerweise auch.« Oscar zwinkerte in Richtung von Opa Erwins Freund. Der lachte nur gutmütig.

»So ein Zufall aber auch. Und nett von dir, dass du mit mir teilst, Oscar.«

Während wir aßen, erfuhr ich, dass Karl und Opa Erwin sich bereits aus der Schulzeit kannten. »Erwin war immer der Brave von uns beiden. Ich hatte damals nur Flausen im Kopf«, erzählte Karl augenzwinkernd.

»O ja«, bestätigte Opa Erwin und lachte auf. »Wegen dir musste ich mehr als nur einmal nachsitzen. Die Strafarbeiten haben gar kein Ende genommen.«

Die Geschichten, die die beiden abwechselnd und sich gegenseitig ergänzend von früher erzählten, unterhielten mich so gut, dass ich kaum dazu kam, meinen Kuchen zu essen. Die beiden waren ein eingespieltes Team. Karls Art zu erzählen war unglaublich witzig, und als er über die Streiche sprach, die Opa Erwin und er damals ausgeheckt hatten, bekam ich fast das Gefühl, dabei gewesen zu sein.

»Lust auf eine Wohnungstour?«, fragte Oscar mich, nachdem ich meinen Kuchen aufgegessen hatte.

Ich sah zu Opa Erwin, der sich gerade noch ein zweites Stück auftat, doch er winkte ab. »Macht ihr nur«, sagte er. »Wir essen hier noch ganz gemütlich fertig und räumen dann in Ruhe den Tisch ab.«

Ich nickte und folgte Oscar, der bereits in Richtung Flur gegangen war. Er deutete auf die Tür links von uns.

»Das ist das Schlafzimmer von Opa Erwin, daneben ist das Bad und das hier drüben, auf der rechten Seite, ist mein Zimmer. Er öffnete die Tür, und als wir den Raum betraten, war alles, was ich sah, weiß. Ein weißes Bett, ein weißer Kleiderschrank und ein weißer Schreibtisch, die allesamt vor nackten weißen Wänden standen. Alles war funktional und praktisch, doch es wirkte so unpersönlich, dass ich anhand des Zimmers nichts über den Menschen hätte sagen können, der darin lebte.

»Es ist sehr minimalistisch.« Das war das Diplomatischste, was mir dazu einfiel, aber Oscar schien zu wissen, was ich damit sagen wollte.

»So kann man es natürlich auch nennen. Das komplette Gegenteil zu deinem, oder?«

»Hast du dich bewusst dafür entschieden?« Ich stellte die Frage extra vorsichtig, und doch sorgte sie dafür, dass Oscars Grinsen ein wenig schmaler wurde.

»Nein, nicht wirklich. Es ist eher so, dass ich nicht weiß, wo ich anfangen soll. Ich hab mich nie damit beschäftigt, was mir wirklich gefällt, und ich habe auch keine Zeit für so was wie Deko.«

»Oder möchtest du dir die Zeit nur nicht nehmen, weil es etwas ist, das du für dich selbst und nicht für jemand anderen tun würdest?« Mit dieser Frage preschte ich ganz schön weit vor, das merkte ich selbst. Doch ich musste jetzt einfach die Antwort darauf erfahren.

In den letzten Tagen hatte ich viel über den Namen nachgedacht, den Lars Oscar gegeben hatte.

Mr. Superperfekt. Mittlerweile glaubte ich, dass darin ein Fünkchen Wahrheit steckte. Da war diese Fassade, die Oscar nach außen hin zeigte. Voller Charme, Höflichkeit und Hilfsbereitschaft und dabei doch so glatt und wenig aussagekräftig, wie die leeren Wände seines Zimmers.

Doch im Gegensatz zu Lars glaubte ich nicht, dass Oscar das tat, um andere denken zu lassen, er sei perfekt.

Viel eher schien es mir ein Schutzmechanismus zu sein, nur diese Seite von sich selbst preiszugeben. Dass Oscar den Fokus so viel auf andere richtete, half dabei, dass niemand nah genug an ihn herankam, um hinter diese Mauer zu blicken.

Ich sah, wie es in ihm arbeitete. Vielleicht überlegte er, was er wohl sagen konnte, um mich von dem unangenehmen Thema abzulenken. Doch dann schien er zu resignieren.

»Ich habe dir versprochen, ehrlich zu dir zu sein, Mila. Doch hier fällt mir das unglaublich schwer, weil diese Sache wirklich kein gutes Licht auf mich wirft.« Die plötzliche Schwere in seiner Stimme ließ mich aufhorchen. »Ehrlich gesagt habe ich Angst davor, dich danach als Freundin zu verlieren. Aber du solltest die Wahrheit kennen. Das ist nur fair.«

Was Oscar auf dem Herzen lag, war offensichtlich drastischer, als ich erwartet hatte.

Er deutete auf sein Bett, und wir setzten uns nebeneinander. »Ich tue nichts für mich selbst, weil ich es nicht anders verdient habe«, sagte Oscar schließlich. »Ich war in der Vergangenheit unglaublich egoistisch. Ich habe keine Rücksicht auf andere genommen und nicht darüber nachgedacht, welche Konsequenzen meine Taten haben. Dieser Egoismus hat meine Familie zerstört. Und noch viel schlimmer: Er hat Opa Erwins Leben zerstört.« Seine Stimme begann leicht zu zittern, und Oscar musste einmal tief durchatmen, bevor er weitersprechen konnte. »Das Ganze ist passiert, als ich in der zehnten Klasse war. Es war ein langer Schultag, und als ich nach dem Nachmittagsunterricht nach Hause gekommen bin, hatte ich eine Fünf in Englisch im Gepäck. Ich hatte einfach nicht gelernt, und weil es ein Vokabeltest war, konnte ich auch kaum improvisieren.« Er lachte freudlos. »Wie auch immer. Meine Eltern waren jedenfalls unglaublich wütend auf mich, und mein Vater hat mir gesagt, dass ich mich endlich mal zusammenreißen und mehr für die Schule tun muss. Diese Diskussion hatten wir in den Monaten davor schon ständig, weil ich in mehreren Fächern auf der Kippe stand. Ich hatte damals einfach ziemlich wenig Bock auf den Unterricht, nur das Schulsprecherteam war mir wichtig. Deswegen hat es mir auch so wehgetan, als mein Vater mir an diesem Nachmittag verboten hat, weiterhin Teil davon zu sein.«

Oscar fuhr sich zerstreut mit den Fingern durch die Haare. »Wir haben uns schlimm gestritten, und er hat mich auf mein Zimmer geschickt. Irgendwann kam Opa Erwin rein. Er war eigentlich zum Abendessen bei uns eingeladen, doch weil meine Eltern ihm von meiner Note erzählt hatten, ist er nach oben gekommen, um mit mir zu reden.« Oscar seufzte. »Er hat sich zu mir gesetzt und wollte mich trösten und motivieren. Aber ich war ein dummer, bockiger Teenager und hab auf Durchzug gestellt. Das Einzige, was ich mitbekommen habe, war, dass er mir gesagt hat, ich solle fleißig lernen, damit ich nicht so ende wie er. Heute weiß ich natürlich, dass er das nur gut gemeint hat. Die Leute im Dorf haben sich oft über seine Legasthenie lustig gemacht, und er wollte mir solche Reaktionen einfach ersparen.

Doch damals habe ich das nicht verstanden. Bei mir kam nur an, dass ich meiner Familie nicht gut genug bin.«

Oscar vergrub das Gesicht in den Händen und sprach mit gesenktem Kopf weiter. »Ich war so wütend. Deswegen habe ich Opa Erwin angeschrien, dass er mir gar nichts zu sagen hat. Dann bin ich rausgerannt, in den Wald. Ich hatte meine Kopfhörer dabei und hab laut Musik gehört. Du weißt schon, die Art, die einen nur noch zorniger macht.«

Ich nickte, weil ich mir gut vorstellen konnte, was er damit meinte.

»Ich weiß nicht genau, wie lange ich unterwegs war, aber als es irgendwann dunkel geworden ist, bin ich zurückgegangen. Ich war immer noch wütend, und dann hab ich ihn gesehen. Opa Erwin, der zusammen mit Karl am Waldrand auf einer Bank saß. Die beiden …«

Oscar machte eine kurze Pause und räusperte sich. »Die beiden haben sich geküsst.« Nun hob er wieder den Blick, doch er sah nicht mich an, sondern starrte an die Wand gegenüber.

Ich brauchte einen Moment, um die Information zu verarbeiten. »Also ist Karl Opa Erwins …«, setzte ich an, und Oscar nickte.

»Ja, er ist Opa Erwins Freund. Nicht nur sein guter Freund, sondern sein Partner. Ich war damals geschockt, als ich die beiden gesehen habe. Meine Oma war einige Jahre zuvor verstorben. Sie war noch ziemlich jung, gerade mal sechzig, und ihr Tod ist mir damals sehr nahegegangen. Deswegen hat es sich für mich so angefühlt, als würde Opa Erwin sie betrügen.« Oscars Stimme klang seltsam tonlos, und ich hätte ihn am liebsten in den Arm genommen, um ihn zu trösten.

Doch er war noch nicht fertig. »Ich hatte so viele Gefühle gleichzeitig in mir. Wut, Trauer, Enttäuschung. Ich habe mich so verletzt gefühlt, deswegen habe ich einfach gehandelt, ohne nachzudenken. Ich bin nach Hause zu meinen Eltern gegangen und habe ihnen davon erzählt. Ein kleiner, ekliger Teil von mir wollte einfach nur, dass sie auf jemand anderen sauer waren als auf mich, und ich habe zugelassen, dass dieses Gefühl die Oberhand gewinnt.«

Ich hörte den Selbsthass in seiner Stimme und merkte, wie angespannt auch ich nun war.

»Ich habe überhaupt nicht darüber nachgedacht, was das für Opa Erwin bedeutet. Mein Vater ist total konservativ. Er hat Opa Erwin sofort angerufen und eine Erklärung verlangt. Dann hat er begonnen, ihn anzubrüllen. Er hat Opa Erwin vorgeworfen, er würde mit seinem Verhalten den Ruf unserer Familie zerstören und solle bloß verschwinden. Meine Mutter hat gar nichts gesagt. Sie stand einfach nur da. Erst in dem Moment habe ich verstanden, was ich da eigentlich angerichtet hatte. Doch da war es bereits zu spät. Meine Eltern haben den Kontakt zu Opa Erwin abgebrochen, und er ist nach Elderstedt gezogen.«

Ich hatte einen Kloß im Hals, als ich fieberhaft darüber nachdachte, was ich sagen sollte. Es tat mir weh zu hören, wie Opa Erwins Familie reagiert hatte. Und als queere Person traf mich diese Geschichte auch auf einer sehr persönlichen Ebene.

»Was ist dann passiert?«, brachte ich mühsam hervor.

Oscar schüttelte resigniert den Kopf. »Als meine Wut abgeflaut war, war mir sofort klar, dass ich einen Fehler gemacht hatte. Ich habe alles versucht, um meine Eltern umzustimmen, doch sie wollten einfach nicht auf mich hören. Mein Vater hat mir verboten, Opa Erwin zu sehen. Also bin ich nach ein paar Tagen abgehauen. Ich habe niemandem Bescheid gesagt, habe einfach meine Sachen gepackt und bin nach Elderstedt gefahren, um mich bei ihm zu entschuldigen.«

Endlich sah Oscar mich wieder an. »Ich hatte solche Angst vor seiner Reaktion. Aber du weißt ja, wie Opa Erwin ist. Er war einfach nur verständnisvoll und hat mir gesagt, dass er als Teenager auch viele Dinge getan hat, ohne an die Konsequenzen zu denken. Dann hat er mich in den Arm genommen und meinte, dass wir alle mal Fehler machen. Das einzig Wichtige sei, dass man sich dafür entschuldigt und es in Zukunft besser macht. Für ihn war damit alles zwischen uns geklärt. Doch ich habe mir selbst bis heute nicht verziehen. Den Schaden, den ich angerichtet habe, kann ich nie wiedergutmachen. Deshalb habe ich mir geschworen, nie mehr egoistisch zu sein und stattdessen alles zu geben, was in meiner Kraft steht, um Opa Erwin zu unterstützen.«

Bei diesen Worten setzten sich in meinem Kopf auf einmal einige Puzzleteile zusammen. Jetzt ergab vieles Sinn. Nicht nur, was Oscars Verhalten gegenüber Opa Erwin anging, sondern auch in Bezug auf alle anderen Menschen in seinem Umfeld. Eine Erkenntnis durchzuckte mich, und ich schnappte hörbar nach Luft. Was bedeutete das für ihn und mich? Hatte er sich etwa nur deswegen auf das zwischen uns eingelassen? Weil er dachte, dass ich das so wollte? Aber was wollte er?

Oscar schien nicht zu merken, was gerade in mir vorging, und er sprach weiter. »Ich fühle mich für die ganze Situation verantwortlich. Deswegen habe ich mich in den letzten Jahren darum bemüht, dass Opa Erwin und ich uns wieder annähern, und irgendwann habe ich ihn dann auch nach Karl gefragt. Er hat mir erzählt, dass die beiden schon als Teenager ineinander verliebt gewesen waren. Doch er meinte, es seien andere Zeiten gewesen, und sie hätten eben auf dem Land gelebt. Daher sind beide den Erwartungen ihrer Eltern nachgekommen. Opa Erwin hat meine Oma Hilde geheiratet, und sie haben eine Familie gegründet. Karl hat denselben Weg gewählt. Ein paar Jahre nachdem meine Oma gestorben ist, haben Karl und seine Frau sich scheiden lassen. Daraufhin haben Opa Erwin und er viel Zeit miteinander verbracht und gemerkt, dass ihre Gefühle füreinander auch nach so vielen Jahrzehnten noch genauso stark waren wie zu ihrer Schulzeit.«

Mein Herz, das gerade noch vor Mitleid mit Opa Erwin geschmerzt hatte, machte plötzlich einen kleinen Hüpfer. Mir traten Tränen in die Augen.

»Karl lebt noch in seinem Haus auf dem Land«, erzählte Oscar weiter. »Aber er ist oft bei uns zu Besuch. Es ist echt schön zu sehen, wie glücklich Opa Erwin und er miteinander sind. Sie schauen sich manchmal mit so strahlenden Augen an, dass es fast ein wenig kitschig ist.« Er lächelte leicht. »Karls Familie weiß Bescheid, und auch wenn sie sich erst an den Gedanken gewöhnen mussten, unterstützen sie die beiden inzwischen sehr. Bei unserem ersten Treffen habe ich mich damals auch bei Karl für mein Verhalten entschuldigt, und er hat genauso verständnisvoll reagiert wie Opa Erwin. Ich hab die beiden echt nicht verdient.« Kurz hielt er inne. »Übrigens ist es für Opa Erwin okay, dass ich dir hiervon erzähle. Er hat es mir sogar schon vor Wochen vorgeschlagen, aber ich hatte bis jetzt einfach zu viel Angst davor.«

Nun schien er alles gesagt zu haben, und während er schwieg, versuchte ich, meine Gedanken zu sortieren.

»Darf ich etwas dazu sagen?«, fragte ich dann nach einer Weile. Als Oscar nickte, atmete ich einmal tief durch. »Ich will das, was passiert ist, nicht kleinreden. Dein Verhalten war verletzend und nicht okay, aber Opa Erwin hat recht.« Ich sah Oscar fest in die Augen. »Du warst ein Teenager, und den eigentlichen Fehler haben deine Eltern gemacht. Du wolltest deinem Opa nicht absichtlich wehtun, sondern warst in diesem Moment einfach nur wütend und zu sehr auf dich selbst konzentriert, um weiter zu denken. In meiner Teenagerzeit gab es genug Situationen, in denen ich mich genauso unbedacht verhalten habe.«

Ich erinnerte mich an Freundschaften, die wegen Kleinigkeiten zerbrochen waren, und an zahlreiche Streits mit meinen Eltern, in denen ich mir keinerlei Gedanken über ihre Perspektive oder ihre Gefühle gemacht hatte. Dann dachte ich an Oscars Befürchtungen vom Beginn unseres Gesprächs.

»Du musst dir übrigens keine Sorgen machen, dass ich deswegen nicht mehr mit dir befreundet sein möchte.« Auch wenn ich es nicht ganz schaffte, die Sorgenfalten von Oscars Stirn zu vertreiben, wurde sein Gesichtsausdruck bei diesen Worten doch ein wenig weicher. Ich zog ihn in eine Umarmung, und eine Weile lang saßen wir einfach nur so da, bis ich neben einem Stiftehalter auf dem Schreibtisch zwei Bilderrahmen entdeckte. Sie waren die einzige Deko im sonst so schmucklosen Raum. Ich beugte mich hinüber, um sie näher zu betrachten. Auf dem einen Foto war Oscar zusammen mit Opa Erwin und Karl zu sehen. Alle drei trugen Wanderrucksäcke auf dem Rücken, und im Hintergrund konnte ich eine Berglandschaft ausmachen.

Im zweiten Rahmen befand sich eines der Gruppenfotos der *Future Force*. Oder besser gesagt: ein herangezoomter Ausschnitt daraus. Zwischen Anna und Lars standen Oscar und ich. Es war eines der Fotos, auf denen Oscar sein Kinn auf meinen Kopf gelegt hatte.

»Ich hoffe, es ist okay, dass ich das hier stehen habe?« Als ich mich wieder zu Oscar umdrehte, wirkte er ein wenig verlegen. »Ich mochte das Foto sehr und dachte mir, die Gesichter von Menschen, die ich gern habe, machen den Raum vielleicht ein bisschen … wärmer.«

Bei seinen Worten durchströmte mich plötzlich ein seltsames Glücksgefühl. Am liebsten wäre ich Oscar um den Hals gefallen, doch ich konnte das Verlangen nicht richtig einordnen. Offensichtlich sah man mir meine Verwirrung an, denn Oscar ruderte direkt zurück.

»Falls dir das Foto zu viel ist, kann ich es auch gern wieder wegnehmen.« Dieser Satz löste irgendetwas in meinem Gehirn aus, denn das Glücksgefühl schlug von einer Sekunde auf die andere in Panik um. Warum fühlte sich das Foto so bedeutsam an, und warum hatte ich mich so darüber gefreut? Blankes Entsetzen machte sich in mir breit. War ich etwa dabei, mich in Oscar zu verlieben? Bedeutete das Foto, dass er in mich verliebt war? Falls ja, sollte ich das mit ihm schleunigst beenden. Am besten hier und jetzt, bevor es zu spät war. Oder war es das bereits? Warum nur hatte ich nicht auf meinen anfänglichen Fluchtinstinkt gehört? Ich würde wieder verletzt werden, und diesmal war ich sehenden Auges in mein Unglück gerannt. Wie hatte ich nur so dumm sein können, nicht aus der Vergangenheit zu lernen?

»Ich sollte mich langsam mal auf den Weg machen«, hörte ich mich sagen. Hektisch sprang ich auf. »Danke für den schönen Nachmittag.« Ich sah, wie sich in Oscars Gesicht eine Reihe widerstreitender Emotionen zeigten, bevor er ein Lächeln aufsetzte, das mich vor ein paar Wochen noch getäuscht hätte. Doch inzwischen kannte ich ihn gut genug, um hinter diese Fassade blicken zu können. Ich hatte ihn gerade verletzt. Fieberhaft überlegte ich, was ich sagen könnte, um meine Reaktion abzumildern, doch da stand Oscar bereits auf.

»Alles klar«, sagte er heiser. »Dann begleite ich dich noch zur Tür.« Als wir einander im Flur gegenüberstanden, setzte eine unangenehme Stille ein. Auch wenn wir nicht einmal eine Armlänge voneinander entfernt waren, fühlte es sich plötzlich so an, als hätte ich Oscar mit meiner Reaktion weit, weit von mir gestoßen. Das hatte ich nicht gewollt. Die Gedanken und Schuldgefühle wirbelten in rasender Geschwindigkeit durch meinen Kopf, bis ich die Spannung nicht länger aushielt. Ich musste hier einfach weg.

»Bis Samstag«, murmelte ich und umarmte Oscar flüchtig.

»Ja, bis dann«, hörte ich ihn noch tonlos sagen, bevor ich, ohne mich von Opa Erwin und Karl zu verabschieden, die Treppe nach unten stürmte. Meine Gedanken überschlugen sich, als ich loslief. Ob es der richtige Weg nach Hause war, wusste ich nicht. Ich wollte einfach irgendwohin, Hauptsache weg. Tränen liefen über mein Gesicht, und vor lauter Frustration hätte ich am liebsten laut geschrien. Stattdessen lief ich, so schnell ich konnte, bis ich Seitenstechen bekam und keuchend an einer Straßenecke stehen bleiben musste.

Du. Bist. In. Oscar. Verliebt.

Die Worte hallten im rasenden Tempo meines Herzschlags durch meinen Kopf. Das durfte nicht sein. Das konnte nicht sein. Ich hatte ihn doch erst … wie oft? Vielleicht zehn-, zwölfmal gesehen? Das reichte doch nicht aus, um sich in jemanden zu verlieben. *Ich* verliebte mich nicht so schnell!

Nach unserem ersten Kuss und dem Gespräch im Auto hatte ich eigentlich gedacht, dass das zwischen uns nun irgendeine Art von Freundschaft Plus sein würde. Ich hatte mich darauf eingestellt, Zeit mit Oscar zu verbringen, ihn zu küssen, und wenn sich das zwischen uns gut anfühlte, Sex mit ihm zu haben. Alles in meinem Tempo, ohne Verpflichtungen und Druck. Stattdessen hatten nach dem Küssen nun plötzlich ein Geburtstag, Kuchenessen mit seinem Opa und ein Foto von mir auf dem Programm gestanden. Das war keine Freundschaft Plus, das war eine Beziehung.

Und das wollte ich nicht. Ich durfte es nicht wollen. Denn dieser Teil war gefährlich für mich. Auch wenn ich beim Gedanken daran laut zu schluchzen begann und plötzlich ein unglaublich schmerzhaftes Stechen in der Brust spürte, fasste ich einen Entschluss. Ich musste das zwischen uns beenden. Alles.

KAPITEL 15

Drei Tage lang herrschte Funkstille zwischen Oscar und mir. Eigentlich hatte ich ihm direkt am Mittwochabend schreiben wollen, doch ich hatte einfach keine Worte gefunden. Ihm auf diese Weise mitzuteilen, dass ich das mit uns nicht länger wollte, kam mir falsch vor. Nein, wir mussten persönlich miteinander sprechen, alles andere war ihm gegenüber nicht fair.

Danach würde ich mich nach einem neuen ehrenamtlichen Engagement umsehen. Alles musste enden. Unsere *mehr als Freundschaft*. Unsere Freundschaft. Unsere Zusammenarbeit bei der *Future Force*. Oscar auch weiterhin jede Woche zu treffen, kam nicht infrage. Das würde uns beiden nur wehtun.

Vermutlich wäre es das Beste gewesen, ihn um ein Treffen unter vier Augen zu bitten. Doch der Donnerstag und Freitag vergingen, ohne dass ich irgendetwas unternahm. Ich wusste nicht, was mich aufhielt, doch auf einmal war es Samstagnachmittag, und ich war auf dem Weg zum Baumwipfelpfad. Am Eingang traf ich auf Nhi, die einen prall gefüllten Jutebeutel dabeihatte.

»Meine Klamotten zum Tauschen«, erklärte sie mir und rieb sich dann erwartungsvoll die Hände. »Schon seltsam, dass ich nach fast drei Jahren in Elderstedt noch nie auf dem Baumwipfelpfad war. Aber ich bin gespannt.«

»Falls du auf dem Weg nach oben eine Stärkung brauchst, dann sag Bescheid.« Ich hielt eine große Tupperdose hoch. »Ich hab Zimtschnecken gebacken.« Zumindest *das* hatte ich auf die Reihe bekommen. »Die sind zwar eigentlich für den Kuchenverkauf, und der Erlös geht ans Tierheim. Aber fürs fleißige Gassigehen mit Sammy hättest du dir auf jeden Fall auch eine verdient.«

Wir gingen am Kassenhäuschen vorbei und machten uns auf den Weg nach oben. Während Nhi immer wieder stehen blieb, um den Ausblick zu genießen und Fotos zu machen, wurde ich mit jeder Runde nervöser. Ich spürte meine schwitzigen Hände und meinen Puls, der sich immer mehr beschleunigte. Nhi und ich erreichten das Ende des Rundweges, wo Anna uns entgegengelaufen kam. Ihr Gang war so beschwingt, dass sie beinahe hüpfte, und trotz all meiner Sorgen spürte ich eine ehrliche Freude darüber, sie so glücklich zu sehen. Das war wieder die Anna, die ich beim ersten *Future-Force*-Treffen kennengelernt hatte.

»Hey ihr beiden! Du bist Nhi, oder?« Sie ließ ihr keine Zeit zum Antworten. »Kommt, die ersten Leute sind schon da!« Nhi sah mich an und hob mit einem vielsagenden Grinsen die Augenbrauen. Dann beeilten wir uns, zu Anna aufzuschließen.

»Die Kleidertauschparty, die wir letztes Jahr ausgerichtet haben, war richtig toll«, schwärmte sie uns vor, während wir auf das Café zugingen. »Wir hatten super viel leckeres Essen, Lars hat aufgelegt, wir haben getanzt, und um Mitternacht haben wir alle zusammen Wunderkerzen angezündet. Natürlich sicherheitshalber unten auf dem Parkplatz. Mal schauen, ob wir das heute Abend auch machen.«

Sie öffnete die Tür und winkte uns hindurch. Der Raum war gut gefüllt. »Ich glaube, die Kleidertauschparty wird sogar noch besser laufen als unser Kochkurs«, flüsterte Anna mir zu und trommelte mir dabei begeistert mit den Händen auf den Oberarm.

Das brachte mich zum Lächeln. »Ja, da haben wir wirklich gute Arbeit geleistet.«

Anna deutete auf die Reihe an Tischen, die sich durch das Café zog. »Da vorn bei Lars könnt ihr eure Klamotten abgeben. Wie viele Teile habt ihr dabei?«

Nhi grinste ertappt. »Ziemlich viele, ehrlich gesagt. Ich glaube, wir fangen lieber mal bei Mila an.«

Ich öffnete meinen Rucksack, um Anna meine drei mitgebrachten Pullis zu zeigen. Die hatte ich mir aus meinem Flohmarktstapel ausgesucht, der sich seit meiner Ausmistaktion um keinen Zentimeter bewegt hatte.

»Dafür bekommst du drei Marken, die du dann gegen andere Kleidungsstücke eintauschen kannst. Julia und Tufan sind gerade eingeteilt, aber Julia macht, glaube ich, gleich Pause. Wenn du magst, kannst du dann für sie übernehmen.«

Ich nickte. »Mache ich. Wo kann ich meine Zimtschnecken abgeben?«

Anna deutete auf einen Tisch am anderen Ende des Raumes, und während Nhi ihren deutlich größeren Klamottenstapel zu sortieren begann, machte ich mich auf den Weg dorthin. Unauffällig sah ich mich dabei nach Oscar um. Jetzt, wo ich allein war, konnte ich mich nicht länger hinter meinen Freundinnen verstecken. Früher oder später würde ich ihn heute sehen. Es war keine gute Idee gewesen, mit dem Gespräch bis jetzt zu warten, das war mir klar. Wir waren nicht allein, und die Veranstaltung war gleichzeitig auch seine Geburtstagsparty. Ein mieseres Timing gab es wohl kaum.

Doch ich musste das jetzt einfach hinter mich bringen. Das war besser für uns beide. Das Problem war nur, dass ich Oscar nirgendwo entdeckte. Stattdessen traf ich am Kuchenstand auf Opa Erwin.

»Schön, dass du da bist, Mila.« Er betrachtete mich prüfend. »Ist denn alles okay bei dir? Du warst am Mittwoch so schnell weg. Ist irgendwas passiert?«

»Nein, nein«, sagte ich betont fröhlich. »Mir ist nur eingefallen, dass ich noch etwas Wichtiges für die Uni zu erledigen hatte.«

An Opa Erwins freundlichem Lächeln veränderte sich nichts, daher war es schwer zu sagen, ob er meine Ausrede schluckte. »Ich freu mich jedenfalls, dass der Oscar und du Zeit miteinander verbringt«, sagte er dann. »In einem freundschaftlichen Sinne, oder?«

Ich erstarrte. Mit einer derart direkten Frage hatte ich nicht gerechnet. Ob Opa Erwin wohl etwas bemerkt hatte? Oder stellte er mir diese Frage nur, weil Oscar in seiner Freizeit sonst so wenig unternahm?

»Ja, wir sind befreundet«, sagte ich ein wenig verspätet, und Opa Erwin sah mich entschuldigend an.

»Es tut mir leid, das geht mich wirklich nichts an. Ich hoffe, du kannst mir das nachsehen. Der Oscar kann eine Freundin gut gebrauchen, und ich bin froh, dass er dich hat.« Er deutete auf die Zimtschnecken. »Gut, dass du Nachschub mitbringst. Die Kuchen gehen weg wie warme Semmeln.«

»Das ist gut zu hören.« Ich reichte ihm die Tupperdose und

blieb dann noch einen Moment lang unschlüssig vor dem Kuchenstand stehen. Opa Erwins Worte klangen in mir nach, und der Gedanke daran, dass meine Freundschaft mit Oscar bald der Vergangenheit angehören würde, fühlte sich unerträglich an.

»Ich gehe mal rüber und übernehme meine Schicht«, sagte ich mit leicht zittriger Stimme. Dann drehte ich mich um und zwang mich, meinen Kopf zu leeren. Bis Oscar hier war, musste ich mich dringend ablenken. Und wenn das schon meine letzte *Future-Force*-Veranstaltung war, würde ich zumindest noch meinen Teil dazu beitragen, dass sie erfolgreich über die Bühne ging.

Entschlossen ließ ich meinen Blick durch den Raum wandern und entdeckte Julia an einem der Tische. Ich musste mich an mehreren Grüppchen vorbeischieben, bis ich sie erreichte.

»Deine Ablösung ist da!«, rief ich ihr zu, und Julia lächelte mich dankbar an.

»Super! Es macht echt Spaß, aber bei den vielen Leuten kommt man kaum dazu, mal kurz etwas zu trinken.«

Ich krabbelte unter dem Tisch durch und nahm ihren Platz ein. Nhi entdeckte ich ein paar Tische weiter und signalisierte ihr, dass ich erst mal hierbleiben würde, worauf sie mir einen Daumen nach oben zeigte. Dann machte sie sich wieder daran, die Klamotten zu inspizieren.

Eine Weile lang tauschte ich Marken gegen Klamotten, und ich war so vertieft in meiner Arbeit, dass ich richtig erschrak, als plötzlich Oscars Stimme hinter mir ertönte.

»Läuft alles gut?«, fragte er und beugte sich über meine Schulter. Von einem Moment auf den anderen war er mir so nah, dass ich seine Wärme spürte. Mein Herz begann zu rasen, halb vor Schreck und halb vor Aufregung. Ich konnte es mir selbst nicht erklären, doch mir war es auf einmal nicht mehr möglich, auch nur einen klaren Gedanken zu fassen. Alles, was ich wahrnahm, war Oscar. Sein Körper, sein Geruch, seine Nähe.

Ehe ich mich versah, sprudelten die Worte aus mir heraus. »Ja, alles super! Opa Erwin meinte, der Kuchen ist schon fast weg, und die Kleidung kommt auch super an, und ich freue mich so, dass so viele Leute hier sind und ...«

»Mila«, unterbrach Oscar mich sanft. »Das freut mich alles sehr, aber ... geht's dir gut?«

Ich hörte die Unsicherheit in Oscars Stimme und wollte ihm eine ehrliche Antwort auf seine Frage geben. Ich wollte es wirklich. Mich für meine schnelle Flucht vom letzten Mal entschuldigen. Ihm sagen, dass das zwischen uns enden musste.

Doch wo gerade noch rationale Argumente gewesen waren, übernahmen nun plötzlich meine Hormone das Ruder. Auf einmal wollte ich nicht mehr reden.

Ich wollte mit Oscar allein sein, ihn berühren, ihn küssen und nie wieder damit aufhören.

»Hey Mila?« Es war Nhis Stimme, die nach mir rief, und ich spürte, wie Oscar schnell ein Stück zur Seite trat.

»Könntest du mir sagen, wo die Umkleiden sind?«

»Da ... da drüben«, sagte ich verdattert und räusperte mich dann. »Ich hoffe, du hast was Schönes gefunden.«

»Ja, hab ich.« Sie hob ihren Arm, über dem mehrere Kleidungsstücke lagen. »Lilly ist übrigens hier.« Nhi deutete auf meine beste Freundin, die ein Stück von uns entfernt probehalber ein Kleid vor sich hielt. »Wir haben uns gerade eine Weile unterhalten, und sie meinte, ich soll dir ausrichten, dass Jasper zwar nichts versprechen kann, er aber versucht, nachher auch noch vorbeizukommen.«

Ehrlich erfreut lächelte ich sie an. »Das ist schön zu hören.«

»Weißt du, ob Lilly nachher zur Party bleibt?«, fragte Nhi beiläufig.

»Ja, ich denke schon.«

»Ich gehe dann mal und helfe den anderen«, hörte ich Oscar in diesem Moment leise sagen. Bevor ich irgendetwas darauf erwidern konnte, entfernte er sich bereits von uns und ging hinüber zu Anna und Lars, die langsam damit begannen, die übrig gebliebenen Klamotten wegzupacken.

»Sorry Nhi, ich will dich hier jetzt ungern stehen lassen«, sagte ich hastig. »Aber ich glaube, ich sollte auch mithelfen.«

Nhi nickte, und während sie zu den Umkleiden ging, schob ich gemeinsam mit den anderen *Future-Force*-Mitgliedern die Tische zur Seite. Gemeinsam schafften wir es tatsächlich innerhalb weniger Minuten, die Kleidertauschparty in eine richtige Party zu verwandeln. Als ich mich erneut nach Oscar umsah, konnte ich ihn nirgendwo entdecken. Stattdessen gesellten sich Lilly, Anna und Nhi zu mir.

Lars hatte sein DJ-Equipment ausgepackt, und als er die ersten Songs spielte, nickte ich anerkennend. Offensichtlich traf er nicht nur meinen Geschmack, denn die Tanzfläche füllte sich rasch.

Als die ersten Zeilen von Emmy Melis *I am Woman* ertönten, begannen meine Freundinnen und ich, lauthals mitzusingen. Für einen Moment fühlte ich mich dabei so verbunden mit ihnen, dass ich Oscar fast vergaß.

Doch als der nächste Song begann, spürte ich eine Hand auf

meiner Schulter. Ich drehte meinen Kopf zur Seite. »Mila, würdest du mir kurz mit dem Essen helfen?«, rief Oscar so laut, dass die anderen ihn ebenfalls hören konnten, und ich hielt beim Tanzen inne.

Ich brauchte einen Moment, um all die Gefühle zu verarbeiten, die durch seine Berührung rasend schnell in mir hochkochten.

Doch dann nickte ich. »Bin gleich wieder da«, rief ich den anderen zu und folgte Oscar dann in Richtung des Büfetts. Dort standen neben diversen Getränken auch mehrere Schüsseln mit Chips, Erdnussflips und anderen Snacks. Wir griffen uns die, die bereits leer waren, und gingen gemeinsam in die Küche, um sie dort in die Spülmaschine zu räumen.

Wir sagten beide kein Wort. Weder dann, noch als ich Oscar durch die Tür folgte, die in die Vorratskammer führte. Dort war der Nachschub gelagert, und ich streckte gerade meine Hand nach einer Packung Paprikachips aus, als Oscar nach meinem Arm griff.

Für eine Millisekunde flackerten Erinnerungen an Niklas in mir auf. Daran, wie er mich festgehalten hatte und an alles, was danach passiert war. Doch Oscars Berührung war anders. Er hatte seine Finger nicht in meinen Arm gekrallt, sondern hielt ihn ganz sanft fest. Wenn ich gewollt hätte, wäre es ein Leichtes gewesen, mich von ihm zu lösen. Doch das wollte ich gar nicht.

Oscar öffnete den Mund, um etwas zu sagen, und ich wusste, dass wir reden sollten. Es gab so vieles, das wir klären mussten, und er verdiente es, dass wir es taten.

Doch ich wollte nicht reden. Ich wollte ihn nur spüren. In

einer fließenden Bewegung zog ich ihn an mich. Ich tat es instinktiv und so schnell, dass Oscars Gleichgewichtssinn nicht ganz hinterher kam und wir ins Taumeln gerieten.

Schnell krallte ich meine Finger in Oscars Shirt und riss ihn mit mir.

Während ich nach hinten stolperte, verfehlten wir nur knapp ein Vorratsregal, und ich stieß mit dem Rücken gegen eine Wand. Für einen Moment blieb mir die Luft weg, als Oscars Körper der Länge nach gegen meinen prallte.

Ironischerweise verabschiedete sich der rationale Teil meines Gehirns damit endgültig. Dass ich das zwischen uns vorhin noch hatte beenden wollen, erschien mir plötzlich komplett absurd. Es war nur noch ein ganz entfernter Gedanke, der nun durch die Hitze verdrängt wurde, die in meinen Magen schoss, als ich spürte, wie schwer Oscar atmete. Durch halb gesenkte Lider sah er mich an, und für eine Millisekunde konnte ich nichts tun, außer ihn anzustarren. Oscar zögerte einen Moment, doch auch er schien das dringend nötige Gespräch vergessen zu haben, denn er zog mich noch näher an sich. Das war die Zustimmung, auf die ich gewartet hatte. Als unsere Lippen aufeinandertrafen, konnte ich ein Seufzen nicht unterdrücken. Es fühlte sich einfach so gut an, und all die Anspannung der letzten Tage fiel plötzlich von mir ab. Ich wollte nicht länger darüber nachdenken, wie kompliziert alles zwischen uns war, sondern ihn einfach nur noch berühren.

Im selben Moment, in dem ich meine Arme um Oscars Taille schlang, ließ er seine Hände an den Seiten meines Körpers hinab zu meinen Hüften gleiten. Um ihm zu zeigen, wie sehr ich das mochte, vertiefte ich den Kuss, und nun war es Oscar, der ein leises Stöhnen hören ließ. Unsere Lippen berührten sich erneut, während er eine seiner Hände von mir löste, nur um sie einen Moment später in meinen Haaren zu vergraben. Die andere Hand strich weiter nach unten, zu meinem Po, und wie von selbst schob ich meine Hüfte seiner entgegen. Als er sich fest gegen mich drückte, reichten mir die Küsse nicht länger.

Ich wollte mehr.

Am liebsten sofort, hier und jetzt. Ich ließ meine Hände unter Oscars Shirt gleiten und stellte erfreut fest, dass seine Haut sich genauso samtig und weich anfühlte, wie ich sie mir vorgestellt hatte. Eilig schob ich sein Shirt nach oben, und Oscar löste sich kurz von mir, um es sich über den Kopf zu ziehen. Diesmal gab ich mir keinerlei Mühe, meinen Blick abzuwenden. Ich wollte ihn gerade wieder an mich ziehen, als ich hörte, wie sich Schritte näherten.

»Wo ist denn unser Geburtstagskind?« Es war Annas Stimme, die in der Küche erklang, und ich unterdrückte nur mit Mühe ein frustriertes Stöhnen. Warum musste sie ausgerechnet jetzt auf die Idee kommen, Oscar zu suchen? »Ich hab eine Torte für ihn gebacken«, erklärte Anna irgendjemandem. »Wir wollten sie ihm gleich zusammen mit seinem Geschenk überreichen.«

»Ich dachte, er wäre vorhin in die Küche gegangen«, hörte ich nun Julia sagen.

»Ja, dachte ich auch. Mila und er haben Geschirr eingesammelt, aber sie sind nicht zurückgekommen.«

Bei diesen Worten breitete sich Panik in mir aus. Was, wenn die beiden gleich hereinkommen und uns entdecken würden? Schnell sah ich zu Oscar, der in seiner Bewegung erstarrt war, sich jetzt aber beeilte, sein Shirt wieder anzuziehen. Hektisch hob ich die Hände und versuchte, meine Haare mit einigen schnellen Griffen wieder in Ordnung zu bringen. Dann schnappte ich mir aus dem Vorratsregal das Erste, was mir ins Auge fiel. Keine Sekunde zu spät, denn in diesem Moment trat Anna durch die Tür. »Mila, Oscar, was …«, sagte sie im selben Moment, in dem ich zu sprechen begann.

»Wir wollten nur ein bisschen Nachschub holen«, rief ich viel zu schnell und zu laut. »Hier!« Ich hob die Dose, nach der ich blind gegriffen hatte, in die Luft, und als ich erkannte, was es war, hätte ich mir am liebsten mit der flachen Hand gegen die Stirn geschlagen. »Ich habe versucht, Oscar von Sahnehering zu überzeugen«, improvisierte ich und spürte, wie meine Hände dabei schwitzig wurden. »Klar, das ist jetzt nicht das typische Partyessen, aber es wäre mal was anderes, oder?«

Zweifelnd sah Anna mich an. »Ich dachte, du bist Vegetarierin.«

Mist. Damit hatte sie natürlich recht, und das machte meine ohnehin schon ziemlich klägliche Erklärung nur noch unglaubwürdiger.

»Ja, aber *ich* esse Sahnehering tatsächlich für mein Leben gern«, sprang Oscar mir bei. »Danke, Mila, die Dose werde ich mir gleich mal gönnen.«

»Vielleicht wartest du damit noch einen Moment.« Anna schüttelte mit einem verwirrten Grinsen den Kopf. »Nicht dass deine Torte für dich dann gleich nach Fisch schmeckt.« Sie wandte sich um und ging zur Tür. »Kommt ihr? Dann machen wir jetzt die Geschenkübergabe.«

»Ja, gleich«, sagte Oscar. »Ich wollte noch kurz schauen, ob

Opa Erwin hier noch mehr Heringsdosen hat. Falls ich … von einer nicht satt werde.«

Anna hob die Augenbrauen. »Alles klar«, sagte sie gedehnt, verließ dann aber ohne einen weiteren Kommentar den Raum.

»Oh, wow«, murmelte Oscar mir zu. »Haben unsere zwei Charaktere aus der Teeniekomödie da etwa gerade eine weitere filmreife Szene abgeliefert?«

Ein albernes Kichern brach aus mir hervor, und gleichzeitig wurde mir warm ums Herz, weil Oscar damit auf unseren ersten gemeinsamen Abend anspielte. Ob er ihm wohl genauso viel bedeutete wie mir?

»Willst du morgen zu mir kommen?« Ich sprach die Einladung aus, ohne vorher darüber nachzudenken, und einen Moment lang spürte ich den starken Drang, zurückzurudern. Was war aus meinem Plan geworden? Doch Oscars Körper war meinem noch immer so nah, dass ich mich auf nichts anderes konzentrieren konnte als auf ihn. *Ich habe alles unter Kontrolle*, sagte ich mir daher bestimmt, während Oscar langsam nickte.

»Sehr gern.« Er grinste. »Und jetzt entschuldigen Sie mich bitte, Frau Mila. Ich habe Geburtstagskerzen, die ausgepustet werden wollen.«

Ich folgte ihm nach draußen, wo Lars und Anna bereits mit der Torte warteten. Als alle im Raum *Happy Birthday* sangen, stimmte ich mit ein, und während Oscar sein Geschenk entgegennahm, trat ich unauffällig zur Seite. Lilly und Nhi standen in einer Ecke des Raumes, zusammen mit Jasper, der mich in diesem Moment entdeckte und zu sich winkte.

»Schön, dass du hier bist«, flüsterte ich ihm zu, als ich die drei erreicht hatte. Jasper verzog das Gesicht.

»Ich habe mir vorgenommen, mindestens eine Stunde durchzuhalten. Aber ich sag's dir ganz ehrlich: Ich bin seit zehn Minuten hier und merke jetzt schon, dass mein sozialer Akku komplett leer ist. Am liebsten würde ich wieder nach Hause gehen.«

Verständnisvoll nickte ich ihm zu. »Ich finde, dass es schon ein großer Erfolg ist, dass du überhaupt hergekommen bist. Darauf kannst du wirklich stolz sein.« Ich zögerte kurz. »Wenn du magst, können wir uns gern auf den Weg machen. Ich begleite dich.« Dieser Vorschlag war nicht ganz uneigennützig. Ich wollte für meinen besten Freund da sein und ihn unterstützen, das stimmte. Doch gleichzeitig war ich auch dankbar, damit einen guten Grund zu haben, das Weite zu suchen. Ich brauchte Zeit für mich, musste nachdenken und all das verarbeiten, was heute passiert war.

Mein Blick wanderte zu Oscar, der gerade sein Geschenk auspackte. Es war eine große, selbst gebastelte Collage, für die ich Lars und Anna die Bilder von unserem Fototermin geschickt hatte. Sie hatten sie mit Aufnahmen aus den vergangenen Jahren ergänzt und das Plakat anschließend einrahmen lassen.

»Vielen Dank, das hänge ich mir auf jeden Fall zu Hause auf«, hörte ich Oscar sagen. Er umarmte die beiden, und da sich nun auch die anderen *Future-Force*-Mitglieder um ihn scharten, beschloss ich, dass das der perfekte Moment war, um zu gehen. Für heute Abend hatte ich wirklich genug Aufmerksamkeit auf mich gezogen.

»Wollen wir los?«, fragte ich daher Jasper, der mich zweifelnd ansah.

»Ist das denn wirklich okay für dich? Ich will nicht, dass du jetzt extra wegen mir früher gehst. Lilly ist dann ja auch allein hier.«

»Ich kann sie später gern nach Hause begleiten«, bot Nhi an. »Das liegt für mich auf dem Weg.« Lilly warf ihr kurz einen überraschten Blick zu, nickte dann aber.

»Geht ihr beide ruhig. Wir bleiben noch eine Weile hier.«

Um Oscar nicht ganz ohne Info dastehen zu lassen, schickte ich ihm eine kurze Nachricht und verließ dann zusammen mit Jasper das Café. Wir schwiegen, während wir unsere Runden nach unten drehten. Es war keine unangenehme Stille, sondern eine, die sich nach all den Jahren unserer Freundschaft angenehm und vertraut anfühlte. Ich ließ Jasper Zeit, um nach der lauten Party ein wenig durchzuatmen.

Wir gingen zügig den Waldweg entlang, überquerten den Uni-Campus und entschieden uns dann ohne Worte dafür, die Abzweigung in Richtung Altstadt zu nehmen. Das war zwar nicht der schnellste Weg nach Hause, doch er war deutlich schöner als die Abkürzung, die direkt an der Hauptstraße entlangführte.

»Wie geht's dir momentan?«, fragte ich Jasper, als wir unser Tempo ein wenig drosselten und nun ganz gemütlich durch die kleinen Gassen schlenderten.

»Das ist tagesformabhängig.« Er zuckte matt mit den Schultern. »Heute ist es ganz okay. Ich war Anfang der Woche noch mal bei Dr. Kuntze, und sie hat ein paar Untersuchungen gemacht. Blutabnahme, EKG und so. Scheinbar ist es nichts Körperliches. Für nächste Woche habe ich einen Termin für eine psychotherapeutische Sprechstunde bekommen.«

»Wirklich? Das klingt doch super.« Jasper lächelte leicht, als er die ehrliche Freude in meinem Gesicht sah.

»Die Aussicht darauf hat mir heute die Energie gegeben, das Haus zu verlassen.«

Mittlerweile hatten wir den Fluss erreicht, und vor uns tauchte das *Treibholz* auf. Die funkelnden Lichter in den Bäumen und die vielen Stimmen, die aus dem Außenbereich ertönten, ließen in mir die Vorfreude auf die nächsten Monate wachsen. Es war Mitte Juni und damit endlich warm genug, um abends draußen zu sitzen. Wir mussten unbedingt auch bald wieder herkommen. Am besten alle zusammen: Jasper, Lilly, Said, Vanessa, Anna, Nhi und …

»Mila, bist du das?« Die Stimme, die links von mir ertönte, ließ mich heftig zusammenzucken. Eine Person löste sich aus einer kleinen Gruppe, die vor dem Eingang des *Treibholz* stand, und auch wenn ich sie in der Dunkelheit nur schemenhaft erkennen konnte, wusste ich sofort, wer es war.

Diese Stimme würde ich immer und überall wiedererkennen.

Ich spürte, wie Jasper neben mir seine Schritte beschleunigte. Offenbar hatte auch er sofort verstanden, wer da nach mir rief, und wollte uns das Aufeinandertreffen ersparen. Doch da kam Niklas bereits angejoggt, überholte uns und stellte sich uns in den Weg.

»Hey, Mila, jetzt warte doch mal.« Da war allen Ernstes ein Lachen in seiner Stimme. So als wäre ich eine gute Freundin, die ihn nur nicht gehört hatte.

»Niklas …«, begann Jasper warnend, doch mein Ex-Freund schnitt ihm das Wort ab.

»Du hast gar nicht auf meinen Anruf reagiert«, sagte er an

mich gewandt. Sein Tonfall klang locker und fröhlich, doch ich kannte ihn gut genug, um den leisen Vorwurf wahrzunehmen, der in seinen Worten mitschwang. »Haben deine Eltern dir nicht erzählt, dass ich mit dir reden möchte?« Niklas grinste mich an, so gelassen und selbstverständlich, als wäre zwischen uns nie etwas vorgefallen. Seine ganze Körperhaltung strotzte nur so vor Selbstbewusstsein, und als er näher kam, wusste ich auch, woran das lag. Der Geruch nach Alkohol in seinem Atem weckte unliebsame Erinnerungen in mir, und doch war ich in diesem Moment dankbar dafür. Denn er riss mich aus meiner Erstarrung.

»Doch«, entgegnete ich kühl und war froh, dass meine Stimme nicht zitterte. »Aber ich habe kein Interesse an einem Gespräch mit dir.« Ich sah Niklas direkt ins Gesicht. Ein Gesicht, das ich in- und auswendig kannte, das ich unzählige Male geküsst und früher einmal so sehr geliebt hatte. Doch als er jetzt zum ersten Mal seit zwei Jahren wieder vor mir stand, fragte ich mich plötzlich, was ich damals eigentlich an Niklas gefunden hatte. All die Anziehung, die ich mal gespürt hatte, war verschwunden, und stattdessen waren da nur noch Ablehnung und der ganz klare Wunsch, diesen Menschen nie wieder sehen zu müssen.

Diese Gedanken schien man mir so deutlich anzusehen, dass Niklas' Grinsen trotz seines betrunkenen Zustands zu bröckeln begann. »Mila.« Er sprach nun deutlich sanfter und streckte die Hand nach mir aus. Doch ich tat einen Schritt zurück, sodass er sie auf halber Höhe wieder sinken ließ. »Ich wollte dir nur sagen, dass es mir leidtut.«

Sein Blick wirkte auf einmal deutlich klarer, und ich nahm wahr, dass er ein wenig in sich zusammensank. »Das, was passiert ist, als wir uns das letzte Mal gesehen haben, meine ich.

Ich weiß auch nicht, was da in mich gefahren ist, aber ich verspreche dir, dass das niemals wieder passieren wird. Können wir …« Er hielt kurz inne, und nun glaubte ich, Verzweiflung in seinem Blick zu erkennen. »Können wir nicht einfach noch mal von vorn anfangen? Ich hab mich in den letzten beiden Jahren verändert, das verspreche ich dir. Ich vermisse dich, Mila. Mit dir war ich ein besserer Mensch.«

Jasper legte eine Hand auf meine Schulter, und ich war dankbar für die stumme Unterstützung. Niklas' Worte zu hören, verschaffte mir eine seltsame Klarheit. Während ich mir im Gespräch mit meinen Eltern noch unsicher gewesen war, ob mir eine Entschuldigung seinerseits dabei helfen konnte, mit der Vergangenheit abzuschließen, spürte ich die Antwort darauf in diesem Moment ganz deutlich.

Nein. Das tat sie nicht.

Plötzlich erinnerte ich mich an all die Situationen, in denen Niklas sich früher bereits bei mir ›entschuldigt‹ hatte. Eigentlich immer, nachdem er sich falsch verhalten oder mich beleidigt hatte. Nur um es dann doch wieder zu tun. Es mochte ja sein, dass er sich in den letzten beiden Jahren tatsächlich geändert hatte, doch ich kaufte ihm seine Entschuldigungen nicht länger ab. Alles, was er sagte, klang für mich hohl. Bedeutungslos.

Und noch etwas wurde mir schlagartig bewusst: Diese Entschuldigungen halfen nicht mir, sondern ihm. Sie dienten ihm dazu, sein schlechtes Gewissen loszuwerden.

»Niklas, das mit uns beiden ist schon lange vorbei.« Die Worte fühlten sich gut an, daher sprach ich mit fester Stimme weiter. Mein Tonfall war ruhig, aber bestimmt. »Daran wird sich auch nichts ändern. Das, was du getan hast, kann und werde ich dir nicht verzeihen. Ich möchte, dass du mich nicht noch einmal kontaktierst. Und jetzt solltest du besser zu deinen Leuten zurückgehen. Ich bin mir sicher, sie warten schon auf dich.« Mit diesen Worten griff ich nach Jaspers Arm und hakte mich bei ihm unter. Während ich äußerlich gefasst war, breitete sich in mir nun blanke Panik aus. Ich rechnete fest damit, dass Niklas noch irgendetwas sagen würde. Dass er wütend werden, seine Finger in meinen Arm krallen und mich zurückreißen würde. In den letzten Monaten unserer Beziehung hatte sein Verhalten mir Angst gemacht. Er war so unberechenbar gewesen, war wegen der kleinsten Dinge sofort ausgerastet. Ihm meine Meinung zu sagen und ihm anschließend den Rücken zuzudrehen war ein Risiko, das ich allein niemals eingegangen wäre. Und auch jetzt war ich einfach nur meinem Instinkt gefolgt, hatte keine Zeit gehabt, um mir in Ruhe eine Strategie zu überlegen.

Ich unterdrückte den Reflex, mich noch einmal umzudrehen, um Niklas' Reaktion zu sehen. Stattdessen hielt ich meinen Blick starr nach vorn gerichtet und machte einen Schritt nach dem anderen.

Nichts geschah in den fünfzehn Minuten Fußweg zu unserer Wohnung, und doch traute ich mich erst aufzuatmen, als Jasper die Tür hinter uns schloss.

»Kannst du bitte abschließen?«, fragte ich, und nun zitterte meine Stimme doch. Hier, in meinen gewohnten vier Wänden, in denen ich mich sicher fühlte, spürte ich, wie das Adrenalin nachließ. Meine Beine gaben unter mir nach. Ich ließ mich auf den Boden sinken, verbarg mein Gesicht in den Händen und atmete mehrere Male tief durch, während Jasper meinem Wunsch nachkam. Das Türschloss klickte zweimal, dann ließ er sich neben mir nieder und legte seine Arme um mich. Eine Weile lang saßen wir einfach nur so da. Die Sicherheit, die Jaspers Umarmung mir gab, sorgte dafür, dass sich mein Atem nach und nach beruhigte, und nach einer gefühlten Ewigkeit löste ich mich von meinem besten Freund.

»Niklas hat bei meinen Eltern angerufen«, begann ich stockend zu erzählen und sah, wie Unglaube in Jaspers Gesicht trat.

»Dann hab ich mich vorhin also nicht verhört?«

Ich schüttelte den Kopf. »Das war vor zwei Wochen. Er hat ihnen gesagt, dass er mit mir reden möchte, ohne zu erzählen, worum es geht.« Ich fuhr mir mit den Händen übers Gesicht. »Meine Eltern wollten unbedingt, dass wir uns treffen, um das zwischen uns zu klären. Aber ich war mir unsicher und hab die Entscheidung seitdem vor mir hergeschoben.«

Jaspers Blick verhärtete sich. »Ich mag deine Eltern, Mila. Aber es ist absolut nicht okay, dass sie so etwas von dir verlangen. Ganz im Gegenteil sogar, es ist richtig verantwortungslos.« Ich spürte eine seltsame Erleichterung in mir aufsteigen. Fast so, als hätte ich durch Jaspers Worte die Bestätigung erhalten, dass meine ablehnenden Gefühle meinen Eltern gegenüber berechtigt waren. Als ich Jasper anblickte, sah ich Wut in seinen Augen.

»Dich einfach so mit Niklas zu treffen nach allem, was zwischen euch vorgefallen ist.« Er schüttelte den Kopf. »Was erwarten sie sich denn davon?«

Ich lachte freudlos auf. »Mein Vater denkt, dass ein Gespräch mit Niklas auch magischerweise das Vertrauen innerhalb unserer Familie wiederherstellt.«

Jasper zog die Augenbrauen hoch. »Okay«, sagte er dann

gedehnt. »Aber das sind doch eigentlich zwei verschiedene Baustellen, oder? Also Niklas' Verhalten und ihre Reaktion darauf.«

Das brachte mich zum Nachdenken. Ich hatte Jasper zwar nur eine Kurzversion der Geschichte erzählt. Dass Niklas mir gegenüber manchmal laut geworden war und verletzende Dinge gesagt hatte. Dass ich den Kontakt zu meinen Eltern so stark reduziert hatte, weil sie das, was passiert war, heruntergespielt hatten. Doch Jasper konnte dennoch recht haben. War eine Entschuldigung meiner Eltern das, was mir eigentlich fehlte, um mit der Situation abschließen zu können? Ein Eingeständnis, dass meine Gefühle valide waren, dass ich nicht übertrieb? Dass es falsch gewesen war, damals einfach eine Entscheidung *für* mich, statt *mit* mir zu treffen? Es entstand eine kurze Pause, während der ich diesen Gedanken sacken ließ.

»Magst du mir erzählen, was passiert ist, als du mit ihm Schluss gemacht hast?«, fragte Jasper sanft, und der Sprung von meinen Eltern zu Niklas warf mich kurz ein wenig aus der Bahn. Niklas hatte vorhin unser letztes Treffen erwähnt, vermutlich kam er deshalb darauf, dass er nicht die ganze Wahrheit kannte.

Ich schuldete Jasper keine Erklärung, und ich wusste, dass er ein Nein akzeptieren würde. Doch irgendetwas hatte sich heute Abend geändert. Zum ersten Mal verspürte ich den Wunsch, mit Jasper über das zu sprechen, was wirklich passiert war. Aber wie sollte ich das alles in Worte fassen?

Auch nach all der Zeit, die inzwischen vergangen war, schämte ich mich noch immer dafür, und gleichzeitig machte mich genau dieses Schamgefühl ungeheuer wütend. Was passiert war, war nicht meine Schuld, und doch hatte ich Angst davor, dass Jasper mich fragen würde, ob ich die Anzeichen dafür denn nicht gesehen hatte. Dass er mir einen Vorwurf dafür machen würde, dass ich trotz all der Anzeichen und Red Flags so lange mit Niklas zusammengeblieben war. Zu hören, dass ich selbst schuld an allem war, wäre noch schlimmer, als die Verharmlosungen meines Vaters. Und dann war da noch das Mitleid, das ich bereits jetzt in Jaspers Blick zu erkennen glaubte. Das war beinahe schon zu viel für mich.

Es kostete mich unglaublich viel Mühe, mich zum Sprechen zu überwinden. Doch ich konnte und wollte all das nicht mehr länger für mich behalten.

»Damals, als es mir wegen Niklas so schlecht ging …« Ich stockte. »Da lag das nicht nur daran, dass er respektlos mit mir umgegangen ist.«

Während ich Jasper erzählte, was wirklich passiert war, wechselten sich in seinem Gesicht Zorn und Mitgefühl ab. Doch statt der Scham und der Schuldgefühle, mit denen ich gerechnet hatte, fühlte sich das Gespräch für mich befreiend an.

»Ich weiß nicht, was ich sagen soll, Mila«, murmelte Jasper, nachdem ich geendet hatte. »Es tut mir unfassbar leid, dass dir das passiert ist, und ich wünschte, ich hätte damals mehr für dich tun können. Ich wünschte, ich hätte es gewusst.« Er räusperte sich. »Ich weiß nicht, ob ich damit gerade eine Grenze überschreite. Aber hast du dir schon mal überlegt, dir für dieses Thema Hilfe zu holen?«

Überrascht riss ich die Augen auf, und wie auf Kommando ertönte die Stimme meines Vaters in meinem Kopf.

»Da übertreibst du jetzt aber vielleicht ein bisschen, Mila.« – »Er hat das bestimmt nicht so gemeint.« – »Ein bisschen Liebeskummer zu haben ist ganz normal, aber jetzt ist auch mal wieder gut.«

Was, wenn Dr. Kuntze mich ebenfalls nicht ernst nehmen würde? Wenn sie dasselbe sagen und mir keine Hilfe anbieten würde? Schließlich war es nicht so wie bei Jasper, dem man deutlich ansah, dass es ihm gerade nicht gut ging. Augenscheinlich hatte ich mein Leben im Griff, ging regelmäßig zur Uni, hatte mein Stipendium und mein Ehrenamt, auf dem Papier war alles prima.

Ein unangenehmes Gefühl machte sich in meiner Magengegend breit. Aber was war, wenn sie meine Erfahrungen nicht kleinredete? Dann würde das bedeuten, dass ich mich mit der Vergangenheit auseinandersetzen musste. Die Vorstellung machte mir Angst, denn ich wusste, dass das wehtun würde. War ich dafür wirklich bereit?

Jasper schien mir mein Gefühlschaos anzusehen. Sanft legte er seine Hand auf meine.

»Ich will dich zu nichts drängen, Mila. Das ist zu hundert Prozent deine Entscheidung, und du kannst das alles in deinem Tempo machen. Mir hat es nur einfach sehr geholfen, dass du neulich so offen mit mir über meine Probleme gesprochen hast.«

Sofort fühlte ich mich schlecht, weil ich komplett ausgeblendet hatte, wie es ihm gerade ging.

»O Jasper, tut mir leid. Du hast selbst gerade genug Dinge, die dich belasten, und dann halse ich dir auch noch meine Probleme auf.«

»Wir sind füreinander da, Mila. Das gilt in beide Richtungen.« Jaspers Lächeln war ehrlich, daher erlaubte ich mir, über seine Frage nachzudenken.

»Ich habe tatsächlich noch nie in Erwägung gezogen, mir Hilfe zu holen.« Kurz musste ich über mich selbst den Kopf schütteln. »Ist es nicht seltsam, dass man anderen so etwas rät, aber nicht auf die Idee kommt, es selbst zu tun?«

»Das ist wie bei *Alice im Wunderland*«, meinte Jasper. »Das Buch habe ich neulich mit Nour gelesen. Erinnerst du dich noch daran, dass Alice sagt, dass sie gut im Ratschlägegeben ist, ihnen aber selten folgt?«

Das brachte uns beide zum Lachen, und das fühlte sich befreiend an. Jasper hatte es geschafft, mir die schlimmste Last von den Schultern zu nehmen. Er war hier, er hörte mir zu und verstand mich. Vor allem aber nahm er mich ernst. Das war genau das, was ich jetzt brauchte.

Nachdem wir uns ein wenig beruhigt hatten, erkannte ich an Jaspers Gesichtsausdruck, dass er noch eine weitere Frage hatte.

»Schieß los«, sagte ich schicksalsergeben. Schlimmer konnte es jetzt ja nicht mehr werden.

»Gab es heute eigentlich noch einen Grund, warum du früher aufbrechen wolltest? Lief eure Kleidertauschaktion nicht gut?«

Ertappt sah ich zur Seite und überlegte kurz, ob ich irgendeine Ausrede erfinden sollte. Doch es hatte sich gerade so gut angefühlt, die Wahrheit mit Jasper zu teilen. Vielleicht sollte ich das also auch bei diesem Thema tun?

»Ich fühle gerade so viel gleichzeitig, Jasper«, versuchte ich, meine momentane Lage in Worte zu fassen. »Und es sind so gegensätzliche Gefühle, dass ich inzwischen ganz schön genervt davon bin. Ich kann meine eigenen Gedanken langsam nicht mehr hören.« Ich schnaubte. »Am liebsten würde ich eine Pause davon machen, ich selbst zu sein.«

»Das kenne ich nur zu gut. Was sind denn das für gegensätzliche Gefühle?«

Ich zog eine Grimasse und rieb mir den Hinterkopf. »Ich glaube, ich bin in Oscar verliebt.« Die Worte gingen mir nur schwer von den Lippen und fühlten sich fast wie ein Schuldgeständnis an.

Doch Jasper verzog keine Miene. »Ja, dass da was zwischen euch läuft, ist ziemlich offensichtlich«, meinte er in einem derart trockenen Tonfall, dass ich nicht anders konnte, als ihn mit dem Ellenbogen in die Seite zu knuffen. »Und hat er auch Gefühle für dich?«

»Ja. Vielleicht … Ich weiß nicht.« Ich seufzte tief. »Vor ein paar Tagen gab es eine Situation, in der ich den Eindruck hatte, dass das zwischen uns ernst wird, aber … dann bin ich weggelaufen.«

Jetzt, da ich die Situation Jasper schilderte, war mir mein Verhalten plötzlich unangenehm. Ich konnte förmlich die Fragezeichen in seinem Gesicht sehen.

»Einerseits wünsche ich mir, dass er dasselbe für mich empfindet. Aber andererseits habe ich auch riesige Angst davor, mich noch mal so sehr auf jemanden einzulassen.«

Jasper dachte eine Weile lang über meine Worte nach. »Ich kann verstehen, dass du so vorsichtig bist, Mila«, sagte er dann. »Vor allem nach dem, was du mir gerade erzählt hast. Aber willst du dir wirklich von Niklas die Chance auf eine möglicherweise sehr glückliche Beziehung nehmen lassen? Gibst du ihm damit nicht auch wieder Macht über dich?«

Überrascht sah ich ihn an. »So habe ich das bis jetzt gar nicht gesehen«, murmelte ich. »Ich bin mir ziemlich sicher, dass ich Oscar verletzt habe. Aber heute hat er sich verhalten wie immer.«

Mein bester Freund betrachtete mich prüfend. »Hast du Oscar denn darauf angesprochen, wie es ihm mit alldem geht?«

Schuldbewusst sah ich nach unten und betrachtete meine Fingernägel, als könnten sie mir die Antworten liefern, die ich gerade so dringend suchte. »Nein. Wir haben uns geküsst, und dann war da plötzlich wieder die Hoffnung, dass das zwischen uns doch alles ganz locker sein kann. Dass ich nicht über all diese schwierigen Themen mit ihm reden muss, sondern wir einfach zusammen Spaß haben können. Ohne komplizierte Gefühle. Ich bin einfach … schwach geworden.«

Ich rechnete Jasper sein verständnisvolles Nicken in diesem Moment sehr hoch an, und auch wenn ich seine nächsten Worte nicht hören wollte, wusste ich doch, dass er recht hatte.

»Oscar und du, ihr müsst dringend offen miteinander reden. Ich weiß, dass du dich so verhältst, um nicht verletzt zu werden, aber ich glaube, dass du damit das Gegenteil erreichst. Bei euch beiden.«

Schweren Herzens nickte ich. Auch wenn es die Aussicht auf den nächsten Tag nicht gerade besser machte, war ich dankbar, dass Jasper für mich da war. Es hatte etwas Tröstliches, zu wissen, dass es in dieser Zeit, die gefühlstechnisch so aufwühlend für mich war, noch Konstanten in meinem Leben gab. Und Jasper, der mich nun noch einmal fest in den Arm nahm, bevor wir in unsere jeweiligen Zimmer gingen, gehörte eindeutig dazu.

KAPITEL 16

Die Intensität der unterschiedlichen Gefühle des Tages hatte mich mehr erschöpft, als ich gedacht hatte. Und so schlief ich tief und traumlos.

Als ich am nächsten Morgen aufwachte, hallten Jaspers Worte noch immer in mir nach. Er hatte recht. Niklas hatte in der Vergangenheit genug kaputt gemacht. Er würde nicht dasselbe mit meiner Zukunft tun. Ihm zu sagen, dass ich ihn nie wieder sehen wollte, war das eine. Aber wenn ich wirklich wollte, dass er keinen Einfluss mehr auf mich hatte, musste ich ihn ab jetzt auch aus meinem Kopf verbannen. Ich durfte nicht länger zulassen, dass er meine Entscheidungen für mich traf.

Wenn ich ehrlich zu mir selbst war, wusste ich all das bereits seit einer Weile. Doch erst jetzt, wo Jasper es ausgesprochen hatte, fühlte sich diese Erkenntnis real an, und ich konnte sie wirklich akzeptieren.

Entschlossen stand ich auf. Ich musste mit meinen Eltern sprechen, das war mir nun klar. Doch das Gespräch mit Oscar hatte Vorrang. Ich würde mich heute Abend mit ihm treffen, um herauszufinden, was er eigentlich wollte.

Beide Treffen machten mir irgendwie Angst. Ich fühlte mich

nicht vorbereitet, doch ich wusste, dass ich das auch dann nicht tun würde, wenn ich sie noch weiter vor mir herschob.

Zumindest ein paar Stunden Zeit hatte ich ja noch. Ich würde das alles jetzt einfach Schritt für Schritt angehen.

Zuallererst stand Frühstücken auf dem Programm.

Ich durchquerte mein Zimmer und wollte gerade hinaus in den Gang treten, als ich Lilly an der Wohnungstür stehen sah. Ihr Anblick riss mich kurzzeitig aus meinem Gedankenstrudel, und ich blieb wie vom Donner gerührt stehen. Lilly war nicht allein. Sie hatte ihre Arme um jemanden geschlungen. Ich blinzelte. Es dauerte einen Moment, bis mein Hirn verarbeitet hatte, wer die andere Person war. Die beiden waren so sehr in ihren Kuss vertieft, dass sie mich offensichtlich gar nicht gehört hatten.

Gerade als ich mich diskret zurückziehen wollte, stolperte ich über meinen Rucksack, den ich am Vorabend achtlos auf den Fußboden geworfen hatte. Die beiden lösten sich ruckartig voneinander, und Lilly sah mich mit großen Augen an. Auch in Nhis Blick flackerte Überraschung auf. Doch dann grinste sie.

»Guten Morgen, Mila.« Sie fuhr sich mit den Fingern durch die silbernen Haare und sah im Gegensatz zu Lilly kein bisschen schuldbewusst aus. »Ich hab sie nach Hause gebracht, wie versprochen.«

Bei diesen Worten schien Lilly aus ihrer Schockstarre zu erwachen. »Ja, Nhi hat mich gestern begleitet«, sagte sie mit einem nervösen Grinsen. »Wir haben uns bei der Party so gut unterhalten, deswegen kam Nhi noch kurz mit rein und dann …« Lilly wurde rot. »Dann kam irgendwie eins zum anderen?«, schlug ich grinsend vor.

»Eigentlich hatte ich gehofft, dass ich unauffällig gehen kann, bevor du aufwachst.« Nhi lachte.

»Sorry, dass ich diesen Plan vereitelt habe. Du kannst jetzt gern zum Frühstück bleiben, wenn du magst.«

»Das ist lieb, Mila, danke. Aber ich bin sonntags immer zum Frühstück bei meinen Eltern eingeladen. Dahin mache ich mich jetzt lieber mal auf den Weg.«

Ich nickte, winkte Nhi zum Abschied zu und warf Lilly noch einen vielsagenden Blick zu, bevor ich mich in mein Zimmer zurückzog. Wenige Minuten später klopfte es. »Du kannst wieder rauskommen.« Als ich die Tür öffnete, sah ich mich einer knallroten Lilly gegenüber.

»Uuund?«, fragte ich neugierig, und Lilly schlug die Hände vors Gesicht.

»O Mila, es war wirklich schön. Ich hatte das echt nicht geplant, aber als ich mit Nhi gestern Abend allein war, haben wir irgendwie angefangen, miteinander zu flirten. Dann hab ich die Gelegenheit einfach ergriffen, und es war so viel besser als alles zuvor.« Ihr Tonfall klang plötzlich richtig schwärmerisch. »Nhi hat so weiche Haut, und sie riecht so gut, und irgendwie hat sie mit ihrer Zunge genau den richtigen Druck gefunden, um …« Lilly stoppte und schlug sich die Hand vor den Mund. »Das waren jetzt zu viele Infos, sorry.«

»Es freut mich, dass du einen schönen Abend hattest«, sagte ich ehrlich.

»Ich hoffe, es bleibt nicht nur bei einem Abend. Mal schauen, wo das alles so hinführt, aber ich hab mich mit ihr wirklich wohlgefühlt. Dafür muss ich mich bei dir bedanken. Ohne euer Referat hätten wir uns nie kennengelernt.«

»Vergessen Sie Dating-Apps«, sagte ich grinsend. »Probieren Sie: Uni-Präsentationen. Der Weg, den Deckel zu Ihrem Topf zu finden.«

Lilly lachte laut auf. »Na komm, lass uns frühstücken.«

Ich folgte ihr in die Küche, und während wir den Tisch deckten, fiel mir auf, dass ich mit Oscar für heute ja noch gar nichts Genaues ausgemacht hatte.

»Bin gleich wieder da«, sagte ich zu Lilly und ging zurück in mein Zimmer. Dort griff ich nach meinem Smartphone und begann mit klopfendem Herzen zu tippen.

Guten Morgen, wann möchtest du heute vorbeikommen?

Oscar schien ebenfalls ein Frühaufsteher zu sein, denn seine Antwort leuchtete wenig später auf dem Display auf.

Ich helfe tagsüber Opa Erwin im Café. Aber nach dem Abendessen hätte ich Zeit. Passt das bei dir?

Ich schluckte. Das bedeutete, dass ich erst noch den gesamten Tag hinter mich bringen musste. Doch natürlich stimmte ich trotzdem zu.

Als ich mich zurück an den Küchentisch setzte, war ich plötzlich so nervös, dass ich mein Brot kaum runterbekam. Die Unruhe schlug mir auf den Magen, und ich überlegte fieberhaft, was ich wohl tun konnte, um mich davon abzulenken.

Und dann fiel es mir plötzlich ein. Da war etwas, das ich nun bereits seit über zwei Jahren vor mir hergeschoben hatte. Etwas, das eigentlich schon längst überfällig war und wofür mir der gestrige Abend nun endlich die nötige Kraft gegeben hatte.

»Bin gleich wieder da«, sagte ich erneut, und Lilly sah mich verwundert an. Doch ich sprang bereits auf und lief hinüber in mein Zimmer.

Dort trat ich zu meinem Kleiderschrank, griff in das obere Fach und zog die Erinnerungskiste heraus.

Niklas hatte weder in meinem Leben noch in meinem Kopf länger etwas zu suchen. Also war es nun auch endlich an der Zeit, dass dieser letzte Teil von ihm verschwand.

Kurz überlegte ich, irgendetwas Dramatisches mit dem Inhalt der Kiste zu machen. Das T-Shirt zu verbrennen und die Eintrittskarten zu zerreißen, um meinen Gefühlen Luft zu machen. Irgendwie hatte ich mir immer vorgestellt, dass das so sein musste. Eine große, dramatische Geste, um eine Beziehung endgültig hinter sich zu lassen. Doch dann merkte ich, dass ich das gar nicht brauchte.

Ich nahm die Kiste, verließ die Wohnung und ging nach unten in den Hinterhof. Dort öffnete ich den Deckel der Restmülltonne und warf die Kiste hinein. Als ich mich umdrehte und zurück ins Haus ging, musste ich kurz lachen. Zumindest dieser Teil der Trennung war nun also kurz und schmerzlos gewesen.

Mittagessen und Abendbrot kamen und gingen, ohne dass ich mehr als ein paar Bissen zu mir nehmen konnte. Je näher Oscars Besuch kam, desto hektischer warf ich in meinem Kopf Formulierungen hin und her. Wie sollte ich ihm bloß erklären, was ich fühlte? Wie ließ sich all das bitte schön in Worte fassen?

Ich atmete tief durch und versuchte, mein Gedankenchaos ein wenig zu ordnen. Was waren denn die Dinge, die ich wusste? Dass Oscar mir ein gutes und sicheres Gefühl gab. Dieser Eindruck hatte sich mit jedem unserer Treffen in den letzten Monaten verstärkt.

Was noch? Dass Oscar die Dinge als Stärke sah, die Niklas mir so oft negativ ausgelegt hatte. Meine vielen verschiedenen Hobbys und Interessen. Die Art, wie ich mich kleidete. Meine Leidenschaft für Social Media und meinen Instagram-Account. Ich hatte nie das Gefühl, dass Oscar mir seinen Weg aufzwängen wollte, sondern wir uns stattdessen gegenseitig unterstützten.

Wenn ich Zeit mit Oscar verbrachte, dann ging es nicht nur um ihn, sondern um uns beide. Ich konnte offen mit ihm sprechen, statt mir bei jedem Satz Gedanken zu machen, ob er wohl gleich wütend werden könnte. Wir waren auf einer Ebene, und ich hatte nicht das Gefühl, ständig beweisen zu müssen, dass ich seine Aufmerksamkeit überhaupt verdient hatte. Und er tat nichts, was ich nicht wollte.

Das waren eine ganz schöne Menge sehr positiver und wichtiger Dinge. Doch konnte ich Oscar das so sagen? Konnte ich ihm gestehen, dass ich verliebt in ihn war? Und wie sollte ich ihm erklären, dass da trotzdem noch etwas zwischen uns stand?

Als es irgendwann endlich klingelte, hatte meine Nervosität ihren Höhepunkt erreicht, doch ich zwang mich, nach außen hin trotzdem halbwegs ruhig und gefasst zu wirken.

Es ist Oscar, dachte ich mir, während ich seine Schritte im Treppenhaus hörte. *Egal, was gleich passiert, er wird dir nichts tun.*

»Hi«, sagte ich mit bemüht selbstsicherer Stimme, als er in

meinem Sichtfeld erschien. »Na, habt ihr gestern noch lange gefeiert?«

»Es hat sich in Grenzen gehalten.« Oscar zog seine Schuhe aus. »Nach der Kleidertauschparty waren alle so erschöpft, dass wir um kurz nach zwei Schluss gemacht haben. Aber es war ein schöner Abend.«

»Das fand ich auch.«

»Sind Lilly und Jasper da?« Oscar blickte den Flur hinunter. »Dann würde ich kurz Hallo sagen.«

»Lilly übernachtet bei einer Freundin, und Jasper hat heute Nachmittag spontan beschlossen, seine Eltern zu besuchen.«

Dass er das bewusst getan hatte, um Oscar und mir nicht im Weg zu sein, band ich ihm an dieser Stelle nicht auf die Nase. Doch ich war meinem besten Freund sehr dankbar dafür. Wenn ich gewusst hätte, dass noch mehr Leute in der Wohnung waren und unsere Gespräche möglicherweise mithören konnten, hätte mich das nur noch nervöser gemacht.

Oscar und ich gingen in mein Zimmer, und meine Gedanken begannen erneut zu rasen. Was sollte ich jetzt tun? Weiter smalltalken oder lieber direkt zur Sache kommen?

Doch Oscar nahm mir die Entscheidung ab. Auch wenn seine Definition von *zur Sache kommen* nichts mit einem klärenden Gespräch zu tun hatte. Er trat auf mich zu und zog mich an sich.

»Hi«, murmelte er, und seine Stimme sandte ein Prickeln durch meinen ganzen Körper. Ich spürte, wie es in meinem Kopf zu schwirren begann. In einem Moment sah ich Oscar noch in die Augen, nur damit mein Blick im nächsten bereits nach unten zu seinem Mund wanderte und dort hängen blieb.

Reden, sagte ich mir. *Du wolltest doch mit ihm reden.* Doch als Oscar nun seine Hand hob, um eine verirrte Haarsträhne hinter mein Ohr zu schieben, und sein Daumen dabei sachte über meinen Wangenknochen fuhr, schmolz meine Entschlossenheit dahin. Plötzlich erschien es mir sehr sinnvoll, unsere Unterhaltung einfach auf später zu verschieben. Vielleicht war das hier ja die letzte Möglichkeit für einen Kuss, und ich brachte es einfach nicht über mich, sie nicht zu nutzen. Mir war vollkommen bewusst, dass das egoistisch war, doch als ich wieder diesen typischen, vertrauten Oscar-Geruch in der Nase hatte, war mir alles andere egal.

Als sein Mund meinen berührte, stieß Oscar ein tiefes, wohliges Geräusch aus, das einen Schauer durch meinen ganzen Körper jagte. Ich liebte seine Stimme und wollte mehr davon hören, viel mehr. Daher biss ich leicht in seine Unterlippe. Das schien ihm zu gefallen, denn er intensivierte den Kuss. Als unsere Zungen sich berührten, verabschiedete sich dann auch meine letzte Gehirnzelle. Ich vertraute Oscar. Vertraute ihm genug, um mir sicher zu sein, dass er sofort aufhören würde, mich zu berühren, wenn ich ihm auch nur das kleinste Zeichen dafür gab. Und dieses Wissen sorgte dafür, dass ich ihn nur noch mehr wollte.

Wie schon in der Vorratskammer wanderten meine Hände auch jetzt wie von selbst unter sein Shirt. Als er sich kurz von mir löste, um es auszuziehen, war ich mir sicher, dass mich diesmal nichts davon abhalten konnte, diesen Anblick voll und ganz zu genießen. Ich sah, wie sich unter meinen Blicken eine Gänsehaut auf Oscars Armen ausbreitete, und schob ihn rückwärts in Richtung meines Betts.

Er setzte sich, und ich ließ mich rittlings auf seinen Schoß sinken. Woher ich auf einmal den Mut dafür nahm, wusste ich selbst nicht, es fühlte sich einfach richtig an. Da ich ein Kleid trug, spürte ich den festen Stoff seiner Jeans nun direkt auf meiner Haut, und ich griff vorsichtig nach Oscars Händen, um sie auf meine Oberschenkel zu legen. Seine Augen weiteten sich, doch dann kam er meiner stummen Aufforderung nach und ließ seine Finger unter den Stoff des Kleides gleiten. Während ich meine Hände über seinen Oberkörper wandern ließ, genoss ich seine Berührungen und die Wärme, die von ihm ausging. Es fühlte sich gut an. Ich wollte mehr davon. Also griff ich nach dem Saum meines Kleides und zog es mir in einer schnellen Bewegung über den Kopf. Nun trug ich nur noch meine Unterwäsche und sah, wie Oscar schluckte, während er seinen Blick über den schwarzen Spitzenstoff wandern ließ.

»Mila, ich …« Seine Stimme klang heiser und stellte seltsame Dinge mit meinem Magen an. Also küsste ich ihn stürmisch und hielt ihn damit vom Weiterreden ab. Oscar erwiderte den Kuss zuerst noch ein wenig zögerlich, doch dann legte er eine Hand an meine Taille und begann nun auch dort, meine Haut zu streicheln.

Ganz langsam, Zentimeter für Zentimeter näherten sich seine Finger dem unteren Rand meines Bralettes, während ich begann, mich am Gürtel seiner Jeans zu schaffen zu machen. Dass er noch eine Hose trug, war einfach nicht fair. Ich spürte, wie die Spannung zwischen uns immer weiter anstieg, doch gerade, als ich es geschafft hatte, die Schnalle zu öffnen, hielt Oscar plötzlich inne.

»Oh, verdammt«, murmelte er, und als ich den gequälten

Ausdruck sah, der nun in sein Gesicht trat, fühlte es sich plötzlich an, als würde jemand einen Eimer mit Eiswasser über mir auskippen. »Mila, es tut mir leid, aber ich kann das einfach nicht.«

Ich verspürte eine Mischung aus Unglauben und Enttäuschung, löste mich aber sofort von ihm und erhob mich. Mehrere besorgte Gedanken schossen mir gleichzeitig durch den Kopf. Was war da gerade passiert? Hatte ich etwas getan, das er nicht wollte? Hatte ich eine Grenze überschritten?

Oscar rückte ein Stück zurück, bis wir einander gegenüber auf dem Bett saßen, und griff dann nach meinen Händen. Die Geste erinnerte mich an unser Gespräch im Auto. Die plötzliche Gewissheit, dass hier gerade erneut ein ernstes Gespräch auf mich zukam, vertrieb nun auch das letzte bisschen Leichtigkeit, das ich bis eben noch verspürt hatte.

»Ist alles okay?«, fragte ich leise.

Oscar nickte. Nur um gleich darauf den Kopf zu schütteln. »Nein, wenn ich ehrlich bin, ist es das nicht. Du hast nichts falsch gemacht, glaub mir das bitte«, versicherte er mir schnell, was mich zumindest ein klein wenig beruhigte.

Ich erlaubte mir, kurz aufzuatmen, und nutzte den Moment, um nach meiner Bettdecke zu greifen. Mein Kleid lag zu weit von mir entfernt, und nur in Unterwäsche neben Oscar zu sitzen, fühlte sich jetzt irgendwie seltsam an. Ich wickelte die Decke um mich und beobachtete, wie Oscar mit seinen nächsten Worten haderte.

»Ich weiß, was unsere Abmachung war«, sagte er nach einer Weile. »Mir ist klar, dass du nur etwas Körperliches zwischen uns willst, und ich wünschte, ich könnte dir auch genau das geben, aber ich schaffe das nicht.« Oscar machte beim Sprechen kaum eine Pause. Fast so, als hätte er Angst, ich könnte ihn unterbrechen, bevor er alles losgeworden war, was er zu sagen hatte. »Ich habe es wirklich versucht. Bei der Kleidertauschparty und auch jetzt. Aber ich schaffe es einfach nicht.«

Die Verzweiflung, die nun in sein Gesicht trat, erzeugte ein Stechen in meiner Brust, doch gleichzeitig ließ sie mein Herz auch hoffnungsvoll schneller schlagen.

»Ich habe Gefühle für dich, Mila.« Oscar sah mir direkt in die Augen, als er das sagte, und ich spürte, wie ernst es ihm damit war.

Das altbekannte Kribbeln in meinem Bauch meldete sich zurück, und es war in diesem Moment stärker als alle Nervosität und Angst, die ich zuvor gespürt hatte.

»Eigentlich hätte mir das schon viel früher klar sein müssen.« Oscar schob in einer nervösen Geste seine Brille nach oben. »Aber bis zu meinem Geburtstag konnte ich mir das nicht eingestehen. Wahrscheinlich hatte ich einfach zu große Angst, dich sonst zu verlieren. Deswegen habe ich meine eigenen Gefühle zur Seite geschoben. Es ist absolut okay, wenn du keine Beziehung führen möchtest. Ich will dich zu nichts drängen. Aber ich kann das so nicht. Es tut mir leid.« Oscars Atmung ging unruhig und schnell, so als hätte er gerade einen langen Sprint hinter sich, und ich spürte, wie meine Kehle bei seinen Worten trocken wurde.

Oscar hatte also tatsächlich wieder einmal seine Bedürfnisse hintangestellt, um das zu tun, womit er vermeintlich jemand anderen glücklich machen konnte. Es tat mir weh, das zu hören und zu wissen, dass ich meinen Teil zu alldem beigetragen hatte.

Doch gleichzeitig war ich auch stolz auf Oscar. Dass er mir das erzählte und sein eigenes Wohlergehen nicht noch weiter aufs Spiel setzte, war ein großer Fortschritt.

Damit hatte ich jetzt also die Klarheit, die ich mir so sehr gewünscht hatte. Nun war es an mir, mutig zu sein. Ich würde eine Entscheidung treffen müssen. Eine, die möglicherweise mein Leben auf den Kopf stellen würde. Es war ein großes Risiko, und doch breitete sich, als ich nun sanft mit meinem Daumen über Oscars Handrücken strich, eine überraschende Ruhe in mir aus.

»Ich habe auch Gefühle für dich, Oscar.« Es fühlte sich ungewohnt an, diese Worte zu sagen, und als Oscar mich ungläubig ansah, setzte ich schnell eine Erklärung hinterher. »Damit meine ich Gefühle, die über körperliche Anziehung hinausgehen. Auch mir ist das an deinem Geburtstag klar geworden, deswegen bin ich auch weggelaufen.« Ich schluckte. »Das tut mir leid. Aber ich hatte auf einmal so große Angst, dass ich nicht mehr klar denken konnte.«

Dass Beziehungen ein schwieriges Thema für mich waren, hatte ich Oscar bereits erzählt, doch jetzt fühlte sich das als Erklärung zu wenig an. Dafür waren wir uns inzwischen zu nah. Wenn ich wollte, dass Oscar weiterhin ein Teil meines Lebens blieb, musste ich ihm jetzt die ganze Wahrheit sagen. Ich dachte an das Gespräch mit Jasper und war in diesem Moment erneut unglaublich dankbar dafür. Diesen Schritt nun ein zweites Mal zu gehen, fiel mir deutlich leichter.

Ich begann zu erzählen, von Niklas und alldem, was zwischen uns vorgefallen war. Es war die ungeschönte Wahrheit, und ich ließ dabei nichts aus, auch nicht den Tag unserer

Trennung. Während ich sprach, beobachtete ich Oscars Gesichtsausdruck ganz genau. Was ging gerade in seinem Kopf vor? Schreckten ihn meine Erlebnisse ab?

An einigen Stellen nickte Oscar, an anderen sah er mich bestürzt oder mitfühlend an. Doch er machte keine Anstalten, sich zurückzuziehen oder mich zu unterbrechen. Stattdessen hielt er die ganze Zeit über meine Hand. Zwischendurch drückte er sie sanft, was sich so unterstützend und tröstend anfühlte, dass mir Tränen in die Augen traten. Eine solche Reaktion hätte ich mir damals auch von meinen Eltern gewünscht.

Ich endete damit, dass ich Oscar von der Erinnerungsbox erzählte. Davon, wie ich sie in den Müll geschmissen und damit endgültig mit Niklas abgeschlossen hatte.

Dann entstand eine kurze Stille zwischen uns.

»Es tut mir sehr leid, Mila«, sagte Oscar schließlich. »Gibt es irgendetwas, das ich für dich tun kann?«

Ich schüttelte den Kopf. »Du hast gerade schon genau das Richtige getan.«

Oscar betrachtete mich eingehend und schien zu warten, ob ich noch etwas sagen wollte. Und als ich es nicht tat, stellte er mir die eine große Frage, die ich bis jetzt noch vor mir hergeschoben hatte. »Was wünschst du dir für uns beide? Wie soll es weitergehen?«

Ich hatte gewusst, dass ich ihm heute Abend eine Antwort darauf geben musste.

Bis vorhin war ich mir noch unsicher gewesen. Hatte Pro und Contra abgewogen, jedes noch so abwegige Szenario in Betracht gezogen und war dabei dennoch zu keinem Schluss gekommen. Doch jetzt, wo der Moment gekommen war und Oscar direkt vor mir saß, waren die Zweifel auf einmal wie weggeblasen. Ich wusste jetzt ganz genau, was ich wollte. In der gesamten Zeit, die ich Oscar nun kannte, hatte es bei ihm keine der Red Flags gegeben, die ich rückblickend bei Niklas erkennen konnte. Er hatte mich nie zu etwas gedrängt, sondern mich das Tempo bestimmen lassen. Ja, es bestand das Risiko, dass wir einander verletzten. Das Risiko gab es in jeder Beziehung. Doch wenn ich mir jetzt vorstellte, das mit uns zu beenden, dann tat mir das noch viel mehr weh.

»Ich kann dir nicht versprechen, dass ich wirklich bereit für eine Beziehung bin«, sagte ich ehrlich. »Das wird sich vermutlich erst im Laufe der Zeit zeigen. Aber wenn du das auch möchtest, dann würde ich es gerne probieren.«

Mit dem kleinen Grinsen, das nun in Oscars Gesicht trat, kehrte auch die Wärme in meinen Körper zurück. »Das würde mich wirklich sehr freuen, Frau Mila. Und keine Sorge, für mich gilt ein 30-tägiges Umtauschrecht.«

Nach all den ernsten Themen brachte mich dieser Satz so sehr zum Lachen, dass ich gar nicht mehr damit aufhören konnte. Und weil ich den starken Drang verspürte, meine Arme um Oscar zu legen und ihn an mich zu ziehen, tat ich genau das. Nun zum ersten Mal als seine feste Freundin. Was für ein seltsamer und gleichzeitig wunderschöner Gedanke.

»Möchtest du mit unter meine Decke kommen?«, fragte ich ihn, und als er nickte, hob ich sie an. Oscar rutschte neben mich, in eine halb sitzende, halb liegende Position und legte seinen Arm um mich. Ich löschte das Deckenlicht und schaltete stattdessen meine Lampionkette und die Bluetooth-Box an, aus der nun leise, angenehme Musik erklang. Direkt fühlte ich mich wohler. Mit Oscar zu kuscheln, war neu für mich, und ich genoss es, eine Weile lang einfach nur so dazuliegen und mich mit ihm über ganz simple Dinge zu unterhalten. Es war ein angenehmer Ausgleich zu all den schweren Themen zuvor, und nach und nach entspannte ich mich.

Ich erfuhr, dass Oscars Lieblingsfarbe Gelb war, er am liebsten Chips mit Meersalz snackte und gern eine Katze hätte. »Opa Erwin ist aber leider allergisch«, erklärte er mir bedauernd.

»Ich fürchte, da haben er und ich etwas gemeinsam. Ich legte den Kopf schief. »Tut mir leid, dich enttäuschen zu müssen, aber ich muss schon niesen, wenn eine Katze nur in meine Richtung schaut.«

»Mist«, murmelte Oscar. Dann grinste er mich schief an. »Gelten die dreißig Tage Rückgaberecht denn auch für mich?«

»Hey!«, protestierte ich lachend und schlug scherzhaft beleidigt mit meiner flachen Hand auf seine Brust. Dabei wurde mir auf einmal wieder sehr deutlich bewusst, dass Oscars Oberkörper nach wie vor nackt war. In der letzten Stunde war das irgendwie in den Hintergrund getreten, doch jetzt erinnerte ich mich plötzlich daran, dass auch ich immer noch nur meine Unterwäsche trug. Ich spürte, wie mein Gesicht warm wurde.

Oscar schien die Veränderung in meiner Stimmung zu spüren, denn er sah mich besorgt an. »Alles in Ordnung?«, fragte er, und ich nickte langsam.

»Ja. Meinst du …« Innerlich wand ich mich. Wie formulierte man so was am besten, ohne sich komplett zu blamieren? »Meinst du, wir können vielleicht da weitermachen, wo wir vorhin aufgehört haben?«

Ein warmes Lächeln erschien auf Oscars Gesicht. »Wenn du das möchtest, sehr gern.«

Aufregung machte sich in mir breit, doch diesmal fühlte sie sich anders an. Nicht mehr so unsicher und hektisch, eher kribbelig und erwartungsvoll. Ich rollte den Kopf zur Seite, damit ich Oscar ansehen konnte. Der nächste Kuss war sanfter und langsamer als zuvor. Wir ließen uns Zeit, und als wir einander berührten, hatte ich das Gefühl, dass nicht nur ich deutlich selbstsicherer und entspannter war. Ich löste die Schnalle von Oscars Gürtel, er streifte sich die Jeans von den Beinen und schob sie mit dem Fuß vom Bett.

»Jetzt haben wir hier gleichberechtigte Verhältnisse.«

Dann wurde sein Blick noch einmal ernst. »Fühlst du dich wirklich bereit hierfür? Wir können auch gern noch eine Weile warten.«

Doch ich schüttelte den Kopf. »Nein, ich möchte das. Wirklich.«

Oscar sah mich noch einen Moment lang an, als wollte er sichergehen, dass ich meine Meinung nicht änderte. Dann küsste er mich. Zunächst meinen Mund, dann meinen Hals hinunter zu meinem Schlüsselbein. Ich seufzte zufrieden, als seine Lippen die empfindliche Stelle hinter meinem Ohr streiften, und vergrub meine Finger in seine dunklen Locken.

Dann fuhr ich über seinen Nacken, seine Schultern und seine Oberarme. Ich liebte das Gefühl von Oscars Haut unter meinen Händen und dass ich spüren konnte, wie sich die Härchen an seinen Armen durch meine Berührungen aufstellten. Ich genoss seinen mir mittlerweile so vertrauten Geruch und das warme Gefühl, das er in mir erzeugte, wann immer ich ihn wahrnahm. Oscars Hand hatte nun erneut mein Bralette erreicht, und er strich sanft über den Stoff. Zuerst nur an meinem Rücken, dann wanderte seine Hand langsam nach vorn. Kurz wurde ich nervös. Meine Brüste waren unterschiedlich groß, und Niklas war nicht müde geworden, mich darauf hinzuweisen und mir Tipps zu geben, wie ich es am besten kaschieren konnte. Jetzt, wo ich auf der Seite lag, fiel das bestimmt noch deutlicher auf, und ich betrachtete Oscar genau. Doch ich konnte keinerlei Anzeichen erkennen, dass es ihn störte. Alles, was ich in seinen Augen sah, war Zuneigung und etwas, das fast schon wie ein Leuchten aussah.

Als Oscar nun begann, mit seinem Daumen sanfte Kreise über meine linke Brust zu ziehen, spürte ich die Berührung am ganzen Körper. Es fühlte sich so gut an, dass ich nicht verhindern konnte, dass meine Augen sich genießerisch schlossen. Oscar schien das zu bemerken, denn er wiederholte die Bewegung so lange, bis ich leise stöhnte und meine Finger in seine Schultern grub. Ich wollte mehr und hob meinen Oberkörper leicht an, um Oscar zu signalisieren, dass er mir das Bralette ausziehen konnte. Anschließend rollte ich mich auf den Rücken.

Als ich nur noch im Slip vor ihm lag, betrachtete Oscar mich einen Moment lang mit großen Augen, und ich merkte, wie er stockend ausatmete. Doch dann lächelte er und senkte seinen Mund auf eine meiner Brüste, während er die andere erneut mit seiner Hand liebkoste. Es gefiel mir sehr, wie viel Zeit er sich dabei ließ, und nutzte die Gelegenheit, mit meinen Fingern jeden Zentimeter seines Rückens zu erkunden. Doch irgendwann hielt ich es einfach nicht mehr aus und zog Oscar wieder zu mir nach oben.

Er grinste. »Nicht so ungeduldig«. Da war sie wieder, die Hörbuchstimme, und obwohl ich sie liebte und sie auch in diesem Moment wieder ein warmes Prickeln meinen Rücken hinunter sandte, machte sie mich gleichzeitig wahnsinnig. Doch das war nichts im Vergleich zu dem Gefühl, das durch meinen Körper schoss, als Oscar nun eins seiner Beine zwischen meine schob und sich leicht zu bewegen begann.

»Sag mir, was du magst«, raunte er mir zu, und ich brauchte einen Moment, um mich daran zu erinnern, wie man eigentlich sprach.

»Das hier. Offensichtlich«, brachte ich irgendwie hervor, und als sein Grinsen noch breiter wurde, griff ich mit beiden Händen nach seinem Po. Ich zog ihn so stürmisch an mich, dass ihm das Grinsen verging und er nun ebenfalls schwer atmete. Das war besser.

Ich begann, mein Becken zu bewegen, und brauchte gar nicht erst auf sein leises Stöhnen zu warten, um zu spüren, wie sehr ihm das gefiel. Als er dann doch einen erstickten Laut von sich gab, nutzte ich den Moment, um ihn auf den Rücken zu drehen. Ich wusste nicht, was mich plötzlich so mutig machte. Zuvor hatte ich noch nie die Initiative ergriffen.

Sex mit Niklas hatte bedeutet, dass er die Kontrolle übernahm. Er allein hatte bestimmt, was wir taten. Angeblich, weil er viel mehr Erfahrung hatte als ich und deswegen natürlich auch besser wusste, was gut war.

Doch das hier mit Oscar war etwas anderes. Es war nichts Einseitiges, sondern ein Miteinander. Also setzte ich mich erneut rittlings auf ihn und legte meine Hände an seine Wangen. Ich küsste ihn, streichelte seinen Oberkörper und seinen Bauch.

Instinktiv bewegte ich auch dabei wieder mein Becken, und Oscar unterstütze mich, indem er mir die Hände an die Hüften legte.

»Darf ich?«, fragte ich, als ich den Bund seiner Boxershorts erreichte.

Oscar nickte. »Ja«, sagte er heiser, und als ich sie ihm abstreifte und er nun komplett nackt vor mir lag, spürte ich nicht mehr nur, wie sehr er mich wollte. Ich konnte es auch deutlich sehen.

Einen kurzen Moment lang glaubte ich, dass wieder Panik in mir aufsteigen würde. Erinnerungen an das letzte Mal, als ich das getan hatte, was wir gleich tun würden. Doch es passierte nicht. Weder jetzt, noch als ich Oscars Penis berührte und meine Hand auf und ab zu bewegen begann. Auch nicht, als Oscar meine Oberschenkel streichelte und nach einer Weile seine Finger unter meinen Slip gleiten ließ. Ich fühlte mich die ganze Zeit über wohl und sicher.

»Ist es hier gut?«, fragte Oscar mich leise, und ich griff nach seiner Hand, um sie ein kleines Stückchen weiter nach links zu schieben.

»Hier«, murmelte ich, und als er nun genau die richtige Stelle meiner Vulva berührte, beschleunigte sich mein Atem. Dann sah ich wieder hinunter zu meiner Hand. »Magst du das?«, fragte ich nun auch ihn, und als Oscar mich anblickte, sah ich die Erregung in seinen Augen.

»Ja. Sehr sogar.«

Auch hier ließen wir uns Zeit, bevor Oscar mir nach einer gefühlten Ewigkeit dabei half, aus meinem Slip zu schlüpfen. Danach sah er mir in die Augen, während er vorsichtig einen

Finger in mich schob, und ich hatte das Gefühl, dass er jede meiner Regungen genau beobachtete. Irgendwie machte das den Moment noch intensiver und intimer, und als wenig später ein zweiter Finger folgte, bewegte ich mein Becken, um Oscar zu zeigen, was mir gefiel.

»Hast du Kondome hier?«, fragte er mich, als wir uns nach einer Weile schwer atmend voneinander lösten.

Ich deutete auf das Nachtschränkchen neben meinem Bett. »In der mittleren Schublade.«

Oscar nahm ein Kondom aus der Packung und wollte es gerade über seinen Penis rollen, als er plötzlich innehielt. »Oh, falsch herum«, sagte er überrascht. »Das passiert mir gerade zum ersten Mal.« Er legte das Kondom zur Seite, griff nach einem neuen, und als er wieder zu mir sah, grinste ich ihn frech an.

»Sieh's positiv. Ab jetzt kannst du trinken, wenn bei *Ich hab noch nie* danach gefragt wird.«

Oscar riss die Augen auf. »Steht das echt auf einer der Karten?«, fragte er mich überrascht, und ich nickte. Dann erinnerte ich mich an eine der anderen Fragen, die wir am Spieleabend gezogen hatten, und verzog kurz das Gesicht.

»Bei meinem Glück bekomme ich gleich auch noch einen Krampf im Po.«

»Das wäre nicht schlimm. Ich bin ja da und kann deinen Po jederzeit massieren.« Sein gespielt gönnerhafter Tonfall brachte mich zum Lachen, und ich spürte in diesem Moment noch einmal deutlicher, wie leicht und unbeschwert sich alles mit Oscar anfühlte. Ich hatte nicht gewusst, dass es so sein konnte, und das bittersüße Glücksgefühl, das nun in mir aufstieg, brachte mich dazu, alles an diesem Abend noch intensiver wahrzunehmen.

Das zweite Kondom saß nun richtig, und Oscar griff nach der Tube Gleitgel, die ebenfalls in der Schublade lag. Während er es ganz selbstverständlich auf seinem Penis verteilte, blitzte eine weitere Erinnerung an Niklas durch meinen Kopf.

»Gleitgel? Warum sollte ich so was benutzen? Entweder du bist feucht genug, oder wir können es gleich lassen.« Niklas' Erwartungen, dass ich jederzeit bereit dafür war, Sex mit ihm zu haben, hatten mich unglaublich unter Druck gesetzt. Er hatte mir nie genug Zeit gegeben, mich in Ruhe darauf einzustellen, und hatte mir bei jedem Nein das Gefühl gegeben, ich würde ihn gerade enttäuschen und unsere Beziehung aufs Spiel setzen. Die Folge daraus war gewesen, dass ich mich immer seltener getraut hatte, etwas zu sagen. Stattdessen hatte ich mich dazu gezwungen, die schmerzhaften kleinen Risse in meiner Vagina zu ignorieren, die, kaum waren sie verheilt, bereits wieder aufgerieben wurden. Doch sie hatten nicht so sehr geschmerzt wie das Gefühl, dass meine Bedürfnisse ihm egal waren.

Bei der Erinnerung daran verkrampfte ich kurz, was Oscar sofort in seiner Bewegung innehalten ließ.

»Ist alles okay, Mila?«, fragte er besorgt. »Wir können jederzeit aufhören. Das ist kein Problem.«

Doch ich schüttelte den Kopf und schob die Erinnerungen an Niklas nun endgültig zur Seite. Er hatte hier nichts mehr zu suchen. Dieser Moment gehörte allein Oscar und mir, und ich würde ihn voll und ganz genießen.

»Es ist alles okay«, sagte ich und meinte es auch so. »Bitte mach weiter.«

Ich griff nach Oscars Hand und legte sie an meine Hüfte, doch er bewegte sich nicht.

»Wie wäre es, wenn du weitermachst?«, fragte er mich sanft. »Dann kannst du das Tempo bestimmen.«

Überrascht sah ich ihn an. An diese Möglichkeit hatte ich gar nicht gedacht, doch Oscar hatte damit gerade intuitiv genau das Richtige vorgeschlagen. Als ich nickte, küsste Oscar mich. Diesmal ganz langsam und vorsichtig, und nachdem wir uns eine Weile lang sanft berührt hatten, war mein Kopf wieder bei der Sache.

Ich griff nach seinem Penis und hielt ihn so, dass ich mich langsam darauf sinken lassen konnte. Nach über zwei Jahren Pause fühlte es sich ungewohnt an, und ich war in diesem Moment wirklich dankbar für Oscars Vorschlag. Probehalber bewegte ich mein Becken leicht auf und ab. Es fühlte sich gut an. Oscar gab ein ersticktes Geräusch von sich, und sein Gesichtsausdruck verriet, wie sehr er sich gerade zusammenreißen musste.

Irgendwie gefiel mir das. Ich griff nach seinen Händen und legte sie auf meine Brüste. Dann beugte ich mich nach vorn und begann, an Oscars Unterlippe zu knabbern, während ich meine Bewegungen schneller werden ließ. Als Oscar daraufhin in meine Brustwarze kniff, stieg meine Erregung an.

»Mach das noch mal«, raunte ich in sein Ohr, und als er genau das tat, löste sich mein letzter Rest Zurückhaltung in Luft auf. Ich hörte auf, über meine Bewegungen nachzudenken und darüber, wie ich gerade wohl aussah. Stattdessen tat ich einfach das, was sich gut anfühlte. Oscar bewegte sich mit mir, und ich spürte, wie sich in mir nach und nach ein immer größer werdender Druck aufbaute. Als Oscar seine Hüfte nach oben stieß, war das genau das Richtige. Es fühlte sich so intensiv an, dass alles in mir begann, sich rhythmisch zusammenzuziehen. Ich ließ ein lautes Stöhnen hören, das mir sonst bestimmt unangenehm gewesen wäre. Doch diesmal unterdrückte ich es nicht. Ich wollte, dass Oscar ganz genau wusste, wie gut ich fand, was er da tat.

Als das Gefühl nach und nach abebbte, ließ ich meinen Oberkörper atemlos nach vorn sinken und gab Oscar einen innigen Kuss, bevor ich mich wieder von ihm löste, um tief durchzuatmen.

»Das war wirklich schön.« Meine Stimme klang ein wenig belegt, und ich musste mich räuspern.

»Fand ich auch.« Oscar wirkte so zufrieden, dass ich lachen musste.

»Du bist dran«, sagte ich dann, voller neu gewonnenem Selbstbewusstsein.

»Möchtest du denn noch?«

Ich nickte. »Ja. Auf jeden Fall.«

Oscars Lächeln war warm und liebevoll, als er eine Hand auf meinen Po und die andere auf meinen Rücken legte. Dann drehte er uns in einer geschmeidigen Bewegung um, ohne dabei aus mir herauszugleiten. Ich konnte mir ein anerkennendes Nicken nicht verkneifen. Das brachte Oscar zum Lachen, und als er mich küsste, fühlte ich seinen Brustkorb auf meinem. Ich konnte seinen Herzschlag erahnen und spürte, wie er sich beschleunigte, als Oscar sich langsam zu bewegen begann. Die Hand, die gerade noch auf meinem Rücken gelegen hatte, wanderte nun nach oben und hielt meinen Arm über meinen Kopf gepinnt. Die andere Hand lag noch immer auf meinem Po, und als er damit nun leicht mein Becken anhob, fühlten sich seine Bewegungen plötzlich noch viel besser an. Ich legte meine freie Hand auf seinen Po und zog ihn an mich. Dann signalisierte ich ihm, dass er ruhig schneller machen konnte, und als er es tat, drückte ich meinen Rücken durch. Ich genoss das Gefühl seines Körpers auf meinem, und nun war ich es, die das Becken mitbewegte. Ich passte mich Oscars Rhythmus an und spürte deutlich, wie sehr ihm das gefiel. Sein Atem wurde immer schwerer, ertönte irgendwann nur noch abgehackt neben meinem Ohr. Seine Bewegungen wurden zunehmend unkontrollierter, und ich spürte, dass er kurz davor war, zu kommen. Weil ich inzwischen wusste, wie sehr er das mochte, biss ich auf Oscars Unterlippe und zog sie zwischen meine Zähne. Diesmal fester als zuvor, und es verfehlte seine Wirkung nicht. Ich spürte, wie Oscar in mir zu zucken begann. Er stöhnte, grub dabei seine Finger in meinen unteren Rücken, und als sich sein Griff langsam wieder löste, sah er mich schwer atmend an.

»Guter Trick«, meinte er anerkennend und grinste dann träge. »Ich sehe schon, du hast mich inzwischen absolut durchschaut.«

»Sie sind ein offenes Buch, Herr Oscar.« Am liebsten hätte ich albern gekichert, so gut fühlte ich mich in diesem Moment.

Wir blieben noch eine Weile lang nebeneinander liegen. Ich legte meinen Kopf auf Oscars Brust, lauschte seinem Atem und seinem Herzschlag, die sich nach und nach beruhigten, bis ich irgendwann leise seufzte.

»Es fällt mir gerade sehr schwer, das zu sagen, aber ich muss mal eben ganz unromantisch aufs Klo. Blasenentzündung verhindern und so.«

»Hach, wenn das Leben nur einmal so wäre wie im Film.« Oscar seufzte theatralisch.

»Ja, die Realität ist wirklich grausam.« Ich schüttelte mit gespieltem Bedauern den Kopf. »Da wird man einfach so gezwungen, das warme Bett zu verlassen.« Ich stand auf und griff nach der leeren kleinen Plastikverpackung auf meinem Nachtschränkchen. »Würden Sie mir das Kondom überreichen, Herr Oscar? Dann nehme ich es mit.«

Als ich wieder zurückkam, konnte ich nicht anders, als einen Moment lang in der Tür stehen zu bleiben. Der Anblick von Oscar in meinem Bett war ungewohnt, doch er erzeugte ein derartiges Glücksgefühl in mir, dass ich gedanklich ein Foto davon machte. Ich wollte sichergehen, diesen Moment nie wieder zu vergessen.

Als ich mich zu Oscar legte, gähnte er, und auch ich merkte, wie meine Augenlider langsam schwer wurden.

»Ich muss leider gleich noch nach Hause«, murmelte Oscar neben meinem Ohr. »Opa Erwin wartet bestimmt schon auf mich.« Dass er nicht hier übernachten würde, dämpfte mein Glücksgefühl ein klein wenig, doch ich wusste, dass es nichts mit mir zu tun hatte.

»Noch fünf Minuten?«, fragte ich dennoch hoffnungsvoll, und Oscar lachte leise.

»Okay. Ich bleibe noch hier, bis du eingeschlafen bist.« Er legte seinen Arm um mich, ich kuschelte mich eng an ihn, und wenige Sekunden später fielen mir bereits die Augen zu.

KAPITEL 17

Als ich einige Stunden später erwachte, hatten wir uns kein Stück bewegt. Wir lagen immer noch nebeneinander, in genau derselben Position wie am Abend zuvor, nur dass es draußen inzwischen hell geworden war.

Aus Oscars Plan, noch nach Hause zu gehen, war wohl nichts geworden. So viel zu *Nur noch fünf Minuten.*

Ich gähnte und sah auf die Uhr. Sie zeigte halb acht an.

Vorsichtig drehte ich meinen Kopf, und als ich in Oscars schlafendes Gesicht sah, musste ich unwillkürlich lächeln. Seine ruhigen, tiefen Atemzüge wirkten so entspannt, dass mir die Aussicht darauf, ihn gleich wecken zu müssen, ein wenig das Herz brach. Am liebsten wäre ich noch ewig so mit ihm liegen geblieben und hätte die reale Welt mit all ihren Aufgaben und Verpflichtungen einfach ausgesperrt. Doch es war Montag, und ich wusste nicht, ob Oscar heute Vormittag vielleicht eine Vorlesung oder irgendeinen anderen wichtigen Termin hatte, den er nicht verpassen durfte.

Ich hob meine Hand und streichelte damit vorsichtig über seinen Arm. Er brummte leise und zog mich fester an sich. Das fühlte sich so gut an, dass ich mir erlaubte, es noch einen Moment lang zu genießen, bevor ich den nächsten Weckversuch startete.

»Oscar?« Ich sah, wie er seine Augen einen winzigen Spaltbreit öffnete, nur um sie direkt wieder zu schließen. Wer hätte das gedacht. Ich grinste. Da war wohl jemand ein Morgenmuffel. »Oscar, es ist halb acht, und ich dachte …«

Ich stoppte mitten im Satz, weil Oscar erschrocken zusammenfuhr und die Augen aufriss. Verwundert sah ich ihn an.

»Halb acht?«, fragte er, und trotz der offensichtlichen Unruhe in seinem Blick, konnte ich nicht anders, als zu bemerken, wie attraktiv seine schlaftrunkene Stimme klang. Dieser Gedanke trat jedoch schnell in den Hintergrund, als Oscar sich hastig aufsetzte. »Ich bin eingeschlafen. Das hätte nicht passieren dürfen!« Fluchend tastete er im Bett umher, bis er sein Smartphone fand. »Opa Erwin hat sich bestimmt Sorgen gemacht, ich hab ihm gesagt, dass ich auf jeden Fall nach Hause komme und …«

Der Bildschirm des Smartphones leuchtete auf und schien eine neue Nachricht anzuzeigen, denn Oscars Augen begannen, schnell hin und her zu wandern. Dann erstarrte er und wurde plötzlich ganz blass.

»Karl hat mir geschrieben«, sagte er tonlos, und ich sah, wie sich seine Schultern anspannten. »Opa Erwin, er … Er hatte heute Nacht einen Herzinfarkt.«

Zuerst konnte ich Oscar nur ungläubig anstarren. Doch als die Bedeutung seiner Worte endlich in meinem Gehirn ankam, zog sich etwas in mir zusammen. Während ich noch dabei war, das eben Gesagte zu verarbeiten, sprang Oscar bereits auf. Als er hektisch versuchte, sich anzuziehen, wirkten seine Bewegungen fahrig, und er brauchte mehrere Versuche, um den Reißverschluss seiner Jeans zu schließen.

»Karl hat ihn gerade gefunden und den Rettungswagen gerufen«, sagte er knapp. »Sie sind jetzt auf dem Weg ins Krankenhaus.«

»Ein Herzinfarkt?« Meine Stimme zitterte. »Hatte er wieder Schmerzen in der Brust?«

Oscar fuhr zu mir herum. »Was hast du gerade gesagt?«, fragte er scharf, und ich zuckte kurz zusammen.

»Die Schmerzen in der Brust, wie damals beim Kochabend, als ...« Als Opa Erwin mich gebeten hatte, Oscar nichts davon zu erzählen. Ich verstummte und sah, wie es hinter seinen Augen angestrengt zu arbeiten begann. Einen Moment lang wusste ich nicht, ob er darauf wartete, dass ich weitersprach, oder ob er das eben Gehörte verarbeiten musste.

»Du wusstest, dass mein Großvater Probleme mit dem Herzen hat?« Oscar ließ seine Arme sinken, mit denen er sich kurz zuvor noch das Shirt über den Kopf gezogen hatte. Eine Mischung aus Wut und Unglauben trat in sein Gesicht.

»Ja«, flüsterte ich. Da war auf einmal ein dicker Kloß in meinem Hals, der verhinderte, dass ich lauter sprechen konnte. »Aber nicht so richtig. Opa Erwin meinte, es sei nur so ein Stechen, das er häufiger mal hat, und dass ich dir nichts davon erzählen soll.«

»Ach, meinte er das?«, brachte Oscar zwischen zusammengebissenen Zähnen hervor. »Und du hast einfach so beschlossen, dass es eine gute Idee ist, auf ihn zu hören und das vor mir geheim zu halten?«

Ich hatte ihn noch nie so wütend erlebt, und es machte mir Angst. Nicht weil ich befürchtete, er könnte mir etwas tun. Ich war mir zu hundert Prozent sicher, dass das nicht passieren würde.

Und doch fühlte ich mich auf einmal so, als würde alles, was gestern zwischen uns gewesen war, zerbrechen.

»Oscar, es tut mir leid, wirklich.« Meine Stimme drohte zu versagen, und ich blickte ihn flehentlich an. Doch etwas in seinem Blick hatte sich verändert. Auf einmal fühlte es sich an, als wären wir Fremde.

»Mir tut es leid.« Oscar sah zu Boden. »Das hier war ein Fehler«, sagte er bitter, und dann geschah plötzlich alles wie in Zeitlupe.

Oscar griff nach seinem Smartphone und stürmte hinaus in den Flur, während ich einfach nur dasaß, viel zu geschockt, um mich zu bewegen. Es dauerte einen Moment, bis ich realisiert hatte, was hier gerade passiert war, doch dann löste ich mich aus meiner Erstarrung.

»Oscar, warte!« Ich sprang nun ebenfalls auf. Als ich in den Flur trat, brannten meine Augen, und ich versuchte mit aller Kraft, die Tränen zu unterdrücken. »Oscar, bitte. Ich kann dich ins Krankenhaus begleiten, ich kann …«

Doch Oscar beachtete mich nicht. Ich nahm noch wahr, wie er in seine Sneakers schlüpfte und mit einer raschen Bewegung nach seiner Jacke griff. Im nächsten Moment war er bereits im Treppenhaus verschwunden. Ich spürte den starken Drang, ihm nachzulaufen, doch er drehte sich nicht noch mal zu mir um.

Ein erstickter Laut ertönte, und ich brauchte einen Moment, um zu realisieren, dass er aus meinem Mund gekommen war. Dann schlug ich mir die Hände vors Gesicht und konnte meine Tränen nicht länger zurückhalten. Laut schluchzte ich auf, und meine Beine begannen plötzlich so stark zu zittern, dass ich mich auf den Boden sinken lassen musste. Ich umschlang meine Knie mit den Armen, und als ich begriff, was gerade passiert war, umklammerte Verzweiflung mit eiserner Faust mein Herz. Ich dachte an den armen Opa Erwin, den ich in der kurzen Zeit, die ich ihn kannte, bereits so sehr in mein Herz geschlossen hatte. Bei der Vorstellung, wie er im Rettungswagen ins Krankenhaus gefahren wurde, spürte ich ein schmerzhaftes Ziehen in der Magengegend. Ich hoffte, dass ihm schnell geholfen werden konnte.

Dann sprangen meine Gedanken zu Oscar. Ich verstand, dass er aufgebracht und wütend auf mich war. Vermutlich wäre es mir an seiner Stelle ähnlich gegangen. Doch der Gedanke daran, was all das wohl für uns bedeutete, machte mich so unruhig, dass ich am liebsten sofort mit ihm gesprochen hätte. Ich wollte mich entschuldigen, wollte für ihn da sein. Doch ich wusste, dass es gerade besser war, Oscar Raum zu geben. Opa Erwin stand jetzt an erster Stelle.

Um zumindest irgendwas zu tun, ging ich zurück in mein Zimmer, griff nach meinem Smartphone und begann zu tippen.

> Was passiert ist, tut mir unglaublich leid. Bitte sag mir, wenn ich irgendetwas für Opa Erwin und dich tun kann.

Auch wenn ich das, was ich geschrieben hatte, wirklich so meinte, fühlten sich meine Worte seltsam hohl und bedeutungslos an. Am liebsten hätte ich sofort etwas getan, um den beiden zu helfen. Egal was.

Doch hinter der Nachricht erschienen keine blauen Haken. Weder an diesem Tag, noch am Dienstag oder Mittwoch. Wieder und wieder griff ich nach meinem Smartphone, um meine Nachricht anzustarren und zu überlegen, ob ich Oscar noch einmal schreiben sollte. Oder sollte ich ihn anrufen? Oder lieber darauf warten, dass er sich meldete? Wie verhielt man sich in einer solchen Situation bloß am besten?

Ich wollte mich noch mal melden und sagen, dass ich an euch denke. Braucht ihr irgendetwas? Dann gib mir jederzeit Bescheid. Es tut mir leid, Oscar.

Keine blauen Haken, keine Reaktion. Ich fühlte mich machtlos, und das Wissen, gerade absolut nichts tun zu können, fraß mich förmlich auf. Ich tigerte unruhig durch die Wohnung und gab Jasper und Lilly nur knappe Antworten auf ihre besorgten Fragen. Nachts schlief ich kaum, und tagsüber erschien es mir unmöglich, zur Uni zu gehen. Ich würde mich ohnehin nicht konzentrieren können.

Als ich am Donnerstagabend dann doch kurz davor war, Oscar anzurufen, erschien sein Name plötzlich auf meinem Smartphonedisplay. Schnell nahm ich den Anruf an.

»Ja?«, rief ich atemlos, und auf der anderen Seite war es kurz still.

»Ich stehe draußen. Kommst du runter?«

Mehr brauchte Oscar nicht zu sagen. Ich eilte durchs Treppenhaus, riss die Haustür auf und blieb dann abrupt stehen. Ich wusste, dass die Person, die da vor mir stand, Oscar war. Doch ich erkannte ihn fast nicht wieder. Seine Haltung war gebückt, fast so, als hätte er Schmerzen, und als er den Kopf hob, um mich anzusehen, blickte ich in verquollene Augen. Oscars

Augenringe waren noch tiefer als meine, und er sah aus, als hätte er nächtelang wach gelegen.

Am liebsten wäre ich sofort auf ihn zugerannt und hätte ihn in den Arm genommen, doch irgendetwas in seinem Blick hielt mich davon ab. Quälend lange Sekunden vergingen, in denen wir uns einfach nur ansahen, bis ich die Stille nicht länger ertrug. Ich atmete ein, ohne zu wissen, was ich sagen wollte, doch da begann Oscar zu sprechen.

»Ich brauche deine Hilfe«, sagte er leise und mit brüchiger Stimme.

»Ja klar, ich … Was …« Ich verhaspelte mich und begann noch mal von vorn. »Was kann ich tun?«

Oscar blickte auf den Boden. »Opa Erwin ist tot.« Einen Moment lang hoffte ich, mich verhört zu haben. Doch dann sah Oscar mich mit leeren Augen an, und ein Frösteln machte sich in mir breit. »Er ist tot, Mila.« Ein schmerzerfüllter Ausdruck huschte über sein Gesicht. »Und es ist meine Schuld, weil ich nicht zu Hause war. Hätte ich ihn gefunden, dann hätte sein Herz keinen so starken Schaden genommen. Dann hätte er im Krankenhaus kein Kammerflimmern bekommen. Er ist an plötzlichem Herztod gestorben, weil ich ihn im Stich gelassen habe. Schon wieder.«

Ich spürte erst, dass ich zu weinen begonnen hatte, als die Tränen bereits an meinem Kinn heruntertropften. Meine Kehle wurde eng, und ich sah, wie sich nun auch Oscars Augen mit Tränen füllten. Ich machte einen Schritt auf ihn zu und erwartete fast, dass er zurückweichen würde. Doch Oscar kam mir entgegen, legte seinen Kopf auf meine Schulter und begann hemmungslos zu schluchzen. Während ich sanft mit der Hand über seine Haare strich, jagten die Gedanken in rasendem Tempo durch meinen Kopf. Ich konnte einfach nicht begreifen, dass Opa Erwin wirklich tot sein sollte. Wir hatten uns doch vor ein paar Tagen noch gesehen. Letzte Woche erst hatte ich in seinem Wohnzimmer gesessen, Erdbeertorte gegessen und über die Geschichten aus seiner Jugend gelacht. Wie konnte es sein, dass dieser Mensch, der eben noch so fröhlich, so lebendig gewesen war, jetzt einfach fort war?

Ich dachte daran, wie herzlich Opa Erwin von Anfang an zu mir gewesen war. An seinen Himbeer-Minze-Eistee, an Hannes, den Graupapagei, und an unsere Schachspiele. Ich sah seine freundlichen Augen vor mir, die Oscars so ähnlich waren und die mir verschmitzt zuzwinkerten.

Und dann dachte ich an Karl. An das Happy End der beiden und daran, dass es nur von so kurzer Dauer gewesen war. Daran, dass Oscar und er nun beide den wichtigsten Menschen in ihrem Leben verloren hatten.

Mein Herz krampfte sich zusammen, und ich schluchzte laut auf. Minutenlang standen Oscar und ich so da, mitten auf dem Gehweg, hielten uns aneinander fest und schenkten uns Trost, bis unsere Tränen irgendwann versiegten. Oscar ließ sich auf die Stufe vor dem Hauseingang sinken, und ich setzte mich neben ihn. Noch immer klammerte er sich an mir fest, so als wäre das gerade das Einzige, was er tun konnte, um nicht zusammenzubrechen.

Nach einer Weile begann er wieder zu sprechen. »Es tut mir leid, was ich zu dir gesagt habe, Mila.« Oscars Stimme brach, und er holte bebend Luft. »Dass das mit uns ein Fehler war. Das stimmt nicht.« Mein Herz begann zu rasen, und ich konnte nur wortlos den Kopf schütteln, doch Oscar legte sanft seine Hand an meine Wange. »Ich konnte vor Opa Erwins Tod noch mal mit ihm sprechen. Er hat mir erzählt, dass du ihm versprechen musstest, mir nichts zu sagen. Du hast nur das getan, was er sich gewünscht hat. Du hast seinen Willen respektiert. Ich hätte dir das nicht vorwerfen dürfen.«

Bei seinen Worten durchbrach eine Woge der Erleichterung die Trauer. Zumindest für einen Moment. In den letzten Tagen hatte ich mir selbst genau dieselben Vorwürfe gemacht, hatte mich wieder und wieder gefragt, ob ich mich in diesem furchtbaren Dilemma anders hätte entscheiden sollen. Ich spürte, dass diese Gedanken mich auch künftig nicht ganz loslassen würden, doch Opa Erwins Worte nahmen zumindest einen Teil dieses Gewichts von meinen Schultern.

Oscar stockte kurz und wischte sich mit der Hand über die nasse Wange. »Opa Erwin meinte auch, dass das, was passiert ist, nicht meine Schuld ist.« Er schluckte und sah mir dann fest in die Augen. »Diese Situation ist mein schlimmster Albtraum, Mila. Und ich habe meine Schuldgefühle, meinen Großvater im Stich gelassen zu haben, auf dich übertragen. Das tut mir so leid.«

»Mir tut es leid.« Ich ließ die Schultern sinken. »Dass das alles passiert ist und dass ich nicht für dich da war. Gibt es denn jetzt irgendetwas, das ich für dich tun kann?«

Oscar warf mir kurz einen unsicheren Blick zu. »Da gibt es tatsächlich etwas«, sagte er langsam und sah dann wieder zu Boden. »Die letzten Tage mit meinen Eltern waren furchtbar. Meine Mutter ist die ganze Zeit nur auf dem Dachboden und räumt Oma Hildes Sachen hin und her.« Oscar seufzte und schob mit seinem Schuh einen Kieselstein auf dem Boden hin und her. »Als meine Oma damals gestorben ist, haben wir alles nur in Kisten gepackt und sie nach dort oben gestellt. Meine Mutter wollte sich nicht damit beschäftigen. Aber scheinbar ist jetzt der Moment dafür gekommen.« Er stieß ein freudloses Lachen aus. »Sie hat kaum etwas gesagt, als ich bei ihnen vor der Tür stand. Und ich weiß nicht, ob sie sich mit dieser ganzen Dachbodenaktion einfach nur ablenken will, oder ob sie schon mal Platz für Opa Erwins Sachen schafft.«

Ich wusste nicht, was ich sagen sollte. Doch Oscar schien auch keine Reaktion erwartet zu haben, denn er sah weiterhin auf den Boden und kickte den Stein nun mit der Schuhspitze in Richtung der Straße.

»Mein Vater ignoriert mich komplett. Es ist neun Jahre her, dass wir uns das letzte Mal gesehen haben, und er hat es gerade mal so geschafft, ein Hallo über die Lippen zu bringen. Dann ist er in sein Arbeitszimmer gegangen, um alles zu organisieren. Opa Erwin ist der Vater meiner Mutter, daher wäre das eigentlich ihre Aufgabe. Aber weil sie gerade nichts außer den blöden Kisten im Kopf hat, übernimmt er das jetzt.« Oscars Stimme klang bei diesen Worten bitter. »Das eigentlich Schlimme daran ist, dass mein Vater sich weigert, Opa Erwins Wünsche für die Bestattung zu berücksichtigen.«

Überrascht riss ich die Augen auf. Ich kannte Oscars Vater zwar nicht und konnte sein Verhalten daher nur schwer einschätzen. Doch einfach so den letzten Willen seines Schwiegervaters zu ignorieren? Wer tat so etwas?

»Leider hat Opa Erwin seinen Wunsch nirgendwo schriftlich festgehalten«. Oscar schüttelte den Kopf und wirkte dabei auf einmal nicht mehr wütend. Nur noch erschöpft. »Mein Vater besteht darauf, ihn in einem Sarg im Familiengrab zu bestatten. Wegen der Traditionen und allem. Dabei hat Opa Erwin immer ganz klar gesagt, dass er eine Seebestattung möchte.« Nun sah Oscar doch endlich wieder zu mir auf und ahmte die Stimme seines Vaters nach. *»Erwin hat uns zu Lebzeiten genug Ärger gemacht. Da braucht er uns hier jetzt nicht auch noch mit Extrawünschen zu kommen.«*

Diese Worte waren furchtbar, und sie mussten Oscar unglaublich verletzt haben. Ich erinnerte mich an den Beginn unseres Gesprächs zurück.

»Was kann ich tun?« Oscar war anzusehen, dass er einen Moment brauchte, um sich von den Erinnerungen an seinen Vater zu lösen.

»Opa Erwin ist im Krankenhaus in Elderstedt gestorben«, erklärte er dann. »Dort wurde meinen Eltern ein Bestattungsinstitut in der Nähe empfohlen.«

Bei diesen Worten läuteten bereits meine Alarmglocken, denn mir dämmerte, was das bedeutete. Doch ich ließ Oscar weiterreden.

»Die Inhaber heißen Lešnik mit Nachnamen, genau wie du, und weil das kein so häufiger Name ist, dachte ich …«

Ich nickte. »Das ist das Bestattungsinstitut meiner Eltern.«

Als Oscar mich nun ansah, erkannte ich einen kleinen Funken Hoffnung in seinem Blick. »Wir müssen ihn da rausholen.«

Ich hörte Oscars Worte klar und deutlich, und doch dauerte es einen Moment, bis ihre Bedeutung zu mir durchdrang. »Ihn … was?« Verdattert sah ich Oscar an und blinzelte ungläubig.

»Die Erdbestattung findet morgen statt, Mila, und ich kann

das nicht zulassen. Ich habe alles versucht, doch mein Vater blockt jedes Gespräch ab und verlässt sogar den Raum. Und was meine Mutter betrifft … ich habe nicht den Eindruck, dass sie überhaupt hört, was ich zu ihr sage.« Die Verzweiflung in seiner Stimme wuchs zunehmend. »Wenn wir nichts tun, dann habe ich Opa Erwin nicht nur zu Lebzeiten, sondern auch noch nach seinem Tod im Stich gelassen.« Erneut traten Tränen in Oscars Augen. »Ich konnte den Herzinfarkt nicht verhindern, aber hier kann ich etwas tun. Für ihn.«

Ich spürte, wie sehr er litt, und seine Trauer mischte sich mit meiner. Wenn es irgendetwas gab, womit ich Oscar helfen konnte, musste ich es tun. Auch wenn ich keine Ahnung hatte, welchem Plan ich damit gerade zustimmte, nickte ich.

»Wie hast du dir das vorgestellt?«, hörte ich mich fragen, und Oscar setzte sich auf. Etwas in seinem Blick veränderte sich. Statt der Leere war da auf einmal fast so etwas wie Tatendrang.

»Ich war heute Nachmittag mit meinen Eltern im Bestattungsinstitut, und der Mann dort …« Er warf mir einen schnellen Blick zu. »Dein Vater hat uns erzählt, dass sie den Sarg heute Abend in den Bestattungswagen laden und morgen direkt damit zum Friedhof fahren.«

Ich nickte. Mein Vater hatte vor ein paar Jahren einen Bandscheibenvorfall gehabt. Meine Eltern hatten zwar eine Vorrichtung, mit der sich die Särge transportieren und auf die richtige Höhe anheben ließen, doch anschließend mussten sie von Hand in den Kofferraum des Bestattungswagens geschoben werden. Wegen seiner Verletzung durfte mein Vater das nicht mehr machen. Für meine Mutter allein war das Gewicht zu schwer, daher half ihnen seit einiger Zeit ein Nachbar dabei. Er konnte nur abends, weswegen meine Eltern extra ein Kühlsystem im Transporter installiert hatten. So konnte über Nacht ein Sarg darin gelagert werden. Doch was sollte uns das bringen?

»Ich hatte dir ja erzählt, dass mein Verhältnis zu meinen Eltern seit der Sache mit Niklas nicht sonderlich gut ist«, sagte ich vorsichtig. »Ich glaube eher nicht, dass die beiden auf unserer Seite sind.«

Oscar nickte eilig, als hätte er das bereits bedacht. »Ja und ich weiß, wie groß der Gefallen ist, um den ich dich da gerade bitte. Ich würde es auch niemals tun, wenn es nicht wirklich dringend wäre. Wenn es nicht um Opa Erwin ginge.« Die Mischung aus Schuldgefühlen und Dringlichkeit, die in seiner Stimme mitklang, berührte mich sehr. Ich konnte ihn verstehen.

»Hast du nicht vielleicht einen Schlüssel fürs Bestattungsinstitut? Dann müssten wir auch nicht mit deinen Eltern sprechen.«

Ein Teil von mir wollte Oscar Fragen stellen. Wollte die Dinge rational betrachten und abwägen, ob das, was wir da taten, wirklich Sinn ergab. Doch ich war so erschöpft, dass die Trauer, der Schmerz und die Müdigkeit all diese Gedanken überdeckten. Also nickte ich mechanisch und ging zurück nach oben. Dort griff ich nach meinem Schlüsselbund, meinem Rucksack und meiner Jacke und verließ damit unbemerkt die Wohnung.

Als ich kurze Zeit später die Tür des Bestattungsinstituts öffnete, fühlte ich mich wie auf Autopilot. Es war schon fast Mitternacht, und hier so spät am Abend allein zu sein, fühlte sich seltsam an. Doch gleichzeitig waren mir die Räumlichkeiten so vertraut, dass ich ganz automatisch zum Schreibtisch meines

Vaters ging. Ich zog den Autoschlüssel aus einer der Schubladen hervor und ging dann mit Oscar die Treppe hinunter in die Tiefgarage.

»Der Wagen steht da hinten, in dem abgeschlossenen Abteil«, erklärte ich ihm. Ich öffnete eine weitere Tür, und dann standen wir vor dem schwarzen VW T6. Die Seitenfenster waren mit dunkler Folie beklebt, und zwischen dem Laderaum und der Fahrerkabine gab es eine Trennwand. Daher musste ich die Heckklappe öffnen, um in das Innere des Autos blicken zu können. Und da stand er tatsächlich. Opa Erwins Sarg.

Das machte das Ganze auf einmal so viel realer, dass ich kurz innehalten musste. Ich schluckte und spürte, wie erneut Trauer in mir hochstieg.

Hallo, Opa Erwin, begrüßte ich ihn in Gedanken. *Ich wünschte, ich hätte mich richtig von dir verabschieden können.* Sanft legte ich meine Hand auf das Holz des Sargs, und für einen kurzen Moment war ich überrascht, wie kalt es sich anfühlte. Dabei konnte ich die Kühlung brummen hören, und ein kurzer Kontrollblick verriet mir, dass sie wie immer auf fünf Grad eingestellt war.

Ich sah zu Oscar hinüber, der in Gedanken ebenfalls bei seinem Großvater zu sein schien. »Lass uns fahren«, sagte er leise.

Wortlos schloss ich den Kofferraum und ging nach vorn zur Fahrertür. »Hast du ein Ziel?«, fragte ich Oscar, nachdem wir eingestiegen waren und uns angeschnallt hatten.

Doch er zuckte nur mit den Schultern. »Irgendwohin, wo Wasser ist. Ganz egal, wo.« Ich nickte und startete den Motor. Dann parkte ich rückwärts aus, öffnete das Tiefgaragentor mit der kleinen Fernbedienung, die wie immer im Fach neben dem

Sitz lag, und fuhr los. *Erst mal auf die Autobahn.* Ich zwang mich, nicht darüber nachzudenken, wie absurd diese Situation gerade war. Ich musste das jetzt einfach tun.

Für Oscar. Und für Opa Erwin.

Als wir die Auffahrt zur A8 erreichten, war Oscar eingeschlafen. Auch ich war erschöpft, und nachdem wir Elderstedt hinter uns gelassen hatten, fuhr ich kurz auf eine Raststätte, um mir einen Kaffee und ein paar Snacks zu kaufen. Darüber, dass unser Auto Blicke auf sich ziehen könnte, machte ich mir keine großen Sorgen. Der T6 ging auf den ersten Blick auch als ausgebauter Camper durch. Niemandem würde auffallen, dass wir hier gerade mit einem Sarg im Kofferraum durch die Gegend fuhren.

Mein übermüdetes Gehirn tat sich schwer damit, die ganze Situation richtig zu begreifen, also trank ich einen großen Schluck Kaffee und beschloss dann, mich einfach aufs Fahren zu konzentrieren.

Anderthalb Stunden später machte ich in der Nähe von Salzburg einen weiteren kurzen Stopp. Oscar schlief noch immer, und ich ließ ihn. Er konnte jedes bisschen Ruhe gebrauchen. Seine Züge hatten sich entspannt, und sein Gesicht wirkte dadurch plötzlich viel jünger. So als wäre im Schlaf all die Verantwortung, die er sonst trug, von ihm abgefallen. Am liebsten hätte ich ihn ewig betrachtet, mir jedes Detail eingeprägt. Jetzt, wo ich es mir endlich erlaubte, ihn anzusehen, schien es mir fast ein Verbrechen zu sein, es nicht zu tun. Der Tag, an dem ich zum ersten Mal im Baumhauscafé gewesen war, schien ewig her zu sein, und gleichzeitig fühlte es sich so an, als wäre es erst gestern gewesen. Kurz schloss ich die Augen, sah Opa Erwin am Tresen stehen und hätte ihm am liebsten erzählt, dass er mit seiner Vermutung recht gehabt hatte. Zwischen seinem Enkel und mir war mehr als Freundschaft, und in Gedanken versprach ich ihm, dass ich mein Bestes geben würde, immer gut auf Oscar aufzupassen. Mit einem leisen Seufzen öffnete ich die Augen wieder. Ich konnte nicht ewig hier sitzen bleiben und mich in meinen Erinnerungen verlieren. Es musste weitergehen. Ich griff nach meinem Smartphone. Dass ich unterbewusst in diese Richtung gefahren war, war kein Zufall. So viel war mir inzwischen klar.

Doch ich wusste nicht, wie es von hier aus weiterging. Daher gab ich das Ziel nun in mein Navi ein. Als ich die vier Buchstaben tippte, verstand ich zum ersten Mal so richtig, was ich unterbewusst schon lange vermutet hatte: Diese Reise war längst überfällig. Auch wenn ich nie erwartet hätte, sie ausgerechnet in einer solchen Situation anzutreten.

Ich fuhr wieder los, erreichte wenig später die Grenze nach Österreich und überquerte sie, ohne angehalten zu werden. Zwei Stunden und einen weiteren Kaffee später fuhr ich dann auf den Karawankentunnel zu. Ich zahlte die Mautgebühren, und für einen Moment bekam ich Panik, als die Frau am Schalter mir einen kritischen Blick zuwarf. Doch dann winkte auch sie uns durch, und so fuhren wir über die zweite Grenze in dieser Nacht. Als wir auf der slowenischen Seite des Tunnels herauskamen, erwartete ich fast, dass etwas passierte. Irgendetwas Lebensveränderndes oder zumindest ein Feuerwerk am Himmel, um mich nach so vielen Jahren im Heimatland meiner Eltern willkommen zu heißen.

Doch es geschah nichts dergleichen. Die Landschaft um uns

herum blieb die gleiche, kein Zeichen tauchte auf. Doch in mir machten sich neben all der Erschöpfung und Trauer nun auch leise Aufregung und Vorfreude breit. Ich konnte mich kaum noch an Slowenien erinnern, und doch fühlte es sich hier seltsam vertraut an.

Ich sah nochmals auf mein Navi und das Ziel, das ich dort eingegeben hatte. Bled. Die kleine Stadt, in der meine Großeltern lebten.

Irgendwohin, wo Wasser ist, hatte Oscar gesagt, und als ich um halb fünf Uhr morgens auf einem Parkplatz hielt, schien er zu spüren, dass wir unser Ziel erreicht hatten.

Er öffnete die Augen und blinzelte mehrmals. »Wo sind wir?«, fragte er, während er sich den Nacken rieb und das Gesicht verzog. Vermutlich hatte er sich beim Schlafen eine Verspannung zugezogen.

»Am Bleder See«, antwortete ich leise, und Oscar sah mich fragend an. »In Slowenien.« Offensichtlich genügte ihm das fürs Erste als Erklärung, denn er folgte mir wortlos, als ich ausstieg und hinunter in Richtung Ufer ging. Als wir hinter eine Reihe Bäume traten und ich zum ersten Mal das Panorama sah, blieb mir kurz die Luft weg. Abrupt blieb ich stehen, und für einen Moment konnte ich nichts anderes tun, als regungslos auf der Stelle zu verharren und das zu bewundern, was vor mir lag. Ich hatte mich noch ganz dunkel daran erinnert, dass es hier einen See gab, doch dass er so atemberaubend schön war, hatte ich nicht gewusst.

Der Bleder See sah aus wie aus einem Bilderbuch. Sein Wasser war kristallklar und so still, dass sich die umliegenden Berge darin spiegelten. Ein Kirchturm und ein paar Häuschen mit roten Dachschindeln standen auf der kleinen Insel, die sich in der Mitte des Sees befand, und auf einmal fühlte es sich an, als würde ich nach Hause kommen. Tränen traten mir in die Augen, und ich ließ zu, dass sie mir die Wangen hinunterliefen. Ich hob meinen Kopf und blinzelte in das Licht der Sonne, die in diesem Moment hinter den Bergen aufging. Ich hätte schon so viel früher hierher zurückkommen sollen. Dieser Ort war ein Teil von mir, ein Teil meiner Geschichte und Identität. Er war ein Puzzlestück, das mir viel zu lange schmerzlich gefehlt hatte.

Ich versank in dem Anblick, gab mich ganz meinen Gefühlen hin und versuchte, mir diesen Moment so intensiv ich konnte einzuprägen. Ich atmete die frische Morgenluft ein, spürte sie kühl auf meiner Haut, hörte, wie die Vögel in den Bäumen um uns herum erwachten. Fasziniert beobachtete ich, wie es langsam heller wurde, und als das Wasser irgendwann nicht mehr in Gelb- und Orangetönen erstrahlte, sondern ein helles Blau annahm, brachte mich das endlich zurück in die Realität. Ich sah zu Oscar hinüber, der sich ins Gras hatte fallen lassen und den Kopf in die Hände stützte. Auch er sah in Richtung des Sees, doch sein Blick war dabei noch immer so leer, dass ich mir nicht sicher war, ob er die Schönheit dieses Ortes ebenfalls wahrnehmen konnte.

Ich ging zu Oscar hinüber, setzte mich neben ihn und legte sanft meine Hand auf seinen Unterarm. Es fühlte sich falsch an, die Stille zu durchbrechen, doch ich musste es jetzt einfach tun.

»Oscar, was machen wir hier?«, fragte ich ihn leise und spürte, wie seine Schultern bei meinen Worten zu beben begannen. Ich sah ihm ins Gesicht und erwartete, dort erneut Tränen zu sehen, doch zu meiner Überraschung lachte Oscar. Zuerst war das Geräusch noch kaum wahrnehmbar, doch es steigerte sich zunehmend, und nach einer Weile lachte er so laut, dass ich mir sicher war, das Geräusch würde bis zum anderen Ende des Sees hinüberschallen.

»Was hab ich mir nur dabei gedacht?« Atemlos wischte er sich eine Träne aus dem Auge, bevor ihn der nächste Lachanfall schüttelte. »Wollte ich Opa Erwin einfach in irgendeinen See werfen? Oder ins Meer?«

Einen Moment lang sah ich ihn verdutzt an. Doch dann ließ ich seine Worte sacken, und trotz all der Tragik erwischte nun auch mich die Komik der Situation mit voller Breitseite. Wir ließen all unsere Gefühle heraus, lachten aus vollem Herzen, bis wir nicht mehr konnten. Es fühlte sich unglaublich erleichternd an.

Oscar schüttelte den Kopf. »Opa Erwin aus dem Bestattungsinstitut zu holen, war eine absolute Schnapsidee, aber weißt du was?« Ein kleines Leuchten trat in seine Augen, als er mich ansah. »Ich wette, er hätte sie geliebt. Irgendwie kann ich mir gut vorstellen, dass Karl und er in unserer Situation etwas Ähnliches getan hätten.«

Nun musste auch ich lächeln, als ich an all die Geschichten dachte, die die beiden uns aus ihrer Jugend erzählt hatten.

»Ja, das kann gut sein.« Eine kurze Stille entstand, und als ich mir sicher war, dass unser Lachen nun wirklich abgeebbt war, legte ich meinen Kopf auf Oscars Schulter.

»Meinst du, es hat schon jemand bemerkt, dass der Bestattungswagen weg ist?«, ertönte seine Stimme nun deutlich ernster neben mir. »Vielleicht haben sie die Polizei gerufen?«

Ich schüttelte den Kopf. »Nein, das ist ziemlich unwahrscheinlich. Das Bestattungsinstitut öffnet um acht, davor ist niemand da.«

Oscar sah auf die Uhr. »Okay, damit bleiben uns also noch etwas mehr als zwei Stunden. Wie lange brauchen wir, um zurück nach Elderstedt zu kommen?«

Auch wenn ich bereits wusste, dass die verbleibende Zeit dafür nicht reichen würde, gab ich die Route in die Navi-App ein. »Etwa fünf Stunden, ohne Pause.« Ich zeigte Oscar die Strecke, und er atmete einmal tief durch.

»Alles klar. Wir schaffen es also nicht rechtzeitig zurück. Was sollen wir machen? Trotzdem fahren? Oder einfach hierbleiben?« Er wirkte genauso ratlos und überfordert, wie ich mich fühlte, und für einen kurzen Moment zog ich tatsächlich in Erwägung, diesen wunderschönen slowenischen Ort einfach nie wieder zu verlassen. Doch dann zwang ich mich, rational zu denken.

»Wir müssen nach Hause fahren«, sagte ich bestimmt. »Ich bin mir sicher, dass das, was wir hier gerade machen, gegen irgendwelche Gesetze verstößt, und ehrlich gesagt weiß ich auch nicht genau, wie lang das Kühlsystem im Transporter durchhält.«

Oscar seufzte tief, doch dann nickte er. »Wenn wir zurückfahren, bedeutet das, dass ich ein sehr schwieriges Gespräch mit meinen Eltern führen muss. Ich weiß nicht, ob ich dafür bereit bin.«

Damit sprach er etwas an, das ich bis jetzt noch zu ignorieren versucht hatte. Auch ich würde mit meinen Eltern reden müssen. Irgendetwas hatte die Reise hierher mit mir gemacht, und ich spürte ganz klar, wie wichtig der heutige Tag für mich war. Das zwischen meinen Eltern und mir konnte so nicht weitergehen. Ein echtes, klärendes Gespräch war längst überfällig, und ich konnte nur hoffen, dass wir uns einander danach wieder annähern würden. Wenn nicht, würde ich komplett auf Distanz gehen müssen.

Auch wenn diese Vorstellung sehr schmerzhaft war, hatte ich in den letzten Monaten verstanden, dass mir das aktuelle Zwischending noch viel mehr schadete. Denn so wurde ich immer und immer wieder verletzt. Ich erinnerte mich daran zurück, wie unser letztes Gespräch gelaufen war. Das stimmte mich wenig optimistisch. Doch vielleicht täuschte ich mich ja. Vielleicht konnten wir doch irgendwie eine gemeinsame Lösung finden.

»Können wir noch einen kleinen Spaziergang machen, bevor wir fahren?« Oscars Stimme klang so hoffnungsvoll, dass ich ihm diesen Wunsch nicht abschlagen konnte. Ich wollte es auch gar nicht, und als wir auf das Wasser zugingen, merkte ich, wie gut mir die Bewegung nach der langen Fahrt tat.

Der Holzsteg, der am Ufer entlangführte, war menschenleer. Erinnerungen daran, hier früher mit meinen Großeltern spazieren gegangen zu sein, erschienen plötzlich vor meinem inneren Auge, und für einen kurzen Moment überlegte ich, sie spontan besuchen zu gehen. Doch das war vermutlich nicht der richtige Moment dafür. Daher überlegte ich stattdessen, was ich zu meinen Eltern sagen wollte. Oscar schien in Gedanken ebenfalls bei seiner Familie zu sein, und so gingen wir eine Weile lang schweigend nebeneinander her.

Irgendwann griff er nach meiner Hand, und auch wenn es

nur eine kleine Geste war, gab sie mir in diesem Moment die nötige Kraft.

Egal was heute noch passieren würde, wir waren nicht allein. Wir hatten einander. Unwillkürlich stahl sich ein kleines Lächeln auf mein Gesicht. Die letzten Tage waren für uns beide unglaublich hart gewesen, und doch war da nun diese Gewissheit, dass sich etwas Essenzielles in meinem Leben endlich zum Guten gewandt hatte.

Als wir wieder am Auto ankamen, war es halb sieben. Ich griff nach meinem Smartphone. Als ich die Kontakte öffnete und den Namen meiner Mutter las, erwog ich kurz, das Gespräch noch eine Weile vor mir herzuschieben. Doch ich wusste, dass sie Frühaufsteherin war, also war es besser, es sofort hinter mich zu bringen.

Nicht alles würde ich am Telefon klären, für einige Dinge wollte ich warten, bis ich meinen Vater und sie persönlich sah. Doch ich würde ihr zumindest eine Kurzversion dessen geben, was passiert war. Mein Magen zog sich zusammen, aber ich tippte dennoch auf den kleinen Telefonhörer, hielt mir das Smartphone ans Ohr und wartete. Es klingelte mehrmals, doch dann nahm meine Mutter tatsächlich ab.

»Mila, Schatz. Ist etwas passiert?« Sie klang besorgt. So früh hatte ich sie noch nie angerufen, und es war nun wirklich keine Uhrzeit für eine entspannte Unterhaltung.

»Mama, ich bin in Slowenien«, sagte ich ohne Umschweife und wartete mit klopfendem Herzen auf ihre Reaktion.

»In Slowenien? Aber … was machst du denn da?« Eine Mischung aus Überraschung und Neugier hatte sich in ihre Stimme gemischt. Ich konnte mir ihren Gesichtsausdruck genau vorstellen. Bestimmt hatte sie eine Augenbraue nach oben gezogen und schüttelte leicht den Kopf.

»Du wirst gleich ziemlich wütend auf mich sein, Mama«, warnte ich sie vor. Dann erzählte ich ihr, was passiert war.

»Wir haben also den Bestattungswagen. Mit Opa Erwin«, endete ich und atmete einmal tief durch. Am anderen Ende der Leitung blieb es still. Als meine Mutter nach einer gefühlten Ewigkeit antwortete, war ihre Stimme nicht aufgebracht, wie ich es erwartet hatte. Stattdessen sprach sie ganz ruhig und pragmatisch.

»Dann macht euch jetzt bitte auf den Rückweg. Die Beerdigung ist um neun. Bis dahin muss ich ein paar Anrufe tätigen und der Familie irgendwie erklären, dass wir ihren Angehörigen verloren haben. Wenn ihr wieder da seid, sprechen wir über alles Weitere.« Dann legte sie ohne ein weiteres Wort auf. Ich zuckte zusammen, als das Tuten in der Leitung ertönte.

Vor dem Telefonat hatte ich mich darauf eingestellt, dass sie mich anschreien und mir Vorwürfe machen würde. Die Vorstellung war nicht schön gewesen, doch jetzt wünschte ich fast, sie hätte es getan. Ich hatte keine Ahnung, wie ich ihre Reaktion einordnen sollte.

»Ich könnte die Rückfahrt übernehmen«, bot Oscar an, der die Unterhaltung mitgehört hatte. Das Mitgefühl in seinem Blick brachte mich dazu, meine Arme um ihn zu legen und ihn fest an mich zu ziehen. Ich drückte meine Wange an seinen Oberkörper, und Oscar strich mir sanft mit der Hand durch die Haare. Für einen Moment erlaubte ich mir, einfach so dazustehen. Oscars Umarmung fühlte sich gut und sicher an. Und auch wenn ich ihm die Rückfahrt eigentlich nicht hatte aufbürden wollen, spürte ich meine Erschöpfung in diesem Moment so deutlich, dass ich gar nicht anders konnte. Also stieg ich diesmal auf der Beifahrerseite ein. Mein Kopf berührte kaum die Rückenlehne meines Sitzes, da war ich auch schon eingeschlafen.

KAPITEL 18

Als Oscar mich weckte, konnte ich nicht sagen, wie lange ich geschlafen hatte. Waren es mehrere Stunden oder nur wenige Minuten gewesen?

»Wir sind in der Nähe von Rosenheim«, beantwortete er meine unausgesprochene Frage. »Ich bin an der Raststätte rausgefahren, weil ich dachte, du möchtest dich vielleicht ein bisschen frisch machen und etwas essen.«

Dankbar nickte ich, und wie auf Kommando machte sich ein flaues Gefühl in meinem Magen bemerkbar. Wir stiegen aus dem Transporter, und als wir das Gebäude betraten, machte Oscar sich auf die Suche nach einem Frühstück für uns, während ich in Richtung der Toiletten abbog. Ich traute mich kaum, in den Spiegel zu sehen. Das Gesicht, das mir entgegenblickte, war blass – ich hatte Schlaf in den Augen und verstrubbelte Haare.

Doch nachdem ich meine Hände gewaschen und mir Wasser ins Gesicht gespritzt hatte, fühlte ich mich zumindest ein wenig besser. Ich beschloss, dass ich das restliche Stück nach Elderstedt fahren würde. Auch wenn es an diesem Punkt vermutlich kaum noch einen Unterschied machte, redete ich mir dennoch ein, dass meine Eltern etwas weniger sauer auf mich sein würden, wenn nicht Oscar, sondern ich am Steuer saß.

Um keine weitere Zeit zu verlieren, aßen wir die Sandwiches, die Oscar uns besorgt hatte, während der Fahrt, und auch wenn sie für Raststättenessen wirklich nicht schlecht schmeckten, lagen sie mir danach wie Steine im Magen.

Als ich schließlich das Bestattungsinstitut erblickte, spürte ich, wie meine Hände leicht zu zittern begannen. Oscar schien es zu bemerken und als ich kurz meinen Kopf in seine Richtung drehte, sah er mich schuldbewusst an.

»Ich hätte dich nicht in diese Lage bringen dürfen, Mila. Ich war im Kopf so bei Opa Erwin, dass ich die Konsequenzen für dich zu wenig beachtet habe. Es tut mir wirklich leid.«

»Mach dir bitte keinen Kopf. Ich kann das gut verstehen«, sagte ich und nahm einen tiefen Atemzug. »Wir schaffen das.«

Oscar nickte und schenkte mir ein halbes Grinsen. »Uns bleibt wohl nichts anderes übrig.«

Ich fuhr in die Garage, parkte den Transporter und warf beim Aussteigen noch kurz einen Blick in den Seitenspiegel. Mit ein paar schnellen Bewegungen strich ich meine Kleidung zurecht und versuchte, meine Haare mit den Fingern zu glätten.

Dann gingen wir die Treppen hinauf ins Büro. Dort erwarteten uns vier Personen. Meine Eltern, ein sehr wütend aussehender Mann in Anzug und Krawatte und eine Frau, deren Locken denen von Oscar und Opa Erwin ähnelten. Auch sie trug förmliche Kleidung, Erschöpfung und Sorge waren ihr im Gesicht geschrieben.

»Bist du von allen guten Geistern verlassen?«, brüllte Oscars

Vater ohne ein Wort der Begrüßung und ging schnellen Schrittes auf seinen Sohn zu. Er packte Oscar an den Schultern und schüttelte ihn heftig. »Wie kann man nur auf eine so hirnverbrannte Idee kommen? Hast du unserer Familie denn nicht schon genug angetan? Musst du jetzt wirklich in die Fußstapfen deines Großvaters treten?«

»Beruhig dich, Anton.« Die Stimme von Oscars Mutter klang müde, aber auch erstaunlich fest. Sie stand auf, kam auf uns zu und schob ihren Mann zur Seite. Dann nahm sie Oscar in den Arm. »Glaub nicht, dass ich nicht auch unglaublich wütend auf dich bin«, sagte sie leise. »Aber ich verstehe jetzt, warum du das getan hast. Es tut mir leid, dass ich dir nicht zugehört habe.«

Die Worte waren nur für Oscar bestimmt, und ich wollte nicht lauschen, doch ich stand so dicht neben den beiden, dass es unmöglich war wegzuhören.

»Ist das dein Ernst, Monika?« Oscars Vater brüllte erneut, und ich zuckte bei der unerwartet lauten Stimme zusammen. »Unser Sohn stiehlt ein Fahrzeug und fährt mit der Leiche seines Großvaters über zwei Landesgrenzen, und ich soll mich beruhigen?«

»Ja, das sollst du.« Die Stimme von Oscars Mutter nahm einen schneidenden Tonfall an. »Dass Oscar das getan hat, war nicht in Ordnung. Aber wir dürfen dabei auch nicht vergessen, dass all das nie passiert wäre, wenn du die Wünsche meines Vaters respektiert hättest. Meine Trauer hat mich so vereinnahmt, dass ich Oscar nicht zugehört habe. Das war ein Fehler. Aber du wusstest ganz genau, dass Erwin eine Seebestattung wollte, und hast das einfach ignoriert.«

Bis jetzt hatten Oscar und ich nur wortlos zwischen seinen Eltern hin und her gesehen. Nun holte er Luft, um endlich auch etwas zu sagen, doch da sprach seine Mutter bereits weiter.

»Oscar, ich habe etwas auf dem Dachboden gefunden, das ich dir zeigen möchte.« Sie ging hinüber zum Tisch und griff nach der Handtasche, die dort auf dem Boden stand. »Oma Hildes Tod kam damals so überraschend, und alles ging so schnell, dass ich …« Ihre Stimme brach, und trotz des drohenden Blicks seines Vaters ging Oscar zu ihr hinüber und legte tröstend die Hand auf ihren Arm.

Ich blieb stehen, um den beiden Raum zu geben, und fühlte mich direkt schutzlos ohne Oscar an meiner Seite. Ich wusste, dass ich mich gleich mit meinen Eltern auseinandersetzen musste. Doch für den Moment vermied ich es noch, zu ihnen hinüberzusehen.

»Ich habe es damals einfach nicht geschafft, mich mit ihren persönlichen Sachen zu beschäftigen«, fuhr Oscars Mutter nun fort. »Irgendwie hat es sich so angefühlt, als würde mit jedem aussortierten Gegenstand auch ein Teil meiner Mutter verschwinden, und mit dieser Vorstellung konnte ich nicht umgehen. Opa Erwin hatte viel Verständnis für mich. Er hat sich nur ein paar Dinge als Erinnerung mitgenommen. Alles andere ist in die Kisten gewandert, und die wurden seitdem nicht mehr geöffnet.« Sie strich sich durch ihre Locken, eine Geste, die ich von Oscar inzwischen nur zu gut kannte. »Als ich jetzt, nach dem Tod deines Großvaters, auf dem Dachboden war, habe ich dort unter anderem diesen Brief gefunden.« Sie zog einen Umschlag aus der Tasche und hielt ihn Oscar hin. »Dem Datum nach zu urteilen, hat Oma Hilde ihn kurz vor ihrem Tod geschrieben«, erklärte sie. »Doch ich hab ihn einfach weggepackt. Erwin hat ihn nie bekommen.«

»Was steht darin?« Oscars Körperhaltung zeigte, wie angespannt er war. Eine Träne rann über die Wange seiner Mutter, die sie unwirsch fortwischte, bevor sie stockend zu erzählen begann.

»In dem Brief steht, dass meine Mutter wusste, was mein Vater und Karl füreinander empfanden. Sie hat sich dafür entschuldigt, nicht schon früher etwas gesagt zu haben. Es tat ihr leid, dass ihr Mann in einer Zeit erwachsen werden musste, in der er nicht seinem Herzen folgen konnte.« Oscars Mutter atmete einmal tief durch. Offensichtlich fiel es ihr schwer, über diese Dinge zu sprechen. »Dann meinte sie, dass das alles natürlich nicht leicht für sie ist, sie aber dennoch sehr viel Dankbarkeit für all die Jahre mit ihm empfindet. Meine Mutter hat meinen Vater als ihren besten Freund beschrieben und in ihrem Brief stand, dass sie sich keinen respektvolleren Partner hätte wünschen können … und keinen liebevolleren Vater für mich.«

Bei diesen Worten löste sich ein leises Schluchzen aus ihrer Kehle. Sie griff nach den Händen ihres Sohns. »Sie hätte die beiden unterstützt, Oscar. Sie hat geschrieben, dass sie ihm das lieber selbst gesagt hätte, doch Angst hatte, das alles nicht richtig in Worte fassen zu können. Deswegen hat sie den Brief geschrieben.« Tiefes Bedauern trat in ihr Gesicht. »Als ich das gelesen habe, hat mich das dazu gebracht, noch mal alles zu hinterfragen. Als ich damals von Opa Erwin und Karl erfahren habe, habe ich die ganze Zeit nur an meine Mutter gedacht. Daran, wie furchtbar das alles für sie gewesen wäre. Doch zu sehen, wie positiv sie über ihn gesprochen hat und dass sie ihn akzeptiert hat, wie er war … das hat mich zum Nachdenken gebracht.«

Oscars Vater, der in den vergangenen Minuten erstaunlich ruhig geblieben war, meldete sich nun erneut zu Wort. »Wenn du das so sehen möchtest, Monika, dann tu das. Aber dennoch bin ich der Meinung, dass Erwin eine Erdbestattung bekommen sollte wie alle anderen in der Familie auch. Denk doch mal daran, was die Leute sagen werden.«

Oscars Mutter fuhr zu ihm herum. Wut mischte sich zu der Trauer in ihrem Gesicht. »Weißt du was, Anton? Mir könnte gerade nichts egaler sein als *die Leute*. Ich hatte in den letzten Jahren seines Lebens keinen Kontakt zu meinem Vater, und all das nur wegen *der Leute* und ihres vermeintlichen Geredes. Er wollte eine Seebestattung, also wird er sie auch bekommen.«

»Ich denke nicht, dass …«, begann Oscars Vater, doch Oscars Mutter unterbrach ihn.

»*Ich* denke, dass wir ihm das schuldig sind, und da ich die nächste Angehörige meines Vaters bin, darf ich das auch entscheiden.«

»Also möchten Sie die Beisetzung absagen?«, meldete sich nun vorsichtig meine Mutter zu Wort. Oscars Mutter nickte bestimmt.

»Ja, das möchte ich. Es tut mir wirklich leid, dass wir Ihnen solche Umstände machen. Wir werden für alle entstandenen Kosten aufkommen.«

Sie setzte sich wieder an den Platz vor dem Schreibtisch, während Oscars Vater irgendetwas davon grummelte, dass er im Auto warten wollte. Ohne seinen Sohn auch nur eines weiteren

Blickes zu würdigen, verließ er das Bestattungsinstitut und ließ die Tür hinter sich zuknallen. Meine Eltern waren professionell genug, das zu übergehen. Das hier war nicht der erste Familienkonflikt, den sie erlebten, und so wandte meine Mutter sich stattdessen mir zu.

»Wir sprechen uns gleich noch«, sagte sie kühl und deutete dann nach draußen. »Bitte gib Familie Becker ein bisschen Privatsphäre, damit wir alles Weitere klären können.«

Oscar warf mir einen besorgten Blick zu, doch ich schenkte ihm ein kurzes, aufmunterndes Lächeln. Dann nickte ich meinen Eltern steif zu und ging nach draußen. Die nächsten dreißig Minuten vergingen quälend langsam. Wieder und wieder lief ich auf dem Gehsteig vor dem Haus auf und ab und kämpfte dabei mit meinen Gefühlen. Ich wusste, dass ich mich für die Aktion in der Nacht entschuldigen musste. Gleichzeitig war da aber auch so viel Wut in mir. So viele Dinge, die sich zwischen meinen Eltern und mir angestaut hatten und die nur darauf warteten, endlich angesprochen zu werden.

Als Oscar und seine Mutter das Gebäude verließen, waren meine Nerven zum Zerreißen gespannt. Doch dass Frau Becker mich freundlich anlächelte, überraschte mich so sehr, dass es mich kurz aus dem Konzept brachte.

»Du bist also Mila«, stellte sie fest, und ich nickte, weil ich nicht wusste, was ich darauf erwidern sollte. »Ich bin Monika, und ich wünschte, wir hätten uns unter anderen Umständen kennengelernt. Aber vielleicht können wir das ja nachholen?«

Zu meiner großen Erleichterung fand ich meine Stimme wieder. »Ja, das würde mich freuen«. Mein Lächeln wirkte bestimmt ein wenig gezwungen, doch mehr bekam ich in diesem

Moment nicht hin. »Ich glaube, ich muss jetzt wieder da rein«, sagte ich dann leise, woraufhin Monika nickte.

Sie wandte sich zum Gehen. Bevor Oscar ihr folgte, griff er noch einmal kurz nach meiner Hand. »Du schaffst das«, flüsterte er mir zu und gab mir einen Kuss auf die Wange. Kurz schloss ich die Augen und genoss seine Berührung, bevor ich mich innerlich für das wappnete, was vor mir lag.

Als ich wieder zurück in den Raum trat, saßen meine Eltern noch immer am Schreibtisch. Mein Vater stand bei meinem Anblick auf.

»Ich weiß wirklich nicht, was ich zu alldem sagen soll, Mila.« Er begann, im Raum auf und ab zu gehen, während ich mich setzte. »Du hast mit dieser Aktion unser Vertrauen missbraucht, und ich bin wahnsinnig enttäuscht von dir. Ich habe dich für vernünftiger gehalten.«

Ich nickte, weil ich seine Gefühle verstehen konnte. An seiner Stelle würde es mir ähnlich gehen. »Es tut mir leid, dass ich das gemacht habe, Papa«, sagte ich und sah ihn fest an. »Ich wollte gestern Abend einfach für meinen Freund da sein und habe dabei nicht über die Konsequenzen nachgedacht. Ich übernehme die volle Verantwortung für das alles.«

Meine Mutter, die bei den Worten *mein Freund* kurz die Augenbrauen gehoben hatte, schüttelte nun langsam den Kopf. »Warum bist du nicht zu uns gekommen und hast uns davon erzählt? Zusammen hätten wir doch eine Lösung finden können.« Sie klang traurig und enttäuscht, wenn auch auf eine andere Art als mein Vater.

»Weil ich nicht dachte, dass ihr auf meiner Seite wärt.« Ich schluckte. Damit waren wir an dem Punkt des Gesprächs angekommen, an dem ich meinen ganzen Mut zusammennehmen musste. »Seit das damals mit Niklas passiert ist, habe ich dieses Gefühl«, begann ich zu erklären. »Davor hätte ich immer geschworen, dass wir ein gutes Team sind und uns aufeinander verlassen können. Doch eure Reaktion damals hat mir etwas anderes gezeigt. Genau wie unser Gespräch neulich.«

Mein Vater setzte an, mich zu unterbrechen, doch ich schüttelte den Kopf. »Ich bin noch nicht fertig. Ich bin Niklas begegnet, wisst ihr.« Die Augen meiner Mutter weiteten sich vor Überraschung.

»Und habt ihr … miteinander geredet?« Ich konnte eine leichte Unsicherheit in ihrer Stimme wahrnehmen, die zuvor noch nicht da gewesen war.

»Ja, wir haben miteinander gesprochen. Jasper war bei mir, zum Glück. Niklas war betrunken, und das hat sein Verhalten noch unberechenbarer gemacht als sonst. Die Situation hätte gefährlich werden können.«

»Aber es ist doch nichts passiert, oder?« Die Stimme meines Vaters klang gereizt, so als könnte er das Thema langsam nicht mehr hören. »Du bist bei allem, was Niklas angeht, so sensibel, Mila. Kannst du das nicht endlich mal gehen lassen?«

Wie so oft spürte ich bei seinen Worten Wut in mir hochkochen. Doch diesmal zwang ich mich, ruhig zu bleiben. Es würde mir nicht helfen, wenn ich wieder aus dem Raum stürmte. Ich musste das jetzt ein für alle Mal klären.

»Ich bin nicht zu sensibel, Papa«, sagte ich bestimmt. »Und ich möchte, dass du aufhörst, mir meine Gefühle abzusprechen.«

In meinem Kopf erschienen plötzlich Erinnerungen an all die schönen Dinge, die mein Vater und ich zusammen erlebt hatten.

Als ich noch ein Kind war, waren wir oft zusammen im Wald gewesen. Er hatte mir erklärt, wie man die verschiedenen Baumarten erkennen konnte. Wir hatten zusammen Ausflüge unternommen, waren Kart gefahren und hatten Tischtennis gespielt. Wenn ich als Teenagerin mit meinen Freundinnen feiern gewesen war und wir den letzten Bus verpasst hatten, dann hatte mein Vater uns alle eingesammelt und nach Hause gefahren. Er hatte mir immer zugehört, wenn ich mit Sorgen und Problemen zu ihm gekommen war – bis das mit Niklas passiert war.

»Ich will, dass es zwischen uns wieder so ist wie früher«, sagte ich leise. »Aber dafür habe ich zwei Bedingungen.« Ich sah meinem Vater deutlich an, dass er am liebsten sofort protestiert hätte. Doch er unterbrach mich nicht noch einmal. »Erstens: Ich möchte, dass ihr das, was Niklas mir angetan hat, nicht länger kleinredet. Und ich möchte, dass ihr euch für euer Verhalten entschuldigt. Dass ihr damals nichts unternommen habt und Niklas einfach so davongekommen ist, belastet mich bis heute.«

Ich atmete tief durch. Über den nächsten Teil hatte ich sehr viel nachgedacht, doch ich konnte nicht einschätzen, wie die beiden wohl darauf reagieren würden. »Zweitens: Ich werde eine Therapie beginnen, um all das aufzuarbeiten. Außerdem möchte ich gemeinsam mit euch zu einer Fachstelle gehen, die sich mit sexualisierter Gewalt auskennt.« Jasper hatte mich vor ein paar Tagen auf die Idee gebracht, uns dort beraten zu lassen. »Ich möchte, dass wir uns eine Einschätzung holen, was wir am besten tun können«, fuhr ich fort. »Auch für den Fall, dass Niklas mein Nein erneut nicht akzeptiert und sich doch wieder meldet.«

Ich sah, wie sich bei diesen Worten etwas im Blick meines Vaters veränderte. Sein Widerstand schien zu bröckeln. »Ist das nicht übertrieben?«, fragte er dennoch, und sein Tonfall klang ein wenig ruppig. »Ich bin der Ansicht, dass man so etwas innerhalb der Familie lösen muss.« Dass er etwas in diese Richtung sagen würde, hatte ich bereits vermutet. Entschieden schüttelte ich den Kopf.

»In den letzten zwei Jahren haben wir doch gemerkt, dass das nicht funktioniert.«

Zu meiner großen Überraschung sprang meine Mutter mir bei. »Mila hat recht«, meinte sie an meinen Vater gewandt. »So, wie es momentan ist, kommen wir nicht weiter. Und wenn dir diese Beratung hilft, Mila, Schatz, dann machen wir das.« Das war zwar nicht gerade die Entschuldigung, die ich mir erhofft hatte, doch zumindest ein Schritt in die richtige Richtung.

In diesem Moment klingelte das Smartphone meines Vaters. »Das ist das Bestattungsinstitut aus Cuxhaven«, meinte er mit einem schnellen Blick auf den Bildschirm und stand auf. »Die bieten Seebestattungen an. Ich habe Familie Becker versprochen, den Kontakt herzustellen.« Damit schien unser Gespräch für ihn beendet zu sein, denn er verließ den Raum, um den Anruf entgegenzunehmen.

Nun war ich mit meiner Mutter allein, die mich nachdenklich betrachtete. »Es tut mir leid, mein Schatz«, meinte sie nach einer Weile. Ich sah sie überrascht an. Wollte sie sich nun, da mein Vater nicht länger zuhörte, etwa doch entschuldigen? »Ich wollte immer nur das Beste für dich. Manchmal vergesse ich, dass du inzwischen erwachsen bist und gut selbst entscheiden kannst, was der richtige Weg für dich ist.«

Meine Augen begannen zu brennen. Doch diesmal waren es Tränen der Erleichterung. »Danke, Mama.« In diesem Moment spürte ich zum ersten Mal richtig, was ich bis gerade eben noch so gründlich von mir geschoben hatte. Meine Eltern hatten mir gefehlt. Sie hatten mir so sehr gefehlt, dass es schmerzte, wenn ich an all die Erinnerungen dachte, die wir in dieser Zeit nicht miteinander geteilt hatten. Zwar hatte ich gelernt, dass ich meinen Alltag auch ohne die beiden bestreiten konnte, doch das bedeutete nicht, dass ich sie nicht gerne wieder in meinem Leben hätte.

Mir war bewusst, dass noch ein weiter Weg vor uns lag, trotzdem wuchs in mir die leise Hoffnung, dass wir als Familie irgendwann wieder zueinanderfinden würden.

KAPITEL 19

Als ich eine Woche später zusammen mit Oscar, Monika und Karl an Deck des Schiffes stand, musste ich die Augen zusammenkneifen. Die Sonne und der strahlend blaue Himmel über der friedlichen Nordsee passten so gar nicht zu dem traurigen Anlass, zu dem wir uns hier versammelt hatten.

Oscars Mutter hatte sich für eine Bestattung im kleinen Kreis entschieden. Doch sie hatte ihm versprochen, dass es etwas später noch eine Trauerfeier im Baumhauscafé geben würde. Dort konnten sich dann die *Future-Force*-Mitglieder und alle anderen, die Opa Erwin gekannt hatten, von ihm verabschieden. Oscars Vater hatte sich geweigert, uns nach Cuxhaven zu begleiten, was mich ehrlicherweise erleichterte. Für Oscar hatte ich mir gewünscht, dass er in Ruhe Abschied nehmen konnte und der heutige Tag nicht von weiteren Vorwürfen und Konflikten überschattet wurde.

Das Bestattungsinstitut, mit dem mein Vater telefoniert hatte, hatte sich um alle organisatorischen Aufgaben und Formalitäten gekümmert und die Seebestattung bei der Reederei angemeldet. Vor einer halben Stunde waren wir losgefahren. Neben der Besatzung und uns war Opa Erwins Asche in einer speziell dafür vorgesehenen, wasserlöslichen Urne mit an Bord. Karl und

Monika hatten Oscar die Urne wählen lassen, der sich für ein schlichtes hellbraunes Modell entschieden hatte. Bevor wir sie dem Bestattungsinstitut übergeben hatten, hatte ich Oscar dabei geholfen, die Urne zu bemalen. Wir hatten stundenlang daran gesessen, um alle Details richtig hinzubekommen, doch nun waren der Baumwipfelpfad, das Baumhauscafé und sogar Hannes, der Graupapagei, darauf zu sehen. Das Café war seit Opa Erwins Tod geschlossen, doch in den letzten Tagen waren Oscar und ich täglich dort gewesen, um Hannes zu füttern. Dass er auf seiner Urne abgebildet war, hätte Opa Erwin bestimmt gefallen. Da war ich mir sicher.

Als wir die Beisetzungsposition erreicht hatten, hielt das Schiff an. Ich griff nach Oscars Hand und drückte sie, während wir an die Reling traten und dabei zusahen, wie der Kapitän die Flagge auf Halbmast setzte. Anschließend läutete er die Schiffsglocke und sprach ein paar Worte, doch ich nahm sie kaum wahr. In Gedanken war ich bei Opa Erwin, und als seine Urne hinunter ins Wasser gelassen wurde, kämpfte ich mit den Tränen. Kurz sah ich zu Oscar hinüber. Auch er wirkte abwesend und in Erinnerungen versunken. Doch dann klärte sich sein Blick ein wenig, und er warf die Blume, die er mitgebracht hatte, ins Wasser.

Wir anderen taten es ihm nach, und während die Urne versank, trieben die Blüten langsam vom Schiff fort. Wir beobachteten sie eine Weile in Stille, bis Karl sich irgendwann räusperte.

»Genau das hätte er gewollt, mein guter Erwin«, sagte er mit brüchiger Stimme. »Noch einmal so richtig was von der Welt sehen. Von hier aus kommt er überallhin, nach Norwegen oder England. Vielleicht sogar rüber nach Amerika …«

Er brach ab, und Oscars Mutter legte tröstend ihren Arm um ihn. Dann reichte sie ihm ein Taschentuch, und ich sah, wie ein leichtes Lächeln in Oscars Gesicht trat, als er diese Geste beobachtete. Er hatte mir von den vielen langen Gesprächen erzählt, die Karl, seine Mutter und er in den vergangenen Tagen miteinander geführt hatten. Monika hatte sich bei Karl für ihr Verhalten entschuldigt. Damit konnte sie all das, was passiert war, zwar nicht rückgängig machen, doch es war zumindest ein Anfang. Oscar und sie hatten zudem beschlossen, künftig wieder mehr Kontakt zueinander zu haben. Es würde dauern, das Vertrauen zwischen ihnen langsam wieder aufzubauen, doch Oscar klang hoffnungsvoll, wenn er darüber sprach, und ich freute mich für ihn.

Nun, da die Bestattungszeremonie beendet war, machte sich das Schiff auf den Rückweg. Als wir im Hafen ankamen, überreichte der Kapitän Oscars Mutter eine Kopie der Seekarte. »Hier ist die Stelle eingezeichnet, an der die Urne beigesetzt wurde. Noch einmal mein herzliches Beileid.«

Monika bedankte sich, und wir traten gemeinsam nach draußen auf den Steg. »Wollt ihr etwas essen gehen?«, fragte sie, als wir wieder festen Boden unter den Füßen hatten. Karl nickte, doch Oscar und ich hatten noch keinen Hunger.

»Wollen wir noch eine Runde am Strand spazieren gehen?«, schlug er mir stattdessen vor, und ich nickte. Wir vereinbarten einen Treffpunkt mit Monika und Karl und machten uns dann in entgegengesetzter Richtung auf den Weg. Wir erreichten den Strand nach wenigen Minuten, und als ich meine Schuhe auszog und meine nackten Zehen den Sand berührten, fühlte es sich für einen kurzen Moment so an, als wären wir gerade im

Urlaub. Wir passierten zahlreiche Strandkörbe und Menschen in Badekleidung, bis wir irgendwann eine ruhigere Stelle erreichten. Dort setzten wir uns ans Wasser. Eine Weile lang beobachteten wir einfach nur still die Bewegungen der Wellen. Doch irgendwann konnte ich mich nicht länger zurückhalten. Ich musste Oscar endlich die große Frage stellen, die mich nun schon seit Tagen beschäftigte.

»Wie geht es jetzt weiter?« Meine Stimme klang noch immer belegt, doch ich gab mir keine Mühe, die Trauer daraus zu vertreiben. Sie durfte gerade da sein.

Oscar zuckte mit den Schultern. »In ein paar Monaten ist mein Studium vorbei. Jetzt, wo Opa Erwin nicht mehr da ist, bin ich mir plötzlich gar nicht mehr so sicher, ob ich wirklich wegziehen und Elektroautos bauen möchte.« Er begann, mit seinem Finger Muster in den Sand zu malen. »Vielleicht bleibe ich in Elderstedt und übernehme das Baumhauscafé«, erzählte er mir dann. »Kümmere mich um Hannes, organisiere weiterhin Veranstaltungen dort und schaue, was sich aus der *Future Force* noch so machen lässt. Meine Mutter und ich haben so viele Beileidskarten bekommen. Irgendwie hat mir das noch mal gezeigt, wie viel Opa Erwin den Leuten bedeutet hat und dass er in Elderstedt wirklich etwas bewegt hat. Vielleicht ist es ja das, was ich mir auch für mich selbst wünsche.«

Er drehte seinen Kopf wieder zu mir. »Wir werden sehen. Und du?«

Diese Frage hatte ich erwartet, und doch wusste ich nicht genau, was ich darauf erwidern sollte. Die Aussicht, dass Oscar vielleicht in Elderstedt blieb, änderte einiges, und doch waren da noch immer so viele Optionen. So viele verschiedene

Richtungen, in die ich gehen konnte. Daher zuckte nun auch ich mit den Schultern.

»Ganz ehrlich?« Ich sah Oscar an und ließ meinen Blick über sein Gesicht wandern, das mir mittlerweile so vertraut war. »Ich habe keine Ahnung. Aber ich freue mich, es mit dir zusammen herauszufinden.«

Epilog

Drei Wochen später

»Das ist mit Abstand der schönste Wasserfall, den ich jemals gesehen habe.« Oscars Augen leuchteten mir aus seinem roten, verschwitzten Gesicht entgegen, und ich musste grinsen. Vermutlich sah ich gerade genauso aus. Der Aufstieg zum Savica-Wasserfall hatte es aber auch wirklich in sich gehabt. Irgendwann hatte ich aufgehört, die Stufen zu zählen. Doch die Anstrengung hatte sich gelohnt. Ich betrachtete das Wasser, das weit über uns aus einer Felsspalte trat und sich von dort aus nach unten in einen kleinen See ergoss.

Zum gefühlt tausendsten Mal war ich einfach nur dankbar für all die wunderschönen neuen Orte, die ich in den letzten Tagen hatte kennenlernen dürfen. Oscar und ich hatten uns kurz nach Opa Erwins Seebestattung auf den Weg hierher gemacht. Wir wussten, dass wir die Semesterferien eigentlich für die Uni nutzen sollten. Doch nach alldem, was in den letzten Wochen passiert war, hatten wir beschlossen, uns zumindest eine kurze Auszeit zu nehmen.

Der Vorschlag, nach Slowenien zu fahren, war von Oscar gekommen. Ich hatte ihm erzählt, wie sehr ich mir wünschte, das

Heimatland meiner Eltern kennenzulernen und damit auch endlich einen persönlicheren Bezug zu meinen Wurzeln aufzubauen. Unsere Reise hatten wir dort gestartet, wo wir sie beim letzten Mal unterbrochen hatten: in Bled.

Diesmal hatten wir meine Großeltern besucht, und auch wenn wir uns nur mithilfe einer Übersetzungsapp hatten verständigen können, hatten wir einen wirklich schönen Nachmittag mit den beiden verbracht. Nach einem langen Spaziergang um den See waren wir in ein hübsches kleines Café gegangen, um die berühmten Bleder Cremeschnitten zu essen. Das Dessert aus Blätterteig, Vanillecreme und Schlagsahne war die Spezialität der Stadt. Es hatte himmlisch geschmeckt.

In den Tagen danach hatten wir die Region zu zweit erkundet, waren durch die Vintgar-Klamm gewandert und anschließend weiter in die Hauptstadt Ljubljana gefahren. Mit jedem Tag hatte sich das Land vertrauter angefühlt, auch wenn ich noch immer fasziniert von der Vielseitigkeit Sloweniens war. Da gab es die beeindruckenden Tropfsteinhöhlen von Postojna, die malerische Küstenstadt Piran, die direkt an der Adria lag, und natürlich das Soča-Tal. Hier zog sich der gleichnamige Fluss mit seiner fast unnatürlich wirkenden hellblauen Farbe durch eine wunderschöne Berglandschaft.

In den letzten Tagen hatte ich oft blinzeln müssen, um zu realisieren, dass all das hier wirklich echt war. Und wenn Oscar und ich abends auf dem Campingplatz gemeinsam vor einer Feuerschale saßen und in den Sternenhimmel sahen, war ich trotz allem, was passiert war, einfach nur glücklich. Auch diesen Moment, mit dem Wasserfall vor und Oscar neben mir, hätte ich am liebsten angehalten, um ihn so lange wie möglich auszukosten. Doch nachdem wir das Naturschauspiel eine Weile lang bestaunt hatten, knurrte dann doch mein Magen. Also machten wir uns auf den Weg zu der Hütte unterhalb des Wasserfalls, um dort Rast zu machen.

Als wir gerade Pommes bestellt hatten, vibrierte plötzlich mein Smartphone. Ein warmes Gefühl breitete sich in mir aus, als ich Jaspers Namen auf dem Bildschirm erkannte. Ich nahm den Videoanruf an.

»Hey, ihr beiden! Wie geht's euch?« Jasper klang fröhlich, und nachdem Oscar und ich all seine Fragen zu unserer Wanderung beantwortet hatten, erfuhren wir auch, woher seine gute Laune kam. »Ich hatte heute meine erste Therapiestunde. Der Therapeut, bei dem ich für die psychotherapeutische Sprechstunde war, hat mir ja damals gesagt, dass er vielleicht in ein paar Wochen einen Platz für mich hat. Heute war's dann so weit.«

»Herzlichen Glückwunsch, Jasper«, rief Oscar von der Seite, und auch ich nickte begeistert.

»Ich freue mich so sehr für dich!«

»Die Sitzung heute hat mir wirklich gutgetan«, erzählte Jasper und begann dabei, mit dem Smartphone in der Hand in seinem Zimmer auf und ab zu gehen. »Mein Therapeut und ich haben beschlossen, dass ich mir ein Semester Pause nehmen werde, um mich um meine mentale Gesundheit zu kümmern. In der Zeit werden wir gemeinsam herausfinden, ob mein Berufswunsch wirklich noch derselbe ist, oder ob ich doch lieber etwas anderes als Jura studieren möchte.« Mahnend sah er mich an. »Jetzt musst du nur auch endlich mal den Termin für dein Erstgespräch ausmachen.«

»Ja ja.« Ich winkte ab. »Sobald ich nach Hause komme, steht das ganz oben auf meiner To-do-Liste. Versprochen.«

»Wollt ihr den anderen noch Hallo sagen?«, schlug Jasper vor, und als wir nickten, nahm er uns mit in die Küche.

Fröhliches Stimmengewirr klang uns entgegen, sobald Jasper die Tür öffnete. Als er die Kamera drehte, erkannten wir auch, woran das lag. Lilly, Nhi, Nour, Said und Vanessa waren gerade dabei, Pizza zu machen. Als sie unsere Gesichter auf dem Bildschirm sahen, hielten sie kurz beim Belegen des Teigs inne, winkten und begrüßten uns lautstark.

»Es gibt gleich Mittagessen, und dann gehen wir im Eldersee baden«, rief Nour uns begeistert zu.

»Kommt ihr denn bald wieder nach Hause?«, fragte Lilly, und ich nickte.

»Ja. Noch ein paar Tage, dann sind wir wieder bei euch.«

»Ich will einen ausführlichen Reisebericht hören!«, ertönte Nhis Stimme. »Slowenien stand immer schon auf meiner Reisewunschliste.«

»Vielleicht können wir ja irgendwann alle zusammen hinfahren.« Dieser Vorschlag kam von Said, und aus irgendeinem Grund rührte er mich sehr. Bei der Vorstellung, ihnen all das hier zu zeigen, wurde mir ganz warm ums Herz.

In diesem Moment wurden unsere Pommes an den Tisch gebracht, daher verabschiedeten Oscar und ich uns von den anderen. Nachdem ich aufgelegt hatte, seufzte ich einmal tief. Es war schön zu wissen, dass zu Hause neben all der Verantwortung meine Familie auf mich wartete. Auch meine Eltern, ja. Doch vor allem die Familie, die ich mir ausgesucht hatte.

Oscar und ich würden in den nächsten Monaten große

Lebensentscheidungen treffen müssen. Wir beide hatten einiges mit unserer jeweiligen Familie aufzuarbeiten, und über alldem hing der Verlust von Opa Erwin. Oscar und ich hatten in den letzten beiden Wochen oft an ihn gedacht, hatten miteinander geweint, doch mindestens genauso viel gelacht, wenn wir über unsere Erinnerungen an ihn gesprochen hatten.

Mir hatte Opa Erwins Tod zum ersten Mal so richtig klargemacht, wie schnell und unerwartet das Leben vorbei sein konnte. Deswegen hatte ich einen Entschluss gefasst. Ich wusste noch immer nicht, wohin mein Weg mich führte. Doch ich würde meine Zeit nicht länger damit verschwenden, etwas als Schwäche anzusehen, was vielleicht sogar meine größte Stärke war. Es war etwas Gutes, dass ich so viele Interessen hatte und so gern neue Dinge ausprobierte. Das würde ich mir ab jetzt immer wieder ins Gedächtnis rufen, wenn mich die Selbstzweifel zu überwältigen drohten. Vor allem aber wollte ich schöne Momente nicht länger ruinieren, indem ich gedanklich in der Vergangenheit festhing oder mir Sorgen über die Zukunft machte – über Dinge, die ich ohnehin nicht vorhersehen konnte.

Ich streckte meine Hand aus, griff mir zwei Pommes vom Teller und tunkte sie nacheinander in Ketchup, Senf und Mayo. Als ich den liebevollen Blick sah, mit dem Oscar mich dabei beobachtete, erlaubte ich mir zum ersten Mal etwas, das ich sonst nie tat. Ich schaltete all meine Gedanken aus, war einfach nur im Hier und Jetzt und genoss den Moment.

Danksagung

Die Entstehung dieses Buchs hat auf eine etwas unkonventionelle Art und Weise begonnen: Mit einem Selbstexperiment auf YouTube. Nachdem ich in den Jahren zuvor bereits zwei Ratgeber veröffentlicht hatte, wollte ich mich 2021 zum ersten Mal an einem Roman versuchen. Um meine Community an diesem Projekt teilhaben zu lassen, habe ich meinen Vorsatz in eine Challenge verwandelt.

»Schaffe ich es, in 30 Tagen ein Buch zu schreiben?«, war die große Frage, und tatsächlich stand nach einem Monat die grobe Handlung von *The Way You See Me*. Zwei Jahre später haltet ihr nun das Ergebnis dieses Selbstexperiments in den Händen. Einen Roman, auf den ich wirklich stolz bin und dessen Themen mir sehr am Herzen liegen. Gerade auch, weil viele davon mich selbst oder meine liebsten Menschen betreffen.

An dieser Stelle möchte ich mich ganz herzlich bei Frederike und Silvana bedanken, die das Lektorat von *The Way You See Me* übernommen haben. Eure hilfreichen Kommentare und klugen Einwände haben mich mit jeder Überarbeitungsrunde näher an das Buch herangebracht, das ich gern schreiben wollte.

Ein ganz großes Dankeschön geht außerdem an meinen Partner sowie an Saskia, Lena und Joanna von newbase, die mir während des Schreibens den Rücken freigehalten haben. Und an meinen lieben Freund Aron, der sich während stundenlanger Autofahrten meine Ideen für dieses Buch angehört hat.

Zu guter Letzt möchte ich mich natürlich ganz besonders bei meiner Community bedanken. Ihr habt u. a. über die Namen der Charaktere in *The Way You See Me* abgestimmt und mir die Themen genannt, die euch besonders wichtig sind. Ich hoffe, das Buch hat euch gefallen. Lasst es mich sehr gern auf Instagram wissen, unter @lisasophielaurent.

(Achtung Spoiler)

Dieses Buch enthält potenziell triggernde Inhalte zu folgenden Themen: Queerfeindlichkeit, Angststörungen, emotionaler Manipulation, sexueller Missbrauch, Depressionen, Tod und Verlust.